중학생이 되기 전에 미리 읽는 한국 단편소설 19

중학생이 되기 전에
미리 읽는

한국 단편소설 19

오영수
최일남
하근찬
황순원
외 지음

김병철
김성동
엮음

문예춘추사

일러두기

- 본문 숫자 표기는 원문 표기를 따랐습니다.
- 어려운 낱말에는 풀이를 달았습니다.
- 한자는 모두 한글로 바꾸고 꼭 필요한 경우에만 괄호 안에 넣었습니다.
- 작품 설명 가운데 〈생각해 보기〉의 일부 문항에는 정답을 따로 두지 않았습니다. 자유로운 생각과 표현을 위해서입니다.

머리말

누구나 어린 시절에는 「콩쥐와 팥쥐」, 「흥부와 놀부」, 「백설공주와 일곱 난쟁이」와 같은 동화와 옛이야기에 푹 빠졌던 추억이 있을 것입니다. 그런데 어느 순간 책보다는 텔레비전에 눈길을 빼앗기거나 컴퓨터와 스마트폰에 빠지면서, 또 학원을 다니면서 점점 책과 멀어졌을 것입니다.

하지만 이제는 다시 독서의 세계로 들어가야 합니다. 텔레비전과 스마트폰에서는 만날 수 없는 세계가 책 속에는 있습니다. 특히 소설은 사람들의 다양한 이야기를 통해 우리에게 깨달음과 감동을 줍니다. 또한 나와 나를 둘러싼 사회에 대해 깊이 생각해 보는 기회를 마련해 주고, 삶을 풍요롭게 합니다.

이 책에는 중학생이라면 꼭 읽어야 할 단편소설 가운데, 특히 소설의 재미를 느끼게 할 작품 19편이 실려 있습니다. 각 작품 끝에는 작품 설명과 더불어 생각하는 힘을 기를 수 있게 몇 가지 질문을 던져 놓았습니다.

『중학생이 되기 전에 미리 읽는 한국단편소설 19』를 시작으로 독서 습관이 꾸준히 이어지길, 그리고 그것이 밑거름이 되어 훌륭한 사람으로 성장하길 바랍니다.

김병철, 김성동

차례

첫째 마당

사랑의 기쁨과 슬픔

둘째 마당

아픈 만큼 성장하고

셋째 마당

역사 앞에서

넷째 마당

다양한 삶

•첫째 마당•

사랑의 기쁨과 슬픔

봄 봄

• 김유정 •

• 읽기 전에 •

따뜻한 어느 봄날, 농사일로 한창 바쁠 때 이 집 머슴이자 사위인 사람은 일할 생각은 하지 않고 마당에 드러눕는 것입니다. 그런 상황이 되자 주인이자 장인은 애가 탑니다. 둘 사이에 무슨 사연이 있는지 알아봅시다.

"장인님! 인제 저……."

내가 이렇게 뒤통수를 긁고, 나이가 찼으니 성례를 시켜 줘야 하지 않겠느냐고 하면 대답이 늘,

"이 자식아! 성례구 뭐구 미처 자라야지!" 하고 만다.

이 자라야 한다는 것은 내가 아니라 내 아내가 될 점순이의 키 말이다.

내가 여기에 와서 돈 한 푼 안 받고 일하기를 삼 년하고 꼬박이 일곱 달 동안을 했다. 그런데도 미처 못 자랐다니까 이 키는 언제야 자라는 겐지 짜장★ 영문 모른다. 일 을 좀 더 잘해야 한다든지, 혹은 밥을 (많이 먹는다고 노상 걱정이니까) 좀 덜 먹어야 한다든지 하면 나도 얼마든지 할 말이 많다. 하지만 점순이가 아직 어리니까 더 자라야 한다는 여기에는 어째 볼 수 없이 고만 벙벙하고 만다.

이래서 나는 애최★ 계약이 잘못된 걸 알았다. 이태면 이태, 삼 년이면 삼 년, 기한을 딱 작정하고 일을 했어야 할 것이다. 덮어놓고 딸이 자라는 대로 성례를 시켜 주마, 했으니 누가 늘 지키고 섰는 것도 아니고, 그 키가 언제 자라는지 알 수 있는가. 그리고 난 사람의 키가 무럭무럭 자라는 줄만 알았지 붙박이 키에 모로★만 벌어지는 몸도 있는 것을 누가 알았으랴. 때가 되면 장인님이 어련하랴 싶어서 군소리 없이 꾸벅꾸벅 일만

★ 짜장 : 과연, 정말로.
★ 애최 : 애초에, 처음부터.
★ 모로 : 비껴서, 대각선으로, 옆쪽으로.

해 왔다. 그럼 말이다. 장인님이 제가 다 알아채서,

"어 참, 너 일 많이 했다. 고만 장가들어라" 하고 살림도 내주고 해야 나도 좋을 것이 아니냐. 시치미를 딱 떼고 도리어 그런 소리가 나올까 봐서 지레 펄펄 뛰고 이 야단이다. 명색이 좋아 데릴사위지 일하기에 싱겁기도 할뿐더러 이건 참 아무것도 아니다. 숙맥★이 그걸 모르고 점순이의 키 자라기만 까맣게 기다리지 않았나.

언젠가는 하도 갑갑해서 자를 가지고 덤벼들어서 그 키를 한번 재 볼까, 했다마는 우리는 장인님이 내외★를 해야 한다고 해서 마주 서 이야기도 한마디 하는 법 없다. 우물길에서 언제나 마주칠 적이면 겨우 눈어림으로 재 보고 하는 것인데 그럴 적이면 나는 저만치 가서 "제에미 키두!" 하고 논둑에다 침을 퉤, 뱉는다. 아무리 잘 봐야 내 겨드랑(다른 사람보다 좀 크긴 하지만) 밑에서 넘을락 말락 밤낮 요 모양이다. 개돼지는 푹푹 크는데 왜 이리도 사람은 안 크는지, 한동안 머리 아프도록 궁리도 해 보았다. 아하, 물동이를 자꾸 이니까 뼉다귀가 움츠라드나 보다, 하고 내가 넌즛넌즛이 그 물을 대신 길어도 주었다. 뿐만 아니라 나무를 하러 가면 서낭당에 돌을 올려놓고 "점순이의 키 좀 크게 해 줍소사. 그러면 담엔 떡 갖다 놓고 고사드립죠니까." 하고 치성도 한두 번 드린 것이 아니다. 어떻게 되먹은 킨지 이래도 막무가내니…….

그래 내 어저께 싸운 것이지 결코 장인님이 밉다든가 해서가 아니다.

모를 붓다★가 가만히 생각을 해 보니까 또 싱겁다. 이 벼가 자라서 점

★ 숙맥 : 콩과 보리를 아울러 이르는 말. 사리 분별을 못하고 세상 물정을 잘 모르는 사람.

★ 내외 : 남녀 사이에 서로 얼굴을 마주 대하지 않고 피함.

★ 모를 붓다 : 못자리를 만들어 씨를 뿌리다.

순이가 먹고 좀 큰다면 모르지만 그렇지도 못한 걸 내 심어서 뭘 하는 거냐. 해마다 앞으로 축 불거지는 장인님의 아랫배(가 너무 먹는 걸 모르고 내병★이라나, 그 배)를 불리기 위하여 심곤 조금도 싶지 않다.

"아이구 배야!"

난 몰 붓다 말고 배를 쓰다듬으면서도 그대로 논둑으로 기어올랐다. 그리고 겨드랑에 꼈던 벼 담긴 키를 그냥 땅바닥에 털썩 떨어치며 나도 털썩 주저앉았다. 일이 암만 바빠도 나 배 아프면 고만이니까. 아픈 사람이 누가 일을 하느냐. 파릇파릇 돋아 오른 풀 한 숲을 뜯어 들고 다리의 거머리를 쑥쑥 문대며 장인님의 얼굴을 쳐다보았다.

논 가운데서 장인님도 이상한 눈을 해 가지고 한참 날 노려보더니,

"넌 이 자식, 왜 또 이래 응?"

"배가 좀 아파서유!" 하고 풀 위에 슬며시 쓰러지니까 장인님은 약이 올랐다. 저도 논에서 철벙철벙 둑으로 올라오더니 잡은 참 내 멱살을 움켜잡고 뺨을 치는 것이 아닌가.

"이 자식아. 일허다 말면 누굴 망해 놀 속셈이냐. 이 대가릴 까놀 자식!"

우리 장인님은 약이 오르면 이렇게 손버릇이 아주 못됐다. 또 사위에게 이 자식 저 자식 하는 이놈의 장인님은 어디 있느냐. 오죽해야 우리 동리에서 누굴 물론하고 그에게 욕을 안 먹는 사람은 명이 짧다 한다. 조그만 아이들까지도 그를 돌아세 놓고 욕필이(본이름이 봉필이니까) 욕필이 하고 손가락질을 할 만치 두루 인심을 잃었다. 허나 인심을 정말 잃었다면 욕보다 읍의 배 참봉댁 마름으로 더 잃었다. 번히 마름이란 욕 잘하

★ 내병 : 몸 안의 병.

고, 사람 잘 치고, 그리고 생김 생기길 호박개★ 같아야 쓰는 거지만 장인님은 외양이 똑 됐다. 장인에게 닭마리나 좀 보내지 않는다든가 애벌논★ 때 품을 좀 안 준다든가 하면 그해 가을에는 영락없이 땅이 뚝뚝 떨어진다. 그러면 미리부터 돈도 먹고 술도 먹이고 안달재신★으로 돌아치던 놈이 그 땅을 슬쩍 돌라안는다★. 이 바람에 장인님 집 외양간에는 눈깔 커다란 황소 한 놈이 절로 엉금엉금 기어들고, 동리 사람들은 그 욕을 다 먹어 가면서도 그래도 굽실굽실하는 게 아닌가.

그러나 내겐 장인님이 감히 큰소리할 계제가 못 된다.

뒷생각은 못하고 뺨 한 대를 딱 때려 놓고는 장인님은 무색해서 덤덤히 쓴 침만 삼킨다. 난 그 속을 퍽 잘 안다. 조금 있으면 갈도 꺾어야 하고 모도 내야 하고, 한참 바쁜 때인데 나 일 안 하고 우리 집으로 그냥 가면 고만이니까. 작년 이맘때도 트집을 좀 하니까 늦잠 잔다구 돌멩이를 집어 던져서 자는 놈의 발목을 삐게 해 놨다. 사날씩이나 건성 끙끙, 앓았더니 종당에는 거반 울상이 되지 않았는가.

"예, 그만 일어나 일 좀 해라. 그래야 올 갈에 벼 잘되면 너 장가들지 않니?"

그래 귀가 번쩍 띄어서 그날로 일어나서 남이 이틀 품 들일 논을 혼자 삶아 놓으니까 장인님도 눈깔이 커다랗게 놀랐다. 그럼 정말로 가을에 와서 혼인을 시켜 줘야 온 경우가 옳지 않겠나, 볏섬을 척척 들여쌓아도 다른 소리는 없고 물동이를 이고 들어오는 점순이를 담배통으로 가리키며,

---

★ 호박개 : 뼈대가 굵고 털이 북슬북슬한 개.
★ 애벌논 : 첫 번째 매는 논.
★ 안달재신 : 몹시 속을 태우며 여기저기로 다니는 사람.
★ 돌라안는다 : 가로채다.

"이 자식아, 미처 커야지 조걸 무슨 혼인을 한다구 그러니 원!" 하고 남 낯짝만 붉혀 주고 고만이다.

골김★에 그저 이놈의 장인님, 하고 댓돌에다 메꽂고 우리 고향으로 내 뺄까 하다가 꾹꾹 참고 말았다.

참말이지 난 이 꼴 하고는 집으로 차마 못 간다. 장가를 들러 갔다가 오죽 못났어야 그대로 쫓겨 왔느냐고 손가락질을 받을 테니까…….

논둑에서 벌떡 일어나 한풀 죽은 장인님 앞으로 다가서며,

"난 갈 테야유. 그동안 사경 쳐내슈."

"너 사위로 왔지 어디 머슴 살러 왔니?"

"그러면 얼찐★ 성례를 해 줘야 안 하지유. 밤낮 부려만 먹구 해 준다, 해 준다……."

"글쎄, 내가 안 하는 거냐, 그년이 안 크니까" 하고 어름어름★ 담배만 담으면서 늘 하는 소리를 또 늘어놓는다.

이렇게 따져 나가면 언제든지 늘 나만 밑지고 만다. 이번엔 안 된다, 하고 대뜸 구장님한테로 판단 가자고 소맷자락을 내끌었다.

"아, 이 자식이 왜 이래 어른을."

안 간다구 뻗디디구 이렇게 호령은 제 맘대로 하지만 장인님 제가 내 기운은 못 당한다. 막 부려 먹고 딸은 안 주고, 게다 땅땅 치는 건 다 뭐야.

그러나 내 사실 참 장인님이 미워서 그런 것은 아니다.

그 전날, 왜 내가 새고개 맞은 봉우리 화전밭을 혼자 갈고 있지 않았느

★ 골김 : 비위에 거슬리거나 마음이 언짢아서 성이 나는 김.
★ 얼찐 : 얼른.
★ 어름어름 : 말이나 행동을 똑똑하게 분명히 하지 못하고 우물쭈물하는 모양.

냐. 밭 가생이★로 돌 적마다 야릇한 꽃내가 물컥물컥 코를 찌르고 머리 위에서 벌들은 가끔 붕, 붕, 소리를 친다. 바위틈에서 샘물 소리밖에 안 들리는 산골짜기니까 맑은 하늘의 봄볕은 이불속같이 따스하고 꼭 꿈꾸는 것 같다. 나는 몸이 나른하고 몸살(병을 아직 모르지만 병)이 날려구 그러는지 가슴이 울렁울렁하고 이랬다.

"이러이! 말이! 맘 마 마……."

이렇게 노래를 하며 소를 부리면 여느 때 같으면 어깨가 으쓱으쓱한다. 웬일인지 밭을 반도 갈지 않아서 온몸이 맥이 풀리고 대고 짜증만 난다. 공연히 소만 들입다 두들기며……,

"안야! 안야! 이 망할 자식의 소(장인님의 소니까) 대리를 꺾어 들라."

그러나 내 속은 정말 안야 때문이 아니라 점심을 이고 온 점순이의 키를 보고 울화가 났던 것이다.

점순이는 뭐 그리 썩 예쁜 계집애는 못 된다. 그렇다구 또 개떡이냐 하면 그런 것도 아니고, 꼭 내 아내가 돼야 할 만치 그저 툽툽하게★ 생긴 얼굴이다. 나보다 십 년이 아래니까 올해 열여섯인데 몸은 남보다 두 살이나 덜 자랐다. 남은 잘도 헌칠히★들 크건만 이건 위아래가 뭉툭한 것이 내 눈에는 헐없이 감참외 같다. 참외 중에는 감참외가 제일 맛좋고 예쁘니까 말이다. 둥글고 커다란 눈은 서글서글하니 좋고 좀 짓쳐 찢어졌지만 입은 밥술이나 톡톡히 먹음직하니 좋다. 아따, 밥만 많이 먹게 되면 팔자는 고만 아니냐. 헌데 한 가지 파★가 있다면 가끔 가다 몸이 (장인님

★ 가생이 : '가장자리'의 방언.
★ 툽툽하게 : 꾸밈없이 자연스럽게.
★ 헌칠히 : 길고 미끈히.
★ 파 : 깨어지거나 상한 물품. 사람의 결점.

이 이걸 채신이 없이 들까분다고 하지만) 너무 빨리빨리 논다. 그래서 밥을 나르다가 때 없이 풀밭에서 깨빡을 쳐서★ 흙투성이 밥을 곧잘 먹인다. 안 먹으면 무안해할까 봐서 이걸 씹고 앉았노라면 으적으적 소리만 나고 돌을 먹는 겐지 밥을 먹는 겐지……,

그러나 이날은 웬일인지 성한 밥째로 밭머리에 곱게 내려놓았다. 그리고 또 내외를 해야 하니까 저만큼 떨어져 이쪽으로 등을 향하고 웅크리고 앉아서 그릇 나기를 기다린다.

내가 다 먹고 물러섰을 때, 그릇을 챙기는데 난 깜짝 놀라지 않았느냐. 고개를 푹 숙이고 밥함지에 그릇을 포개면서 날더러 들으라는지, 혹은 제 소린지,

"밤낮 일만 하다 말 텐가!" 하고 혼자서 쫑알거린다. 고대 잘 내외하다가 이게 무슨 소린가, 하고 난 정신이 얼떨떨했다. 그러면서도 한편 무슨 좋은 수가 있나 없는가 싶어서 나도 공중을 대고 혼잣말로,

"그럼 어떡해?" 하니까,

"성례시켜 달라지 뭘 어떡해" 하고 되알지게★ 쏘아붙이고 얼굴이 빨개져서 산으로 그저 도망친다. 나는 잠시 동안 어떻게 되는 심판인지 맥을 몰라서 그 뒷모양만 덤덤히 바라보았다.

봄이 되면 온갖 초목이 물이 오르고 싹이 트고 한다. 사람도 아마 그런가 보다, 하고 며칠 내에 부쩍 (속으로) 자란 듯싶은 점순이가 여간 반가운 것이 아니다. 이런 걸 멀쩡하게 아직 어리다구 하니까…….

우리가 구장님을 찾아갔을 때 그는 싸리문 밖에 있는 돼지우리에서

★ 깨빡을 쳐서 : 무엇에 걸려 넘어져서 머리에 이고 있거나 들고 있던 것을 동댕이쳐서.
★ 되알지게 : 몹시 올차고 야무지게.

죽을 펴 주고 있었다. 서울엘 좀 갔다 오더니 사람은 점잖아야 한다구 웃쉼이(얼른 보면 지붕 위에 앉은 제비꼬랑지 같다) 양쪽으로 뾰죽이 뻐치고 그걸 애햄 하고 늘 쓰담는 손버릇이 있다. 우리를 멀뚱히 쳐다보고 미리 알아챘는지,

"왜 일들 허다 말구 그래?" 하더니 손을 올려서 그 애헴을 한번 후딱 했다.

"구장님! 우리 장인님과 츰에 계약하기를……."

먼저 덤비는 장인님을 뒤로 떠다밀고 내가 허둥지둥 달려들다가 가만히 생각하고,

"아니 우리 빙장★님과 츰에" 하고 첫 번부터 다시 말을 고쳤다. 장인님은 빙장님, 해야 좋아하고 밖에 나와서 장인님 하면 괜스레 골을 내려고 든다. 뱀도 뱀이래야 좋냐구, 창피스러우니 남 듣는 데는 제발 빙장님, 빙모★님 하라고 일상 말조심을 받아 오면서 난 그것두 자꾸 잊는다. 당장도 장인님, 하나 옆에서 내 발등을 꾹 밟고 곁눈질을 흘기는 바람에야 겨우 알았지만…….

구장님도 내 이야기를 자세히 듣더니 퍽 딱한 모양이었다. 하기야 구장님뿐만 아니라 누구든지 다 그럴 게다. 길게 길러 둔 새끼손톱으로 코를 후벼서 저리 탁 튀기며,

"그럼 봉필 씨! 얼른 성례를 시켜 주구려, 그렇게까지 제가 하구 싶다는 걸……" 하고 내 짐작대로 말했다. 그러나 이 말에 장인님이 샛대질로 눈을 부라리고,

---

★ 빙장 : 장인.
★ 빙모 : 장모.

"아 성례구 뭐구 계집애년이 미처 자라야 할 게 아닌가?" 하니까 고만 멀쑤룩해져서 입맛만 쩍쩍 다실 뿐이 아닌가.

"그것두 그래!"

"그래, 거진 사 년 동안에도 안 자랐더니 그 킨 은제 자라지유? 다 그만두구 사경 내슈."

"글쎄, 이 자식아! 내가 크질 말라구 그랬니. 왜 날 보구 떼냐?"

"빙모님은 참새만 한 것이 그럼 어떻게 앨 낳지유? (사실 빙모님은 점순이보다도 귓배기가 작다)"

장인님은 이 말을 듣고 껄껄 웃더니 (그러나 암만해두 돌 씹은 상이다) 코를 푸는 척하고 날 은근히 골리려고 팔꿈치로 옆 갈비께를 퍽 치는 것이다. 더럽다. 나두 종아리의 파리를 쫓는 척하고 허리를 구부리며 그 궁둥이를 콱 떼밀었다. 장인님은 앞으로 우찔근하고 싸리문께로 쓰러질 듯하다 몸을 바로 고치더니 눈총을 몹시 쏘았다. 이런 쌍년의 자식, 하곤 싶으나 남의 앞이라니 차마 못하고 섰는 그 꼴이 보기에 퍽 쟁그러웠다★.

그러나 이 밖에는 별반 신통한 귀정을 얻지 못하고 도로 논으로 돌아와서 모를 부었다. 왜냐면 장인님이 뭐라구 귓속말로 수군수군하고 간 뒤다. 구장님이 날 위해서 조용히 데리고 아래와 같이 일러 주었기 때문이다(뭉태의 말은 구장님이 장인님에게 땅 두 마지기 얻어 부치니까 그래 꾀였다고 하지만 난 그렇게 생각 않는다).

"자네 말두 하기야 옳지, 암, 나이 찼으니 아들이 급하다는 게 잘못된

★ 쟁그러웠다 : 보거나 만지기에 소름이 끼칠 정도로 조금 흉하거나 끔찍했다.

말은 아니야. 허지만 농사가 한층 바쁜 때 일을 안 한다든가 집으로 달아난다든가 하면 손해죄루 그것두 징역을 가거든! (여기에 그만 정신이 번쩍 났다) 왜 요전에 삼포말서 산에 불 좀 놓았다구 징역 간 거 못 봤나. 제 산에 불을 놓아도 징역을 가는 이땐데 남의 농사를 버려 두니 죄가 얼마나 더 중한가. 그리고 자넨 정장★을(사경 받으러 정장 가겠다 했다) 간대지만 그러면 괜스레 죄를 들쓰고 들어가는 걸세. 또 결혼두 그렇지. 법률에 성년이란 게 있는데 스물하나가 돼야지 비로소 결혼을 할 수가 있는 걸세. 자넨 물론 아들이 늦을 걸 염려하지만 점순이루 말하면 이제 겨우 열여섯이 아닌가. 그렇지만 아까 빙장님의 말씀이 올갈에는 열일을 제치고라두 성례를 시켜 주겠다 하시니 좀 고마울 겐가. 빨리 가서 모 붓든 거나 마저 붓게, 군소리 말구 어서 가."

그래서 오늘 아침까지 끽소리 없이 왔다.

장인님과 내가 싸운 것은 지금 생각하면 전혀 뜻밖의 일이라 안 할 수 없다. 장인님으로 말하면 요즈막 작인들에게 행세를 좀 하고 싶다고 해서 "돈 있으면 양반이지 별게 있느냐!" 하고 일부러 아랫배를 쑥 내밀고 걸음도 뒤틀리게 걷고 하는 이판이다. 이까진 나쯤 두들기다 남의 땅을 가지고 모처럼 닦아 놓았던 가문을 망친다든가 할 어른이 아니다. 또 나로 논지면★ 아무쪼록 잘 뵈서 점순이에게 얼른 장가를 들어야 하지 않느냐.

이렇게 말하자면 결국 어젯밤 뭉태네 집에 마을 간 것이 썩 나빴다. 낮에 구장님 앞에서 장인님과 내가 싸운 것을 어떻게 알았는지 대구 빈정

★ 정장 : 소송을 위한 서류를 관청에 냄.
★ 논지면 : 말하자면.

거리는 것이 아닌가.

"그래 맞구두 그걸 가만둬?"

"그럼 어떡허니?"

"인마, 봉필일 모판에다 거꾸로 박아 놓지 뭘 어떡해?" 하고 괜히 내 대신 화를 내 가지고 주먹질을 하다 등잔까지 쳤다. 놈이 본시 괄괄은 하지만 그래 놓고 날더러 석유값을 물라구 막 지다위★를 붙는다. 난 어안이 벙벙해서 잠자코 앉았으니까 저만 연신 지껄이는 소리가,

"밤낮 일만 해 주구 있을 테냐?"

"영득이는 일 년을 살구두 장갈 들었는데 넌 사 년이나 살구두 더 살아야 해?"

"네가 세 번째 사윈줄이나 아니? 세 번째 사위."

"남의 일이라두 분하다. 이 자식아, 우물에 가 빠져 죽어."

나중에는 겨우 손톱으로 목을 따라고까지 하고, 제 아들같이 함부로 혹닥이었다★. 별의별 소리를 다 해서 그대로 옮길 수는 없으나 그 줄거리는 이렇다.

우리 장인님 딸이 셋이 있는데 맏딸은 재작년 가을에 시집을 갔다. 정말은 시집을 간 것이 아니라 그 딸도 데릴사위를 해 가지고 있다가 내보냈다. 그런데 딸이 열 살 때부터 열아홉, 즉 십 년 동안에 데릴사위를 갈아들이기를, 동리에선 사위부자라고 이름이 났지마는 열네 놈이란 참 너무 많다. 장인님이 아들은 없고 딸만 있는 고로 그담 딸을 데릴사위를 해 올 때까지는 부려 먹지 않으면 안 된다. 물론 머슴을 두면 좋지만 그

★ 지다위 : 자기의 허물을 남에게 덮어씌움.
★ 혹닥이었다 : 윽박질러 억눌렀다.

건 돈이 드니까, 일 잘하는 놈을 고르느라고 연방 바꿔 들였다. 또 한편 놈들이 욕만 줄창 퍼붓고 심히도 부려 먹으니까 뱀이 상해서 달아나기도 했겠지. 점순이는 둘째 딸인데 내가 일테면 그 세 번째 데릴사위로 들어온 셈이다. 내 담으로 네 번째 놈이 들어올 것을 내가 일도 잘하고 그리고 사람이 좀 어수룩하니까 장인님이 잔뜩 붙들고 놓질 않는다. 셋째 딸이 인제 여섯 살, 적어두 열 살은 돼야 데릴사위를 할 테므로 그동안은 죽도록 부려 먹어야 된다. 그러니 인제는 속 좀 차리고 장가를 들여 달라구 떼를 쓰고 나자빠져라, 이것이다.

나는 겉으로 엉, 엉 하며 귓등으로 들었다. 뭉태는 땅을 얻어 부치다가 떨어진 뒤로는 장인님만 보면 공연히 못 먹어서 으릉거린다. 그것도 장인님이 저 달라고 할 적에 제집에서 위한다는 그 감투(예전에 원님이 쓰던 것이라나, 옆구리에 뽕뽕 좀 먹은 걸레)를 선뜻 주었더면 그럴 리도 없었던 걸…….

그러나 나는 뭉태란 놈의 말을 전수이★ 곧이듣지 않았다. 꼭 곧이들었다면 간밤에 와서 장인님과 싸웠지 무사히 있었을 리가 없지 않은가. 그러면 딸에게까지 인심을 잃은 장인님이 혼자 나빴다.

실토★이지, 나는 점순이가 아침상을 가지고 나올 때까지는 오늘은 또 얼마나 밥을 담았나 하고 이것만 생각했다. 상에는 된장찌개하고 간장 한 종지, 조밥 한 그릇, 그리고 밥보다 더 수부룩하게 담은 산나물이 한 대접, 이렇다. 나물은 점순이가 틈틈이 해 오니까 두 대접이고 네 대접이고 멋대로 먹어도 좋으나 밥은 장인님이 한 사발 외엔 더 주지 말라고 해

★ 전수이 : 오로지. 오직.
★ 실토 : 거짓 없이 사실대로 말함.

서 안 된다. 그런데 점순이가 그 상을 내 앞에 내려놓으며 제 말로 지껄이는 소리가,

"구장님한테 갔다 그냥 온담 그래!" 하고 엊그제 산에서와 같이 되우 쫑알거린다. 딴은 내가 더 단단히 덤비지 않고 만 것이 좀 어리석었다, 속으로 그랬다. 나도 저쪽 벽을 향하여 외면하면서 내 말로,

"안 된다는 걸 그럼 어떡헌담!" 하니까,

"쉼을 잡아채지 그냥 둬, 이 바보야!" 하고 또 얼굴이 빨개지면서 성을 내며 안으로 샐죽하니 튀들어가지 않느냐, 이때 아무도 본 사람이 없었게 망정이지 보았다면 내 얼굴이 에미 잃은 황새새끼처럼 가여웁다 했을 것이다.

사실 이때만치 슬펐던 일이 또 있었는지 모른다. 다른 사람은 암만 못생겼다 해두 괜찮지만 내 아내 될 점순이가 병신으로 본다면 참 신세는 따분하다. 밥을 먹은 뒤 지게를 지고 일터로 갈려 하다 도로 벗어 던지고 바깥마당 공석★ 위에 드러누워서 나는 차라리 죽느니만 같지 못하다 생각했다.

내가 일 안 하면 장인님 저는 나이가 먹어 못하고 결국 농사 못 짓고 만다. 뒷짐으로 트림을 꿀꺽하고 대문 밖으로 나오다 날 보고서,

"이 자식아, 왜 또 이러니."

"관격★이 났어유, 아이구 배야!"

"기껀 밥 처먹구 무슨 관격이야, 남의 농사 버려 주면 이 자식 징역 간다 봐라!"

★ 공석 : 아무것도 담지 않은 빈 섬.
★ 관격 : 먹은 음식이 체해 가슴이 꽉 막히고 정신을 잃는 병.

"가두 좋아유, 아이구 배야!"

참말 난 일 안 해서 징역 가도 좋다 생각했다. 일후 아들을 낳아도 그 앞에서 바보, 바보, 이렇게 별명을 들을 테니까 오늘은 열 쪽이 난대도 결정을 내고 싶었다.

장인님이 일어나라고 해도 내가 안 일어나니까 눈에 독이 올라서 저 편으로 힁하게 가더니 지게막대기를 들고 왔다. 그리고 그걸로 내 허리를 마치 돌 떠넘기듯이 쿡 찍어서 넘기고 넘기고 했다. 밥을 잔뜩 먹어 딱딱한 배가 그럴 적마다 퉁겨지면서 밸창이 꼿꼿한 것이 여간 켕기지 않았다. 그래도 안 일어나니까 이번에는 배를 지게막대기로 위에서 쿡 쿡 찌르고 발길로 옆구리를 차고 했다. 장인님은 원체 심청★이 궂어서 그러지만 나도 저만 못하지 않게 배를 채었다. 아픈 것을 눈을 꽉 감고 넌 해라 난 재미난 듯이 있었으나 볼기짝을 후려갈길 적에는 나도 모르는 결에 벌떡 일어나서 그 수염을 잡아챘다. 마는 내 골이 난 것이 아니라 정말은 아까부터 벽 뒤 울타리 구멍으로 점순이가 우리들의 꼴을 몰래 엿보고 있었기 때문이다. 가뜩이나 말 한마디 톡톡히 못한다고 바라보는데 매까지 잠자코 맞는 걸 보면 짜장 바보로 알 게 아닌가. 또 점순이도 미워하는 이까짓 놈의 장인님하곤 아무것도 안 되니까 막 때려도 좋지만 사정 보아서 수염만 채고 (제 원대로 했으니까 이때 점순이는 퍽 기뻤겠지) 저기까지 잘 들리도록,

"이걸 까셀라부다★!" 하고 소리를 쳤다.

장인님은 더 약이 바짝 올라서 잡은 참 지게막대기로 내 어깨를 그냥

★ 심청 : '마음보' 혹은 '심술'의 잘못 쓰인 말.
★ 까셀라부다 : '그슬리다'의 방언.

내리갈겼다. 정신이 다 아찔하다. 다시 고개를 들었을 때 그때엔 나도 온몸에 약이 올랐다. 이 녀석의 장인님을, 하고 눈에서 불이 퍽 나서 그 아래 밭 있는 낭★ 아래로 그대로 떠밀어 굴려 버렸다.

기어오르면 굴리고 굴리면 기어오르고 이러길 한 너덧 번을 하며 그럴 적마다,

"부려만 먹구 왜 성례 안 하지유!"

나는 이렇게 호령했다. 허지만 장인님이 선뜻 오냐 낼이라두 성례시켜 주마, 했으면 나도 성가신 걸 그만두었을지 모른다. 나야 이러면 때린 건 아니니까 나중에 장인 쳤다는 누명도 안 들을 터이고 얼마든지 해도 좋다.

한번은 장인님이 헐떡헐떡 기어서 올라오더니 내 바짓가랭이를 요렇게 노리고서 단박 움켜잡고 매달렸다. 악, 소리를 치고 나는 그만 세상이 다 팽그르 도는 것이,

"빙장님! 빙장님! 빙장님!"

"이 자식! 잡아먹어라, 잡아먹어!"

"아! 아! 할아버지! 살려 줍쇼, 할아버지!" 하고 두 팔을 허둥지둥 내절적에는 이마에 진땀이 쭉 내솟고 인젠 참으로 죽나 보다 했다. 그래두 장인님은 놓질 않더니 내가 기어이 땅바닥에 쓰러져서 거진 까무러치게 되니까 놓는다. 더럽다, 더럽다. 이게 장인님인가? 나는 한참을 못 일어나고 쩔쩔맸다. 그러나 얼굴을 드니 (눈엔 참 아무것도 보이지 않았다) 사지가 부르르 떨리면서 나도 엉금엉금 기어가 장인님의 바짓가랭이를 꽉

★ 낭 : 낭떠러지.

움키고 잡아낚았다.

내가 머리가 터지도록 매를 얻어맞은 것이 이 때문이다. 그러나 여기가 또한 우리 장인님이 유달리 착한 곳이다. 여느 사람이면 사경을 주어서라도 당장 내어쫓았지, 터진 머리를 불솜으로 손수 지져 주고, 호주머니에 희연★ 한 봉을 넣어 주고 그리고,

"올갈엔 꼭 성례를 시켜 주마. 암만 말구 가서 뒷골의 콩밭이나 얼른 갈아라" 하고 등을 뚜덕여 줄 사람이 누구냐. 나는 장인님이 너무나 고마워서 어느덧 눈물까지 났다. 점순이를 남기고 인젠 내쫓기려니 하다 뜻밖의 말을 듣고,

"빙장님! 인제 다시는 안 그러겠어유!"

이렇게 맹세를 하며 부랴부랴 지게를 지고 일터로 갔다.

그러나 이때는 그걸 모르고 장인님을 원수로만 여겨서 잔뜩 잡아당겼다.

"아! 아! 이놈아! 놔라, 놔."

장인님은 헛손질을 하며 솔개미에 챈 닭의 소리를 연해 질렀다. 놓긴 왜, 이왕이면 호되게 혼을 내 주리라 생각하고 짓궂이 더 댕겼다마는 장인님이 땅에 쓰러져서 눈에 눈물이 피잉 도는 것을 알고 좀 겁도 났다.

"할아버지! 놔라, 놔, 놔, 놔, 놔라."

그래도 안 되니까,

"애 점순아! 점순아!"

이 악장★에 안에 있었던 장모님과 점순이가 헐레벌떡하고 단숨에 뛰

★ 희연 : 일제강점기 시절 담배 이름.
★ 악장 : 발악. 악을 씀.

어나왔다. 나의 생각에 장모님은 제 남편이니까 역성을 할는지도 모른다. 그러나 점순이는 내 편을 들어서 속으로 고소해하겠지. 대체 이게 웬 속인지 (지금까지도 난 영문을 모른다) 아버질 혼내 주기는 제가 내래 놓고 이제 와서는 달려들며,

"에그머니! 이 망할 게 아버지 죽이네!" 하고, 귀를 뒤로 잡아당기며 마냥 우는 것이 아니냐. 그만 여기에 기운이 탁 꺾이어 나는 얼빠진 등신이 되고 말았다. 장모님도 덤벼들어 한쪽 귀마저 뒤로 잡아채면서 또 우는 것이다.

이렇게 꼼짝도 못하게 해 놓고 장인님은 지게막대기를 들어서 사뭇 내려 조졌다. 그러나 나는 구태여 피하려지도 않고 암만해도 그 속 알 수 없는 점순이의 얼굴만 멀거니 들여다보았다.

"이 자식! 장인 입에서 할아버지 소리가 나오도록 해?"

김유정 1908~1937 강원도 춘천에서 태어나 1935년 《조선일보》에 〈소낙비〉가 당선되고, 《중외일보》에 〈노다지〉가 당선되어 등단했습니다. 1937년 폐결핵으로 요절할 때까지 30여 편의 소설을 썼으며, 주요 작품으로는 〈동백꽃〉 〈봄봄〉 〈산골 나그네〉 등이 있습니다. 주로 농촌 서민들의 삶을 토속어와 해학적 수법으로 그려 낸 단편소설을 썼습니다.

작품 설명

내용 파악하기

▸ '나'의 신분은 무엇인가요?

명목상으로-사위

실질적으로-머슴

▸ 주인공과 장인의 계약 내용은 무엇인가요?

농사일을 계속하다가 점순이 키가 크면 성례를 시켜 준다.

▸ 주인공과 장인의 계약에는 무엇이 잘못되었나요?

기간이 명시되어 있지 않다.

▸ 장인이 성례를 시키지 않는 까닭은 무엇인가요?

표면적인 까닭-점순이 키가 크지 않았으므로

근본적인 까닭-일을 더 시켜 먹을 생각으로

▸ 이 소설의 중심 사건을 정리해 보세요.

		어저께 싸움	오늘 싸움
상황		모를 붓다가	지게를 지고 가다가
이유	간접	장인이 점순이와 성례를 시켜 주지 않아서	
	직접	점순이의 말 : 밤낮 일만 하다 말 텐가	점순이의 말 : 쇰을 잡아채지, 그냥 둬 이 바보야
장소		논둑	마당 공석
싸움의 시작 (파업의 방법)		배 아프다며 땅바닥에 주저앉음	배가 아프다고(관격이 났다고) 공석에 누움
장인의 반응		멱살잡고 빰을 때림	장인이 지게막대기로 나를 때림
나의 반격		장인을 구장에게 데려감	장인의 수염을 잡아채고 낭떠러지로 굴려 버림, 가랑이를 잡음
사건의 결말		구장의 설득에 넘어감	장인의 회유로 일터로 감
점순의 반응		구장에게 갔다가 별 소득이 없음을 나무람(내 편을 듦)	나의 귀를 잡아당김(장인 편을 듦)

핵심 정리

갈래 : 단편소설, 현대소설

배경 : 일제강점기(1930년대), 강원도 어느 산골 마을

시점 : 1인칭 주인공 시점

주제 : 교활한 장인과 우직하고 어수룩한 사위 사이의 갈등

제재 : 나와 점순이의 성례

특징 : ① 사건의 진행 순서가 바뀜(역순행적 구성).

② 토속적이면서 해학적임.

작품 이해

이 소설은 1930년대 강원도 산골에 사는 순박한 사람들의 삶과 애환을 그리고 있습니다. 이 작품에 등장하는 인물들은 자주 다투지만 곧 용서하고 화해합니다. 이런 점에서 인간적인 정을 그린 작품이며, 교묘하게 머슴의 노동력을 착취하는 당시 사회의 모순과 갈등을 우회적이며 해학적으로 그린 작품입니다.

생각해 보기

▸ **'나'는 어떤 점에서 어리숙한가요?**

▸ **마지막에 점순이가 자기 아버지 편을 든 이유는 무엇인가요?**

동백꽃

• 김유정 •

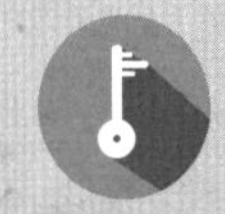

• 읽기 전에 •

내가 좋아하는 감정을 표현했는데도 이성 친구가 무시한다면 기분이 어떨까요? 이 소설에서 점순이는 주인공 '나'가 자신의 마음을 몰라주자 짓궂은 행동을 합니다. 왈가닥 점순이가 자신의 사랑을 어떻게 표현하는지 함께 읽어 봅시다.

오늘도 또 우리 수탉이 막 쫓기었다★. 내가 점심을 먹고 나무를 하러 갈 양으로 나올 때이었다. 산으로 올라서려니까 등 뒤에서 푸드득, 푸드득 하고 닭의 횃소리★가 야단이다. 깜짝 놀라서 고개를 돌려 보니 아니나 다르랴, 두 놈이 또 얼리었다★.

점순네 수탉(은 대강이가 크고 똑 오소리같이 실팍하게 생긴 놈)이 덩저리★ 작은 우리 수탉을 함부로 해내는 것이다. 그것도 그냥 해내는 것이 아니라 푸드득, 하고 면두★를 쪼고 물러섰다가 좀 사이를 두고 또 푸드득, 하고 모가지를 쪼았다. 이렇게 멋을 부려 가며 여지없이 닦아 놓는다. 그러면 이 못생긴 것은 쪼일 적마다 주둥이로 땅을 받으며 그 비명이 킥, 킥 할 뿐이다. 물론 미처 아물지도 않은 면두를 또 쪼이어 붉은 선혈은 뚝뚝 떨어진다. 이걸 가만히 내려다보자니 내 대강이가 터져서 피가 흐르는 것같이 두 눈에서 불이 번쩍 난다. 대뜸 지게막대기를 메고 달려들어 점순네 닭을 후려칠까 하다가 생각을 고쳐먹고 헛매질로 떼어만 놓았다.

이번에도 점순이가 쌈을 붙여 놨을 것이다. 바짝바짝 내 기를 올리느라고 그랬음에 틀림없을 것이다. 고놈의 계집애가 요새로 들어서서 왜

★ 쫓기었다 : '쪼였다'의 강한 의미.
★ 횃소리 : 닭이나 새가 날개를 벌리고 탁탁 치는 소리.
★ 얼리었다 : 어울리게 되거나 얽히게 되었다.
★ 덩저리 : '덩치'의 속어.
★ 면두 : 볏.

나를 못 먹겠다고 고렇게 아르렁거리는지 모른다.

나흘 전 감자 쪼간★만 하더라도 나는 저에게 조금도 잘못한 것은 없다. 계집애가 나물을 캐러 가면 갔지 남 울타리 엮는 데 쌩이질★을 하는 것은 다 뭐냐. 그것도 발소리를 죽여 가지고 등 뒤로 살며시 와서, "얘! 너 혼자만 일하니?" 하고, 긴치 않은 수작을 하는 것이다.

어제까지도 저와 나는 이야기도 잘 않고 서로 만나도 본척만척하고 이렇게 점잖게 지내던 터이련만 오늘로 갑작스레 대견해졌음은 웬일인가. 황차★ 망아지만 한 계집애가 남 일하는 놈 보구.

"그럼 혼자 하지 떼루 하디?"

내가 이렇게 내배앝는 소리를 하니까,

"너 일하기 좋니?"

또는,

"한여름이나 되거든 하지 벌써 울타리를 하니?"

잔소리를 두루 늘어놓다가 남이 들을까 봐 손으로 입을 틀어막고는 그 속에서 깔깔댄다. 별로 우스울 것도 없는데 날씨가 풀리더니 이놈의 계집애가 미쳤나 하고 의심하였다. 게다가 조금 뒤에는 제 집께를 할금할금★ 돌아보더니 행주치마의 속으로 꼈던 바른손을 뽑아서 나의 턱밑으로 불쑥 내미는 것이다. 언제 구웠는지 아직도 더운 김이 확 끼치는 굵은 감자 세 개가 손에 뿌듯이 쥐였다.

"느 집엔 이거 없지?" 하고 생색 있는 큰소리를 하고는 제가 준 것을

★ 쪼간 : 사건.
★ 쌩이질 : 한창 바쁠 때에 쓸데없는 일로 남을 귀찮게 구는 짓.
★ 황차 : 하물며.
★ 할금할금 : 곁눈으로 살그머니 자꾸 쳐다보는 모양.

남이 알면 큰일 날 테니 여기서 얼른 먹어 버리란다. 그리고 또 하는 소리가,

"너 봄 감자가 맛있단다."

"난 감자 안 먹는다, 너나 먹어라."

나는 고개도 돌리려 하지 않고 일하던 손으로 그 감자를 도로 어깨너머로 쑥 밀어 버렸다.

그랬더니 그래도 가는 기색이 없고, 뿐만 아니라 쌔근쌔근 하고 심상치 않게 숨소리가 점점 거칠어진다. 이건 또 뭐야, 싶어서 그때서야 비로소 돌아다보니 나는 참으로 놀랐다. 우리가 이 동리에 들어온 것은 근 삼 년째 되어 오지만 여태껏 가무잡잡한 점순이의 얼굴이 이렇게까지 홍당무처럼 새빨개진 법이 없었다. 게다 눈에 독을 올리고 한참 나를 요렇게 쏘아보더니 나중에는 눈물까지 어리는 것이 아니냐. 그리고 바구니를 다시 집어 들더니 이를 꼭 악물고는 엎어질 듯 자빠질 듯 논둑으로 횡허케★ 달아나는 것이다.

어쩌다 동리 어른이,

"너 얼른 시집가야지?" 하고 웃으면,

"염려 마서유. 갈 때 되면 어련히 갈라구."

이렇게 천연덕스레 받는 점순이였다. 본시 부끄럼을 타는 계집애도 아니려니와 또한 분하다고 눈에 눈물을 보일 얼병이★도 아니다. 분하면 차라리 나의 등허리를 바구니로 한번 모질게 후려 쌔리고★ 달아날

★ 횡허케 : 중도에서 지체하지 않고 곧장 빠르게 가는 모양.
★ 얼병이 : 얼뜨기. 겁 많고 어리석고, 다부지지 못하여 어수룩하고 얼빠진 사람.
★ 쌔리고 : 때리고.

지언정.

그런데 고약한 그 꼴을 하고 가더니 그 뒤로는 나를 보면 잡아먹으려고 기를 복복 쓰는 것이다. 설혹 주는 감자를 안 받아먹은 것이 실례라 하면, 주면 그냥 주었지 '느 집엔 이거 없지?'는 다 뭐냐. 그러잖아도 저희는 마름★이고 우리는 그 손에서 배재★를 얻어 땅을 부치므로 일상 굽실거린다. 우리가 이 마을에 처음 들어와 집이 없어서 곤란으로 지낼 제 집터를 빌리고 그 위에 집을 또 짓도록 마련해 준 것도 점순네의 호의였다. 그리고 우리 어머니 아버지도 농사 때 양식이 달리면★ 점순네한테 가서 부지런히 꾸어다 먹으면서 인품 그런 집은 다시없으리라고 침이 마르도록 칭찬하곤 하는 것이다. 그러면서도 열일곱씩이나 된 것들이 수군수군하고 붙어 다니면 동리의 소문이 사납다고 주의를 시켜 준 것도 또 어머니였다. 왜냐하면 내가 점순이하고 일을 저질렀다가는 점순네가 노할 것이고, 그러면 우리는 땅도 떨어지고 집도 내쫓기고 하지 않으면 안 되는 까닭이었다. 그런데 이놈의 계집애가 까닭 없이 기를 복복 쓰며 나를 말려 죽이려고 드는 것이다.

눈물을 흘리고 간 담 날 저녁나절이었다. 나무를 한 짐 잔뜩 지고 산을 내려오려니까 어디서 닭이 죽는 소리를 친다. 이거 뉘 집에서 닭을 잡나, 하고 점순네 울 뒤로 돌아오다가 나는 고만 두 눈이 뚱그레졌다. 점순이가 저희 집 봉당에 홀로 걸터앉았는데 이게 치마 앞에다 우리 씨암탉을 꼭 붙들어 놓고는,

---

★ 마름 : 지주를 대리하여 그 땅에 소작료를 내고 농사를 지을 수 있는 권리를 관리하는 사람.
★ 배재 : 땅을 소작할 수 있는 권리.
★ 달리면 : 모자라면.

"이놈의 닭! 죽어라, 죽어라." 요렇게 암팡스레★ 패 주는 것이 아닌가. 그것도 대가리나 치면 모른다마는 아주 알도 못 낳으라고 그 볼기짝께를 주먹으로 콕콕 쥐어박는 것이다.

나는 눈에 쌍심지가 오르고 사지가 부르르 떨렸으나 사방을 한번 휘돌아보고야 그제서 점순이 집에 아무도 없음을 알았다. 잡은 참 지게막대기를 들어 울타리의 중턱을 후려치며,

"이놈의 계집애! 남의 닭 알 못 낳으라구 그러니?" 하고 소리를 빽 질렀다.

그러나 점순이는 조금도 놀라는 기색이 없고 그대로 의젓이 앉아서 제 닭 가지고 하듯이 또 죽어라, 죽어라, 하고 패는 것이다. 이걸 보면 내가 산에서 내려올 때를 겨냥해 가지고 미리부터 닭을 잡아 가지고 있다가 너 보란 듯이 내 앞에 쥐지르고★ 있음이 확실하다.

그러나 나는 그렇다고 남의 집에 뛰어 들어가 계집애하고 싸울 수도 없는 노릇이고 형편이 썩 불리함을 알았다. 그래 닭이 맞을 적마다 지게막대기로 울타리나 후려칠 수밖에 별도리가 없다. 왜냐하면 울타리를 치면 칠수록 울섶이 물러앉으며 뼈대만 남기 때문이다. 하나 아무리 생각하여도 나만 밑지는 노릇이다.

"야, 이년아! 남의 닭 아주 죽일 터이냐?" 내가 도끼눈을 뜨고 다시 꽥 호령을 하니까 그제야 울타리께로 쪼르르 오더니 울 밖에 섰는 나의 머리를 겨누고 닭을 내팽개친다.

"에이, 더럽다! 더럽다!"

★ 암팡스레 : 야무지고 다부지게.

★ 쥐지르고 : 주먹으로 힘껏 내지르고.

"더러운 걸 널더러 입때 끼고 있으랬니? 망할 계집애넌 같으니!" 하고 나도 더럽단 듯이 울타리께를 힝 하니 돌아내리며 약이 오를 대로 다 올랐다, 라고 하는 것은 암탉이 풍기는 서슬★에 나의 이마빼기에다 물찌똥을 찍 갈겼는데, 그걸 본다면 알집만 터졌을 뿐 아니라 골병은 단단히 든 듯싶다. 그리고 나의 등 뒤를 향하여 나에게만 들릴 듯 말 듯 한 음성으로,

"이 바보 녀석아!"

"얘! 너 배냇병신★이지?"

그만도 좋으련만,

"얘! 너 느 아버지가 고자★라지?"

"뭐? 울 아버지가 그래 고자야?" 할 양으로 열벙거지가 나서 고개를 홱 돌리어 바라봤더니 그때까지 울타리 위로 나와 있어야 할 점순이의 대가리가 어디 갔는지 보이지를 않는다. 그러다 돌아서서 오자면 아까에 한 욕을 울 밖으로 또 퍼붓는 것이다. 욕을 이토록 먹어 가면서도 대거리★ 한마디 못 하는 걸 생각하니 돌부리에 채어 발톱 밑이 터지는 것도 모를 만치 분하고 급기야는 두 눈에 눈물까지 불끈 내솟는다.

그러나 점순이의 침해는 이것뿐이 아니다. 사람들이 없으면 틈틈이 제 집 수탉을 몰고 와서 우리 수탉과 쌈을 붙여 놓는다. 제 집 수탉은 썩 험상궂게 생기고 쌈이라면 홰를 치는 고로 으레 이길 것을 알기 때문이다. 그래서 툭하면 우리 수탉이 면두며 눈깔이 피로 흐드르하게 되도록 해 놓는다. 어떤 때에는 우리 수탉이 나오지를 않으니까 요놈의 계집애

★ 서슬 : 강하고 날카로운 기세.
★ 배냇병신 : '선천 기형'을 일상적으로 이르는 말.
★ 고자 : 생식 기관이 불완전한 남자.
★ 대거리 : 상대편에게 언짢은 기분이나 태도로 맞서서 대듦.

가 모이를 쥐고 와서 꾀어내다가 쌈을 붙인다.

이렇게 되면 나도 다른 배차★를 차리지 않을 수 없다. 하루는 우리 수탉을 붙들어 가지고 넌지시 장독께로 갔다. 쌈닭에게 고추장을 먹이면 병든 황소가 살모사를 먹고 용을 쓰는 것처럼 기운이 뻗친다 한다. 장독에서 고추장 한 접시를 떠서 닭 주둥아리께로 들이밀고 먹여 보았다. 닭도 고추장에 맛을 들였는지 거스르지 않고 거의 반 접시 턱이나 곧잘 먹는다. 그리고 먹고 금세는 용을 못 쓸 터이므로 얼마쯤 기운이 들도록 홰 속에다 가두어 두었다.

밭에 두엄을 두어 짐 져 내고 나서 쉴 참에 그 닭을 안고 밖으로 나왔다. 마침 밖에는 아무도 없고 점순이만 저희 울안에서 헌옷을 뜯는지 혹은 솜을 터는지 웅크리고 앉아서 일을 할 뿐이다. 나는 점순네 수탉이 노는 밭으로 가서 닭을 내려놓고 가만히 맥을 보았다. 두 닭은 여전히 얼리어 쌈을 하는데 처음에는 아무 보람이 없다. 멋지게 쪼는 바람에 우리 닭은 또 피를 흘리고 그러면서도 날갯죽지만 푸드득푸드득 하고 올라 뛰고 뛰고 할 뿐으로 제법 한번 쪼아 보도 못한다. 그러나 한번은 어쩐 일인지 용을 쓰고 펄쩍 뛰더니 발톱으로 눈을 하비고★ 내려오며 면두를 쪼았다. 큰 닭도 여기에는 놀랐는지 뒤로 멈씰하며★ 물러난다. 이 기회를 타서 작은 우리 수탉이 또 날쌔게 덤벼들어 다시 면두를 쪼니 그제는 감때사나운★ 그 대강이에서도 피가 흐르지 않을 수 없었다. 옳다 알았다 고

★ 배차 : (원래 정해진 순서나 차례를 뜻하지만) 이 글에서는 '대응책'의 뜻.
★ 하비고 : 손톱이나 날카로운 물건 따위로 조금 긁어 파고.
★ 멈씰하며 : 멈칫하며.
★ 감때사나운 : 억세고 사나운.

추장만 먹이면 되는구나 하고 나는 속으로 아주 쟁그라워★ 죽겠다. 그때에는 뜻밖에 내가 닭쌈을 붙여 놓는 데 놀라서 울 밖으로 내다보고 섰던 점순이도 입맛이 쓴지 눈살을 찌푸렸다. 나는 두 손으로 볼기짝을 두드리며 연방,

"잘한다! 잘한다!" 하고 신이 머리끝까지 뻗치었다.

그러나 얼마 되지 않아서 나는 넋이 풀리어 기둥같이 묵묵히 서 있게 되었다. 왜냐하면 큰 닭이 한번 쪼인 앙갚음으로 호들갑스레 연거푸 쪼는 서슬에 우리 수탉은 찔끔 못 하고 막 곯는다. 이걸 보고서 이번에는 점순이가 깔깔거리고 되도록 이쪽에서 많이 들으라고 웃는 것이다.

나는 보다 못하여 덤벼들어서 우리 수탉을 붙들어 가지고 도로 집으로 들어왔다. 고추장을 좀 더 먹였더라면 좋았을 걸 너무 급하게 쌈을 붙인 것이 퍽 후회가 난다. 장독께로 돌아와서 다시 턱 밑에 고추장을 들이댔다. 흥분으로 말미암아 그런지 당최 먹질 않는다. 나는 하릴없이 닭을 반듯이 누이고 그 입에다 궐련★ 물부리를 물리었다. 그리고 고추장 물을 타서 그 구멍으로 조금씩 들이부었다. 닭은 좀 괴로운지 킥킥 하고 재채기를 하는 모양이나, 그러나 당장의 괴로움은 매일같이 피를 흘리는 데 댈 게 아니라 생각하였다.

그러나 한 두어 종지가량 고추장 물을 먹이고 나서는 나는 그만 풀이 죽었다. 싱싱하던 닭이 왜 그런지 고개를 살며시 뒤틀고는 손아귀에서 빼드러지는 것이 아닌가. 아버지가 볼까 봐서 얼른 홰에다 감추어 두었더니 오늘 아침에서야 겨우 정신이 든 모양 같다.

★ 쟁그라워 : 경쟁자의 실패가 마음이 간지러울 정도로 썩 고소하여.
★ 궐련 : 담배를 끼워서 빠는 물건.

그랬던 걸 이렇게 오다 보니까 또 쌈을 붙여 놓으니 이 망할 계집애가 필연 우리 집에 아무도 없는 틈을 타서 제가 들어와 홰에서 꺼내 가지고 나간 것이 분명하다.

나는 다시 닭을 잡아다 가두고 염려스러우나 그렇다고 산으로 나무를 하러 가지 않을 수도 없는 형편이었다.

소나무 삭정이★를 따며 가만히 생각해 보니 암만해도 고년의 목쟁이를 돌려놓고 싶다. 이번에 내려가면 망할 년 등줄기를 한 번 되게 후려치겠다, 하고 싱둥겅둥★ 나무를 지고는 부리나케 내려왔다.

거지반★ 집에 다 내려와서 나는 호드기★ 소리를 듣고 발이 딱 멈추었다. 산기슭에 널려 있는 굵은 바윗돌 틈에 노란 동백꽃이 소보록하니 깔리었다.

그 틈에 끼어 앉아서 점순이가 청승맞게 시리 호드기를 불고 있는 것이다. 그보다도 더 놀란 것은 그 앞에서 또 푸드득푸드득 하고 들리는 닭의 횃소리다. 필연코 요년이 나의 약을 올리느라고 또 닭을 집어내다가 내가 내려올 길목에다 쌈을 시켜 놓고 저는 그 앞에 앉아서 천연스레 호드기를 불고 있음에 틀림없으리라.

나는 약이 오를 대로 다 올라서 두 눈에서 불과 함께 눈물이 퍽 쏟아졌다. 나무 지게도 벗어 놓을 새 없이 그대로 내동댕이치고는 지게막대기를 뻗치고 허둥지둥 달려들었다.

★ 삭정이 : 산 나무에 붙어 있는 말라 죽은 가지.
★ 싱둥겅둥 : 어떤 일을 자세히 하지 않고 대충대충 하는 모양.
★ 거지반 : 거의 절반 가까이.
★ 호드기 : 봄철에 물오른 버드나무 가지 껍질을 비틀어 뽑은 껍질이나 짤막한 밀짚 토막 따위로 만든 피리를 뜻하는 강원도 방언.

가까이 와 보니 과연 나의 짐작대로 우리 수탉이 피를 흘리고 거의 빈사지경★에 이르렀다. 닭도 닭이려니와 그러함에도 불구하고 눈 하나 깜짝 없이 고대로 앉아서 호드기만 부는 그 꼴에 더욱 치가 떨린다. 동리에서도 소문이 났거니와 나도 한때는 걱실걱실히★ 일 잘하고 얼굴 예쁜 계집애인 줄 알았더니 시방 보니까 그 눈깔이 꼭 여우 새끼 같다.

나는 대뜸 달려들어서 나도 모르는 사이에 큰 수탉을 단매로★ 때려 엎었다. 닭은 푹 엎어진 채 다리 하나 꼼짝 못 하고 그대로 죽어 버렸다. 그리고 나는 멍하니 섰다가 점순이가 매섭게 눈을 홉뜨고 닥치는 바람에 뒤로 벌렁 나자빠졌다.

"이놈아! 너 왜 남의 닭을 때려죽이니?"

"그럼 어때?" 하고 일어나다가,

"뭐 이 자식아! 누 집닭인데?" 하고 복장을 떼미는 바람에 다시 벌렁 자빠졌다. 그러고 나서 가만히 생각하니 분하기도 하고 무안스럽고, 또 한편 일을 저질렀으니 인젠 땅이 떨어지고 집도 내쫓기고 해야 될는지 모른다. 나는 비슬비슬 일어나며 소맷자락으로 눈을 가리고는 얼김에 엉 하고 울음을 놓았다. 그러다 점순이가 앞으로 다가와서,

"그럼, 너 이담부턴 안 그럴 테냐?" 하고 물을 때에야 비로소 살 길을 찾은 듯싶었다. 나는 눈물을 우선 씻고 뭘 안 그러는지 명색도 모르건만,

"그래!" 하고 무턱대고 대답하였다.

"요담부터 또 그래 봐라, 내 자꾸 못살게 굴 테니."

★ 빈사지경 : 거의 죽게 된 처지나 형편.
★ 걱실걱실히 : 성질이 너그러워 말과 행동을 시원스럽게.
★ 단매로 : 단 한 번 때리는 매로.

"그래그래, 인젠 안 그럴 테야."

"닭 죽은 건 염려 마라. 내 안 이를 테니."

그리고 뭣에 떠다밀렸는지 나의 어깨를 짚은 채 그대로 퍽 쓰러진다. 그 바람에 나의 몸뚱이도 겹쳐서 쓰러지며 한창 피어 퍼드러진 노란 동백꽃 속으로 폭 파묻혀 버렸다.

알싸한 그리고 향긋한 그 냄새에 나는 땅이 꺼지는 듯이 온 정신이 고만 아찔하였다.

"너 말 마라?"

"그래!"

조금 있더니 요 아래서,

"점순아! 점순아! 이년이 바느질을 하다 말구 어딜 갔어?" 하고 어딜 갔다 온 듯싶은 그 어머니가 역정이 대단히 났다.

점순이가 겁을 잔뜩 집어먹고 꽃 밑을 살금살금 기어서 산 아래로 내려간 다음 나는 바위를 끼고 엉금엉금 기어서 산 위로 치빼지★ 않을 수 없었다.

김유정 1908~1937 강원도 춘천에서 태어나 1935년 《조선일보》에 〈소낙비〉가 당선되고, 《중외일보》에 〈노다지〉가 당선되어 등단했습니다. 1937년 폐결핵으로 요절할 때까지 30여 편의 소설을 썼으며, 주요 작품으로는 〈동백꽃〉〈봄봄〉〈산골 나그네〉 등이 있습니다. 주로 농촌 서민들의 삶을 토속어와 해학적 수법으로 그려 낸 단편소설을 썼습니다.

★ 치빼지 : (속되게) 냅다 달아나지.

작품 설명

내용 파악하기

▸ **등장인물은 몇 명이고 누구누구인가요?**

3명 (나, 점순이, 점순이 어머니)

▸ **'나'의 집안과 점순이의 관계는 어떻게 되나요?**

'나'의 집 마름네 딸이 점순이

▸ **점순이가 '나'에게 관심을 보인 말과 행동을 세 가지 적어 보세요.**

쌩이질, 감자 준 것, 닭싸움 시킨 것

▸ **'나'가 점순이네 닭을 죽이고 당황한 이유는 무엇일까요?**

소작인으로서 마름네 닭을 죽여 땅을 떼일까 걱정이 돼서

▸ **동백꽃에 같이 파묻혔을 때 '나'의 기분은 어떠했을까요?**

황홀, 아찔, 좋았다

핵심 정리

갈래 : 단편소설, 농촌소설

배경 : 1930년대 어느 봄, 강원도 산골 마을

시점 : 1인칭 주인공 시점

제재 : 점순이와 나의 갈등 및 애정

주제 : 사춘기를 지내고 있는 시골 남녀의 순박한 사랑

특징 : ① 해학적이면서 서정적인 문체 사용

② 토속적인 어휘 구사

작품 이해

이 소설은 동백꽃이 핀 봄날 강원도 산골 마을을 무대로 펼쳐지는 사춘기 소년 소녀의 풋풋한 사랑 이야기를 그리고 있습니다. 다시 말해 어수룩한 '나'와 영악하고 조숙한 점순이 사이의 미묘한 사랑의 감정을 담아낸 소설입니다. 점순이는 '나'를 좋아하면서도 짓궂은 행동으로 표현합니다. 우직한 '나'는 점순이의 그런 행동을 이해하지 못하면서도 사실은 점순이에게 끌리고 있다고 할 수 있지요. 다양하고 토속적인 강원도 사투리, 대사와 지문을 넘나드는 입말, 의성어, 의태어 등이 많이 사용되어 읽는 재미를 더합니다.

생각해 보기

- '나'가 점순이의 마음을 알았지만 적극적으로 나서지 않은 이유는 무엇일까요?

- 소설 속 등장인물과 요즘 청소년들을 비교해 볼 때 이성에게 관심을 표현하는 방법은 어떻게 다를까요?

소나기

• 황순원 •

• 읽기 전에 •

첫사랑. 듣기만 해도 가슴 떨리지 않나요? 특히 어린 시절의 풋풋함을 간직하고 있는 풋사랑은 더욱 설레는 사랑일 것입니다. 한 소년에게 바로 이런 사랑이 다가왔습니다. 서울에서 전학 온 소녀가 소년의 삶에 큰 흔적을 남기고 떠나 버렸지요. 소년과 소녀가 어떻게 사랑을 나누는지 함께 읽어 볼까요?

소년은 개울가에서 소녀를 보자 곧 윤 초시★네 증손녀(曾孫女)딸이라는 걸 알 수 있었다. 소녀는 개울에다 손을 잠그고 물장난을 하고 있는 것이다. 서울서는 이런 개울물을 보지 못하기나 한 듯이.

벌써 며칠째 소녀는, 학교에서 돌아오는 길에 물장난이었다. 그런데, 어제까지는 개울 기슭에서 하더니, 오늘은 징검다리 한가운데 앉아서 하고 있다.

소년은 개울둑에 앉아 버렸다. 소녀가 비키기를 기다리자는 것이다.

요행★ 지나가는 사람이 있어, 소녀가 길을 비켜 주었다.

다음 날은 좀 늦게 개울가로 나왔다.

이날은 소녀가 징검다리 한가운데 앉아 세수를 하고 있었다. 분홍 스웨터 소매를 걷어 올린 팔과 목덜미가 마냥 희었다.

한참 세수를 하고 나더니, 이번에는 물속을 빤히 들여다본다. 얼굴이라도 비추어 보는 것이리라. 갑자기 물을 움켜★ 낸다. 고기 새끼라도 지나가는 듯.

소녀는 소년이 개울둑에 앉아 있는 걸 아는지 모르는지 그냥 날쌔게 물만 움켜 낸다. 그러나 번번이 허탕이다. 그대로 재미있는 양, 자꾸 물만 움킨다. 어제처럼 개울을 건너는 사람이 있어야 길을 비킬 모양이다.

★ 초시 : 예전에, 한문을 좀 아는 유식한 양반을 높여 이르던 말.
★ 요행 : 뜻밖에 얻는 행운.
★ 움켜 : 손가락을 우그리어 물건 따위를 놓치지 않도록 힘 있게 잡아.

그러다가 소녀가 물속에서 무엇을 하나 집어낸다. 하얀 조약돌이었다. 그러고는 벌떡 일어나 팔짝팔짝 징검다리를 뛰어 건너간다.

다 건너가더니만 홱 이리로 돌아서며,

"이 바보."

조약돌이 날아왔다.

소년은 저도 모르게 벌떡 일어섰다.

단발머리를 나풀거리며 소녀가 막 달린다. 갈밭 사잇길로 들어섰다. 뒤에는 청량한 가을 햇살 아래 빛나는 갈꽃뿐.

이제 저쯤 갈밭머리로 소녀가 나타나리라. 꽤 오랜 시간이 지났다고 생각됐다. 그런데도 소녀는 나타나지 않는다. 발돋움을 했다. 그러고도 상당한 시간이 지났다고 생각됐다.

저쪽 갈밭머리에 갈꽃이 한 옴큼 움직였다. 소녀가 갈꽃을 안고 있었다. 그리고 이제는 천천한 걸음이었다. 유난히 맑은 가을 햇살이 소녀의 갈꽃머리에서 반짝거렸다. 소녀 아닌 갈꽃이 들길을 걸어가는 것만 같았다.

소년은 이 갈꽃이 아주 뵈지 않게 되기까지 그대로 서 있었다. 문득, 소녀가 던진 조약돌을 내려다보았다. 물기가 걷혀 있었다. 소년은 조약돌을 집어 주머니에 넣었다.

다음 날부터 좀 더 늦게 개울가로 나왔다. 소녀의 그림자가 뵈지 않았다. 다행이었다.

그러나 이상한 일이었다. 소녀의 그림자가 뵈지 않는 날이 계속될수록 소년의 가슴 한구석에는 어딘가 허전함이 자리 잡는 것이었다. 주머니 속 조약돌을 주무르는 버릇이 생겼다.

그러한 어떤 날, 소년은 전에 소녀가 앉아 물장난을 하던 징검다리 한가운데에 앉아 보았다. 물속에 손을 잠갔다. 세수를 하였다. 물속을 들여다보았다. 검게 탄 얼굴이 그대로 비치었다. 싫었다.

소년은 두 손으로 물속의 얼굴을 움키었다. 몇 번이고 움키었다. 그러다가 깜짝 놀라 일어나고 말았다. 소녀가 이리로 건너오고 있지 않느냐.

숨어서 내가 하는 일을 엿보고 있었구나. 소년은 달리기를 시작했다. 디딤돌을 헛디뎠다. 한 발이 물속에 빠졌다. 더 달렸다.

몸을 가릴 데가 있어 줬으면 좋겠다. 이쪽 길에는 갈밭도 없다. 메밀밭이다. 전에 없이 메밀꽃 냄새가 짜릿하게 코를 찌른다고 생각됐다. 미간이 아찔했다. 찝찔한 액체가 입술에 흘러들었다. 코피였다.

소년은 한 손으로 코피를 훔쳐 내면서 그냥 달렸다. 어디선가 '바보, 바보' 하는 소리가 자꾸만 뒤따라오는 것 같았다.

토요일이었다.

개울가에 이르니, 며칠째 보이지 않던 소녀가 건너편 가에 앉아 물장난을 하고 있었다. 모르는 체 징검다리를 건너기 시작했다. 얼마 전에 소녀 앞에서 한 번 실수를 했을 뿐, 여태 큰길 가듯이 건너던 징검다리를 오늘은 조심스럽게 건넌다.

"얘."

못 들은 체했다. 둑 위로 올라섰다.

"얘, 이게 무슨 조개지?"

자기도 모르게 돌아섰다. 소녀의 맑고 검은 눈과 마주쳤다. 얼른 소녀의 손바닥으로 눈을 떨구었다.

"비단조개."

"이름도 참 곱다."

갈림길에 왔다. 여기서 소녀는 아래편으로 한 삼 마장★쯤, 소년은 우대로★ 한 십 리 가까운 길을 가야 한다.

소녀가 걸음을 멈추며,

"너, 저 산 너머에 가 본 일 있니?"

벌 끝을 가리켰다.

"없다."

"우리, 가 보지 않으련? 시골 오니까 혼자서 심심해 못 견디겠다."

"저래 봬도 멀다."

"멀면 얼마나 멀기에? 서울 있을 땐 사뭇 먼 데까지 소풍 갔었다."

소녀의 눈이 금세 '바보, 바보.' 할 것만 같았다.

논 사잇길로 들어섰다. 벼 가을걷이★하는 곁을 지났다.

허수아비가 서 있었다. 소년이 새끼줄을 흔들었다. 참새가 몇 마리 날아간다. '참, 오늘은 일찍 집으로 돌아가 텃논의 참새를 봐야 할걸.' 하는 생각이 든다.

"아, 재밌다!"

소녀가 허수아비 줄을 잡더니 흔들어 댄다. 허수아비가 자꾸 우쭐거리며 춤을 춘다. 소녀의 왼쪽 볼에 살포시 보조개가 패었다.

저만큼 허수아비가 또 서 있다. 소녀가 그리로 달려간다. 그 뒤를 소년도 달렸다. 오늘 같은 날은 일찍 집으로 돌아가 집안일을 도와야 한다는

★ 마장 : 거리의 단위. 약 km나 km가 못 되는 거리를 이름.
★ 우대로 : 위쪽으로.
★ 가을걷이 : 추수.

생각을 잊어버리기라도 하려는 듯이.

소녀의 곁을 스쳐 그냥 달린다. 메뚜기가 따끔따끔 얼굴에 와 부딪친다. 쪽빛으로 한껏 갠 가을 하늘이 소년의 눈앞에서 맴을 돈다. 어지럽다. 저놈의 독수리, 저놈의 독수리, 저놈의 독수리가 맴을 돌고 있기 때문이다.

돌아다보니, 소녀는 지금 자기가 지나쳐 온 허수아비를 흔들고 있다. 좀 전 허수아비보다 더 우쭐거린다.

논이 끝난 곳에 도랑이 하나 있었다. 소녀가 먼저 뛰어 건넜다.

거기서부터 산 밑까지는 밭이었다.

수숫단을 세워 놓은 밭머리를 지났다.

"저게 뭐니?"

"원두막."

"여기 참외, 맛있니?"

"그럼, 참외 맛도 좋지만 수박 맛은 더 좋다."

"하나 먹어 봤으면."

소년이 참외 그루에 심은 무밭으로 들어가, 무 두 밑★을 뽑아 왔다. 아직 밑이 덜 들어 있었다. 잎을 비틀어 팽개친 후, 소녀에게 한 개 건넨다. 그러고는 이렇게 먹어야 한다는 듯이, 먼저 대강이를 한 입 베물어 낸 다음, 손톱으로 한 돌이★ 껍질을 벗겨 우쩍★ 깨문다.

소녀도 따라 했다. 그러나 세 입도 못 먹고,

★ 밑 : 밑동. 식물의 굵게 살진 뿌리 부분.
★ 돌이 : 무엇의 둘레로 한 바퀴 돌아가거나 감긴 것을 세는 단위.
★ 우쩍 : 세게 깨물어 씹을 때 나는 소리.

"아, 맵고 지려★." 하며 집어 던지고 만다.

"참, 맛없어 못 먹겠다."

소년이 더 멀리 팽개쳐 버렸다.

산이 가까워졌다.

단풍이 눈에 따가웠다.

"야아!"

소녀가 산을 향해 달려갔다. 이번은 소년이 뒤따라 달리지 않았다. 그러고도 곧 소녀보다 더 많은 꽃을 꺾었다.

"이게 들국화, 이게 싸리꽃, 이게 도라지꽃……."

"도라지꽃이 이렇게 예쁜 줄은 몰랐네. 난 보랏빛이 좋아!…… 그런데, 이 양산같이 생긴 노란 꽃이 뭐지?"

"마타리꽃."

소녀는 마타리꽃을 양산 받듯이 해 보인다. 약간 상기된 얼굴에 살포시 보조개를 떠올리며.

다시 소년은 꽃 한 옴큼을 꺾어 왔다. 싱싱한 꽃가지만 골라 소녀에게 건넨다.

그러나 소녀는

"하나도 버리지 마라."

산마루께로 올라갔다.

맞은편 골짜기에 오순도순 초가집이 몇 모여 있었다.

누가 말한 것도 아닌데, 바위에 나란히 걸터앉았다. 유달리 주위가 조

★ 지려 : 오줌 냄새와 같거나 그런 맛이 나.

용해진 것 같았다. 따가운 가을 햇살만이 말라 가는 풀 냄새를 퍼뜨리고 있었다.

"저건 또 무슨 꽃이지?"

적잖이 비탈진 곳에 칡덩굴이 엉키어 꽃을 달고 있었다.

"꼭 등꽃 같네. 서울 우리 학교에 큰 등나무가 있었단다. 저 꽃을 보니까 등나무 밑에서 놀던 동무들 생각이 난다."

소녀가 조용히 일어나 비탈진 곳으로 간다. 꽃송이가 많이 달린 줄기를 잡고 끊기 시작한다. 좀처럼 끊어지지 않는다. 안간힘을 쓰다가 그만 미끄러지고 만다. 칡덩굴을 그러쥐었다★.

소년이 놀라 달려갔다. 소녀가 손을 내밀었다. 손을 잡아 이끌어 올리며, 소년은 제가 꺾어다 줄 것을 잘못했다고 뉘우친다. 소녀의 오른쪽 무릎에 핏방울이 내맺혔다. 소년은 저도 모르게 생채기에 입술을 가져다 대고 빨기 시작했다. 그러다가, 무슨 생각을 했는지 홱 일어나 저쪽으로 달려간다.

좀 만에 숨이 차 돌아온 소년은

"이걸 바르면 낫는다."

송진★을 생채기에다 문질러 바르고는 그 달음으로 칡덩굴 있는 데로 내려가, 꽃 많이 달린 몇 줄기를 이빨로 끊어 가지고 올라온다. 그러고는,

"저기 송아지가 있다. 그리 가 보자."

누렁 송아지였다. 아직 코뚜레도 꿰지 않았다.

소년이 고삐를 바투 잡아 쥐고 등을 긁어 주는 체 훌쩍 올라탔다. 송아

★ 그러쥐었다 : 그러당겨 손안에 잡았다.
★ 송진 : 소나무나 잣나무에서 분비되는 끈적끈적한 액체.

지가 껑충거리며 돌아간다.

소녀의 흰 얼굴이, 분홍 스웨터가, 남색 스커트가, 안고 있는 꽃과 함께 범벅이 된다. 모두가 하나의 큰 꽃묶음 같다. 어지럽다. 그러나 내리지 않으리라. 자랑스러웠다. 이것만은 소녀가 흉내 내지 못할, 자기 혼자만이 할 수 있는 일인 것이다.

"너희, 예서 뭣들 하느냐?"

농부 하나가 억새풀 사이로 올라왔다.

송아지 등에서 뛰어내렸다. 어린 송아지를 타서 허리가 상하면 어쩌느냐고 꾸지람을 들을 것만 같다.

그런데, 나룻이 긴 농부는 소녀 편을 한번 흩어보고는 그저 송아지 고삐를 풀어내면서,

"어서들 집으로 가거라. 소나기가 올라."

참, 먹장구름 한 장이 머리 위에 와 있다. 갑자기 사면★이 소란스러워진 것 같다. 바람이 우수수 소리를 내며 지나간다. 삽시간★에 주위가 보랏빛으로 변했다.

산을 내려오는데, 떡갈나무 잎에서 빗방울 듣는 소리가 난다. 굵은 빗방울이었다. 목덜미가 선뜻선뜻했다★. 그러자, 대번에 눈앞을 가로막는 빗줄기.

비안개 속에 원두막이 보였다. 그리로 가 비를 그을★ 수밖에.

그러나 원두막은 기둥이 기울고 지붕도 갈래갈래 찢어져 있었다. 그

★ 사면 : 전후좌우의 모든 방면.
★ 삽시간 : 매우 짧은 시간.
★ 선뜻선뜻했다 : 기분이나 느낌이 깨끗하고 시원했다.
★ 그을 : 잠시 피하여 그치기를 기다릴.

런대로 비가 덜 새는 곳을 가려 소녀를 들어서게 했다.

소녀의 입술이 파랗게 질렸다. 어깨를 자꾸 떨었다.

무명★ 겹저고리를 벗어 소녀의 어깨를 싸 주었다. 소녀는 비에 젖은 눈을 들어 한 번 쳐다보았을 뿐, 소년이 하는 대로 잠자코 있었다. 그러면서, 안고 온 꽃묶음 속에서 가지가 꺾이고 꽃이 일그러진 송이를 골라 발밑에 버린다. 소녀가 들어선 곳도 비가 새기 시작했다. 더 거기서 비를 그을 수 없었다.

밖을 내다보던 소년이 무엇을 생각했는지 수수밭 쪽으로 달려간다. 세워 놓은 수숫단 속을 비집어 보더니, 옆의 수숫단을 날라다 덧세운다. 다시 속을 비집어 본다. 그러고는 이쪽을 향해 손짓을 한다.

수숫단 속은 비는 안 새었다. 그저 어둡고 좁은 게 안됐다. 앞에 나앉은 소년은 그냥 비를 맞아야만 했다. 그런 소년의 어깨에서 김이 올랐다.

소녀가 속삭이듯이, 이리 들어와 앉으라고 했다. 괜찮다고 했다. 소녀가 다시, 들어와 앉으라고 했다. 할 수 없이 뒷걸음질을 쳤다. 그 바람에, 소녀가 안고 있는 꽃묶음이 망그러졌다. 그러나 소녀는 상관없다고 생각했다. 비에 젖은 소년의 몸 내음새가 확 코에 끼얹혀졌다. 그러나 고개를 돌리지 않았다. 도리어 소년의 몸기운으로 해서 떨리던 몸이 적이 누그러지는 느낌이었다.

소란하던 수수 잎 소리가 뚝 그쳤다. 밖이 멀게졌다★.

수숫단 속을 벗어 나왔다. 멀지 않은 앞쪽에 햇빛이 눈부시게 내리붓고 있었다. 도랑 있는 곳까지 와 보니, 엄청나게 물이 불어 있었다. 빛마

★ 무명 : 무명실로 짠 피륙.
★ 멀게졌다 : 깨끗하게 맑지 아니하고 약간 흐린 듯했다.

저 제법 붉은 흙탕물이었다. 뛰어 건널 수가 없었다.

소년이 등을 돌려 댔다. 소녀가 순순히 업히었다. 걷어 올린 소년의 잠방이★까지 물이 올라왔다. 소녀는 어머나 소리를 지르며 소년의 목을 끌어안았다.

개울가에 다다르기 전에, 가을 하늘은 언제 그랬는가 싶게 구름 한 점 없이 쪽빛★으로 개어 있었다.

그 뒤로 소녀의 모습은 뵈지 않았다. 매일같이 개울가로 달려와 봐도 뵈지 않았다.

학교에서 쉬는 시간에 운동장을 살피기도 했다. 남몰래 5학년 여자 반을 엿보기도 했다. 그러나 뵈지 않았다.

그날도 소년은 주머니 속 흰 조약돌만 만지작거리며 개울가로 나왔다. 그랬더니 이쪽 개울둑에 소녀가 앉아 있는 게 아닌가.

소년은 가슴부터 두근거렸다.

"그동안 앓았다."

어쩐지 소녀의 얼굴이 해쓱해져 있었다.

"그날, 소나기 맞은 탓 아냐?"

소녀가 가만히 고개를 끄덕이었다.

"인제 다 났냐?"

"아직도……."

"그럼, 누워 있어야지."

"하도 갑갑해서 나왔다…… 참, 그날 재밌었어……. 그런데 그날 어디

★ 잠방이 : 가랑이가 무릎까지 내려오도록 짧게 만든 홑바지.

★ 쪽빛 : 남빛. 짙은 푸른빛.

서 이런 물이 들었는지 잘 지지 않는다."

소녀가 분홍 스웨터 앞자락을 내려다본다. 거기에 검붉은 진흙물 같은 게 들어 있었다.

소녀가 가만히 보조개를 떠올리며,

"그래 이게 무슨 물 같니?"

소년은 스웨터 앞자락만 바라보고 있었다.

"내, 생각해 냈다. 그날, 도랑을 건너면서 내가 업힌 일이 있지? 그때, 네 등에서 옮은 물이다."

소년은 얼굴이 확 달아오름을 느꼈다.

갈림길에서 소녀는

"저, 오늘 아침에 우리 집에서 대추를 땄다. 낼 제사 지내려고……."

대추 한 줌을 내준다. 소년은 주춤한다.

"맛봐라. 우리 증조할아버지가 심었다는데, 아주 달다."

소년은 두 손을 오그려 내밀며,

"참, 알도 굵다!"

"그리고 저, 우리 이번에 제사 지내고 나서 좀 있다 집을 내주게 됐다."

소년은 소녀네가 이사해 오기 전에 벌써 어른들의 이야기를 들어서, 윤 초시 손자가 서울서 사업에 실패해 가지고 고향에 돌아오지 않을 수 없게 되었다는 걸 알고 있었다. 그것이 이번에는 고향 집마저 남의 손에 넘기게 된 모양이었다.

"왜 그런지 난 이사 가는 게 싫어졌다. 어른들이 하는 일이니 어쩔 수 없지만……."

전에 없이, 소녀의 까만 눈에 쓸쓸한 빛이 떠돌았다.

소녀와 헤어져 돌아오는 길에, 소년은 혼잣속으로, 소녀가 이사를 간다는 말을 수없이 되뇌어 보았다. 무어 그리 안타까울 것도 서러울 것도 없었다. 그렇건만, 소년은 지금 자기가 씹고 있는 대추알의 단맛을 모르고 있었다.

이날 밤, 소년은 몰래 덕쇠 할아버지네 호두밭으로 갔다.

낮에 봐 두었던 나무로 올라갔다. 그리고 봐 두었던 가지를 향해 작대기를 내리쳤다. 호두 송이 떨어지는 소리가 별나게 크게 들렸다. 가슴이 선뜩했다. 그러나 다음 순간, 굵은 호두야 많이 떨어져라, 많이 떨어져라, 저도 모를 힘에 이끌려 마구 작대기를 내리치는 것이었다.

돌아오는 길에는 열이틀 달이 지우는 그늘만 골라 디뎠다. 그늘의 고마움을 처음 느꼈다.

불룩한 주머니를 어루만졌다. 호두 송이를 맨손으로 깠다가는 옴이 오르기 쉽다는 말 같은 건 아무렇지도 않았다. 그저 근동★에서 제일가는 이 덕쇠 할아버지네 호두를 어서 소녀에게 맛보여야 한다는 생각만이 앞섰다.

그러다, 아차 하는 생각이 들었다. 소녀더러 병이 좀 낫거들랑 이사 가기 전에 한번 개울가로 나와 달라는 말을 못 해 둔 것이었다. 바보 같은 것, 바보 같은 것.

이튿날, 소년이 학교에서 돌아오니, 아버지가 나들이옷으로 갈아입고 닭 한 마리를 안고 있었다.

어디 가시느냐고 물었다.

★ 근동 : 가까운 이웃 동네.

그 말에도 대꾸도 없이, 아버지는 안고 있는 닭의 무게를 겨냥해 보면서,

"이만하면 될까?"

어머니가 망태기를 내주며,

"벌써 며칠째 '걀걀' 하고 알 날 자리를 보던데요. 크진 않아도 살은 쪘을 거예요."

소년이 이번에는 어머니한테 아버지가 어디 가시느냐고 물어보았다.

"저, 서당골 윤 초시 댁에 가신다. 제사상에라도 놓으시라고……."

"그럼, 큰 놈으로 하나 가져가지. 저 얼룩 수탉으로……."

이 말에, 아버지는 허허 웃고 나서,

"인마, 그래도 이게 실속이 있다."

소년은 공연히 열쩍어★, 책보를 집어 던지고는 외양간으로 가, 쇠잔등을 한 번 철썩 갈겼다. 쇠파리라도 잡는 체.

개울물은 날로 여물어 갔다.

소년은 갈림길에서 아래쪽으로 가 보았다. 갈밭머리에서 바라보는 서당골 마을은 쪽빛 하늘 아래 한결 가까워 보였다.

어른들의 말이, 내일 소녀네가 양평읍으로 이사 간다는 것이었다. 거기 가서는 조그마한 가겟방을 보게 되리라는 것이었다.

소년은 저도 모르게 주머니 속 호두알을 만지작거리며, 한 손으로는 수없이 갈꽃을 휘어 꺾고 있었다.

그날 밤, 소년은 자리에 누워서도 같은 생각뿐이었다. 내일 소녀네가 이사하는 걸 가 보나 어쩌나. 가면 소녀를 보게 될까 어떨까.

★ 열쩍어 : 좀 겸연쩍고 부끄러워.

그러다가 까무룩 잠이 들었는가 하는데,

"허, 참 세상일도……."

마을 갔던 아버지가 언제 돌아왔는지,

"윤 초시 댁도 말이 아니야, 그 많던 전답을 다 팔아 버리고, 대대로 살아오던 집마저 남의 손에 넘기더니, 또 악상★까지 당하는 걸 보면……."

남폿불★ 밑에서 바느질감을 안고 있던 어머니가,

"증손이라곤 계집애 그 애 하나뿐이었지요?"

"그렇지, 사내애 둘 있던 건 어려서 잃어버리고……."

"어쩌면 그렇게 자식 복이 없을까."

"글쎄 말이지. 이번 앤 꽤 여러 날 앓는 걸 약도 변변히 못 써 봤다더군. 지금 같아서 윤 초시네도 대가 끊긴 셈이지……. 그런데 참, 이번 계집앤 어린것이 여간 잔망스럽지가★ 않아. 글쎄, 죽기 전에 이런 말을 했다지 않아? 자기가 죽거든 자기 입던 옷을 꼭 그대로 입혀서 묻어 달라고……."

황순원 1915~2000 **평안남도 대동에서 태어났습니다. 주요 작품으로는 〈카인의 후예〉 〈별〉 〈학〉 〈어둠 속에 찍힌 판화〉 〈목넘이 마을의 개〉 등이 있습니다. 한국인의 토속적인 문제와 한국인의 근원적인 정신과 관련된 시대 · 사회적 문제를 많이 담아냈습니다.**

★ 악상 : 젊어서 부모보다 먼저 자식이 죽는 경우.

★ 남폿불 : 석유를 넣은 그릇에 유리로 만든 등피를 끼우고 불인 불.

★ 잔망스럽지가 : 얄밉도록 맹랑한 데가 있지가.

작품 설명

내용 파악하기

등장인물을 모두 말해 보세요.

소년, 소녀, 그리고 농부, 아버지, 어머니

소년이 겪은 일은 어느 계절에 일어났나요?

여름과 가을

어디서 일어난 일인가요?

시골

일어난 일을 간단히 정리해 볼까요?

소년이 사는 마을에 윤 초시네 증손녀가 이사 온다. 소녀가 먼저 소년에게 관심을 보인다. 소나기를 함께 피하면서 더욱 친해지게 된다. 그러나 소녀는 더 이상 보이지 않는다. 소년은 계속 소녀가 생각난다. 하지만 소녀는 병을 얻어 죽고 만다.

핵심 정리

갈래 : 단편소설, 성장소설, 순수소설

배경 : 여름에서 가을까지, 양평 근처의 어느 농촌

시점 : 3인칭 관찰자 시점(부분적으로 전지적 작가 시점)

제재 : 어린 시절의 순박한 동심과 사랑

주제 : 소년과 소녀의 순수한 사랑

특징 : 간결하고 평이한 문체 사용

작품 이해

때 묻지 않은 순수한 소년 소녀의 사랑 이야기입니다. 소나기는 무더운 여름철 한바탕 시원하게 내리고 금방 그치는 비입니다. 이 소설에서 소년과 소녀의 사랑도 가슴 저리지만 소나기처럼 금방 왔다 사라집니다. 소녀가 죽기 전에 입던 옷을 그대로 입혀서 묻어 달라고 한 것은, 짧지만 아름답던 추억을 영원히 간직하고 싶어서였을 것입니다. 누구나 어린 시절이 있습니다. 사람은 그 유년 시절의 추억을 간직하면서 성장하게 됩니다. 여러분도 아름다운 추억을 간직한 채 점점 어른이 되어 갈 것입니다.

생각해 보기

▸ **〈보기〉 글을 참고하여, 이 소설이 현재 도시에서 일어난 일이라고 가정하고 새롭게 다시 써 볼까요?**

〈보기〉
소년은 마을버스 정류장 앞에서 소녀를 보자 얼른 김 사장 댁 막내 손녀라는 것을 알아차렸다. 오늘도 소녀는 버스 정류장 앞에서 서성거렸다. 어느 날 소녀는 나에게 말했다. "야, 너 동전 있냐?" 나도 모르게 "없어." 하고 짤막하게 답하고는 얼른 학원으로 달려갔다. 이윽고 소녀는 버스에 올라타면서 "이 멍청이." 하며 가지고 있던 볼펜을 나에게 던졌다. (이하 생략)

고무신

• 오영수 •

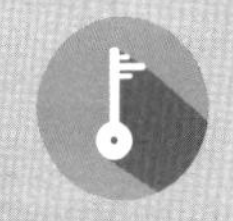

• 읽기 전에 •

'고무신'이라고 하면 특별한 행사에서나 신는 신발인 줄 알겠지만, 짚신이나 나막신을 신던 그 옛날에는 요즘 최고급 브랜드 신발보다도 값진 신발이었습니다. 주인공 남이도 식모살이를 하는 주인집에서 받은 곱디고운 옥색 고무신을 고이 모셔 둡니다. 그런데 그렇게 귀한 고무신을 주인집 꼬마들이 엿장수에게 주고 엿을 사 먹고 말지요. 화가 난 남이는 엿장수를 만나 고무신을 내놓으라고 큰소리칩니다. 과연 엿장수가 순순히 고무신을 돌려줄까요?

보리밭 이랑에 모이를 줍는 낮닭 울음만이 이따금씩 들려오는 고요한 이 마을에도 올봄 접어들어 안타까운 이별이 있었다.

바다와 시가지 일부가 한꺼번에 내다보이는, 지대가 높고, 귀환 동포가 누더기처럼 살고 있는 산기슭 마을이었다. 그렇기에 마을 사람들은 철수 내외와 같이 가난뱅이 월급쟁이가 아니면 대개가 그날그날 날품팔이다.

밤이면 모여들고 날이 새면 일터로 나가기가 바빴다. 다만 어린아이들만이 마을 앞 양지바른 담 밑에 모여 윤선★이 오고 가는 바다를 바라보고, 윤선도 보이지 않는 날은 무료에 지쳐 버린다.

그러나 이 단조한 마을, 무료한 아이들에게도 단 하나의 즐거움은 있었다. 그것은 날마다 단골로 찾아오는 젊은 엿장수였다.

내려다보이는 아랫마을을 거쳐, 보리밭 사잇길로 이 마을을 향해 올라오는 엿장수는 가위를 째깍거리면서

"자아 엿이야 엿– 맛 좋고 빛 좋은 울릉도 호박엿– 처녀가 먹으면 시집을 가고 총각이 먹으면 장가를 들고–."

언제나 귀 익은 타령이건만 이 마을 아이들에게는 언제나 새롭고 즐겁고 또 신이 나는 넋두리였다.

엿장수가 마을 앞까지 채 오기도 전에 아이들은 벌써 길목에 쭉 모여

★ 윤선 : 수레바퀴 모양의 것을 회전시켜 움직이는 배.

서서 개선장군이나 맞이하듯 기다리고 섰다.

그러면 엿장수는 더한층 가윗소리를 째깍거리고 길목 돌 위에다 엿판을 턱 내려놓고는 자! 어떠냐? 하는 듯이 맛보기를 주면 아이들은 서로 다퉈 담을 치고 들여다본다. 그러나 막상 엿을 사 먹는 아이는 좀체 보이지 않고, 혹 떨어진 고무신짝이나 가지고 와서 바꿔 먹는 아이가 없지는 않으나, 그것도 매일같이 있을 리는 없다. 아이들은 사 먹지는 못할망정 보기만 해도 좋았다. 그 뽀오얗게 밀가루를 쓴 엿가락이 가지런히 누워 있는 엿판을 들여다보고 있을 양이면 저절로 입에 군침이 괴고 마음까지 흐뭇해지는 것이었다.

이 마을 아이들에게 있어 엿장수의 존재는 커다란 매력이었다. 이 마을 아이들에게는 세상에서 가장 부러운 것이 엿장수였을는지도 모른다.

철수가 마악 저녁 밥상을 받자, 그보다 먼저 저녁을 먹은 여섯 살짜리 영이와 네 살짜리 윤이 놈이 상머리에 와 앉는다. 영이 놈이 시무룩한 상을 하고 누가 묻기나 한 듯이

“어머닌 외가 갔어!” 한다. 즉 저희들을 안 데리고 갔다는 불평인 눈치다. 이런 때 저희들을 동정하는 눈치를 보이기만 하면 투정을 부리는 줄 알기 때문에 철수는 시치미를 딱 떼고

“흐음!” 했을 뿐 더는 대꾸를 않았다.

윤이는 밥술 오르내리는 것만 하염없이 바라보고 있는데, 영이는 제 말한 것이 아무 반응이 없어 계면쩍이★ 앉았다가 갑자기 생각난 듯이 앉은걸음으로 한 걸음 앞으로 다가앉으면서

★ 계면쩍이 : 쑥스럽거나 미안하여 어색하게.

"아부지!" 하고는 채 대답도 듣기 전에

"아지마★가 오늘 윤이 때리고 날 꼬집고 했어!" 한다. 철수는 밥을 씹다 말고

"으응 정말?"

"그래!" 하고는 팔을 걷어 보이나 꼬집힌 흔적은 보이지 않았다.

그러자 작은놈도 밑이 타진★ 바지를 젖히고 볼기짝을 가리키면서

"에게 에게 때려……." 하는 것을 보아 거짓말은 아닌 것 같다. 의욋일이었다.

그것은 식모아이 분수로서 함부로 애들을 때리고 꼬집었다든가 하는 무슨 명분을 가려서가 아니라, 남이(식모아이의 이름)가 이 집에 온 이후 오늘까지 한 번이라도 애들에게 손찌검을 하거나 또 했다거나 하는 것을 보지도 듣지도 못했기 때문이었다.

만일 남이가 저희들 말과 같이 때리고 꼬집기까지 했을 때는 이만저만한 일로써가 아니리라.

"그래, 왜 아지마가 때리고 꼬집더냐?"

"……."

"응?"

"……."

한 놈도 대답이 없다.

철수는 부엌에서 저녁 설거지를 하고 있는 남이를 불렀다. 남이 역시 대답이 없다. 대답은 없으나 마루께로 걸어오는 발자국 소리는 들린다.

★ 아지마 : 식모아이.
★ 타진 : 꿰맨 데가 터진.

부엌에서 할 대답을 방문을 열고서야

"예엣!" 하는 남이의 태도도 역시 여느 때와는 다르다.

철수는 부드러운 목소리로

"오늘 왜 윤이를 때리고 영이를 꼬집었냐?"

"……."

"아니 때리고 꼬집은 것을 나무람이 아니라, 애들이 무슨 저지레★를 했느냐 말이다?"

그제야 남이는 옆눈으로 영이와 윤이를 한번 흘겨보고는

"오늘 뒷개울에 빨래를 간 새, 영이와 윤이가 제 고무신을 들어다 엿을 바꿔 먹었어요!"

어이없는 소리다. 철수는

"뭣이 어쩌고 어째?" 하고는 밥술을 걸쳐 놓고 남이에게로 돌아앉으면서

"아아니 그래, 넌 빨래 갈 때 신을 벗고 갔더냐?"

"아니요!"

"그럼?"

"집에서 신는 헌 신 말고요, 옥색 신을요!"

철수는 또 한 번 놀라지 않을 수 없었다.

"응, 옥색 신이다?"

"예!"

이 옥색 고무신으로 말하면 바로 작년 팔월 대목이었다. 철수가 남이

★ 저지레 : 일이나 물건에 문제가 생기게 만들어 그르치는 일.

더러 추석치레로 뭣을 해 주면 좋으냐고 물었을 때, 남이는 옥색 바탕에 흰 테두리 한 고무신이 소원이라고 했다. 옷은 작년에 지어 둔 것이 있다는 말을 철수는 그의 아내에게서 들었기 때문에, 한껏 해야 크림이나 한 통 사 줄 생각으로 말한 것이 의외에도 옥색 고무신이라는 데는 철수도 당황하지 않을 수 없었다. 그러나 한번 해 준다고 한 이상 과하니 어쩌니 할 수도 없고 해서 좀 무리를 해서 일금 삼백육십 원을 주고 사 줬던 것이다. 남이는 무척 기뻐했고 그만큼 또 그 신을 아꼈다. 제가 쓰는 궤짝 속에 감춰 두고 특별한 출입 – 일테면 명절날이나, 또는 심부름 갈 때나, 학교 운동회 때나 – 이 아니면 좀체 신질 않았고, 또 한번 신기만 하면 기어코 비누로 씻고 닦고 했다. 그렇기에 신어서 닳기보담 닦아서 닳는 것이 더했으리라.

"그래 그 신을 어디다 뒀길래?"

"마루 끝에, 얹어 둔 걸요!"

"왜 마루 끝에 뒀니?"

"씻어서 말린다고요!"

철수는 한숨을 내쉬며 영이와 윤이를 돌아보니 영이 놈은 맹꽁이처럼 볼을 부르켜 가지고 한결같이 고개를 숙이고 있고, 윤이 놈은 밥상을 노려만 보고 앉았다.

남이는 또 말을 계속했다.

"지가 빨래를 해 가지고 오니, 골목에서 영이와 윤이가 엿을 먹고 있기에 웬 엿이냐니까 싱글싱글 웃기만 하고 달아나는데 이웃 아이들의 말이, 옆집 순이가 헌 고무신 한 짝을 갖고 와서 엿을 바꿔 먹는 것을 보고, 윤이가 집으로 들어가서 신 한 짝을 들고 나와 엿장수에게 팽개치다시

피 하고 엿을 바꿔 가지고 갔는데, 조금 뒤에 영이가 또 한 짝을 마저 갖다 주고 엿을 바꿨대요."

남이가 말을 마치자마자 영이는 눈을 해뚝거리면서

"지(윤이를 말함)가 와 그래 와 좀 안 주노 와!" 하는 것은 윤이가 엿을 바꿔 나눠 먹지 않기에 저도 그랬다는 뜻이다.

이러는 동안 윤이는 밥상에 얹힌 계란 부침을 먹어 버렸다.

"그래 그 엿장수는 어느 놈인데?"

"매일 단골로 오는……."

"머리 텁수룩하고 젊은 총각 놈 말이지, 으음……."

철수는 밥상을 내밀었다. 남이는 남이대로

"이놈의 엿장수 오기만 와 봐라!"고 벼르면서 밥상을 내갔다. 영이 놈도 슬며시 일어나서 윤이 옆에 가서 잘 작정을 한다. 부엌에서는 남이가 엿장수에 대한 앙갚음을 하는 셈인지 솥전에 바가지 닥뜨리는 소리가 요란하다. 철수는

"얘 남아, 신을 도로 찾아 주든지 아니면 새로 사 주든지 할 테니 바가지 너무 닥뜨리지 말고 그릇 조심해라!"

그러고는 담배를 붙여 물었다.

그러나 세상에 도둑판이고, 따라서 요즘 엿장수란 엿 파는 빙자로 빈집을 노려 요강, 대야 훔쳐 가기가 예사고, 심지어는 빨래까지 걷어 가는 판인데 신으로 말하면 도둑질해 간 것도 아닌 이상, 그놈을 잡고 힐난을 한댔자 쉽사리 찾아질 것 같지도 않았다.

영이와 윤이는 어느새 잠이 들었다. 웃옷을 벗기고 베개를 베어 주고 철수도 옷을 갈아입고 자리에 누웠다.

밖은 물기 먹은 초열흘 달이 희붓한데, 남이는 설거지를 마쳤는지 부엌은 조용하다. 어디서 아낙네들의 웃음소리가 먼 듯 가까운 듯 들려오고 밤은 간지럽게 깊어 갔다.

남이가 세숫대야에 걸레랑 헌 양말이랑 담아 옆에 끼고 마악 대문 밖으로 나서는데 엿장수의 가윗소리가 들려왔다. 엿장수는 마을 중턱 보리밭 사잇길을 올라오고 있었다. 남이는 대문 설주에 몸을 붙이고 엿장수를 기다렸다. 엿장수는 마을 옆에 오자 한층 더 목청을 높여

"자아- 떨어진 고무신이나 백철 부서진 거나 삼베 속곳 떨어진 거나…… 째깍째깍."

"저놈의 엿장수 미쳤는가 베!"고 입속말로 중얼거렸고, 마을 아이들은 어느새 엿장수를 둘러쌌다.

엿장수가 엿판을 길목에 내리자 남이는 가시처럼 꼭 찌르는 소리로

"보소!"

엿장수는 놀란 듯 힐끗 한 번 돌아보고는 담을 싼 아이들을 헤치고 남이에게로 오는데 남이는 입을 샐쭉하면서 대뜸

"내 신 내놓소!" 했다. 엿장수는 걸음을 멈추고 한참 동안 남이를 바라보다 말고 은근한 말투로

"신은 웬 신요?" 하고는 상대편에 의심을 받을 만큼 히죽이 웃어 보이자, 남이는 눈을 까칠해 가지고

"잡아떼면 누가 속을 줄 아는가 베!"

그러나 엿장수는 수양버들 봄바람 맞듯 연신 히죽거리며

"뭘요, 그믐밤에 홍두깨도 분수가 있지?"

남이는 발끈하고

"신 말이오!"

"신을요?"

"어제 우리 집 아이들이 꾀어 간 옥색 고무신 말요!"

엿장수는 머리를 벅벅 긁으며

"꾀기는 누가……." 하고는 한 걸음 앞으로 다가서서 길 아래 위를 살핀 다음 낮은 소리로

"그 신이 당신 신이던교?"

"누구 신이든 내놔요, 빨리!"

엿장수는 또 머리를 긁으면서

"당신 신인 줄 알았으면야, 이놈이 미친놈이 아닌 댐에야……." 하고 지나치게 고분거리는데 남이는 한결같이 앙살을 부린다.

"내놔요 빨리!"

엿장수는 손짓으로 어루듯 달래듯

"가만있소, 도가★에 가 보고 신이 그냥 있으면야 갖다 주고 말고. 만일 신이 없으면 새 신이라도 사다 줄게요. 염려 마소!" 하고는 남이의 발을 눈잼 하는데, 이때 난데없이 굵다란 벌 한 마리가 날아와 남이의 얼굴 주위를 잉잉 날아돈다. 남이는 상을 찌푸리고 한 손을 내저어 벌을 쫓고, 목을 돌리고 하는데, 벌은 갑자기 남이 저고리 앞섶에 붙어 가슴패기로 기어오르고 있다.

이것을 조마조마 보고 있던 엿장수는

★ 도가 : 동업자들이 모여서 계나 장사에 대한 의논을 하는 집.

"가 가만……." 하고는 한걸음에 뛰어들어

"요놈의 벌이……." 하고 손바닥으로 벌을 딱 덮어 눌렀다.

옆에서 보기에도 민망스런 순간이었다.

남이는 당황하면서도 귀 언저리를 붉히고 한 걸음 뒤로 물러서자 함께, 엿장수 손아귀에는 벌이 쥐어졌다. 쥐킨★ 벌은 고스란히 있을 리가 없다. 한 번 잉 소리를 내고는 손바닥을 쏘아 버렸다. 동시에 엿장수는

"앗!" 하고 쥐었던 손을 펴 불며 털며 앙감질★을 하는 꼴이 남이는 어떻게나 우스웠던지 그만 손등으로 입을 가리고 킥킥하고 웃어 버렸다. 엿장수는 반은 울상 반은 웃는 상 남이를 바라보는데, 남이의 송곳니가 무척 예뻐 보였다. 남이는 엿장수와 눈이 마주치자 무색해서 눈을 땅바닥으로 떨어뜨렸다. 살을 쏘아 버린 벌이 꽁무니에 흰 실 같은 것을 달고, 거추장스럽게 기어가고 있다. 남이의 시선을 따라 온 엿장수의 눈이 이것을 보자 그만 그 억센 발로

"엥이 엥이 엥이." 하고 망깨 다지듯 짓밟고 문질러 자취도 없이 해 버리자 남이는 또 웃음이 나올 것만 같아 문을 밀고 안으로 들어가 버렸다.

엿장수는 무슨 발작이나 막 하고 난 사람처럼 맥이 없었다. 어깨와 두 팔을 축 늘어뜨리고 남이가 들어간 문 쪽을 한참 동안 멍하니 바라보고 나서야 비로소 어슬렁어슬렁 엿판께로 돌아왔다.

엿판가에는 아이들이 파리 떼처럼 붙어 있다. 보아하니 윤이는 아랫배에 두 손을 붙여 도사리고 앉아 엿을 노리고 있고, 영이는 서서 아이들과 어느 것이 굵으니 작으니 하면 태태거리고 있다.

★ 쥐킨 : 쥐어진.

★ 앙감질 : 한 발은 들고 한 발로만 뛰는 짓.

엿은 애들이 그새 얼마나 손질을 했기에 가루가 벗어지고 노르스름한 알몸이 드러난 것이 따끈한 봄볕에 쬐여 노그라질★ 대로 노그라졌다. 이런 엿은 누가 시험 삼아 입에 넣어 볼 양이면 단맛보다는 먼저 짭짤한 맛이리라.

엿장수는 아이들과 엿판을 번갈아 보다 말고 무슨 생각에선지 엿을 몇 가락 움켜쥐고는 가위로 때려 부숴 둘러선 아이들에게 한 동강이씩 선심을 쓰는데 그중에도 영이와 윤이는 제일 큰 것을 받았다.

엿장수는 한쪽 어깨에 비스듬히 엿판을 메고 연신 힐끗힐끗 철수네 집을 보아 가며 다음 마을로 건너갔다. 그러나 해 질 무렵 해서 또다시 가윗소리가 들렸으나 엿장수는 엿판을 내리지도 않았고 또 아이들도 채 모이기도 전에 아랫마을로 내려가 버렸다.

다음 날도 좋은 날씨였다. 먼 산은 선잠 깬 여인의 눈시울처럼 자꾸만 선이 희미해 오고 수양버들은 아지랑이가 간지러운 듯 한들거렸다. 보리 싹은 제법 파릇하고 남향 담 밑에는 민들레가 놀란 듯 활짝 피었다.

오늘따라 엿장수는 일찍 왔다. 엿장수가 오는 시간을 누구보담 더 잘 알고 있는 이 마을 아이들에게 있어서는 적지 않은 사건이었다. 또 하나 의외일은 한 담배 참 씩이면 다음 마을로 가 버리는 엿장수가 오늘은 제법 아이들과 시시덕거리고 놀기를 시작한 것이다. 그뿐만 아니라, 길목 타작마당에서 아이들과 뜀뛰기까지 하다가 점심때 가까이해서야 다음 마을로 건너가는 것이었다.

아이들은 어제 모양으로 엿을 한 동강이씩 주지 않고 가는 것이 퍽이

★ 노그라질 : 축 늘어질.

나 섭섭한 눈초리로 뒤 꼴을 바라보았으나, 보리쌀 삶을 즈음해서 엿장수는 또 왔고, 해사 져서야 돌아갔다.

다음 날도 그랬고 그다음 날도 그랬다. 다만 전날과 다른 것은 영이와 윤이에게 엿을 한 가라씩 쥐여 주고 간 것이다. 동네 아이들은 영이와 윤이가 무척 부러웠다.

날씨는 한결같이 좋았다. 산기슭 잔디 언덕에는 쑥 싹을 캐는 소녀들의 색 낡은 분홍 치마가 애틋하게 정다워 보이고 개울가에는 냉이랑 독새랑 여뀌랑 미나리랑 싹이 뾰족뾰족 돋아났다.

엿장수는 한결같이 왔고 와서는 갈 줄을 몰랐다. 어떤 날은 벙글벙글 웃었고, 웃는 날은 애들에게 엿을 나눠 주었으나 벙어리처럼 덤덤히 앉았다가 가는 날은 엿 맛을 못 보았다. 그렇기에 아이들은 엿장수가 오면 엿판보다 먼저 엿장수 눈치부터 보는 버릇이 생겼다.

요즘은 그 텁수룩한 머리에다 기름 칠갑을 해 가지고는 억지로 빗어 넘기고 또 옥색 인조견 조끼도 입었다. 낯익은 동네 아낙네들이

"엿장수 요새 장가갔는가 베?"고 할라치면 엿장수는 수줍게도 씩 웃으며 그 펑퍼짐한 얼굴을 모로 돌리곤 했다.

하루는 철수가 저녁을 딴 데서 치르고 늦게 돌아오는데, 어떤 젊은 사내가 대문 틈으로 정신없이 집 안을 들여다보고 있었다. 철수는 이놈이 바로 좀도둑이거니 하고 손가방으로 궁둥짝을 후려치며

"웬 놈이냐?" 하고 고함을 질렀다. 사나이는 그야말로 뱀이나 밟은 것처럼 기급을 하고는 철수를 보자 이내 한 손을 머리로 올리고 꾸뻑꾸뻑 절만을 했다.

"뭣을 훔치려고 노리는 거야?"

“아 아니올시더, 예 예, 저 댁의 강아지가 예 헤헤…….”

“강아지가 어쨌단 거야?”

“예 저 아니올시더, 헤헤.”

연신 허리를 꾸뻑거리고는 비슬비슬 달아나 버렸다.

“그놈 미친놈이군!” 했을 뿐 그 사나이가 엿장순 줄을 철수는 몰랐다.

밤이면 개 짖는 소리가 요란했고 그런 밤이면 마을 사람들은 안팎 문을 꽉꽉 걸어 닫았다.

어떤 사람은 철수네 집 담 밑에서 도둑놈을 보았다고 했고 또 어떤 사람은 길목에서도 보았다고들 했다. 개울 빨래터에서도 보았고 동네 우물가에서도 보았다고들 했다. 그러나 막상 도둑을 맞은 사람은 한 사람도 없건만 마을에서는 도둑 소문이 자자한 채 달도 바뀌고 제비 올 무렵 어느 날 저녁녘에 우연히도 남이 아버지가 찾아왔다.

철수 내외가 남이 아버지를 맨 나중 만나기는 지금으로부터 삼 년 전 윤이가 나던 해였다. 그리고 꼭 삼 년이 지났다. 삼 년 동안 남이 아버지는 많이도 변해졌다. 머리는 검은 털보다는 흰 털이 훨씬 더 많았고, 그 길숨한 얼굴은 유지를 비벼 논 것처럼 주름살이 잡혔다. 저녁을 먹고 나서 남이 아버지는

“내가 달리 온 것이 아님더!” 하고는 담배를 잰다. 철수 내외는 암만해도 이 영감이 딸을 보러만 온 것이 아니라고 짐작은 하면서도

“무슨 일인데요? 새삼스리?”

그러나 남이 아버지는

“안 그런가요, 내가 나이 칠십에 내일 죽을지 모레 죽을지…….”

그러고는 담배를 쭉쭉 소리를 내어 빨고 나서,

"내가 오늘 온 것은 다름이 아니올시더- 저 냄이 말임더, 저것을 내 산 동안에 짝을 맞춰 놔야 안 되겠는교?" 하고는 또 담배를 빨기 시작한다.

철수는

"그야 짝을 맞출 때가 되면 그래야죠!" 한즉

"아니올시더, 지집애가 나이 열여덟이면 과년했거던요!"

"……."

"우리 동네 말임더, 나이 올해 스무 살 먹은 얌전한 신랑이 있는데, 모자 단둘이고요, 뱃일이고 바닷일이고 입댈 것 없지요……."

철수는 듣다 못해

"그래서 영감은 거기다 남이를 시집보내겠단 말씀이죠?"

"아암요!"

그러자 철수 아내가

"보이소. 나도 스물한 살 때 이 집에 시집을 왔는데, 뭣이 그리 급해서, 더구나 남이는 나이만 열여덟이라 뿐이지 원래 좀 된 편이라 숙성한 애들의 열대여섯밖에는 안 뵈는데……."

"아니올시더, 부모 갖고 살림 있으면야 한 해 두 해 늦어도 까딱없지요, 아암 까딱없고말고……."

"그렇잖아도 스무 살은 안 넘길 작정을 하고 또 그리 준비도 하고 있소!"

스무 살이라는 말에 남이 아버지는 그만 질색을 하면서

"언머어이 무슨 말이교? 당찮심더!" 하고는 낯까지 붉히었다. 철수 아내가 또 무슨 말을 하려는 것을 철수는 손짓으로 막고

"영감 잘 알았소. 그만 건너가서 편히 쉬이소." 하자 그제야 남이 아버지는 안심이 되는 듯 일어서며

"내일 아침에 일찍 가겠심더. 안 그런교? 기왕 남의 권식★ 될 바야 하루라도 일찍 보내는 기 좋지 않겠는교." 하고 또 뭐라고 중얼중얼하면서 건너갔다.

남이는 여느 때와 조금도 다름없이 부엌에서 아침 차비를 하고 있다. 다만 다른 것은 눈시울이 약간 부은 것뿐이다.

이날 철수 내외는 둘 다 결근을 했다. 철수 아내는 그동안 장만해 두었던 남이의 옷감을 꺼냈다. 그리 좋은 것은 아니나 그래도 저고릿감이 네 벌, 치맛감이 세 벌, 그 밖에 자기가 시집올 때 해 온 무색옷 중에서 시속에 맞지 않고, 색이 너무 난한 것을 추려 몇 벌, 또 속옷 이것저것 해서 한 보통이는 좋이 되었다. 아침을 치르고 나서 철수 내외는 남이를 불러 갈 차비를 하라고 이르고, 그의 아내는 밀쳐 둔 보퉁이를 헤치고 이것은 뭣이고, 이것은 언제 입는 옷이고 또 이것은 다시 고쳐 하고 하면서 일일이 일러 주는데, 남이는 듣는 둥 마는 둥 하고

"아직 설거지도 안 했는데……." 하고 일어선다.

"내가 할 테니 그만두고, 어서 머리 빗어라. 그리고 옷은 이걸 입고, 버선은 요전번에 신던 것 신고……."

그러나 남이는

"물도 안 길었어요!" 하고 또 밖으로 나가려고 한다.

"그만둬라!"

"요새 물이 달려서 일찍 가야 해요!"

그러자 건넌방에서는 남이 아버지가

★ 권식 : 한집에 사는 식구.

"남아 준비 다 됐나? 차 시간 놓칠라, 속히 가자!" 하고 소리를 질렀다. 남이는 건넌방 쪽을 흘겨보고

"가고 싶거던 혼자 가지……." 하고 중얼거리면서 또 밖을 나가려는 것을 이번에는 철수가 불러들여

"가 보고 마땅찮거든 다시 오더라도 가도록 해야지, 차 시간도 있고 하니 빨리 차비를 해라!" 하고 타이르는데, 남이 아버지는 벌써 뜰에 나와 기다리고 있다. 남이는 그제야 낯을 씻고 제가 일상 쓰던 물건들을 챙겼다. 크림 통과 가루분 통이 하나씩, 그리고 한쪽 모가 떨어져 삼각이 된 거울이 한 개, 얼레빗과 참빗, 그 밖에 숫본, 골무, 베갯모, 색헝겊, 당새기, 허드레옷 해서 그것도 한 보퉁이가 실하다.

분홍 치마에 흰 반호장저고리를 입고 맑은 때가 묻을락 말락 한 버선을 신은 남이는 딴사람같이 이뻐 보였다. 어디다 내세우더라도 얌전한 색싯감이었다. 남이 아버지는 대문짝에 담뱃대를 딱딱 뚜드리면서 헛기침을 하는 것은 빨리 나오라는 재촉일 게다. 철수 아내는 이모저모 옷맵시를 보아 주고

"어서 가거라, 너 잔치할 때는 너 아저씨가 가든지 내가 가든지 꼭 할 테니……."

그러나 남이는 한마디 인사말도 없이 영이와 윤이를 찾는다. 골목에 나가 놀고 있던 영이와 윤이는 남이의 달라진 모양을 보고 눈이 뚱그레져서

"아지마 어데 가노?" 하고 묻는다.

남이는 대답도 않고 두 아이를 데리고 건넌방으로 들어가, 영이와 윤이를 세운 채 두 팔로 가둬 안고

"윤이야, 아지마 가면 니 빠빠 누가 줄고?" 하자, 영이가 또

"아지마 어데 가노?" 하고 묻는다. 남이는 목멘 낮은 소리로

"우리 집에 간다!"

그러나 영이는

"거짓말이다. 이거 너거 집 앙이고 머고?" 하고 발까지 구르며 짜증을 낸다. 갑자기 윤이가 그 넓적한 입을 삐죽거리면서 억실억실한 눈에 눈물을 함빡 가둔다. 남이는 지그시 팔에 힘을 준다. 윤이 눈에서 눈물 한 방울이 떨어져 남이의 자줏빛 옷고름에 얼룩이 진다.

바로 이때다. 골목에서 엿장수 가윗소리가 들려왔다. 남이는 재빨리 윤이를 업고, 영이의 손목을 잡은 채 밖으로 나갔다. 남이 아버지는 벌써 저만치 철수와 하직을 하면서 내려가고, 엿장수는 마악 철수네 집 앞에서 대문을 나서는 남이와 마주쳤다. 엿장수는 얼빠진 사람처럼 남이를 바라보는데 남이의 눈에는 순간 어두운 그림자가 지나갔다.

남이는 윤이를 업은 채 허리를 굽히고, 몸을 약간 들어 치맛자락을 걷고 빨간 콩주머니에서 십 원짜리 두 장을 꺼내 엿장수를 주었다. 엿장수는 그제야 눈을 돌려 남이와 돈을 번갈아 보다 말고, 신문지 조각에 엿을 네댓 가락 싸서 아무 말도 없이 돈과 함께 내민다. 남이는 약간 망설이다가 역시 암말도 없이 한 손으로 받아 가지고는 영이를 앞세우고 안으로 들어왔다. 엿장수는 멍하니 대문만 쳐다보고 있다가 침을 한 번 꿀꺽 삼키고 나서 엿판을 둘러메고는 혼잣말로

"꽃놀음을 가면 자지내(紫川) 골짝이지, 그럼 한 걸음을 앞서 울음고개로 질러감 되겠지!"

이렇게 중얼대면서 엿장수는 빠른 걸음으로 담 모퉁이를 돌아 울음고개로 향해 갔다.(자지내 골짝은 이 근방 사람들이 단골로 가는 봄가을의 놀

이터다.)

남이는 그 엿장수에게 받은 엿을 영이에게 둘, 윤이에게 둘 각각 손에 쥐여 주고서도 한 동강이 잘라 입에 넣고는 손수건으로 윤이 눈물 자국과 영이 코밑을 닦아 주고서야 보퉁이를 들고 일어섰다.

영이와 윤이는 엿 먹기에 여념이 없었다.

철수 아내는 보퉁이 한 개를 들고 따라 나오면서 남이에게 귓속말로 뭣을 일러 주고…… 이래서, 남이는 떠나간다. 다만 한 가지 철수 내외에게 수수께끼는 마을 중턱에서 남이를 보내고 서서 그의 뒷모양을 바라보는데, 남이가 어이한 옥색 고무신을 신고 가는 것이다. 더구나 한 번도 신지 않은 새것을…….

철수 내외는 서로 얼굴만 쳐다볼 뿐 도로 물어본달 수도 없고 해서 그만두었다.

보리밭 사이 조그만 언덕길로 옥색 고무신을 신은 남이는 갔다. 자지내 골짜기로 꽃놀음을 가는 줄만 알았던 남이가 난데없는 영감 하나를 따라가고 있는 광경을 엿장수는 울음고개 위에서 멀거니 바라보고 있는 것을 남이 자신이야 알 리도 없었다.

오영수 1914~1979 경남 울주에서 태어나 1949년 《신천지》에 〈남이와 엿장수〉를 발표하고, 1950년 《서울신문》 신춘문예에 〈머루〉가 당선되면서 작품 활동을 시작했습니다. 주요 작품으로는 〈머루〉〈갯마을〉〈메아리〉 등이 있습니다. 주로 서민들의 소박한 삶을 그린 단편소설을 썼습니다.

작품 설명

내용 파악하기

▸ **주요 등장인물과 그들의 관계는 어떻게 되나요?**

남이(식모), 철수(가장이며 주인), 철수의 아내, 윤이와 영이(주인집 아이들), 엿장수

▸ **윤이와 영이가 남이에게 잘못한 일은 무엇인가요?**

남이가 아끼던 옥색 고무신으로 엿을 사 먹음.

▸ **엿장수가 윤이와 영이에게 엿을 많이, 자주 준 이유는 무엇인가요?**

같은 식구인 남이에게 관심이 있기 때문에

▸ **남이가 엿장수에게 품은 마음을 알 수 있는 행동은 무엇인가요?**

아버지를 따라 떠나기 전날 밤새워 움. 고무신을 신고 떠남.

▸ **엿장수는 남이가 어디에 가는 줄 알았나요?**

꽃놀음

핵심 정리

갈래 : 단편소설, 순수소설

배경 : 봄, 어느 산골 마을, 1940년대

시점 : 전지적 작가 시점

제재 : 청춘 남녀의 사랑

주제 : 엿장수와 식모의 애틋하고 순수한 사랑

특징 : '고무신'이라는 소재와 남녀의 순수한 사랑을 잘 드러냄.

작품 이해

1949년《서울신문》에 발표될 당시의 제목은 〈남이와 엿장수〉입니다. 이 작품에 나오는 두 남녀는 서로 좋아하지만 직접적으로 마음을 드러내지 못한 채, 애틋한 마음만 나눌 뿐입니다. 이것이 지난날 우리네 할아버지, 할머니의 사랑 방식이지요. 또한 이 작품에서 남이와 엿장수 사이를 연결해 주는 것은 '고무신'입니다. 그 당시 너무나 비싸고 귀한 물건이었던 고무신을 엿장수는 남이에게 사 주었습니다. 또한 남이는 이것을 함부로 신지 않다가 마지막에 엿장수와 이별하는 날, 고무신을 신고 아버지를 따라 다른 남자에게 가려 합니다. 이 광경을 엿장수는 울음고개에서 멀거니 바라봅니다. 이러한 마지막 장면은 읽는 사람의 마음까지 울립니다.

생각해 보기

▸ **남이가 엿장수를 좋아하면서도 말 못 하고 아버지를 따라간 이유는 무엇일까요?**

▸ **소설 속 시대와 요즘의 남녀 간 애정 표현은 어떻게 다를까요?**

사랑손님과 어머니

• 주요섭 •

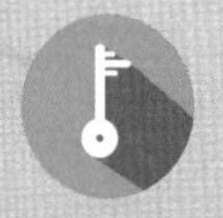

• 읽기 전에 •

어린 시절에는 어른들의 행동과 말이 무엇을 의미하는지 몰라 이해할 수 없는 일이 많았습니다. 여섯 살 옥희도 어머니와 사랑손님 사이의 일을 이해할 수 없나 봅니다. 옥희가 들려주는 어머니와 사랑손님 사이에 오갔던 미묘한 사랑 이야기를 한번 들어 볼까요?

나는 금년 여섯 살 난 처녀애입니다. 내 이름은 박옥희이고요. 우리 집 식구라고는 세상에서 제일 이쁜 우리 어머니와 단 두 식구뿐이랍니다. 아차, 큰일 났군, 외삼촌을 빼놓을 뻔했으니.

지금 중학교에 다니는 외삼촌은 어디를 그렇게 싸돌아다니는지 집에는 끼니때 외에는 별로 붙어 있지를 않으니까 어떤 때는 한 주일씩 가도 외삼촌 코빼기도 못 보는 때가 많으니까요, 깜박 잊어버리기도 예사지요, 무얼.

우리 어머니는, 그야말로 세상에서 둘도 없이 곱게 생긴 우리 어머니는, 금년 나이 스물네 살인데 과부랍니다. 과부가 무엇인지 나는 잘 몰라도, 하여튼 동리 사람들이 날더러 '과부 딸'이라고들 부르니까, 우리 어머니가 과부인 줄을 알지요. 남들은 다 아버지가 있는데, 나만은 아버지가 없지요. 아버지가 없다고 아마 '과부 딸'이라나 봐요.

외할머니 말씀을 들으면 우리 아버지는 내가 이 세상에 나오기 한 달 전에 돌아가셨대요. 우리 어머니하고 결혼한 지는 일 년 만이고요. 우리 아버지의 본집은 어디 멀리 있는데, 마침 이 동리 학교에 교사로 오게 되기 때문에 결혼 후에도 우리 어머니는 시집으로 가지 않고, 여기 이 집을 사고(바로 이 집은 우리 외할머니 댁 옆집이지요), 여기서 살다가 일 년이 못 되어 갑자기 돌아가셨대요. 내가 세상에 나오기도 전에 아버지는 돌아가셨다니까, 나는 아버지 얼굴도 못 뵈었지요. 그러니 아무리 생각해 보아도 아버지 생각은 안 나요. 아버지 사진이라는 사진은 나두 한두 번 보았지요. 참으로 훌륭한 얼굴이야요. 아버지가 살아 계신다면, 참말로

이 세상에서 제일가는 잘난 아버지일 거야요. 그런 아버지를 보지도 못한 것은 참으로 분한 일이야요. 그 사진도 본 지가 퍽 오래되었는데, 이전에는 그 사진을 늘 어머니 책상 위에 놓아두시더니, 외할머니가 오시면 오실 때마다 그 사진을 치우라고 늘 말씀하셨는데, 지금은 그 사진이 어디 있는지 없어졌어요. 언젠가 한번 어머니가 나 없는 동안에 몰래 장롱 속에서 무엇을 꺼내 보시다가, 내가 들어오니까 얼른 장롱 속에 감추는 것을 내가 보았는데, 그게 아마 아버지 사진인 것 같았어요.

아버지가 돌아가시기 전에 우리가 먹고살 것을 남겨 놓고 가셨대요. 작년 여름에, 아니로군, 가을이 다 되어서군요. 하루는 어머니를 따라서 여기서 한 십 리나 가서 조그만 산이 있는 데를 가서, 거기서 밤도 따 먹고, 또 그 산 밑에 초가집에 가서 닭고깃국을 먹고 왔는데, 거기 있는 땅이 우리 땅이래요. 거기서 나는 추수로 밥이나 굶지 않게 된다고요. 그래도 반찬 사고 과자 사고 할 돈은 없대요. 그래서 어머니가 다른 사람의 바느질을 맡아서 해 주지요. 바느질을 해서 돈을 벌어서 그걸로 청어도 사고, 달걀도 사고, 내가 먹을 사탕도 사고 한다고요.

그리고 우리 집 정말 식구는 어머니와 나와 단둘뿐인데, 아버님이 계시던 사랑방이 비어 있으니까 그 방도 쓸 겸 또 어머니의 잔심부름도 좀 해 줄 겸 해서 우리 외삼촌이 사랑방에 와 있게 되었대요.

금년 봄에는 나를 유치원에 보내 준다고 해서, 나는 너무나 좋아서 동무 아이들한테 실컷 자랑을 하고 나서 집으로 돌아오노라니까, 사랑에서 큰외삼촌이(우리 집 사랑에 와 있는 외삼촌의 형님 말이야요) 웬 한 낯선 사람 하나와 앉아서 이야기를 하고 있었습니다. 큰외삼촌이 나를 보더니 "옥희야." 하고 부르겠지요.

"옥희야, 이리 온. 와서 아저씨께 인사드려라."

나는 어째 부끄러워서 비슬비슬하니까★ 그 낯선 손님이,

"아, 그 애기 참 곱다. 자네 조카딸인가?" 하고 큰외삼촌더러 묻겠지요. 그러니까 큰외삼촌은,

"응, 내 누이의 딸……. 경선 군의 유복녀★ 외딸일세." 하고 대답합니다.

"옥희야, 이리 온, 응! 그 눈은 꼭 아버지를 닮았네그려." 하고 낯선 사람이 말합니다.

"자, 옥희야, 커단 처녀가 왜 저 모양이야. 어서 와서 이 아저씨께 인사드려라. 너의 아버지의 옛날 친구신데, 오늘부터 이 사랑에 계실 텐데 인사 여쭙고 친해 두어야지."

나는 이 낯선 손님이 사랑방에 계시게 된다는 말을 듣고 갑자기 즐거워졌습니다. 그래서 그 아저씨 앞에 가서 사붓이★ 절을 하고는 그만 안마당으로 뛰어 들어왔지요. 그 낯선 아저씨와 큰외삼촌은 소리를 내서 크게 웃더군요.

나는 안방으로 들어오는 나름으로 어머니를 붙들고,

"엄마, 사랑에 큰외삼촌이 아저씨를 하나 데리고 왔는데에 그 아저씨가아 이제 사랑에 있는대." 하고 법석을 하니까,

"응, 그래." 하고, 어머니는 벌써 안다는 듯이 대수롭잖게 대답을 하더군요. 그래서 나는,

"언제부터 와 있나?" 하고 물으니까,

★ 비슬비슬하니까 : 자꾸 힘없이 비틀거리니까.
★ 유복녀 : 태어나기 전에 아버지를 여읜 딸.
★ 사붓이 : 소리가 거의 나지 않도록 발을 가볍게 얼른 내디뎌.

"오늘부텀."

"애구, 좋아." 하고 내가 손뼉을 치니까, 어머니는 내 손을 꼭 붙잡으면서,

"왜 이리 수선이야."

"그럼 작은외삼촌은 어디루 가나?"

"외삼촌도 사랑에 계시지."

"그럼 둘이 있나?"

"응."

"한방에 둘이 있어?"

"왜 장지문★ 닫구 외삼촌은 아랫방에 계시구, 그 아저씨는 윗방에 계시구, 그러지."

나는 그 아저씨가 어떠한 사람인지는 몰랐으나 첫날부터 내게는 퍽 고맙게 굴고, 나도 그 아저씨가 꼭 마음에 들었어요.

어른들이 저희끼리 말하는 것을 들으니까, 그 아저씨는 돌아가신 우리 아버지와 어렸을 적 친구라고요. 어디 먼 데 가서 공부를 하다가 요새 돌아왔는데, 우리 동리 학교 교사로 오게 되었대요. 또, 우리 큰외삼촌과도 동무인데, 이 동리에는 하숙도 별로 깨끗한 곳이 없고 해서 윗사랑으로 와 계시게 되었다고요. 또, 우리도 그 아저씨한테 밥값을 받으면 살림에 보탬도 좀 되고 한다고요.

그 아저씨는 그림책들을 얼마든지 가지고 있어요. 내가 사랑방으로 나가면 그 아저씨는 나를 무릎에 앉히고 그림책들을 보여 줍니다. 또, 가끔 과자도 주고요.

★ 장지문 : 방과 방 사이, 또는 방과 마루 사이에 칸을 막아 끼우는 문.

어느 날은 점심을 먹고 이내 살그머니 사랑에 나가 보니까, 아저씨는 그때야 점심을 잡수셔요. 그래 가만히 앉아서 점심 잡숫는 걸 구경하고 있노라니까 아저씨가,

"옥희는 어떤 반찬을 제일 좋아하누?" 하고 묻겠지요. 그래 삶은 달걀을 좋아한다고 했더니, 마침 상에 놓인 삶은 달걀을 한 알 집어 주면서 나더러 먹으라고 합니다. 나는 그 달걀을 벗겨 먹으면서,

"아저씨는 무슨 반찬이 제일 맛나요?" 하고 물으니까, 아저씨는 한참이나 빙그레 웃고 있더니,

"나두 삶은 달걀." 하겠지요. 나는 좋아서 손뼉을 짤깍짤깍 치고,

"아, 나와 같네. 그럼, 가서 어머니한테 알려야지." 하면서 일어서니까, 아저씨가 꼭 붙들면서,

"그러지 말어." 그러시겠지요. 그래도, 나는 한번 맘을 먹은 다음엔 꼭 그대로 하고야 마는 성미지요. 그래서 안마당으로 뛰어 들어가면서,

"엄마, 엄마, 사랑 아저씨두 나처럼 삶은 달걀을 제일 좋아한대." 하고, 소리를 질렀지요.

"떠들지 말어." 하고, 어머니는 눈을 흘기십니다. 그러나 사랑 아저씨가 달걀을 좋아하는 것이 내게는 썩 좋게 되었어요. 그것은 그다음부터는 어머니가 달걀을 많이씩 사게 되었으니까요. 달걀 장수 노파가 오면, 한꺼번에 열 알도 사고 스무 알도 사고, 그래선 두고두고 삶아서 아저씨 상에도 놓고, 또 으레★ 나도 한 알씩 주고 그래요. 그뿐만 아니라 아저씨한테 놀러 나가면 가끔 아저씨가 책상 서랍 속에서 달걀을 한두 알 꺼내

★ 으레 : 틀림없이 언제나.

서 먹으라고 주지요. 그래 그담부터는 나는 아주 실컷 달걀을 많이 먹었어요.

나는 아저씨가 매우 좋았어요. 그렇지만 외삼촌은 가끔 툴툴하는 때가 있었어요. 아마 아저씨가 마음에 안 드나 봐요. 아니, 그것보다도 아저씨 잔심부름을 꼭 외삼촌이 하게 되니까, 그것이 싫어서 그러나 봐요. 한번은 어머니와 외삼촌이 말다툼하는 것까지 내가 들었어요. 어머니가,

"야, 또 어디 나가지 말구 사랑에 있다가, 선생님 들어오시거든 상 내가야지." 하고 말씀하시니까, 외삼촌은 얼굴을 찡그리면서,

"제길, 남 어디 좀 볼일이 있는 날은 으레 끼니때에 안 들어오고 늦어지니……." 하고 툴툴하겠지요. 그러니까 어머니는,

"그러니 어짜갔니? 너밖에 사랑 출입할 사람이 어디 있니?"

"누님이 좀 들고 나가구려. 요새 세상에 내외★합니까!"

어머니는 갑자기 얼굴이 발개지시고, 아무 대답도 없이 그냥 외삼촌에게 향하여 눈을 흘기셨습니다. 그러니까 외삼촌은 흥흥 웃으면서 사랑으로 나갔지요.

나는 유치원에 가서 창가★도 배우고 댄스도 배우고 하였습니다. 유치원 여자 선생님이 풍금★을 아주 썩 잘 타요. 우리 유치원에 있는 풍금은 예배당에 있는 풍금과는 아주 다른데, 퍽 조그마한 것이지마는 소리는 썩 좋아요. 그런데 우리 집 윗간에도 유치원 풍금과 똑같이 생긴 것이 놓여 있는 것이 갑자기 생각이 났어요. 그래 그날, 나는 집으로 오는 길로

★ 내외 : 남녀 사이에 서로 얼굴을 마주 대하지 않고 피함.
★ 창가 : 근대 음악 형식의 하나. 서양 악곡의 형식을 빌려 지은 간단한 노래.
★ 풍금 : 페달을 밟아서 바람을 넣어 소리를 내는 건반 악기.

어머니를 끌고 윗간으로 가서,

"엄마, 이거 풍금 아니우?" 하고 물으니까, 어머니는 빙그레 웃으시면서,

"그렇단다. 그건 어찌 알았니?"

"우리 유치원에 있는 풍금이 이것과 똑같은데 무얼. 그럼 엄마두 풍금 탈 줄 아우?" 하고, 나는 다시 물었습니다. 그것은 내가 이때껏 한 번도, 어머니가 풍금 앞에 앉은 것을 본 일이 없기 때문입니다.

어머니는 아무 대답도 아니하십니다.

"엄마, 이 풍금 좀 타 봐!" 하고 재촉하니까, 어머니 얼굴은 약간 흐려지면서,

"그 풍금은 너의 아버지가 날 사다 주신 거란다. 너의 아버지 돌아가신 후에는, 그 풍금은 이때까지 뚜껑두 한 번 안 열어 보았다……."

이렇게 말씀하시는 어머니 얼굴을 보니까 금방 또 울음보가 터질 것만 같이 보여서 나는 그만,

"엄마, 나 사탕 주어." 하면서 아랫방으로 끌고 내려왔습니다.

아저씨가 사랑에 와 계신 지 벌써 여러 밤을 잔 뒤입니다. 아마 한 달이나 되었지요. 나는 거의 매일 아저씨 방에 놀러 갔습니다. 어머니는 나더러 그렇게 가서 귀찮게 굴면 못쓴다고 가끔 꾸지람을 하시지만, 정말이지 나는 조금도 아저씨를 귀찮게 굴지는 않았습니다. 도리어 아저씨가 나를 귀찮게 굴었지요.

"옥희 눈은 아버지를 닮았다. 고 고운 코는 아마 어머니를 닮았지, 고 입하고! 응, 그러냐, 안 그러냐? 어머니도 옥희처럼 곱지, 응?"

이렇게 여러 가지로 물을 적도 있었습니다. 그래서 나는,

"아저씨, 입때★ 우리 엄마 못 봤수?" 하고 물었더니, 아저씨는 잠잠합니다. 그래 나는,

"우리 엄마 보러 들어갈까?" 하면서 아저씨 소매를 잡아당겼더니, 아저씨는 펄쩍 뛰면서,

"아니, 아니, 안 돼. 난 지금 분주해서." 하면서 나를 잡아끌었습니다. 그러나 정말로는 무어 그리 분주하지도 않은 모양이었어요. 그러기에 나더러 가란 말도 않고 그냥 나를 붙들고 앉아서 머리도 쓰다듬어 주고 뺨에 입도 맞추고 하면서,

"요 저고리 누가 해 주지? ……밤에 엄마하구 한자리에서 자니?" 하는 등 쓸데없는 말을 자꾸만 물었지요!

그러나 웬일인지 나를 그렇게도 귀애해 주던★ 아저씨도 아랫방에 외삼촌이 들어오면 갑자기 태도가 달라지지요. 이것저것 묻지도 않고 나를 껴안지도 않고, 점잖게 앉아서 그림책이나 보여 주고 그러지요. 아마 아저씨가 우리 외삼촌을 무서워하나 봐요.

하여튼 어머니는 나더러 너무 아저씨를 귀찮게 한다고, 어떤 때는 저녁 먹고 나서 나를 방 안에 가두어 두고 못 나가게 하는 때도 더러 있었습니다. 그러나 조금 있다가 어머니가 바느질에 정신이 팔리어서 골몰하고 있을 때 몰래 가만히 일어나서 나오지요. 그런 때에는 어머니는, 내가 문 여는 소리를 듣고서야 퍼뜩 정신을 차려서 쫓아와 나를 붙들지요. 그러나 그런 때는 어머니는 골을 아니 내시고,

"이리 온, 이리 와서 머리 빗고……." 하고, 끌어다가 머리를 다시 곱게

★ 입때 : 여태.
★ 귀애해 주던 : 귀엽게 여겨 사랑해 주던.

땋아 주시지요.

"머리를 곱게 땋고 가야지. 그렇게 되는 대루 하구 가문 아저씨가 숭보시지 않니?" 하시면서 또 어떤 때에는 머리를 다 땋아 주시고는,

"응, 저고리가 이게 무어야?" 하시면서, 새 저고리를 내어 주시는 때도 있었습니다.

어느 토요일 오후였습니다. 아저씨는 나더러 뒷동산에 올라가자고 하셨습니다. 나는 너무나 좋아서 가자고 그러니까, 아저씨가,

"들어가서 어머니께 허락받고 온." 하십니다. 참 그렇습니다. 나는 뛰어 들어가서 어머니께 허락을 맡았습니다. 어머니는 내 얼굴을 다시 세수시켜 주고, 머리도 다시 땋고, 그러고 나서는 나를 아스러지도록 한 번 몹시 껴안았다가 놓아 주었습니다.

"너무 오래 있지 말고, 응." 하고 어머니는 크게 소리치셨습니다. 아마 사랑 아저씨도 그 소리를 들었을 거예요.

뒷동산에 올라가서는 정거장을 한참 내려다보았으나, 기차는 안 지나갔습니다. 나는 풀잎을 쭉쭉 뽑아 보기도 하고, 땅에 누운 아저씨의 다리를 꼬집어 보기도 하면서 놀았습니다. 한참 후에 아저씨와 손목을 잡고 내려오는데, 유치원 동무들을 만났습니다.

"옥희가 아빠하구 어디 갔다 온다, 응." 하고, 한 동무가 말하였습니다. 그 아이는 우리 아버지가 돌아가신 줄을 모르는 아이였습니다. 나는 얼굴이 빨개졌습니다. 그때 나는 얼마나 이 아저씨가 정말 우리 아버지였더라면 하고 생각했는지 모릅니다. 나는 정말로 한 번만이라도,

"아빠!" 하고 불러 보고 싶었습니다. 그리고 그날, 그렇게 아저씨하고 손목을 잡고 골목골목을 지나오는 것이 어찌도 재미가 좋았는지요.

나는 대문까지 와서,

"난 아저씨가 우리 아빠래문 좋겠다." 하고 불쑥 말해 버렸습니다. 그랬더니 아저씨는 얼굴이 홍당무처럼 빨개져서 나를 몹시 흔들면서,

"그런 소리 하문 못써." 하고 말하는데, 그 목소리가 몹시도 떨렸습니다. 나는 아저씨가 몹시 성이 난 것처럼 보여서, 아무 말도 못 하고 안으로 뛰어 들어갔습니다. 어머니가,

"어디까지 갔던?" 하고 나와 안으며 묻는데, 나는 대답도 못 하고 그만 훌쩍훌쩍 울었습니다. 어머니는 놀라서,

"옥희야, 왜 그러니?" 하고 자꾸만 물었으나, 나는 아무 대답도 못 하고 울기만 했습니다.

이튿날은 일요일인 고로 나는 어머니와 함께 예배당에를 가려고 차리고 나서 어머니가 옷을 갈아입는 동안 잠깐 사랑에를 나가 보았습니다. '아저씨가 아직두 성이 났나?' 하고 가만히 방 안을 들여다보았더니 책상에 앉아서 무엇을 쓰고 있던 아저씨가 내다보면서 빙그레 웃었습니다. 그 웃음을 보고 나는 마음을 놓았습니다. 아저씨가 지금은 성이 풀린 것이 확실하니까요. 아저씨는 나를 이리 보고 저리 보고 훑어보더니,

"옥희 오늘 어디 가노? 저렇게 곱게 채리구." 하고 물었습니다.

"엄마하고 예배당에 가."

"예배당에?" 하고 나서, 아저씨는 잠시 나를 멍하니 바라다보더니,

"어느 예배당에?" 하고 물었습니다.

"요 앞에 예배당에 가지, 뭐."

"응? 요 앞이라니?"

이때 안에서,

"옥희야." 하고 부드럽게 부르는 어머니 목소리가 들렸습니다. 나는 얼른 안으로 뛰어 들어오면서 돌아다보니까, 아저씨는 또 얼굴이 빨갛게 성이 났겠지요. 내 원, 참으로 무슨 일로 요새는 아저씨가 그렇게 성을 잘 내는지 알 수 없었습니다.

예배당에 가서 찬미하고 기도하다가 기도하는 중간에 갑자기 나는 '혹시 아저씨두 예배당에 오지 않았나?' 하는 생각이 나서 눈을 뜨고 고개를 들어 남자석을 바라다보았습니다. 그랬더니 하, 바로 거기에 아저씨가 와 앉아 있겠지요. 그런데 아저씨는 어른이면서도 눈 감고 기도하지 않고 우리 아이들처럼 눈을 번히 뜨고 여기저기 두리번두리번 바라봅니다. 나는 얼른 아저씨를 알아보았는데 아저씨는 나를 못 알아보았는지 내가 빙그레 웃어 보여도 웃지도 않고 멀거니 보고만 있겠지요. 그래 나는 손을 흔들었지요. 그러니까 아저씨는 얼른 고개를 숙이고 말더군요. 그때에, 어머니가 내가 팔 흔드는 것을 깨닫고 두 손으로 나를 붙들고 끌어당기더군요. 나는 어머니 귀에다 입을 대고,

"저기 아저씨두 왔어." 하고 속삭이니까, 어머니는 흠칫하면서 내 입을 손으로 막고 막 끌어 잡아다가 옆에 앉히고 고개를 누르더군요. 보니까 어머니도 얼굴이 홍당무처럼 빨개졌더군요.

그날 예배는 아주 잼병★이었어요. 웬일인지 예배가 다 끝날 때까지 어머니는 성이 나서 강대★만 향하여 앞으로 바라보고 앉았고, 이전 모양으로 가끔 나를 내려다보고 웃는 일이 없었어요. 그리고 아저씨를 보려고 남자석을 바라다보아도 아저씨도 한 번도 바라다보아 주지도 않고 성이

★ 잼병 : 형편없는 것을 속되게 이르는 말.
★ 강대 : 책 따위를 올려놓고 강의나 설교를 할 수 있도록 만든 도구.

나서 앉아 있고, 어머니도 나를 보지도 않고 공연히 꽉꽉 잡아당기지요. 왜 모두들 그리 성이 났는지! 나는 그만 '으아.' 하고 한번 울고 싶었어요. 그러나 바로 멀지 않은 곳에 우리 유치원 선생님이 앉아 있는 고로 울고 싶은 것을 아주 억지로 참았답니다.

내가 유치원에 입학한 후, 처음 얼마 동안은 유치원에 갈 때나 올 때나 외삼촌이 바래다주었습니다. 그러나 여러 밤을 자고 난 뒤에는 나 혼자서도 넉넉히 다니게 되었어요. 그러나 언제나 내가 유치원에서 돌아오는 때면 어머니가 옆 대문(우리 집에는 대문이 사랑 대문과 옆 대문 둘이 있어서 어머니는 늘 이 옆 대문으로만 출입하시는 것이었습니다.) 밖에 기다리고 섰다가 내가 달음질쳐 가면, 안고 집 안으로 들어가곤 하는 것이었습니다.

그런데 하루는 어쩐 일인지 어머니가 대문간에 보이지를 않겠지요.

어떻게도 화가 나던지요. 물론 머릿속으로는 '아마 외할머니 댁에 가셨나 부다.' 하고 생각했지마는, 하여튼 내가 돌아왔는데 문간에서 기다리지 않고 집을 떠났다는 것이 몹시 나쁘게 생각되더군요. 그래서 속으로 '오늘 엄마를 좀 골려야겠다.' 하고 생각하고 있는데 옆 대문 밖에서,

"아이고, 얘가 웬 벌써 왔나?" 하고 어머니 목소리가 들리더군요. 그 순간, 나는 얼른 신을 벗어 들고 안방으로 뛰어 들어가서 벽장문을 열고 그 속에 들어가서 숨어 버렸습니다.

"옥희야, 옥희 너, 여태 안 왔니?" 하는 어머니 목소리가 바로 뜰에서 나더니,

"여태 안 왔군." 하면서 밖으로 나가는 모양이었습니다. 나는 재미가 나서 혼자 흐흥흐흥 웃었습니다.

한참을 있더니 집에는 온통 야단이 났습니다. 어머니 목소리도 들리고 외할머니 목소리도 들리고 외삼촌 목소리도 들리고!

"글쎄 하루 종일 집이라곤 안 떠났다가 옥희 유치원 파하구 오문, 멕일 과자가 없기에 어머님 댁에 잠깐 갔다 왔는데, 고동안에 이런 변이 생긴 걸……." 하는 것은 어머니 목소리.

"글쎄, 유치원에서 벌써 이십 분 전에 떠났다는데 원, 중간에서……." 하는 것은 외할머니 목소리.

"하여튼 내 나가서 돌아댕겨 볼게다. 원, 고것이 어델 갔담?" 하는 것은 외삼촌의 목소리.

이윽고 어머니의 울음소리가 가늘게 들렸습니다. 외할머니는 무어라고 중얼중얼 이야기하는 모양이었습니다. '이젠 그만하고 나갈까?' 하고도 생각했으나, '지난 주일날 예배당에서 성냈던 앙갚음을 해야지.' 하는 생각이 나서 나는 그냥 벽장 안에 누워 있었습니다. 벽장 안은 답답하고 더웠습니다. 그래서 이윽고 부지중★에 나는 슬며시 잠이 들고 말았습니다.

얼마 동안이나 잤는지요? 이윽고 잠을 깨어 보니 아까 내가 벽장 안으로 들어왔던 것을 잊어버리고 참 이상스러운 데에 내가 누워 있거든요. 어두컴컴하고 좁고 덥고……. 나는 갑자기 무서운 생각이 나서 엉엉 울기 시작했지요. 그러자 갑자기 어디 가까운 데서 어머니의 외마디소리가 나더니 벽장문이 벌컥 열리고 어머니가 달려들어서 나를 안아 내렸습니다.

"요 망할 것아." 하면서, 어머니가 내 엉덩이를 댓 번 때렸습니다. 나는

★ 부지중 : 알지 못하는 동안.

더욱더 소리를 내서 울었습니다. 그때에는 어머니는 나를 끌어안고 어머니도 따라 울었습니다.

"옥희야, 옥희야, 응, 인제 괜찮다. 엄마 여기 있지 않니, 응. 울지 마라, 옥희야. 엄마는 옥희 하나문 그뿐이다. 옥희 하나만 바라구 산다. 난 너 하나문 그뿐이야. 세상 다 일이 없다. 옥희만 있으면 바라고 엄마는 산다. 옥희야 응, 울지 말라 응, 울지 마라."

이렇게 어머니는 나더러 자꾸 울지 말라고 하면서도 어머니는 그치지 않고 자꾸자꾸 울었습니다. 외할머니는

"원 고것이 도깨비가 들렸단 말인가, 벽장 속에 왜 숨는담." 하고 앉아 있고, 외삼촌은,

"에, 재수 메유다★." 하면서 밖으로 나갔습니다.

이튿날, 유치원을 파하고 집으로 오게 된 때, 나는 갑자기 어제 벽장 속에 숨었다가 어머니를 몹시 울게 했던 생각이 나서 집으로 돌아가기가 어쩐지 부끄러워졌습니다. '오늘은 어머니를 좀 기쁘게 해 드려야 할 텐데……. 무엇을 갖다 드리면 기뻐할까?' 하고 생각하였습니다. 그러자 문득 유치원 안에 선생님 책상 위에 놓여 있던 꽃병 생각이 났습니다. 그 꽃병에는, 나는 이름도 모르나 곱고 빨간 꽃이 꽂히어 있었습니다. 그 꽃은 개나리도 아니고 진달래도 아니었습니다. 그런 꽃은 나도 잘 알고, 또 그런 꽃은 벌써 피었다가 져 버린 후였습니다. 무슨 서양 꽃이려니 하고 나는 생각하였습니다. 나는 우리 어머니가 꽃을 사랑하는 줄을 잘 압니다. 그래서 그 꽃을 갖다가 드리면 어머니가 몹시 기뻐하려니 하고 생각

★ 메유다 : '없다'를 뜻하는 중국어.

하였습니다.

그래서 나는 도로 유치원 방 안으로 들어갔습니다. 마침 방 안에는 아무도 없었습니다. 선생님도 잠깐 어디를 가셨는지 보이지 않았습니다. 그래 나는 그 꽃을 두어 개 얼른 빼 들고 달음질쳐 나왔지요.

집에 오니, 어머니는 문간에서 기다리고 있다가 나를 안고 들어왔습니다.

"그 꽃은 어디서 났니? 퍽 곱구나." 하고 어머니가 말씀하셨습니다. 그러나 나는 갑자기 말문이 막혔습니다.

'이걸 엄마 드릴라구 유치원서 가져왔어.' 하고 말하기가 어째 몹시 부끄러운 생각이 들었습니다. 그래 잠깐 망설이다가,

"응, 이 꽃! 저, 사랑 아저씨가 엄마 갖다 주라고 줘." 하고 불쑥 말했습니다. 그런 거짓말이 어디서 그렇게 툭 튀어나왔는지 나도 모르지요.

꽃을 들고 냄새를 맡고 있던 어머니는 내 말이 끝나기가 무섭게 무엇에 몹시 놀란 사람처럼 화닥닥하였습니다. 그러고는, 금시에 어머니 얼굴이 그 꽃보다 더 빨갛게 되었습니다. 그 꽃을 든 어머니 손가락이 파르르 떠는 것을 나는 보았습니다. 어머니는 무슨 무서운 것을 생각하는 듯이 방 안을 휘 한번 둘러보시더니,

"옥희야, 그런 걸 받아 오문 안 돼." 하고 말하는 목소리는 몹시 떨렸습니다. 나는 꽃을 그렇게도 좋아하는 어머니가 이 꽃을 받고 그처럼 성을 낼 줄은 참으로 뜻밖이었습니다. 어머니가 그렇게도 성을 내는 것을 보니까 그 꽃을 내가 가져왔다고 그러지 않고 아저씨가 주더라고 거짓말을 한 것이 참 잘되었다고 나는 속으로 생각했습니다. 어머니가 성을 내는 까닭을 나는 모르지만, 하여튼 성을 낼 바에는 내게 내는 것보다 아저

씨에게 내는 것이 내게는 나왔기 때문입니다. 한참 있더니 어머니는 나를 방 안으로 데리고 들어와서

"옥희야, 너 이 꽃 얘기 아무보구두 하지 말아라, 응?" 하고 타일러 주었습니다. 나는

"응." 하고 대답하면서 고개를 여러 번 까닥까닥했습니다. 어머니가 그 꽃을 곧 내버릴 줄로 나는 생각했습니다마는, 내버리지 않고 꽃병에 꽂아서 풍금 위에 놓아두었습니다. 아마 퍽 여러 밤 자도록 그 꽃은 거기 놓여 있어서 마지막에는 시들었습니다. 꽃이 다 시들자 어머니는 가위로 그 대를 잘라 내버리고, 꽃만은 찬송가 갈피에 곱게 끼워 두었습니다.

내가 어머니께 꽃을 갖다 주던 날 밤에, 나는 또 사랑에 놀러 나가서 아저씨 무릎에 앉아서 그림책을 보고 있었습니다. 갑자기 아저씨 몸이 흠칫하였습니다. 그러고는 귀를 기울였습니다. 나도 귀를 기울였습니다.

풍금 소리!

그 풍금 소리는 분명 안방에서 흘러나오는 것이었습니다.

"엄마가 풍금을 타나 부다." 하고, 나는 벌떡 일어나서 안으로 뛰어왔습니다. 안방에는 불을 켜지 않았습니다. 그러나 그때는 음력으로 보름께나 되어서 달이 낮같이 밝은데 은빛 같은 흰 달빛이 방 한 절반 가득히 차 있었습니다. 나는 흰옷을 입은 어머니가 풍금 앞에 앉아서 고요히 풍금을 타는 것을 보았습니다.

나는 나이 지금 여섯 살밖에 안 되었지마는 하여튼 어머니가 풍금을 타시는 것을 보는 것은 오늘이 처음이었습니다. 어머니는 우리 유치원 선생님보다도 풍금을 더 잘 타시는 것이었습니다. 나는 어머니 곁으로 갔습니다마는, 어머니는 내가 곁에 온 것도 깨닫지 못하는지 그냥 까딱

아니하고 앉아서 풍금을 탔습니다. 조금 있더니 어머니는 풍금 곡조에 맞추어 노래를 부르기 시작하였습니다. 어머니의 목소리가 그렇게 아름다운 것도 나는 이때까지 모르고 있었습니다. 어머니는 참으로 우리 유치원 선생님보다도 목소리가 훨씬 더 곱고, 또 노래도 훨씬 더 잘 부르시는 것이었습니다. 나는 가만히 서서 어머니 노래를 들었습니다. 그 노래는 마치도 은실을 타고 별나라에서 내려오는 노래처럼 아름다웠습니다. 그러나 얼마 오래지 않아 목소리는 약간 떨리기 시작하였습니다. 가늘게 떨리는 노랫소리, 그에 따라 풍금의 가는 소리도 바르르 떠는 듯했습니다. 노랫소리는 차차 가늘어지더니 마지막에는 사르르 없어져 버렸습니다. 풍금 소리도 사르르 없어졌습니다. 어머니는 고요히 일어나시더니 옆에 서 있는 내 머리를 쓰다듬었습니다. 그다음 순간, 어머니는 나를 안고 마루로 나오셨습니다. 어머니는 아무 말씀도 없이 그냥 꼭꼭 껴안는 것이었습니다. 달빛을 함빡 받은 내 어머니 얼굴은 몹시도 새하얗다고 생각되었습니다. 우리 어머니는 참으로 천사 같다고 생각하였습니다.

우리 어머니의 새하얀 두 뺨 위로는 쉴 새 없이 두 줄기 눈물이 줄줄 흘러내리고 있는 것을 나는 보았습니다. 그것을 보니 나도 갑자기 울고 싶어졌습니다.

"어머니, 왜 울어?" 하고 나도 훌쩍거리면서 물었습니다.

"옥희야."

"응?"

한참 동안 어머니는 아무 말씀도 없었습니다. 그러다가 한참 후에

"옥희야, 난 너 하나문 그뿐이다."

"엄마."

어머니는 다시 대답이 없으셨습니다.

하루는 밤에 아저씨 방에서 놀다가 졸려서 안방으로 들어오려고 일어서니까 아저씨가 하얀 봉투를 서랍에서 꺼내어 내게 주었습니다.

"옥희, 이거 갖다가 엄마 드리고 지나간 달 밥값이라구, 응?"

나는 그 봉투를 갖다가 어머니에게 드렸습니다. 어머니는 그 봉투를 받아 들자 갑자기 얼굴이 파랗게 질렸습니다. 그 전날 달밤에 마루에 앉았을 때보다도 더 새하얗다고 생각되었습니다. 어머니는 그 봉투를 들고 어쩔 줄을 모르는 듯이 초조한 빛이 나타났습니다. 나는

"그거 지나간 달 밥값이래." 하고 말을 하니까, 어머니는 갑자기 잠자다 깨나는 사람처럼 "응?" 하고 놀라더니, 또 금시에 백지장같이 새하얗던 얼굴이 발갛게 물들었습니다. 봉투 속으로 들어갔던 어머니의 파들파들 떨리는 손가락이 지전을 몇 장 끌고 나왔습니다. 어머니는 입술에 약간 웃음을 띠면서 후 하고 한숨을 내쉬었습니다. 그러나 그것도 잠깐 다시 어머니는 무엇에 놀랐는지 흠칫하더니 금시에 얼굴이 새하얘지고 입술이 바르르 떨렸습니다. 어머니의 손을 바라다보니 거기에는 지전 몇 장 외에 네모로 접은 하얀 종이가 한 장 잡혀 있는 것이었습니다.

어머니는 한참을 망설이는 모양이었습니다. 그러나 무슨 결심을 한 듯이 입술을 악물고 그 종이를 차근차근 펴 들고 그 안에 쓰인 글을 읽었습니다. 나는 그 안에 무슨 글이 씌어 있는지 알 도리가 없었으나, 어머니는 그 글을 읽으면서 금시에 얼굴이 파랬다 발갰다 하고, 그 종이를 든 손은 이제는 바들바들이 아니라 와들와들 떨리어서 그 종이가 부석부석 소리를 내게 되었습니다.

한참 후에 어머니는 그 종이를 아까 모양으로 네모지게 접어서 돈과

함께 봉투에 도로 넣어 반짇고리에 던졌습니다. 그러고는 정신 나간 사람처럼 멀거니 앉아서 전등만 쳐다보는데 어머니 가슴이 불룩불룩합니다. 나는 혹시 어머니가 병이나 나지 않았나 하고 염려가 되어서 얼른 가서 무릎에 안기면서,

"엄마 잘까?" 하고 말했습니다.

엄마는 내 뺨에 입을 맞추어 주었습니다. 그런데 어머니의 입술이 어쩌면 그리도 뜨거운지요. 마치 불에 달군 돌이 볼에 와 닿는 것 같았습니다.

한참을 자고 나서 잠이 채 깨지는 않았으나, 어렴풋한 정신으로 옆을 쓸어 보니 어머니가 없었습니다. 가끔 가다가 나는 그런 버릇이 있어요. 어렴풋한 정신으로 옆을 쓸면 어머니의 보드라운 살이 만져지지요. 그러면 다시 나는 잠이 들어 버리곤 하는 것이었습니다.

어머니가 자리에 없다는 것을 알게 되자, 나는 갑자기 무서워졌습니다. 그래서 잠은 다 달아나고 눈을 번쩍 뜨고 고개를 돌려 살펴보았습니다. 방 안에는 불은 안 켰지만 어슴푸레하게 밝습니다. 뜰로 하나 가득한 달빛이 방 안에까지 희미한 밝음을 던져 주는 것이었습니다. 윗목을 보니, 우리 아버지의 옷을 넣어 두고 가끔 어머니가 꺼내서 쓸어 보시는 그 장롱 문이 열려 있고, 그 아래 방바닥에는 흰옷이 한 무더기 널려 있습니다. 그리고 그 옆에는 장롱을 반쯤 기대고 자리옷★만 입은 어머니가 주춤하고 앉아서, 고개를 위로 쳐들고 눈을 감고 무엇이라고 입술로 소곤소곤 외고 있는 것이 보였습니다. 아마 기도를 하나 보다 하고 나는 생각했습니다. 나는 자리에서 일어나서 기어가서 어머니 무릎을 빼개고 기어

★ 자리옷 : 잠옷.

들어갔습니다.

"엄마, 무얼 해?"

어머니는 소곤거리기를 그치고 눈을 떠서 나를 한참이나 물끄러미 들여다보십니다.

"옥희야."

"응?"

"가서 자자."

"응, 그래 엄마도 같이 자."

그 목소리가 어째 싸늘하다고 내게 생각되었습니다.

어머니는 돌아가신 아버지의 옷들을 한 가지씩 들고는 가만히 손바닥으로 쓸어 보고는 장롱 안에 넣었습니다. 하나씩 하나씩 쓸어 보고는 장롱에 넣곤 하여 그 옷을 넣은 때 장롱 문을 닫고 쇠를 채우고, 그러고 나서 나를 안고 자리로 돌아왔습니다.

"엄마, 우리 기도하고 자?" 하고, 나는 물었습니다. 어머니는 나를 밤마다 재워 줄 때마다 반드시 기도를 하는 것이었습니다. 내가 할 줄 아는 기도는 주기도문뿐이었습니다. 그 뜻은 하나도 모르지만, 어머니를 따라서 자꾸자꾸 해 보아서 지금에는 나도 주기도문을 잘 외웁니다. 그런데 웬일인지 어젯밤 잘 때에는 어머니가 기도할 것을 잊어버리고 그냥 잤던 것이 지금 생각이 났기 때문에 나는 그렇게 물었던 것입니다. 어젯밤 자리에 들 때 내가

"기도할까?" 하고 말하고 싶었으나, 어머니가 너무도 슬픈 빛을 띠고 있는 고로 그만 나도 가만히 아무 소리 없이 잠이 들고 말았던 것입니다.

"응, 기도하자." 하고 어머니가 고요히 기도했습니다.

"엄마가 기도해." 하고 나는 갑자기 어머니의 기도하는 보드라운 음성이 듣고 싶어져서 말했습니다.

"하늘에 계신 우리 아버지시여."

어머니는 고요히 기도를 시작하였습니다.

"이름을 거룩하게 하옵시며 나라에 임하옵시며 뜻이 하늘에서 이루어진 것처럼 땅에서도 이루어지이다. 오늘날 우리에게 일용할 양식을 주옵시고 우리가 우리에게 죄지은 자를 용서하여 준 것처럼 우리 죄를 사하여 주옵시고, 우리를 시험에 들지 말게 하옵시고…… 우리를 시험에 들지 말게 하옵시고…… 시험에 들지 말게…… 시험에 들지 말게……."

이렇게 어머니는 자꾸 되풀이하였습니다. 나도 지금은 막히지 않고 줄줄 외는 주기도문을, 글쎄 어머니가 막히다니 참으로 우스운 일이었습니다.

"시험에 들지 말게…… 시험에 들지 말게……." 하고 자꾸만 되풀이하는 것을 나는 참다못해서,

"엄마, 내 마저 할게." 하고,

"다만 악에서 구하옵소서. 대개 나라와 권세와 영광이 아버지께 영원히 있사옵나이다." 하고 내가 끝을 마쳤습니다. 어머니는 한참이나 가만있다가 오랜 후에야 겨우,

"아멘." 하고 속삭이었습니다.

요새 와서 어머니의 하는 일이란 참으로 알 수가 없는 노릇입니다. 어떤 때는 어머니도 퍽 유쾌하셨습니다. 밤에 때로는 풍금을 타고, 또 때로는 찬송가도 부르고 그러실 때에는 나도 너무도 좋아서 가만히 어머니 옆에 앉아서 듣습니다. 그러나 가끔가끔 그 독창은 소리 없는 울음으로

끝을 맺는 때가 많은데, 그런 때면 나도 따라서 울었습니다. 그러면 어머니는 나를 안고 내 얼굴에 돌아가면서 무수히 입을 맞추어 주면서,

"엄마는 옥희 하나문 그뿐이야, 응. 그렇지……." 하시면서 언제까지나 언제까지나 우시는 것이었습니다.

어떤 일요일, 그렇지요, 그것은 유치원 방학하고 난 그 이튿날이었어요. 그날 어머니는 갑자기 머리가 아프시다고 예배당에를 그만두었습니다. 사랑에서는 아저씨도 어디 나가고 외삼촌도 나가고 집에는 어머니와 나와 단둘이 있었는데, 머리가 아프다고 누워 계시던 어머니가 갑자기 나를 부르시더니,

"옥희야, 너 아빠가 보고 싶니?" 하고 물으십니다.

"응, 우리두 아빠 하나 있으문." 하고, 나는 혀를 까불고 어리광을 좀 부려 가면서 대답을 했습니다. 한참 동안을 어머니는 아무 말씀도 아니 하시고 천장만 바라다보시더니,

"옥희야, 옥희 아버지는 옥희가 세상에 나오기도 전에 돌아가셨단다. 옥희두 아빠가 없는 건 아니지. 그저 일찍 돌아가셨지. 옥희가 이제 아버지를 새로 또 가지면 세상이 욕을 한단다. 옥희는 아직 철이 없어서 모르지만 세상이 욕을 한단다. 사람들이 욕을 해. 옥희 어머니는 화냥년이다 이러구 세상이 욕을 해. 옥희 아버지는 죽었는데, 옥희는 아버지가 또 하나 생겼대. 참 망측두 하지 이러구 세상이 욕을 한단다. 그리 되문 옥희는 언제나 손가락질 받구, 옥희는 커두 시집두 훌륭한 데 못 가구. 옥희가 공부를 해서 훌륭하게 돼두, 에 그까짓 화냥년의 딸, 이러구 남들이 욕을 한단다."

이렇게 어머니는 혼잣말하시듯 드문드문 말씀하셨습니다. 그러고는

한참 있더니,

"옥희야." 하고 또 부르십니다.

"응?"

"옥희는 언제나 내 곁을 안 떠나지. 옥희는 언제나 언제나 엄마하구 같이 살지. 옥희는 엄마가 늙어서 꼬부랑 할미가 되어두 그래두 옥희는 엄마하구 같이 살지. 옥희가 유치원 졸업하구, 또 소학교 졸업하구, 또 중학교 졸업하구, 또 대학교 졸업하구, 옥희가 조선서 제일 훌륭한 사람이 돼두, 그래두 옥희는 엄마하구 같이 살지. 응! 옥희는 엄마를 얼만큼 사랑하나?"

"이만큼." 하고 나는 두 팔을 짝 벌리어 보였습니다.

"응? 얼만큼? 응! 그만큼! 언제나 언제나, 옥희는 엄마만 사랑하지. 그리구 공부두 잘하구, 그리고 훌륭한 사람이 되구……."

나는 어머니의 목소리가 떨리는 것으로 보아 어머니가 또 울까 봐 겁이 나서,

"엄마, 이만큼, 이만큼." 하면서 두 팔을 짝짝 벌리었습니다.

어머니는 울지 않으셨습니다.

"응, 그래. 옥희 엄마는 옥희 하나문 그뿐이야. 세상 다른 건 다 소용없어. 우리 옥희 하나문 그만이야. 그렇지, 옥희야."

"응!"

어머니는 나를 당기어서 꼭 껴안고 내 가슴이 막혀 들어올 때까지 자꾸만 껴안아 주었습니다.

그날 밤, 저녁밥 먹고 나니까 어머니는 나를 불러 앉히고 머리를 새로 빗겨 주었습니다. 댕기도 새 댕기로 드려 주고, 바지, 저고리, 치마, 모두

새것을 꺼내 입혀 주었습니다.

"엄마, 어디 가?" 하고 물으니까,

"아니." 하고 웃음을 띠면서 대답합니다. 그러더니, 풍금 옆에서 새로 다린 하얀 손수건을 내리어 내 손에 쥐여 주면서,

"이 손수건, 저 사랑 아저씨 손수건인데, 이것 아저씨 갖다 드리구 와, 응? 오래 있지 말구 손수건만 갖다 드리구 이내 와, 응?" 하고 말씀하셨습니다.

손수건을 들고 사랑으로 나가면서, 나는 접어진 손수건 속에 무슨 발각발각하는 종이가 들어 있는 것처럼 생각되었습니다마는, 그것을 펴 보지 않고 그냥 갖다가 아저씨에게 주었습니다.

아저씨는 방에 누워 있다가 벌떡 일어나서 손수건을 받는데, 웬일인지 아저씨는 이전처럼 나보고 빙그레 웃지도 않고 얼굴이 몹시 파래졌습니다. 그러고는 입술을 질근질근 깨물면서 말 한마디 아니하고 그 손수건을 받더군요.

나는 어째 이상한 기분이 들어서 아저씨 방에 들어가 앉지도 못하고 그냥 되돌아서 안방으로 도로 왔지요. 어머니는 풍금 앞에 앉아서 무엇을 그리 생각하는지 가만히 있더군요. 나는 풍금으로 가서 가만히 그 옆에 앉아 있었습니다. 이윽고 어머니는 조용조용히 풍금을 타십니다. 무슨 곡조인지는 몰라도 어째 구슬프고 고즈넉한 곡조야요.

밤이 늦도록 어머니는 풍금을 타셨습니다. 그 구슬프고 고즈넉한 곡조를 계속하고 또 계속하면서.

여러 밤을 자고 난 어떤 날 오후에 나는 오래간만에 아저씨 방엘 나가 보았더니, 아저씨가 짐을 싸느라고 분주하겠지요. 내가 아저씨에게 손

수건을 갖다 드린 다음부터는 웬일인지 아저씨가 나를 보아도 언제나 퍽 슬픈 사람, 무슨 근심이 있는 사람처럼 아무 말도 없이 나를 물끄러미 바라다만 보고 있는 고로, 나도 그리 자주 놀러 오지는 않았던 것입니다. 그랬었는데 이렇게 갑자기 짐을 꾸리는 것을 보고 나는 놀랐습니다.

"아저씨, 어데 가우?"

"응, 멀리루 간다."

"언제?"

"오늘."

"기차 타구?"

"응, 기차 타구……."

"갔다가 언제 또 오우?"

아저씨는 아무 대답도 없이 서랍에서 예쁜 인형을 하나 꺼내서 내게 주었습니다.

"옥희, 이것 가져, 응. 옥희는 아저씨 가구 나문 아저씨 이내 잊어버리구 말겠지!"

나는 갑자기 슬퍼졌습니다. 그래서

"아니." 하고 얼른 대답하고, 인형을 안고 안으로 들어왔습니다.

"엄마, 이것 봐. 아저씨가 이것 나 줬다우. 아저씨가 오늘 기차 타구 먼 데루 간대." 하고 내가 말했으나, 어머니는 대답이 없으십니다.

"엄마, 아저씨 왜 가우?"

"학교 방학했으니깐 가지."

"어디루 가우?"

"아저씨 집으루 가지 어디루 가."

"갔다가 또 와?"

어머니는 대답이 없으십니다.

"난 아저씨 가는 거 나쁘다." 하고 입을 쫑긋했으나, 어머니는 그 말에 대답 않고,

"옥희야, 벽장에 가서 달걀 몇 알 남았나 보아라." 하고 말씀하셨습니다.

나는 깡충깡충 방 안으로 들어갔습니다. 달걀은 여섯 알이 있었습니다.

"여스 알." 하고 나는 소리쳤습니다.

"응, 다 가지고 이리 나오너라."

어머니는 그 달걀 여섯 알을 다 삶았습니다. 그 삶은 달걀 여섯 알을 손수건에 싸 놓고, 또 반지★에 소금을 조금 싸서 한 귀퉁이에 넣었습니다.

"옥희야, 너 이것 갖다 아저씨 드리고, 가시다가 찻간에서 잡수시랜다구, 응."

그날 오후에 아저씨가 떠나간 다음, 방에서 아저씨가 준 인형을 업고 자장자장 잠을 재우고 있었습니다. 어머니가 부엌에서 들어오시더니,

"옥희야, 우리 뒷동산에 바람이나 쐬러 올라갈까?" 하십니다.

"응, 가, 가." 하면서 나는 좋아 덤비었습니다.

잠깐 다녀올 터이니 집을 보고 있으라고 외삼촌에게 이르고 어머니는 내 손목을 잡고 나섰습니다.

"엄마, 나 저, 아저씨가 준 인형 가지고 가?"

"그러렴."

나는 인형을 안고 어머니 손목을 잡고 뒷동산으로 올라갔습니다. 뒷

★ 반지 : 얇고 흰 일본 종이.

동산에 올라가면 정거장이 빤히 내려다보입니다.

"엄마, 저 정거장 봐, 기차는 없군."

어머니가 아무 말씀도 없이 가만히 서 계십니다. 사르르 바람이 와서 어머니 모시 치맛자락을 산들산들 흔들어 주었습니다. 그렇게 산 위에 가만히 서 있는 어머니는 다른 때보다 더 한층 이쁘게 보였습니다.

저편 산모퉁이에서 기차가 나타났습니다.

"아, 저기 기차 온다." 하고 나는 좋아서 소리쳤습니다.

기차는 정거장에 잠시 머물더니, 금시에 '삑' 하고 소리를 지르면서 움직였습니다.

"기차 떠난다." 하면서 나는 손뼉을 쳤습니다. 기차가 저편 산모퉁이 뒤로 사라질 때까지, 그리고 그 굴뚝에서 나는 연기가 하늘 위로 모두 흩어져 없어질 때까지, 어머니는 가만히 서서 그것을 바라다보았습니다.

뒷동산에서 내려오자 어머니는 방으로 들어가시더니 이때까지 뚜껑을 늘 열어 두었던 풍금 뚜껑을 닫으십니다. 그러고는, 거기 쇠를 채우고 그 위에다가 이전 모양으로 반짇고리를 얹어 놓으십니다. 그러고는 그 옆에 있는 찬송가를 맥없이 들고 뒤적뒤적하시더니 빼빼 마른 꽃송이를 그 갈피에서 집어내시더니,

"옥희야, 이것 내다 버려라." 하고 그 마른 꽃을 내게 주었습니다. 그 꽃은 내가 유치원에서 갖다가 어머니께 드렸던 그 꽃입니다. 그러자 옆 대문이 삐걱하더니,

"달걀 사소." 하고 매일 오는 달걀 장수 노파가 달걀 광주리를 이고 들어왔습니다.

"인젠 우리 달걀 안 사요. 달걀 먹는 이가 없어요." 하시는 어머니 소리

는 맥이 한 푼어치도 없었습니다. 나는 어머니의 이 말씀에 놀라서 떼를 좀 써 보려 했으나, 석양에 빤히 비치는 어머니의 얼굴을 볼 때 그 용기가 없어지고 말았습니다. 그래서 아저씨가 주신 인형 귀에다가 내 입을 갖다 대고 가만히 속삭이었습니다.

"얘, 우리 엄마가 거짓부리 썩 잘하누나. 내가 달걀 좋아하는 줄 잘 알문성 생 먹을 사람이 없대누나. 떼를 좀 쓰고 싶다만 저 우리 엄마 얼굴을 좀 봐라. 어쩌문 저리두 새파래졌을까? 아마 어데가 아픈가 보다."라고요.

주요섭 1902~1972 평안남도 평양에서 태어났습니다. 〈불놀이〉를 쓴 시인 주요한의 동생이기도 합니다. 주요 작품으로는 〈인력거꾼〉 〈살인〉 〈사랑손님과 어머니〉 〈아네모네 마담〉 등이 있습니다. 일제강점기에 독립운동을 하다 10개월 동안 옥살이를 했으며, 가난한 사람들의 생활 모습이나 반항 의식을 그린 작품과 서정적이고 사실주의적인 작품을 썼습니다.

작품 설명

내용 파악하기

▸ **'나'의 가족 관계와 가정 형편을 말해 보세요.**

'나'가 태어나기 전 아버지가 돌아가시고, 어머니와 외삼촌과 같이 살고 있음. 어머니는 아버지의 유산과 바느질로 생계를 꾸려 가고 있음. 하숙을 들여 생계에 보탬이 되고자 함.

▸ **어머니에 대한 아저씨의 마음을 처음으로 알 수 있는 대목을 말해 보세요.**

옥희 얼굴을 보며 엄마를 닮아 곱다고 말한 부분

▸ **어머니도 아저씨에게 마음이 있다는 것을 처음으로 알 수 있는 대목을 말해 보세요.**

아저씨가 달걀을 좋아한다는 사실을 알고 달걀을 많이 사는 부분

▸ **어머니가 아저씨의 구애를 받고 갈등하는 대목을 말해 보세요.**

풍금을 타며 눈물을 흘리는 부분

핵심 정리

갈래 : 단편소설, 순수소설

배경 : 1930년대, 어느 도시

시점 : 1인칭 관찰자 시점

제재 : 사랑손님과 어머니의 사랑

주제 : 사랑손님과 어머니의 애정, 그리고 전통적 인습 사이의 갈등

특징 : ① 구어체와 경어체를 사용함.

② 어른들의 사랑을 어린 소녀의 눈으로 서술함으로써 아름답고 순수하게 그림.

③ 섬세하고 부드러운 여성적인 문체를 사용함.

작품 이해

이 소설이 발표된 때는 1935년으로 성인 남녀가 내외하던 시절입니다. 그러니 당시 분위기로 보아 과부와 남편 친구와의 사랑은 부도적인 행동으로 취급받기 쉬웠을 것입니다. 그러나 이 소설에서는 여섯 살 난 '옥희'를 화자로 등장시켜 자칫하면 통속적인 이야기가 될 수 있는 성인 남녀의 사랑 이야기를 맑고 순수하게 그려 냈습니다. 과부인 옥희 어머니와 사랑손님의 사랑은 결코 잘못된 사랑이 아닙니다. 법으로는 과부의 재가를 인정했으니까요. 다만 시대적 분위기 때문에 함부로 사랑을 나누지 못했을 뿐입니다.

생각해 보기

▸ **두 사람의 사랑이 이루어지지 않은 이유는 무엇일까요?**

▸ **어머니와 아저씨 사이에서 옥희는 어떤 역할을 하였나요?**

•둘째 마당•

아픈 만큼 성장하고

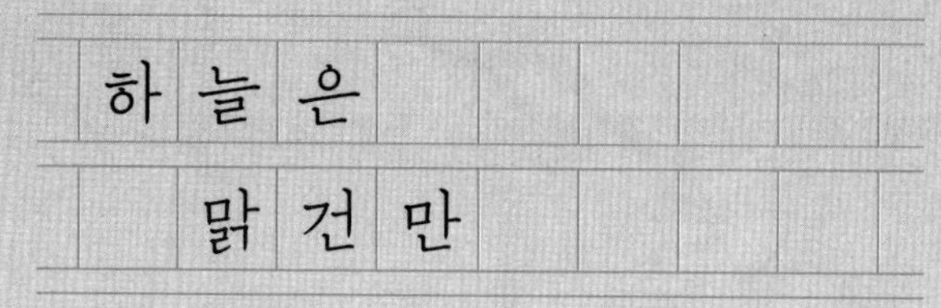

• 현덕 •

• 읽기 전에 •

제목 '하늘은 맑건만' 뒤에는 어떤 말이 생략되어 있을까요? 혹시 맑은 하늘과는 달리 좋지 않은 일이 있었던 건 아닐까요? 주인공에게 어떤 사연이 있는지 함께 읽어 봅시다.

중문★ 안 안반★ 뒤에 숨기어 둔 공이 간 데가 없다. 팔을 넣어 아무리 더듬어도 빈탕이다. 문기는 가슴이 두근거리기 시작하였다.

'혹 동네 아이들이 집어 갔을까?'

도리어 그랬으면 다행이다. 만일에 그 공이 숙모 손에 들어가기나 했으면 큰일이다.

문기는 아무 일 없는 태도로 전날과 다름없이 안마당에서 화초분에 물을 준다. 그러면서 계속해 숙모의 눈치를 살핀다. 숙모는 부엌에서 저녁을 짓는다. 마루로 부엌으로 오르고 내릴 때 얼굴이 마주치는 것이다. 문기는 자기를 보는 숙모 눈에 별다른 것이 없다 싶었다. 문기는 차츰 생각을 고친다.

'필시 공은 거지나 동네 아이들이 집어 갔기 쉽지. 그렇잖으면 작은어머니가 알고 가만있을 리 있나.'

조금 후 문기는 아랫방으로 내려갔다.

그리고 책상 서랍을 열어 보았을 때 문기는 또 좀 놀랐다. 서랍 속에 깊숙이 간직해 둔 쌍안경이 보이질 않는다. 그것뿐이 아니다. 서랍 안이 뒤죽박죽이고 누가 손을 댔음이 분명하다.

'인제 얼마 안 있으면 작은아버지가 회사에서 돌아오시겠지. 그리고 필시 일은 나고 말리라.'

★ 중문 : 가운데 뜰로 들어가는 대문.

★ 안반 : 떡을 칠 때에 쓰는 두껍고 넓은 나무 판.

문기는 책상 앞에 돌아앉아 책을 펴 들었다.

그러나 눈은 아물아물 가슴은 두근두근 도무지 글이 읽어지질 않는다.

며칠 전 일이다. 문기는 저녁에 쓸 고기 한 근을 사 오라고 숙모에게 지전★ 한 장을 받았다. 언제나 그맘때면 사람이 붐비는 삼거리 고깃간이다. 한참을 기다려서 문기 차례가 왔다. 문기는 지전을 내밀었다. 뚱뚱보 고깃간 주인은 그 돈을 받아 둥구미★에 넣고 천천히 고기를 베어 저울에 단 후 종이에 말아 내밀었다. 그리고 그 거스름돈으로 아, 지전 아홉 장과 그 위에 은전 몇 닢을 얹어 내주는 것이 아닌가. 문기는 어리둥절하였다. 처음 그 돈을 숙모에게 받을 때와 고깃간 주인에게 내밀 때까지도 1원짜리로만 알았던 것이다. 문기는 돈과 주인을 의심스레 쳐다보았다. 허나 그는 다음 사람의 고기를 베느라 분주하다. 문기는 주볏주볏★하는 사이 사람에게 밀려 뒷줄로 나오고 말았다. 그러나 다시 생각하면 정말 숙모가 1원짜리를 준 것인지 아닌지 모르겠다. 아니라면 도리어 큰일이 아닌가. 하여튼 먼저 숙모에게 알아볼 일이었다. 문기는 집을 향해 돌아가면서도 연해 고개를 기웃거리며 그 일을 생각하였다. 내가 잘못 본 것인가. 고깃간 주인이 잘못 본 것인가 하고.

골목 모퉁이를 꺾어 돌아섰다. 서너 칸 앞을 서서 동무 수만이가 간다. 문기는 쫓아가 그와 나란히 서며,

“너 집에 인제 가니?” 하고 어깨에 손을 걸고,

“이거 이상한 일 아냐?”

★ 지전 : 종이돈.
★둥구미 : 멱둥구미, 짚으로 둥글고 울이 깊게 결어 만든 그릇. 주로 곡식이나 채소 따위를 담는 데 쓰인다.
★ 주볏주볏 : 주뼛주뼛. 어줍거나 부끄러워서 자꾸 머뭇거리거나 주저주저하는 모양.

"뭐가 말야?"

"고길 사러 갔는데 말야. 난 1원짜리로 알구 냈는데 10원으로 거슬러 주니 말야."

"정말야? 어디 봐."

문기는 손바닥을 펴 돈과 또 고기를 보였다. 수만이는 잠시 눈을 꿈벅꿈벅 무슨 궁리를 하는 듯 문기 얼굴을 보고 섰더니,

"너 이렇게 해 봐라."

"어떻게 말야?"

"먼저 잔돈만 너희 작은어머니에게 주는 거야."

"그러고 어떡해?"

"그리고 아무 말 없거든 내게로 나와. 헐 일이 있으니."

"무슨 헐 일?"

"글쎄 그러구만 나와. 다 좋은 일이 있으니."

마침내 문기는 수만이가 이르는 대로 잔돈만 양복 주머니에서 꺼내 놓았다. 숙모는 그 돈을 받아 두 번 자세히 세어 보고 주머니에 넣고는 아무 말 없이 돌아서 고기를 씻는다. 그래도 문기는 한동안 머뭇머뭇 눈치를 보다가 슬며시 밖으로 나갔다. 그리고 문밖엔 수만이가 이상한 웃음으로 그를 맞이하였다.

수만이가 있다던 좋은 일이란 다른 것이 아니었다. 거리에서 보고 지내던 온갖, 가지고 싶고 해 보고 싶은 가지가지를 한번 모조리 돈으로 바꾸어 보자는 것이다.

그러나 문기는,

"돈을 쓰면 어떻게 되니?"

"염려 없어. 나 하는 대로만 해." 하고 머뭇거리는 문기 어깨에 팔을 걸고 수만이는 우쭐거리며 걸음을 옮긴다.

하긴 문기 역시 돈으로 바꾸고 싶은 것이 없지 않은 터, 그리고 수만이가 시키는 대로 하기만 하면 남이 하래서 하는 것이니까 어떻게 자기 책임은 없는 듯싶었다. 그리고 수만이는 수만이대로 돈은 문기가 만든 돈, 나중에 무슨 일이 난다 하여도 자기 책임은 없으니까 또 안심이었다. 이래서 두 소년은 마침내 손이 맞고 말았다.

그래도 으슥한 골목을 걸을 때에는 알 수 없는 두려움에 가슴이 두근거리었으나, 밝은 큰 행길로 나오자 차차 다른 기쁨으로 변했다. 길 좌우편 환한 상점 유리창 안의 온갖 것이 모두 제 것인 양, 손짓해 부르는 듯했다. 드디어 그들은 공을 샀다. 만년필을 샀다. 쌍안경을 샀다. 만화책을 샀다. 그리고 활동사진★ 구경도 갔다. 다니며 이것저것 군것질도 했다.

그리고 그 나머지 돈으로 또 한 가지 즐거운 계획이 있었다. 조그만 환등★ 기계 한 틀을 사자는 것이다. 이것을 놀려 아이들에게 1전씩 받고 구경을 시킨다. 그리고 여기서 나오는 것으로 두고두고 용돈에 주리지 않도록 하자는 계획이다. 하고 오늘 저녁부터 그 첫 착수를 하자는 약조★였다.

그러나 이 즐거운 계획을 앞두고 이내 올 것이 오고 말았다. 안방에서 저녁상을 받고 앉았던 삼촌은 문기를 불렀다. 두 번 세 번 문기야, 소리가 아랫방 창을 울린다. 방 안에서 문기는 못 들은 양 대답하지 않는다.

★ 활동사진 : 영화.
★ 환등 : 그림, 사진, 실물 따위에 강한 불빛을 비추어 그 반사광을 렌즈에 의하여 확대하여서 영사(映射)하는 조명 기구.
★ 약조 : 조건을 붙여서 약속함.

그러나 네 번째는 안방 미닫이를 열고 삼촌은,

"문기 아랫방에 없니?"

댓돌★ 위에 신이 놓여 있는데 없는 양 할 수는 없다. 기어이 문기는 그 삼촌 앞에 나가 무릎을 꿇고 앉지 않을 수 없었다. 삼촌은 잠잠히 식사를 계속한다. 그 상 밑에 안반 뒤에 숨겨 두었던 공이 와 있다. 상을 물릴 임시에 삼촌은 입을 열었다.

"너 요새 학교에 매일 갔었니?"

"네."

삼촌은 상 밑에 그 공을 굴려 내며,

"이거 웬 공이냐?"

"수만이가 준 공예요."

"이것두?" 하고 삼촌은 무릎 밑에서 쌍안경을 꺼내 들었다.

"네."

"수만이란 얼마나 돈을 잘 쓰는 아인지 몰라두 이 공은 오십 전은 줬겠구나. 이건 못 줘두 일 원은 넘겨 줬겠구."

그리고 삼촌은,

"수만이란 뭣 하는 집 아이냐?"

문기는 고개를 숙이고 앉아 말이 없다. 삼촌은 숭늉을 마시고 상을 물렸다.

"네 입으로 수만이가 줬다니 네 말이 옳겠지. 설마 네가 날 속이기야 하겠니? 하지만 남이 준다고 아무것이고 덥적덥적 받는다는 것두 좀 생

★ 댓돌 : 섬돌. 집채의 앞뒤에 오르내릴 수 있게 놓은 돌층계.

각해 볼 일이거든."

삼촌은 다시 말을 계속한다.

"말 들으니 너 요샌 저녁두 가끔 나가 먹는다더구나. 그것두 수만이에게 얻어먹는 거냐?"

문기는 벌겋게 얼굴이 달아 수그리고 앉았다. 삼촌은 잠시 묵묵히 건너다만 보고 있더니 음성을 고쳐 엄한 어조로,

"어머님은 어려서 돌아가시구 아버지는 저 모양이시구. 앞으로 집안을 일으킬 사람은 너 하나야. 성실치 못한 아이들하고 어울려 다니다 혹 나쁜 데 빠지거나 하면 첫째 네 꼴은 뭐구 내 모양은 뭐냐? 난 너 하나는 어디까지든지 공부도 시키구, 사람을 만들어 주려구 애를 쓰는데 너두 그 뜻을 받아 주어야 사람이 아니냐."

그리고 삼촌은 이렇게 뒤뚝★ 맘 한 번 잘못 가졌다가 영 신세를 망치고 마는 예를 이것저것 들어 말씀하고는 이후론 절대 이런 것 받아들이지 말라는 단단한 다짐을 받은 후 문기를 내보냈다.

문기는 아랫방에 내려와 혼자 되자, 삼촌 앞에서보다 갑절 얼굴이 달아올랐다. 지금까지 될 수 있는 대로 생각지 않으려고 힘을 써 오던 그 편에 정면으로 제 몸을 세워 놓고 보지 않을 수 없었다. 그러자 자기라는 몸은 벌써 삼촌의 이른바 나쁜 데 빠지고 만 것이다. 그야 자기는 수만이가 시켜서 한 일이니까 잘못이 없다는 것이지만, 당초에 그것은 제 허물을 남에게 밀려는 얄미운 구실이 아니고 뭐냐. 그리고 문기는 이미 삼촌을 속이었다. 또 써서는 아니 될 돈을 쓰고 말았다. 아아, 일찍이 어머니

★ 뒤뚝 : 큰 물체나 몸이 중심을 잃고 한쪽으로 기울어지는 모양.

를 여의고 아버지란 사람은 일상 천 냥 만 냥 하고 허한 소리만 하면서 남루한 주제에 거처가 없이 시골, 서울로 돌아다니는 사람이고, 어려서부터 문기를 길러 낸 사람이 삼촌이었다. 그리고 조카의 장래를 자기의 그것보다 더 중히 알고 염려하며 잘되어 주기를 바라는 삼촌이었다. 그 삼촌의 기대에 어그러지지 않는 인물이 되어 보이겠다고 엊그제 주먹을 쥐고 결심하던 문기가 아니냐. 생각할수록 낯이 뜨거워지는 일이다.

마침내 문기는 공과 쌍안경을 집어 들고 문밖으로 나갔다. 어둑어둑 저물어 가는 행길이다. 문기는 골목으로 들어섰다. 대낮에 많은 사람 가운데에서 거리낌 없이 가지고 놀던 그 공이 지금은 사람이 드문 골목 안에서도 남이 볼까 두려워졌다. 컴컴해질수록 더 허옇게 드러나 보이는 커다란 공을 처치하기에 곤란해 문기는 옆으로 꼈다 뒤로 돌렸다 하며 사람의 눈을 피한다. 쌍안경이 든 불룩한 주머니가 또 성화다. 골목 하나를 돌아서 나올 즈음 문기는 모르고 흘리는 것인 양 슬며시 쌍안경을 꺼내 길바닥에 떨어뜨렸다. 그리고 걸음을 빨리하여 건너편 골목으로 들어간다. 개천가 앞에 이르렀다. 거기서 문기는 커다란 공을 바지 앞에 품고 앉아서 길 가는 사람이 없기를 기다린다.

자전거가 가고 노인이 오고 동이 뜬★ 그 중간을 타서 문기는 허옇게 흐르는 물 위로 공을 던져 버렸다. 이어 양복 안주머니에 간직해 두었던 나머지 돈을 꺼내 들었다. 그것도 마저 던져 버리려다가 문득 들었던 손을 멈춘다. 그리고 잠시 둥실둥실 물을 따라 떠나가는 공을 통쾌한 듯 바라보다가는 돌아서 걸음을 옮긴다.

★ 뜬 : 시간 간격이 생긴.

문기는 삼거리 고깃간을 향해 갔다. 그리고 뒷골목으로 돌아가 나머지 돈을 종이에 싸서 담 너머로 그 집 안마당을 향해 던졌다.

그제야 문기는 무거운 짐을 풀어 논 듯 어깨가 거뜬했다. 아까 물 위로 둥실둥실 떠가던 그 공, 지금은 벌써 10리고 20리고 멀리 떠갔을 듯싶은 그 공과 함께 문기는 자기의 허물도 멀리 사라져 깨끗이 벗어난 듯 속이 후련했다. 그리고,

"다시는, 다시는……." 하고 문기는 두 번 다시 그런 허물을 범하지 않겠다고 백 번 다지며 집을 향해 돌아간다.

그러나 문기는 그것만으로는 도저히 자기 허물을 완전히 벗을 수 없었다. 그가 자기 집 어귀에 이르렀을 때 뜻하지 않은 것이 기다리고 있다 나타났다.

"너 어디 갔다 오니?" 하고 컴컴한 처마 밑에서 수만이가 튀어나오며 반긴다.

"지금 느이 집에 다녀오는 길이다."

그리고 문기 어깨에 팔 하나를 걸고 행길을 향해 돌아서며,

"어서 가자."

약조한 환등 틀을 사러 가자는 것이다. 극장 앞 장난감 가게에 있는 조그만 환등 틀을 오고 가는 길에 물건도 보고 가격도 보아 두었던 것이다. 그리고 오늘 낮에도 보고 온 것이었만 수만이는,

"그새 팔리지나 않았을까?" 하고 걸음을 재촉한다. 문기는 생각 없이 몇 걸음 끌려가다가는 갑자기 그 팔을 쳐 내리며 물러선다.

"난 싫다."

수만이는 어리둥절해 쳐다본다.

"뭐 말야? 환등 틀 사기 싫단 말야?"

"난 인제 돈 가진 것 없다."

"뭐?" 하고 수만이는 의외라는 듯 눈이 둥그레지다가는 금세 능청스런 웃음을 지으며,

"너 혼자 두고 쓰잔 말이지. 그러지 말구 어서 가자."

"정말 없어. 지금 고깃간집 안마당으로 던져 주고 오는 길야. 공두 쌍안경두 버리구." 하고 문기는 증거를 보이느라고 이쪽저쪽 주머니를 털어 보이는 것이나 수만이는 흥 하고 코웃음을 친다.

"누군 너만 못 약을 줄 아니?"

그리고 연실 빈정댄다.

"고깃간집 마당으로 던졌다? 아주 핑계가 됐거든."

"거짓말 아니다. 참말야." 할 뿐, 문기는 어떻게 변명할 줄을 몰라 쳐다보기만 하다가 고개를 떨어뜨리고 울상을 한다.

"오늘 작은아버지에게 막 꾸중 듣구. 그리고 나두 인젠 그런 건 안 헐 작정이다."

"그래도 나하고 약조헌 건 실행해야지. 싫으면 너는 빠져도 좋아. 그럼 돈만 이리 내." 하고 턱 밑에 손을 내민다.

"정말 없대두 그래."

수만이는 내밀었던 손으로 대뜸 멱살을 잡는다.

"이게 그래두 느물거든★."

이런 때 마침 기침을 하며 이웃집 사람이 골목으로 들어서자 수만이

★ 느물거든 : 말이나 행동을 능글맞고 흉하거든.

는 슬며시 물러선다. 그러나,

"낼은 안 만날 테냐. 어디 두고 보자!" 하고 피해 가는 문기 등을 향해 소리쳤다.

이튿날 아침이다. 학교를 가는 길에 문기가 큰 행길로 나오자 맞은편 판장에 백묵으로 커다랗게 '김문기는' 하고 그 밑에 동그라미 셋을 쳐 '○○○ 했다.' 하고 써 있다. 그리고 학교 어귀에 이르러 삼거리 잡화상 빈지판★에도 같은 것이 씌어 있는 것이다. 문기는 이번에도 무춤하고★ 보다가는 얼른 모자를 벗어서 이름자만 지워 버렸다. 그러는 것을 건너편 길모퉁이에서 수만이가 일그러진 웃음으로 보고 섰다. 그리고 문기가 앞으로 지나가자,

"왜 겁이 나니? 지우게." 하고 뒤를 오면서 작은 소리로,

"그래, 정말 돈 너만 두고 쓸 테냐. 그럼 요건 약과다."

그리고 수만이는 추군추군하게★ 쫓아다니며 은근히 골리었다.

철봉 틀 옆에 정신없이 선 문기를 불시에 다리오금★을 쳐 골탕을 먹게 하였다. 단거리 경주 연습을 하는 척 달음박질을 하다가는 일부러 문기 앞으로 달려들어 몸째 부딪는다. 그리고 으슥한 곳에서 단둘이 만나는 때면 수만이는,

"너 네 맘대루만 허지. 나두 내 맘대루 헐 테다. 내 안 풍길★ 줄 아니, 풍길 테야." 하고 손을 들어 꼽는다.

★ 빈지판 : 용지판. 벽이 무너지지 아니하도록 문지방 옆에 대는 널빤지 조각.
★ 무춤하고 : 놀라거나 어색한 느낌이 들어 갑자기 하던 짓을 멈추고.
★ 추군추군하게 : 성질이나 태도가 검질기고 끈덕지게.
★ 다리오금 : 무릎 뒤쪽의 오목한 부분.
★ 풍길 : 냄새가 나다. 또는 냄새를 퍼뜨리다. 여기서는 소문을 퍼뜨릴.

"풍기기만 하면 첫째 학교에서 쫓겨날 것이요, 둘째 너희 집에서 쫓겨날 것이요, 그리고 남의 걸 훔친 거나 일반이니까 또 그런 곳으로 붙들려 갈 것이요." 하고는 또,

"풍길 테다."

사실 그다음 시간 교실을 들어갔을 때 문기는 크게 놀랐다. 칠판 한가운데, '김문기는 ○○○ 했다.'가 커다랗게 씌어 있다. 뒤미처★ 선생님이 들어왔다. 일은 간단히 선생님이 한번 쳐다보고 누구 장난이냐 하고 쓱쓱 지워 버리고는 고만이었지만 선생님이 들어오고 그것을 지우기까지의 그동안 문기는 실로 앞이 캄캄했다.

그러나 수만이는 그것으로 그만두지 않았다. 학교를 파해 거리로 나와서는 한층 심했다. 두어 칸 문기를 앞세워 놓고 따라오면서 연해 수만이는,

"앞에 가는 아이는 공공공했다지."

그리고 점점 더해 나중엔 도적질을 거꾸로 붙여서,

"앞에 가는 아이는 '질적도'했다지." 하고 거리거리 외며 따라오는 것이다.

문기 집 가까이 이르렀다. 수만이는 문기 앞으로 다가서며 작은 음성으로 조졌다★.

"너 지금으로 가지고 나오지 않으면 낼은 가만 안 둔다. 도적질했다 하구 똑바루 써 놀 테야."

문기는 여전히 못 들은 척 걸음만 옮긴다. 자기 집 마당엘 들어섰다. 숙모는 뒤꼍에서 화초 모종을 하는지 "여기 심어라, 저기 심어라." 하고 아

★ 뒤미처 : 그 뒤에 곧 잇따라.
★ 조졌다 : 일이나 말이 허술하게 되지 않도록 단단히 단속하다.

랫집 심부름하는 아이와 이야기하는 소리가 날 뿐 집 안엔 아무도 없다.

그리고 눈앞에 보이는 붓장★ 안 앞턱에 잔돈 얼마와 지전 몇 장이 놓여 있다. 그리고 문밖엔 지금 수만이가 돈을 가지고 나오기를 기다리고 섰다. 여기서 문기는 두 번째 허물을 범하고 말았다.

"진작 듣지." 하고 빙그레 웃는 수만이 얼굴에다 뺨을 때리듯 돈을 던져 주고 문기는 달아났다.

급한 걸음으로 문기는 네거리 하나를 지났다. 또 하나를 지났다. 또 하나를 지났다. 걸음은 차차 풀이 죽는다. 그리고 문기는 이런 생각을 하였다.

'나는 몰래 작은어머니 돈을 축냈다. 그러나 갚으면 고만 아니냐. 그 돈 값어치만큼 밥도 덜 먹고 학용품도 아껴 쓰고 옷도 조심해 입고 이렇게 갚으면 고만 아니냐.'

몇 번이고 이 소리를 속으로 되뇌며 문기는 떳떳이 얼굴을 들고 집으로 들어갈 수 있을 만한 뱃심★을 만들려 한다. 그러나 일없이 공원으로 거리로 돌며 해를 보낸다.

날이 저물어서 문기는 풀이 죽어 집 마루에 걸터앉았다. 숙모가 방에서 나오다 보고,

"너 학교에서 인제 오니?"

그리고 이어,

"너 혹 붓장 안의 돈 봤니?" 하다가는 채 문기가 입을 열기 전에 숙모는,

"학교서 지금 오는 애가 알겠니. 참 점순이 고년 앙큼헌 년이드라. 낮

★ 붓장 : 무엇인가를 보관하는 장의 하나.
★ 뱃심 : 염치나 두려움이 없이 제 고집대로 버티는 힘.

에 내가 뒤꼍에서 화초 모종을 내고 있는데 집을 간다고 나가더니 글쎄 돈을 집어 갔구나."

문기는 잠잠히 듣기만 한다. 그러나 속으로는 갚으면 고만이지 소리를 또 한 번 외어 본다.

그날 밤이었다. 아랫방 들창 밑에 훌쩍훌쩍 우는 어린아이 울음소리가 났다. 아랫집 심부름하는 아이 점순이 음성이었다. 숙모가 직접 그 집에 가서 무슨 말을 한 것은 아니로되 자연 그 말이 한 입 걸러 두 입 걸러 그 집에까지 들어갔고 그리고 그 집 주인 여자는 점순이를 때려 쫓아낸 것이다. 먼저는 동네 아이들이 모여 지껄지껄하더니 차차 하나 가고 둘 가고 훌쩍훌쩍 우는 그 소리만 남는다. 방 안의 문기는 그 밤을 뜬눈으로 새웠다.

이튿날 아침이다. 문기는 밥을 두어 술 뜨다가는 고만둔다. 뭐 그 돈을 갚기 위한 그것이 아니다. 도시 입맛이 나지 않았다. 학교엘 갔다. 첫 시간은 수신★ 시간, 그리고 공교로이★ 제목이 '정직'이다. 선생님은 뒷짐을 지고 교단 위를 왔다 갔다 하며 거짓이라는 것이 얼마나 악한 것이고 정직이 얼마나 귀하고 중한 것인가를 누누이 말씀한다. 그리고 안경 쓴 선생님의 그 눈이 번쩍하고 문기 얼굴에 머물렀다 가고 가고 한다. 그럴 때마다 문기는 가슴이 뜨끔뜨끔해진다. 문기는 자기 한 사람에게만 들리기 위한 정직이요, 수신 시간인 듯싶었다. 그만치 선생님은 제 속을 다 들여다보고 하는 말인 듯싶었다.

운동장에서도 문기는 풀이 없다. 사람 없는 교실 뒤 버드나무 옆 그런

★ 수신 : 일제강점기의 '도덕' 과목.
★ 공교로이 : 생각지 않았거나 뜻하지 않았던 사실이나 사건과 우연히 마주치게 된 것이 기이하다고 할 만하게.

데만 찾아다니며 고개를 숙이고 깊은 생각에 잠기거나 팔짱을 찌르고 왔다 갔다 하기도 한다. 그러다 누가 등을 치면 소스라쳐 깜짝깜짝 놀란다.

언제나 다름없이 하늘은 맑고 푸르건만 문기는 어쩐지 그 하늘조차 쳐다보기가 두려워졌다. 자기는 감히 떳떳한 얼굴로 그 하늘을 쳐다볼 만한 사람이 못 된다 싶었다.

언제나 다름없이 여러 아이들은 넓은 운동장에서 마음대로 뛰고 마음대로 지껄이고 마음대로 즐기건만 문기 한 사람만은 어둠과 같이 컴컴하고 무거운 마음에 잠겨 고개를 들지 못한다. 무엇보다도 문기는 전일처럼 맑은 하늘 아래서 아무 거리낌 없이 즐길 수 있는 마음이 갖고 싶다. 떳떳이 하늘을 쳐다볼 수 있는, 떳떳이 남을 대할 수 있는 마음이 갖고 싶었다.

오후 해 저물녘이다. 문기는 책보를 흔들흔들 고개를 숙이고 담임선생님 집 앞을 왔다가는 무춤하고 섰다가 그대로 지나가고 그대로 지나가고 한다. 세 번째는 드디어 그 집 문 안을 들어서서 선생님을 찾았다. 선생님은 문기를 안방으로 맞아들였다. 학교에서 볼 때 엄하고 막막하던 선생님은 의외로 부드러이 웃는 낯으로 문기를 대한다. 문기는 선생님 앞에 엎드려 모든 것을 자백할 결심이었다. 그런데 선생님의 부드러운 태도에 도리어 문기는 말문이 열리지 않았다. 다음은 건넌방에서 어린애가 울어 못 했다. 다음은 사모님이 들락날락하고 그리고 다음엔 손님이 왔다. 기어이 문기는 입을 열지 못한 채 물러 나오고 말았다.

먼저보다 갑절★ 무겁고 컴컴한 마음이었다. 도저히 문기의 약한 어깨

★ 갑절 : 어떤 수나 양을 두 번 합한 만큼.

로는 지탱하지 못할 무거운 눌림이다. 걸음은 집을 향해 가는 것이지만 반대로 마음은 멀어진다. 장차 집엘 가서 대할 숙모가 두려웠고 삼촌이 두려웠고 더욱이 점순이가 두려웠다.

어느덧 걸음은 삼거리를 지나고 있었다. 문기 등 뒤에서 아주 멀리 뻥 뻥 하고 자동차 소리와 비켜라 비켜라 하는 사람의 소리가 나는 듯하더니 갑자기 귀밑에서 크게 울린다. 언뜻 돌아다보니 바로 눈앞에 자동차 머리가 달려든다. 그리고 문기는 으쓱하고 높은 데서 아래로 떨어지는 듯싶은 감과 함께 정신을 잃고 말았다.

얼마 동안을 지났는지 모른다. 문기가 어렴풋이 눈을 떴을 때 무섭게 전등불이 밝아 눈이 부시었다. 문기는 다시 눈을 감았다. 두 번째 문기는 눈을 뜨자 희미하게 삼촌의 얼굴이 나타나며 그것이 차차 똑똑해지더니 삼촌은,

"너 내가 누군 줄 알겠니?" 하고 웃지도 않고 내려다본다. 문기는 이것도 꿈인가 하고 한 번 웃어 주려면서 그대로 맑은 정신이 났다. 문기는 병원 침대 위에 누워 있었다. 어디 아픈 데는 없으면서도 몸을 움직일 수는 없다. 삼촌은 근심스런 얼굴로 내려다본다.

"작은아버지." 하고 문기는 입을 열었다. 그리고,

"저는 마땅히 받아야 할 벌을 받은 거예요." 하고 문기는 눈을 감으며 한마디 한마디 그러나 똑똑하게 처음서부터 끝까지, 먼저 고깃간 주인이 1원을 10원으로 알고 거슬러 준 것, 그 돈을 써 버린 것, 그리고 또 붓장 안의 돈을 자기가 훔쳐 낸 것, 이렇게 하나하나 숨김없이 자백을 하자, 이때까지 겹겹으로 싸고 있던 허물이 한 꺼풀 한 꺼풀 벗어지면서 따라 마음속의 어둠도 차차 사라지며 맑아가는 것을 문기는 확실히 깨달

을 수 있었다. 마음이 맑아지며 따라 몸도 가뜬해진다. 내일도 해는 뜨고 하늘은 맑아지리라. 그리고 문기는 그 하늘을 떳떳이 마음껏 쳐다볼 수 있을 것이다.

현덕 1909~? 서울에서 태어났으며 어릴 때 집안 형편이 어려워 친척 집을 전전하는 등 불우한 성장 과정을 거쳤고, 일본과 여러 지방에서 노동자 생활을 했습니다. 1932년 《동아일보》에 동화 〈고무신〉을 발표한 뒤 작품 활동을 시작했으며, 1938년 《조선일보》 신춘문예에 〈남생이〉가 당선되었습니다. 아동문학에 관심이 많았고, 가난한 사람들의 참혹한 현실과 사회의 구조적 모순을 담은 소설을 썼습니다. 한국전쟁 중 북한으로 넘어간 뒤로 소식을 알 수 없습니다.

작품 설명

내용 파악하기

▸ **문기가 저지른 잘못 세 가지를 정리해 보세요.**

1원을 10원으로 알고 거스름돈을 받은 것을 알려 주지 않은 것

그 돈을 써 버린 것

붓장 안의 돈을 훔친 것

▸ **소설 속에서 문기가 겪는 자신과의 갈등과 수만이와의 갈등은 무엇인가요?**

사실대로 고백할까 말까(양심대로 행동할까 말까)

문기는 돈을 돌려주었다고 했으나 수만이는 문기가 거짓말을 하고 있다고 함.

핵심 정리

갈래 : 단편소설, 성장소설

배경 : 도시, 일제강점기

시점 : 전지적 작가 시점

제재 : 부정하게 얻은 돈

주제 : 부정하게 얻은 돈으로 인한 갈등과 극복

특징 : 내용이 동화적이며, 주제가 교훈적임.

작품 이해

사람은 죄를 짓고는 마음 편히 살아가지 못합니다. 이 소설의 주인공 문기는 죄책감으로 맑고 푸른 하늘을 똑바로 쳐다보지 못하고 괴로워하다가 결국 잘못을 밝히고 용서를 구합니다. 그러고는 맑은 하늘을 떳떳하게 바라볼 수 있게 됩니다. 이 소설에는 주인공 문기의 내적 갈등과 인물 간의 갈등(수만과 문기), 그리고 이에 따른 등장인물의 심리 변화 등이 잘 드러나 있습니다. 어린아이가 정신적으로 성숙해 가는 모습을 그린 성장소설이라고도 할 수 있습니다.

생각해 보기

▸ 문기가 맑은 하늘을 똑바로 보지 못한 이유를 설명해 보세요.

▸ 여러분이 문기와 같은 경우에 처했다면 어떻게 했을까요?

영수증

• 박태원 •

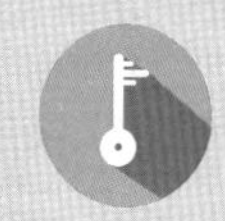

• 읽기 전에 •

부모가 없는 아이를 '고아'라고 부릅니다. 고아가 된 사연이야 다 다르겠지만 대부분의 고아들이 힘들게 살아갑니다. 소설 속에도 고아가 많이 등장합니다. 알프스 소녀 하이디, 집 없는 천사 레미, 소공녀 세라, 빨간 머리 앤, 말괄량이 삐삐 등. 고아 이야기는 언젠가 세상과 맞닥뜨려야 할 어린이들에게 세상이 무엇인지, 삶이 안겨 주는 고난을 어떻게 극복할 수 있는지를 알려 주는 좋은 소재가 됩니다.

이제 이야기를 하나 하겠습니다. 이렇게 제가 말하면 여러분은 응당, "옛날 어느 나라에 임금이 있었습니까?" 하고 미리 앞질러 말씀하시겠지요.

그러나 제가 지금 하려는 이야기는 옛날이야기가 아닙니다. 또 임금의 이야기도 아닙니다.

"그러면 무슨 얘기?"

네, 자꾸 그렇게 묻지 마시고 조용히 앉아 들으십시오.

여러분은 우동집에 들어가셔서 우동을 잡수신 일이 있습니까?

"아니오. 그런 짓을 하면 선생님이 꾸지람을 하십니다."

네, 옳습니다. 이것은 제가 잘못하였습니다. 여러분은 그러한 곳에 다녀서는 안 됩니다. 그러나 여러분은 길거리에 혹은 골목 안에 우동을 파는 집이 있는 것을 보셨겠지요. 그리고 그런 우동집에는 으레 심부름하는 아이가 하나씩은 있는 것도 여러분은 잘 알고 계시겠지요. 제가 이제 여러분께 들려 드리려는 것은 이러한 우동집에서 심부름하는 아이의 이야기입니다.

그 아이의 이름은……. 복동이냐고요? 아니올시다. 복동이가 아니라 노마올시다.

노마는 올해 열다섯 살입니다. 키는 글쎄요, 열다섯 살 먹은 아이로서는 좀 작은 편이겠지요. 얼굴은 동그랗고 약간 주근깨가 있는 것이, 고 눈이며 코며 입이 매우 귀여운 아이입니다. 여러분이 한 번이라도 노마하고 만나시는 일이 있다면 아주 틀림없이 여러분은 그 애하고 동무가 되고 싶어 하실 것입니다.

"그러나 마음이 어떤 아인지 알아야지."

이렇게 여러분은 말씀하시겠지요. 그러나 그런 것은 조금도 염려 마십시오. 노마는 마음도 퍽이나 순하고 착한 아이랍니다.

잘 들으십시오. 노마에게는 아버지도 어머니도 안 계십니다. 물론 집도 없지요.

"그러나 아저씨는?"

네, 아저씨는 한 분 계십니다. 그렇지만 그 아저씨는 철공장에서 벌어오는 돈으로 자기네 집안 살림도 하여 갈지 말지 한 딱한 처지니 어떻게 노마를 먹여 살리고 학교에 보내고 할 수가 있겠습니까.

그래 노마는 아저씨 집을 나와서 이렇게 우동집에서 심부름을 하지 않으면 안 되는 것이랍니다.

우동집에서 심부름하는 것은 물론 유쾌한 일이 아닙니다. 교실에서 선생님께 글 배우고 운동장에서 동무하고 같이 놀고 할 수 있는 여러분은 노마가 얼마나 고생살이를 하고 있는 것인지 아마 모르실 것입니다.

노마더러 제 이야기를 하라고 하여 보십시오. 노마는 이야기를 하기 전에 우선 '후유' 하고 한숨을 쉴 것이니까요. 열다섯이나 그것밖에 안 된 아이의 입에서 한숨이 나온다는 것은 웬만큼 딱한 일이 아닙니다. 그 증거로는 여러분이 이제까지 엉엉 소리를 내어 우신 일은 여러 번 있지마는 한 번이라도 가만히 한숨 쉬신 일은 없지 않습니까.

설혹 여러분이 노마의 친한 동무라 하더라도 여러분은 노마하고 같이 노실 수는 없습니다. 원체가 우동집 심부름이란 늘 고되고 바쁘니까요.

"노마야, 새로 연 하나 샀다. 같이 놀리자." 하고 여러분이 노마보고 말씀하셨다 합시다.

그러면 노마는 쓸쓸한 웃음을 입가에 띠고 이렇게 대답할 것입니다.

"고맙다. 그렇지만 어디 놀러 나갈 수가 있니? 이제 싸전가게 골목에 우동 두 그릇 배달해야지, 오는 길에 수동 모퉁이 약국집에 가서 그릇 찾아와야지, 또 서너 군데 외상값 받아 와야 하구."

그나 그뿐입니까. 그렇게 말하는 중에도 안에서,

"얘, 간장이 없다."

"노마야, 고춧가루 가져오너라." 하고 손님들이 소리를 지르지요.

"네." 하고 들어가서 시중을 들려면 이번에는 또 돈을 바꾸어 오래서 길 건너편 잡화상으로 일 원짜리 지전을 손에 쥐고 뛰어가지요. 담배 사 오라면 담배 사 와야지요. 참말 바쁩니다.

더구나 종일 심부름에 지쳐 참아도 참아도 자꾸만 졸리운 것을 이를 악물고 견디어 가며 자정 너머까지, 어떤 때는 새로 한 점 두 점까지 깨 있노라면 공연한 일에도 짜증을 내고 싶고 엉엉 울고 싶고 하지요.

그야 여러분도 그렇게 늦도록 깨어 있으신 일이 있기는 하겠지요. 가령 섣달 그믐날 밤 같은 때 자면 눈썹이 센다는 통에 온밤을 새우기도 하였겠고, 제삿날 제사 참례하느라고 또는 고사 지내는 구경하느라고 늦도록 잠 안 주무신 일이 더러 있겠지요.

그러나 노마는 매일입니다. 매일 그렇게 늦도록 깨어 있어야만 합니다. 더구나 그렇게 깨어 있다고 비빔밥이 생기는 것도 아니요, 시루 팥떡이 차례 오는 것도 아닙니다.

인제는 죽어도 더 참을 수 없게 졸릴 때 주인은,

"그만 문 닫아라." 하고 말합니다. 그러나 문만 닫고 곧 잘 수 있는 것은 아닙니다. 설거지를 해야지요. 우동 그릇을 말짱하게 닦아서 선반에 올려놓고 개수통의 물을 버리고 상을 훔치고 해야지요. 참말 일이 고됩니다. 아무렴 어른이라도 고되지요.

더구나 겨울에는 견딜 수 없는 노릇입니다. 배불리 먹지 못하고 뜨뜻하게 입지 못한 노마는 아무리 배에다 힘을 주고 으스러지라고 이를 악물고 해도 쉴 사이 없이 온몸이 덜덜덜 떨립니다. 두어 군데 배달을 갔다만 와도 손발이 꽁꽁 얼지요. 그 뜨뜻한 우동 국물을 흠씬 좀 마셨으면 한결 나을 듯싶습니다마는 누가 그걸 먹으라고 줍니까?

배달 한 가지만 하더라도 자전거가 있으면 얼마쯤 낫겠지요. 그러나 노마가 있는 우동집에는 자전거가 없습니다. 그래 겨울이면 노마는 꽁꽁 언 행길 위를 또는 눈 쌓인 거리 위를 모가지를 움츠리고 나다니지 않으면 안 됩니다. 손등이 겨우내 터지는 것은 말할 것도 없고 발가락이 제일 이 빠지는 것같이 아픈 때는 남몰래 울기까지 합니다.

어느 일요일.

동짓달이건만 궂은비가 아침부터 내리는 날이었습니다. 노마는 찢어진 지우산을 받고 아저씨 집을 찾아갔습니다. 동소문을 나서 '삼선평' 벌판을 지나 그래도 조금 더 가야 아저씨 집입니다.

일요일이라 아저씨는 집에 있었습니다. 노마가 들어오는 것을 보고 방에서 신문을 보고 있던 아저씨가,

"너 오래간만이로구나."

부엌에서 아침 설거지를 하고 있던 아주머니가,
"아이그, 비 오는데 어떻게 왔니?"
바지 괴춤을 여미면서 뒷간에서 나오던 올해 일곱 살 되는 사촌 동생이,
"언니, 무어 사 왔수?"
노마는 아저씨와 아주머니에게 차례로 인사를 하고 다음에 사촌 아우를 향하여 말하였습니다.
"오! 돌석이 잘 있었니? 저…… 이번에도 못 사 왔단다." 하고 노마는 얼굴에 호젓한 웃음을 띠었습니다.
"난 싫여. 난 싫여!" 하고 돌석이는 몸부림을 하면서,
"지난번에도 안 사 오구, 이번엔 꼭 사 온다더니 이번에두 안 사 오구…… 난 싫여. 난 싫여……." 하고 연해 노마를 조르는 것을 아저씨가,
"저놈이 암만 해두 매를 맞으려구 저러지."
아주머니가,
"언니 올 때마다 그렇게 조르면 인제 다시 언니가 안 온다."
그리고 노마를 향하여,
"어서 방으로 들어가거라. 추운데 한데 섰지 말구."
노마가 방으로 들어가자,
"이리 와 앉아라." 하고 아저씨는 아랫목으로 노마를 끌어 앉히고,
"그래, 우동 장사는 잘되는 모양이냐?"
"아주 세월이 없어요."
"그래두 요즈막은 날씨가 추우니까 더 좀 팔리겠지."
"웬걸, 그렇지 못해요."
"웬일일까? 게가 우동 장사하기는 아까울 만치 자리가 좋은데……."

"그런 게 아니라 그 건넛집이 말이에요."

"건넛집이라니 잡화상?"

"아니오. 두 집 걸러 왜 담배 가게 있죠?"

"그래, 그래."

"그 집이서 한 달 전부터 우동 장사를 시작했답니다."

"허허……."

"그 집은 주인집보다 돈두 많죠, 안두 넓죠, 게다가 자전거가 있죠. 그러니 경쟁이 되겠습니까?"

"허허…… 그거 안됐구나."

"……."

"그래두 더러야 손님이 있겠지."

"그야 더러두 없어서야 어떡하겠습니까?"

아저씨는 잠깐 고개를 끄덕이다가 생각난 듯이,

"그래두 네 월급이야 주겠지."

"월급이 뭡니까? 이달에 두 달 치나 못 받았답니다."

"그래서야 어떡허니. 자꾸 채근★을 해라."

"그야 때때루 말해 봅니다마는, 며칠만 참아라 며칠만 참아라 하구 어디 주어야죠? 또 실상 돈두 없긴 하죠."

"그래두 안 된다. 그런 것 두 달 석 달 밀리면 뜨기 쉽다. 너 얼마지? 사 원?"

"삼 원이요."

★ 채근 : 남에게 받을 것을 달라고 독촉함.

"그리면 두 달 치면 육 원이로구나."

아저씨는 몸을 잠깐 좌우로 흔들면서 수염도 아니 난 턱을 손으로 어루만지고 있다가,

"오늘이래두 비가 좀 뜸하면 내 가서 주인보구 말하마."

이런 이야기를 하고 있을 때 문밖에서,

"성칠이!" 하고 아저씨 찾는 소리가 들립니다.

아저씨를 찾아온 손님은 아저씨와 한 공장에 다니는 사람입니다.

"자, 나가세."

"어디로?"

"이 사람아, 넓은 장안 천지에 갈 데 없겠나?"

"그래도 비가 오니……."

"비? 여기 우산 있네."

"글쎄, 우산이야 어떻든."

"어서 잔말 말고 따라나서기만 하게."

"글쎄……."

손님과 아저씨는 이러한 말을 주고받고 한 뒤에 끝끝내 아저씨는 옷을 갈아입고 손님을 따라나섰습니다.

"내 잠깐 다녀 들어올 테니 노마 가지 말고 있거라."

이렇게 말하고 아저씨가 나간 뒤에 노마는 아주머니하고 이 얘기 저 얘기 하느라고 시간 가는 줄 모르고 앉았다가 오정 "뛰" 부는 소리에 놀라,

"어이, 그만 가 봐야죠."

"왜, 어느새 가려구 그러니? 점심이나 먹구 천천히 놀다 가지." 하고

아주머니는 버선 깁던 손 멈추고 말하였습니다.

그야 아주머니가 그렇게 말하지 않더라도 노마는 할 수만 있으면 그렇게 하고 싶었습니다. 밖에 비가 오고 날이 춥고 한 만치 따뜻한 아랫목에가 두 시간이나 자리를 잡고 있었던 엉덩이는 아주 들기가 싫었고, 오랫동안 음식다운 음식을 먹어 보지 못한 노마는 다만 통김치 한 가지만으로라도 밥 한 주발 다 먹고 싶었습니다.

그러나 우동집 주인에게,

"잠깐 다녀오겠습니다. 오정★ 안에는 오죠." 하고 말하고 나온 것을 생각하면 그만 일어나 가 봐야만 하였습니다.

"오늘은 그만 가 봐야 해요. 또 틈 있는 대로 오죠." 하고 노마는 마루로 나왔습니다.

그러나 그가 신발을 신고 섬돌을 내려서 보니, 가지고 온 우산이 없습니다.

"무얼 그렇게 찾니?" 하고 마루로 따라 나온 아주머니가 묻습니다.

"우산이요, 분명히 여기다 아까 세워 놓았었는데요."

"그럼, 그게 어디 갈 리가 없는데 웬일일까?"

그러나 그것은 찾아보아야 아무 소용이 없었습니다. 노마 우산은 아저씨가 받고 나갔던 것입니다. 아저씨의 박쥐우산은 저번에 비가 오던 밤에 어디서 술이 취하여 살을 셋이나 부러뜨려 가지고 온 채 이때까지 고치지를 않았던 것입니다.

"네 우산을 받고 나가셨으니 곧 오시겠지. 점심이나 먹고 좀 더 앉았으

★ 오정 : 낮 열두 시. 곧 태양이 표준 자오선을 지나는 순간을 이른다.

렴."

아주머니는 퍽 미안해하며 이렇게 말하였습니다.

"글쎄요." 하고 마루 끝에 가 앉아서 노마는 어떻게 해야 좋을지를 몰랐습니다.

언제 돌아올지 알 수도 없는 아저씨를 멀거니 앉아서 기다리고 있을 수도 없는 일이요, 그렇다고 해서 우산 없이 갈 마음도 생기지 않습니다. 그것이 노마 우산이면야 무슨 상관 있겠습니까만, 성미 까다로운 주인의 우산이라 만약 아저씨가 잘못하여, 심하게 부는 바람에 뒤집혀나 놓는다든지 하면 그를 어쩌나 하고 염려가 무척 됩니다.

노마가 그런 걱정을 하고 있거나 말거나 상관하는 일 없이 아저씨는 다 저녁때나 되어서야 돌아왔습니다.

어디서 또 술을 먹었는지 얼굴이 시뻘건 것이 보기에 무섭고 허청허청 걷는 걸음걸이가 퍽이나 위태하였습니다마는, 그래도 무어 술주정을 하여 남을 못살게 군다거나 그러는 사람은 아닙니다. 다만 술을 먹은 뒤에 잔소리가 심한 것이 병통★이라면 병통입니다만…….

아저씨는 방으로 들어와서 방바닥에 가 털썩 주저앉더니,

"후유." 하고 술김을 뿜은 뒤에 옆에 노마와 돌석이가 있는 것도 모르는 듯이 한참은 고개를 푸욱 숙이고 있다가 생각난 듯이 주머니를 뒤져 담뱃갑을 꺼냈습니다. 그리고 성냥을 찾는 모양이더니 그제야 노마가 한 구석에서 풀이 죽어서 앉아 있는 것을 보고 눈을 휘둥그렇게 떴습니다.

★ 병통 : 깊이 뿌리박힌 잘못이나 결점.

"너 노마 아니냐?"

"네." 하고 노마는 역시 풀이 죽어 대답하였습니다.

"우동집 주인이 찾을 텐데 왜 어서 가 보지 않구 그러구 앉았니, 응?"

아저씨는 술 먹어 시뻘게진 눈을 홉뜨고 꾸짖는 듯이 말하였습니다.

"……."

노마는 대답을 안 했습니다.

"얘, 노마야."

"……."

"얘, 왜 어른이 부르는데 대답을 안 하니, 응?"

"……."

"노마야." 하고 아저씨는 소리를 질렀습니다. 노마는 풀이 죽은 데다 거의 울가망이 되어,

"네." 하고 간신히 대답하였습니다.

"남의 집에서 일 보는 아이가 밖에 나왔으면 잠깐 다녀 들어갈 것이지 왜 입때 이러고 있니?" 하고 아저씨는 자기가 노마 우산을 가지고 나가 이제야 들어오기 때문이라는 것은 전연 생각 않고 또 한 번 노마를 나무랐습니다.

그러자 노마가 채 그 말에 대답할 수 있기 전에 부엌에서 저녁 준비를 하고 있던 아주머니가 말하였습니다.

"노마가 어디 있구 싶어서 있었수? 임자가 그 애 우산을 가지구 나가서 이제야 들어오니 그렇게 됐지. 임자가 일을 그렇게 만들어 놓고 공연한 아이 탓은……."

아저씨는 깜짝 놀란 눈을 하여 가지고 그 말을 듣고 있다가 무릎을 탁

치고,

"옳아 옳아, 일이 그렇게 됐군……." 하고 노마 편을 향하여,

"참, 내가 네 쥔을 만나 보구 왔다."

"언제요?"

"언제는 지금이지. 지금 바로지."

"……."

노마는 못 미더운 듯이 아저씨의 얼굴을 쳐다보았습니다. 아저씨는 그런 것 알은체하지 않고,

"내가 쥔보구 막 야단쳤다. 아이를 죽도록 부려 먹구 두 달씩 돈 안 주는 법이 어디 있냐구 막 야단쳤다……. 아무렴 막 야단쳤지. 파출소로 가자구 막 야단쳤지. 그랬더니 그놈이 아주 겁이 나서 빌더라. 또 누구 하나 우동 먹으러 왔던 작자두 용서해 주라구 빌구……. 그래 용서해 줬지. 그러구 게서 그 작자 하구 또 한잔했지. 하구…… 외상으로 먹는 것 보니까 단골인가 보더라. 놈이 누구하구 쌈을 했는지 온통 머리에다 붕대루 모자를 해 썼더라."

노마는 '그러면 그것이 오 서방이로구나' 하고 생각하면서 그러나 그런 것보다도 정말 아저씨가 주인에게 가서 그렇게 막 으르딱딱거리고 왔다면 걱정인데 하고 적잖이 걱정이 됩니다.

노마는 풀이 죽어서 아저씨 집을 나섰습니다.

"이왕 늦었으니 아주 저녁을 먹구 가렴." 하고 아주머니가 말하고 또 아저씨도,

"그놈 내가 그렇게 말해 놨으니 관계없다. 천천히 놀다가 가렴." 하고

호기 있게 늘어놓았건만 노마는 그냥 나와 버렸습니다. 사실은 아주머니 말대로 저녁이라도 아주 먹고 갈까 하고 생각 안 해 본 것이 아닙니다만 아저씨가 그렇게 호기★ 있는 말을 하는 것을 들었을 때 노마는 그곳에서 그렇게 태평으로 앉아 있을 수가 없었던 것입니다.

아저씨는 정신을 잃도록 술이 취한 것은 아니었습니다. 그러니까 그가 한 말은 터무니없는 거짓말이 아닐 것입니다. 아저씨가 자기 친구와 술을 먹으러 나갔다가 노마 있는 우동집에 들른 것은 아마 사실일 것입니다. 단골로 와서 외상을 먹고는 월말에 계산하는 오 서방과 만난 것이 그 증거일 것입니다.

노마는 동소문을 지나오며 아저씨가 하던 말을 되생각하여 보았습니다.

"내가 주인보구 막 야단쳤다. 아이를 죽도록 부려 먹구 두 달씩 돈 안 주는 법이 어디 있냐구 막 야단쳤다……. 아무렴 막 야단쳤지." 하고 신이 나게 이야기하던 것을 생각하면 노마는 제풀에 찔끔하지 아니할 수 없었습니다. 더구나,

"파출소로 가자구 막 야단쳤지." 하던 것을 보면 엔간히나 법석을 했는지도 모를 일입니다.

만약 주인이 아저씨한테 정말 그렇게 야단을 만난 것이라면 인제 그 앙갚음이 노마에게 돌아올 것이 아니겠습니까?

'공연히 아저씨는 술이 취해 가지구.' 하고 노마는 은근히 아저씨를 원망하였습니다. 사실 말이지 아저씨가 그렇게 야단을 쳤다고 '그러면, 자

★ 호기 : 기운을 내뿜음.

옜수' 하고 얼른 두 달 치 월급을 갖다 바칠 것도 아닐 것입니다.

더구나 주인은 이후 열흘에 한 번이라도 다시 아저씨에게 야단을 만날 것은 아닐 테요, 밤낮 얼굴을 맞대는 것이 만만한 노마니까 이제 노마는 죽도록 부려 먹히게 될 것입니다. 아니 오늘 당장으로 어떠한 앙갚음을 받을지 모르는 일입니다.

"차 타구 가거라." 하고 아저씨가 준 십 전짜리 백동전이 주머니에 있었습니다만 노마는 버스를 탈 생각도 않고, 비 오는 거리를 터덜터덜 걸어가며 되풀이 되풀이 그 생각만을 하였습니다.

자기가 내어 디디는 한 걸음 한 걸음이 자기의 주인이 기다리고 있는 우동집과 가까워지는 것이라는 것을 생각할 때 노마는 다리에 기운이 없었습니다. 노마의 눈앞에 쉴 사이 없이 주인의 성난 얼굴이 떠올랐습니다.

'어쩌면 좋아. 어쩌면 좋아.' 하고 노마는 쌀쌀하게 부는 바람에 몇 번인가 부르르 몸을 떨면서 애를 태웠습니다.

그러나 무슨 좋은 도리라고는 하나도 없는 듯싶었습니다.

저도 모를 사이에 어느 틈인가 우동집 앞에까지 와 있는 제 자신을 깨달았을 때 노마는 질겁을 하다시피 한 걸음 뒤로 물러났습니다. 그리고 또 잠깐 동안 망설거리다가,

'경을 칠★ 듯하거든 아저씨한테로 도망가지.' 하고 마음을 정하고 조심조심 안으로 들어갔습니다.

★ 경을 칠 : 혹독하게 벌을 받을.

안에는 주인 한 사람만이 가마 앞에 가 멀거니 앉아 있었습니다. '후루룩후루룩' 소리를 내어 가며 우동을 먹고 있는 손님은 한 사람도 없었습니다.

노마가 들어오는 것을 보고도 주인은 모른 체하고 있었습니다. 노마는 흘낏흘낏 주인의 기색을 살피면서,

"지금 오는 길이에요." 하고 인사를 하였습니다.

주인은 아무 대답도 안 했습니다. 그러나 그렇게 보아서 그런지 좀 더 이맛살을 찌푸린 것같이 생각되었습니다.

노마는 지우산을 한옆으로 놓고 행주를 들어 탁자를 훔쳤습니다. 주인이 자기를 노려보는 모양이 곁눈에 느껴졌습니다.

"바쁜데 온종일 나가 있으면 어떡헌단 말이냐?" 하고 주인은 마침내 입을 열었습니다.

노마는 '인제 시작이로구나. 인제 벼락이 내리려나 보다' 하고 찔끔하였습니다. 그러면서도 손님 한 사람 없이 쓸쓸하기가 그야말로 '대신 집 문전' 같은데, 바쁘니 무어니 하는 주인의 말이 퍽이나 우습다고 노마는 생각하였습니다. 그러나 그 즉시 이렇게 손님이 없어 궁상만 하고 있는데다가 술이 잔뜩 취한 노마 아저씨에게 난데없이 그런 야단을 만났으니 그 처지가 딱하다고 주인의 마음속을 동정하기조차 하였습니다.

"고려 모자점하고 약국집에 갔다 오너라." 하고 주인은 노마를 더 나무라지 않고 심부름을 시킵니다.

"배달입니까?" 하고 노마는 속으로 '그래도 한두 그릇은 팔리는군' 하고 생각하려니까,

"아니, 외상값을 받아 오너라." 하고 주인은 제풀에 볼멘소리를 합니다.

노마가 모자 가게에서 십 전하고 약국집이서 오 전하고 도합 십오 전을 받아 오니까 주인은 그중에서 오 전을 도로 노마를 주며 '마코'를 한 갑 사 오라고 합니다. 노마는, 담배도 먹지도 못하고 초연하게 앉아서 자기가 돌아오면 외상값이나 받아 오랄 작정으로 있었을 주인의 정경을 생각하니 제 월급을 두 달 치나 안 준 주인이건만 역시 가엾은 생각을 금할 수 없었습니다.

이 집과 반대로 한길 건너 과자 가게에서 하는 우동 장사는 아주 번창할 대로 번창하였습니다. 아이 하나, 자전거 한 대로는 이루 당해 내지 못하도록 주문이 들어오고 그러니까 물론 안으로 들어가서 먹는 사람도 많았습니다. 원래가 밑천이 있어 하는 장사라 그와 경쟁을 하려면 이편에도 웬만큼 돈이 있어야 하는 것을, 이렇게 그날 당장 못 팔면 마코 한 갑 사 먹는 데도 쩔쩔매게 되는 형편이라 승부는 뻔한 일이었습니다.

선달 초아흐렛날은 노마의 생일입니다. 부모 없고 집 없는 노마에게 생일이라고 별일이야 있겠습니까마는 그래도 동소문 밖 아저씨가 아침을 먹으러 오라고 전날 기별을 하였습니다.

아침에 노마는 몇 번인가 주저한 끝에 주인을 보고 말하였습니다.

"잠깐만 저…… 아저씨 집엘 다녀와야겠는데요."

주인은 무표정한 얼굴로 고개를 끄덕였습니다. 노마가 낡은 목실모★를 집어 쓰고 밖으로 나가려 할 때 주인은 생각난 듯이,

"노마야." 하고 불렀습니다.

★ 목실모 : 무명실로 짠 모자.

"오늘이 참 네 생일이라지……."

그리고 잠깐 있다가 주머니에서 오십 전 은화를 한 푼 꺼내서 노마의 손에 쥐여 주며,

"무어 먹고 싶은 거라도 사 먹어라."

노마는 어제 종일 수입이 육십오 전밖에 안 되는 것을 잘 알고 있습니다. 그것을 알고 있는 노마였던 까닭에 제 월급을 석 달째 못 받고 있음에도 불구하고 그 은전을 말없이 주인에게서 받기가 어려웠습니다. 그래 노마는 주인을 보고 말하려 하였습니다. 그러나 주인은 미리 손을 내저으며,

"어서 가 봐라." 하고 외면을 합니다.

노마는 또 잠깐 그곳에 서 있다가 마침내,

"그럼 다녀오겠습니다." 하고 인사한 뒤 밖으로 나왔습니다.

밖은 몹시 춥고 또 살을 에는 바람이 진저리치게 불고 있었습니다. 노마는 돌석이 갖다 줄 왜떡을 십 전어치 사 들고 전차를 타고 동소문으로 갔습니다.

"오느라고 퍽 추웠겠구나. 어서 방으로 들어가자." 하고 아주머니가 물 묻은 손을 행주치마에 씻으며 부엌에서 나왔습니다.

"언니." 하고 돌석이가 방에서 소리쳤습니다. 아저씨는 공장에 나가고 없었습니다.

"돌석아, 너 좋아하는 것 사 왔다. 자, 먹어라."

노마는 과자 봉지를 내놓았습니다.

"돈 귀한데 무얼 또 사 왔니?"

아주머니는 절반 노마를 책망하듯이 말하고,

"참, 네 월급이나 좀 받았니?"

"받길 무얼 받아요. 그대루죠. 사실 돈 몇 환이라도 주인 주머니 속에 있는 눈치를 보아야 말이라두 해 보죠."

"그렇게 홍정이 없니?"

"어제 종일 판 게 육십오 전이랍니다."

"저런……."

"그저께는 칠십 전이구요. 근래 와서 일 원 넘어 팔아 본 일이란 몇 번 못 되니까요."

"그래서야 어디 집세나마 치러 가겠니?"

"집세가 다 무엇입니까. 오늘 제가 나올 때 맥없이 앉았다가 무어 먹고 싶은 거라도 사 먹으라고 오십 전 한 푼을 꺼내 줄 땐 퍽이나 가여운 생각까지 들어요."

이날 오정이 넘어 노마가 우동집으로 돌아왔을 때 밖에 빈지★가 닫혀 있었습니다. 대낮에 장사도 안 하고 이게 웬일일까 하고 노마는 뒤로 돌아갔습니다. 그러나 뒷문 역시 닫혀 있었습니다. 노마는 잠깐 망설거리다가 그래도 그 안에서 무슨 소리가 나는 듯싶었으므로 가만히 문을 잡아 흔들었습니다. 아무 대답도 들리지 않았습니다. 노마는 또 잠깐 있다가 다시 문을 흔들었습니다.

"누, 누구요?"

주인의 혀 꼬부라진 목소리가 갑자기 들립니다.

"저예요, 노마예요." 하고 노마는 말하였습니다.

★ 빈지 : 한 짝씩 끼웠다 떼었다 할 수 있게 만든 문. 흔히 가게에서 문 대신 쓴다.

"가만있거라. 문 열어 줄게."

안에서 이렇게 말하는 소리가 들립니다.

주인은 대낮에 그렇게 가게 빈지를 닫아 놓고 혼자 들어앉아 술을 먹고 있었던 것입니다.

그는 도저히 밑천 없이 이 장사를 더 계속하여 가지 못할 것을 깨달았던 것입니다. 자기가 한길 건너 과자 가게와 경쟁을 해 갈 수 없다는 것을 속 깊이 느꼈던 것입니다. 서울 바닥에서 비싼 집세를 물어 가며 하루에 육칠십 전 수입으로 무슨 장사를 해 가겠습니까. 하루라도 더 장사를 계속한다면 하루라도 더 밑지고 말 것이 아니겠습니까.

주인은 노마가 들어온 뒤에 뒷문을 다시 걸어 놓고 노마를 보고 가마에 불을 지피라고 말하였습니다. 노마는 '왜요?' 하고 물어보려 하였습니다마는 그렇게 말하는 주인의 말소리에 어딘지 모르게 비통한 느낌이 있었으므로 말없이 가마에 불을 지폈습니다.

주인은 노마가 가마 앞에 가 붙어 있는 사이에도 짠지 쪽을 안주 삼아 혼자서 연거푸 술잔을 기울이고 있었습니다. 그러다가 생각난 듯이 노마를 돌아보고,

"얘, 가서 고기 십 전어치만 사 오너라. 오는 길에 담배 한 갑하고……."

노마는 그 심부름을 하였습니다.

주인은 자리에서 일어나 가마 앞으로 왔습니다. 그리고 자기 재주껏 맛나게 우동 두 그릇을 만들었습니다.

"얘, 노마야, 이리 와 앉어라." 하고 주인은 노마를 맞은편에다 앉히고,

"자, 우리 같이 우동을 먹자."

노마는 말없이 자리에 앉아 젓가락을 들었습니다. 주인의 이러한 행동이 무엇을 의미하는 것인지 어린 노마는 확실히 알아내지를 못하였습니다마는 그래도 어쩐지 언짢고 슬픈 생각을 금할 수가 없었습니다. 두 사람은 서로 말없이 한동안을 '후루룩 후루룩' 소리를 내어 가며 우동만 먹었습니다.

그러나 노마는 '후루룩' 소리 말고 다른 소리를 들은 듯이 생각하였습니다. 그는 이때까지 숙이고 있던 고개를 들어 맞은편에 앉아 있는 주인을 보았습니다. 주인은 반도 채 못 먹은 우동 그릇을 앞에다 놓고 '흑흑' 느껴 울고 있었습니다.

"왜 그러세요? 왜 우세요?" 하고 노마는 황급하게 물었습니다마는 주인은 대답 없이 소리조차 내어서 울기만 합니다.

주인은 이제 이 장사를 그만두려는 것이었습니다. 그래 손님이 와서 사 먹지도 않는 술을 홧김에 자기 혼자 실컷 들이켠 것입니다. 노마를 보자 노마 월급을 이제까지 주지 못한 것이며 추운데 손등이 온통 터진 것이며…… 그러한 것이 생각되어 노마가 퍽이나 가여웠으므로 마지막으로 그렇게 우동을 만들어 먹인 것입니다.

그 말을 듣고 노마도 슬퍼져서 저도 모르게 '엉엉' 주인을 따라 울었습니다. 얼마 있다 주인은 울음을 그치고,

"노마야." 하고 불렀습니다. 그리고 어디서 어떻게 변통을 하였는지 돈 사 원을 꺼내 노마 앞에 놓았습니다.

"내가 장사를 그만둘 때 그만두더라도 부모두 없는 어린 네 월급이야 어떻게든 해 주려 하였건만 그것도 마음처럼 안 되는구나. 석 달 치 구 원에서 사 원밖에는 못 하겠다. 외상값 못 받은 것을 모두 쳐 보니 이러

저러 십팔 원 된다마는 몇 달 전에 못 받고 못 받고 한 것들이니 한 반이라도 걷어 받기는 힘이 들 게다. 내 모두 네게 맡기는 것이니 받을 수 있는 건 받아서 너나 써라…….”

주인은 말을 하고 나서 ‘후유’ 하고 한숨을 내쉬었습니다.

밖에는 어느 틈엔가 싸락눈이 내리기 시작합니다.

선달그믐이 가까운 날이었습니다. 노마는 고려 모자점으로 오 서방을 찾아갔습니다. 노마는 오 서방이 우동집에 지고 있는 외상값 오십오 전을 받으려는 것입니다.

물론 이번이 처음 찾아가는 것이 아닙니다. 처음이 무어에요. 쳐 보면 주인이 우동집을 그만둔 뒤로 꼭 일곱 번째입니다.

첫번 네 번은 일껏 모자점으로 찾아가서도 만나지를 못하였습니다. 오 서방이란 사람은 그 모자점에 있는 사람이 아니라 거기 놀러 다니는 사람인 까닭에요. 직업은 어느 회사 외교원이라 하지만 물론 자세한 것을 노마는 알 수 없었습니다.

다섯 번째 가서 겨우 만났는데 당장 가진 돈이 없다는 구실로 사흘 뒤에 오라고 기한을 줍니다. 노마는 사흘 뒤에 다시 가 보았지요. 그랬더니 더 핑계 댈 것도 없던지 오 서방이란 사람은 생각 끝에,

“영수증을 써 오너라.” 하고 불쑥 그런 말을 합니다그려.

노마는 잠깐 동안 어이없이 오 서방의 얼굴만 쳐다보았습니다.

사실 그럴밖에 더 있겠습니까? 그래 어떤 우동집에서 아는 손님한테 외상을 주어 놓고 나중에 받을 때 영수증을 쓰지 않으면 안 되는 데가 있겠습니까?

노마는 한참이나 오 서방 얼굴을 쳐다보면서 이런 사람에게 단돈 일 원도 못 되는 것을 받으러 동소문 밖 아저씨 집에서부터 몇 번씩이나 이렇게 찾아오고 한 것을 생각하니 슬며시 눈물조차 나려 합니다. 우동집 같은 데서 심부름하던 아이라고, 아무도 돌보아 주지 않는 아이라고 그렇게 사람을 업신여기고 놀리고 시달리고 해도 좋습니까?

그런 것을 생각하니 견디지 못하게 분하고 슬퍼 거의 울가망이 되어 노마는 소리쳤던 것입니다.

"영수증을 써 오라구요? 그러면 언제 당신은 우동 먹을 때 다만 얼마라도 계약금 내고 자셨어요?"

이것이 바로 어제저녁 때 일입니다. 노마는 악이 나서 오늘 일곱 번째 오 서방을 찾아간 것입니다. 그의 주머니 속에, 공책에서 뜯어낸 종이 한 장이 들어 있습니다. 그곳에는 서툰 솜씨로 이러한 글씨가 씌어 있었습니다.

'영수증 일금 오십 전.'

그러나 모자집에 오 서방은 없었습니다. 전후 사정을 다 알고 있는 모자점의 젊은 점원은 노마를 가엾다고 생각하였던지 난로 옆으로 와 앉으라고 자리를 주고 그리고 어쩌면 조금 있으면 오 서방이 돌아올 듯싶으니 기다리라고 일러 줍니다.

노마는 그곳에서 세 시간이나 있었습니다. 저녁 전에 온 것이라 밥때도 놓쳐 배도 엔간히나 고팠습니다마는 그래도 그는 오 서방 오기를 기다리고 있었습니다. 그러는 동안에 포근한 난로 옆에서 어느 틈엔가 노마는 잠이 들었던가 봅니다.

"얘, 어디서 자니? 깨라, 깨라."

후끈후끈한 통에 저도 잠간 졸고 있었던 젊은 점원이 노마를 흔들어 깨웠습니다. 쳐다보니 기둥에 걸린 시계는 벌써 열 점 반을 가리키고 있습니다.

'이제 얼마 안 있어 오 서방이 오겠지. 오 서방을 만날 때까지는 밤이 새도록 예서 기다리리라.'

이렇게 잠간 생각한 노마였습니다마는 어인 까닭일까요. 저 모르게 눈물이 두 줄 빰을 흘러내립니다. 노마는 젊은 점원에게 보이지 않으려고 눈물 흐르는 얼굴을 잔뜩 수그리고 있었습니다마는 갑자기 참지 못하고 걸상에서 몸을 일으켜 밖으로 나갔습니다.

그리고 앞뒤 생각 없이 겨울 밤중의 쓸쓸한 거리를 달음질쳐 갔습니다. 전등 달린 전신주 밑에까지 와서 노마는 걸음을 멈추었습니다. 그리고 생각난 듯이 주머니에서 그 영수증을 꺼내 들었습니다.

노마는 잠깐 그것을 들여다보고 있다가 부욱 두 쪽으로 찢었습니다. 그리고 또 잠깐 있다가 기운 없이 그것을 한길 위에 내어 버리고 노마는 '엉엉' 소리조차 내어 울면서 어둔 길을 걸어갔습니다.

박태원 1909~1986 서울에서 태어나 1930년《신생》에 〈수염〉을 발표하면서 작품 활동을 시작했습니다. 주요 작품으로는 〈우맹〉〈골목 안〉〈성탄제〉〈소설가 구보 씨의 1일〉〈천변풍경〉 등이 있습니다. 문체와 표현이 과감하고, 도시 세태를 세밀하게 묘사한 작가로 평가받고 있습니다.

작품 설명

내용 이해하기

▶ **주인공 노마의 처지는 어떠한가요?**

고아이며 우동집에서 일하고 있음.

▶ **우동집의 형편은 어떠하며, 노마에게 어떤 영향을 주었나요?**

장사가 되지 않아 노마에게 밀린 월급도 주지 못함.

▶ **결국 우동집은 어떻게 되었고 노마에게 어떤 일이 생겼나요?**

문을 닫게 되었고 밀린 월급의 일부만 받고 나머지는 외상값을 받아 가지라고 함.

▶ **모자점 오 서방이 '영수증'을 써 오라고 한 이유는 무엇인가요?**

외상값을 주지 않으려고

핵심 정리

갈래 : 단편동화, 단편소설

배경 : 1930년대 서울

시점 : 전지적 작가 시점

제재 : 고아 노마의 삶

주제 : 고달픈 삶 속에서도 순수함과 맑은 마음씨를 잃지 않는 동심

특징 : 구어(입말)체로 독자와 이야기를 주고받는 듯한 서술 방식

작품 이해

이 소설은 1930년대 서울을 배경으로 하고 있습니다. 우동 외상값을 받으러 다니는 아이의 생활을 통해 그 당시 시대 상황을 잘 보여 주고 있습니다. 이 작품이 흔히 말하는 '불쌍한 고아 이야기'가 아닌 이유는 작가 특유의 문체와 묘사로 독자의 공감과 감동을 이끌어 내고 있기 때문입니다. 노마는 자신의 외로움이나 고생살이에 대해 직접 말하지 않습니다. 노마의 처지를 알려 주는 것은 오로지 화자입니다. 화자는 처음에 우동집 심부름하는 아이 이야기를 들려주겠다고 운을 뗀 다음 노마의 겉모습을 말합니다. 그다음에 마음씨를 이야기하고, 부모가 없는 고아임을 주목시키면서 '고생살이'를 말합니다. 이렇게 이야기하는 동안 화자는 노마의 서러운 심정에 대해서는 한 마디도 덧붙이지 않습니다. 또한 노마의 고생살이를 설명하는 대목에서도 마찬가지입니다. 화자는 노마의 서러운 고생살이를 쏟아 내며 독자의 공감을 구하는 것이 아니라 노마한테 제 이야기를 해 보라 한다면 노마는 이야기를 하기도 전에 먼저 "후유" 하고 한숨을 쉴 거라면서 일단 뜸을 들인 뒤 노마의 처지를 펼쳐 나갑니다.

생각해 보기

▸ **노마가 영수증을 찢고 울면서 어두운 길을 걸어가는 것으로 소설을 끝낸 이유를 당시 시대적 배경과 관련 지어 생각해 봅시다.**

▸ **여러분이 '노마'의 상황이라면 어떻게 행동할지 생각해 봅시다.**

소를 줍다

• 전성태 •

• 읽기 전에 •

요즘은 우유나 고기를 얻기 위해 소를 키웁니다. 하지만 옛날 농촌에서는 소가 농사짓는 데 꼭 필요한 동물이었고, 집안의 재산 목록 1호였습니다. 이 작품은 땅도 없이 가난한 집에 소가 세 번 들어온 이야기입니다. 그런데 들어온 사연이 모두 다르답니다. 어떻게 된 일인지 함께 읽어 볼까요?

우리 집에 소를 들인 건 세 차례였다.

아버지는 조금 흠이 있기는 했지만 훌륭한 농사꾼이었다. 다 아는 대로 우리 아버지는 원래 농사꾼이 되고 싶어 했던 사람은 아니었다. 광주와 서울을 오르내리는 비둘기호 열차에서 땅콩 오징어를 파는 일이 그이의 직업이었다. 그것도 먼 친척 중에 철도 강생회에 몸담고 있는 이가 있었는데, 그이가 강생회가 홍익회로 바뀔 예정이라며 그 틈을 잘 타 보자고 해서 거금을 밀어 넣고 세 해나 기다려서 겨우 얻은 일자리였다.

심심풀이 땅콩 오징어를 팔았지만 사는 일은 심심풀이가 아니어서 아버지는 할 수 없이 다시 낙향길에 접어들었다. 당시 기차간은 깡패 소굴인지라 불량배들이 땅콩 오징어를 제 물건 가져가듯 쓸어 갔다고 한다.

"어이, 아자씨! 입이 궁금한디 거 수리매 끄슬린 거 두 마리만 내놔 봐."

"우리 거그 고객인 거 잘 알제? 장부에 달아 둬이."

"으마, 심심풀이라메?"

이 불량배님들은 아버지가 양말목에 꼬깃꼬깃 모아 둔 물품 대금까지 강탈해 갔다. 그 바람에 퇴근길은 노상 외상 장부만 불려 오는 길이었으니, 그이의 객지 생활 삼 년은 말도 아니었다. 식구 망실★ 없이 하나 더 보탠 것만으로도 감지덕지해야 할 판이었다.

말 그대로 아버지가 다시 귀향길에 오를 때 불린 재산은 둘째인 나를

★ 망실 : 잃어버려 없어짐.

더 얹은 게 유일했다. 닳고 닳은 세간을 밀린 방세 대신 주인집에 일괄 도매로 넘기며, 그나마 주인집이 고물상이라 돌아서는 걸음에 면목이 섰다고 한다. 세 살배기로 둘러업고 올라온 큰아들은 주인집 엿판 위에 실어 한 삼 년 양동시장께로 돌려 대서 그나마 촌 땟국물을 씻겼노라 허허 웃으셨다고 한다.

역시, 농사꾼으로서 아버지에게는 몇 가지 흠이 있었다. 우선 농토가 없다는 게 그중 큰 흠이었다. 어려서부터 손에 익힌 농사일이고 눈썰미가 있는 편이었지만 치명적으로 농부에게는 생명이나 다름없는 땅이 없었던 것이다. 금점꾼★ 중에 노름꾼 아닌 인사 없다는 말처럼 할아버지는 꼭 그대로 살아 손바닥만 한 산밭만 남겨 놓았다. 두 마지기 그 산밭이 아버지가 다시 찾아 지을 수 있는 유일한 농토였다. 아버지는 그러나 낙향 이태 만에 묘지기 몫으로 밭 두 마지기를 맡을 수 있었고, 소작으로도 논 세 마지기를 얻어 짓게 되었다.

또 하나 아버지가 지닌 소소한 흠은, 마을 사람들의 입을 빌려 하자면, 농사를 너무 예술적으로 접근한다는 것이었다. 아버지는 밭고랑을 타더라도 줄을 띄워 한 치의 비뚤어짐을 허용하지 않았다. 못자리를 만들 때는 미장이처럼 흙손을 들고 무논★에 꿇어앉아 반듯하게 만들어 나갔다. 그래서 어머니와의 다툼이 늘 끊이지 않았다.

"시방 집 지요? 넘들은 대충들 해 놔도 모가 잘만 지릅디다. 요래 하다가는 넘들 나락 빌 때 우린 모내게 생겼구만 똑."

그때마다 아버지는 욧시! 고함을 쳤다.

★ 금점꾼 : 금광에서 일을 하는 사람.
★ 무논 : 물이 괴어 있는 논.

"잔말 말고 중이나 팽팽히 땡겨!"

"참 내…… 이녁★은 뭔 농새를 똑 구경할라고 짓는 사람 맹이요."

어머니가 좀 죽어서 말을 흘리면,

"말 잘했다. 농새는 뿌려 노믄 지심 뽑고 솎아 주는 일이 반이고, 인자 오가며 들여다보는 재미가 반인디, 인자 뒤에는 눈에 나 고치재도 손 못 쓰네." 하며, 어머니로 하여금 늘 제 남편 꼭뒤★에 헛주먹을 지르게 하였다.

우리 집 논밭은 마치 농촌지도소 시범 경작지처럼 보기에 미끈했다. 자신의 말대로 아버지는 논밭 둑에 앉아 자라나는 곡식 구경하기를 즐겨 하였다.

아버지의 이 능률 없이 답답한 일 버릇은 가축 치는 일에서는 의외로 진가를 발휘했다. 돼지 한 마리를 길렀는데 열 마리가 넘는 새끼를 여덟 배나 받아 냈다. 새끼 받는 날이면 아버지는 돼지우리에 남포등을 걸고 산파 노릇으로 밤을 새웠다. 그때나 이제나 돼지 젖꼭지는 꼭 악기 실로폰을 연상시킨다. 앞쪽에 붙은 것일수록 작고 뒤쪽으로 갈수록 점점 커지는 경향이 있는 것이다. 그러나 반대로 젖은 작은 쪽이 많이 나와서 앞쪽을 차지한 새끼 돼지가 더 탐졌다. 한배에서 나온 새끼들이라도 젖살이 오르면 서열이 생겨 힘없는 놈은 늘 말라붙은 젖꼭지 차지이게 마련인데, 아버지는 이 애로 사항을 그 꼼꼼한 버릇대로 해결하였다. 매번 수유 때마다 새끼들을 돌려 주어 젖이 고루 가게 한 것이다. 그래서 장사꾼에게 넘길 때 우리 집 돼지 새끼는 몸집이 더 가고 축나는 놈 하나 없이

★ 이녁 : 듣는 이를 조금 낮추어 이르는 말.

★ 꼭뒤 : 뒤통수의 한가운데.

같은 값을 받았다.

한번은 돼지가 새끼를 열네 마리나 낳아서 좋다 말 일이 생겼다. 내 셈으로도 어미 젖꼭지는 두 개나 모자랐다. 더구나 맨 뒤쪽 젖꼭지 둘은 크기만 하였지 수놈 것마냥 빈 것이어서 젖꼭지는 도합 네 개가 부족한 것으로 봐야 했다. 하지만 아버지가 어떤 사람인가? 둥구미★를 우리 앞에 놓고 네 마리씩 교대로 빼돌려 새끼들이 돌아가며 어미젖을 고루 먹게 하였다. 한술 더 떠서 어미가 불안하면 젖이 보타진다고★ 새끼를 옮길 때마다 아버지는 어미 돼지 머리 위에 토란잎을 씌워 눈을 가려 주었다. 열네 마리나 되는 새끼를 다 살려 내 기르자 동네에는 희한한 소문이 나돌았다. 젖꼭지가 모자란 새끼 두 마리는 어머니 도롱굴댁이 손수 젖을 물려 길렀다는 웃긴 소문이었다.

그래도 우리 집이 가축이 잘되는 집이라는 소문은 맞는 말이었다. 한마을 오쟁이네가 우리 집에 소를 맡겼으니 말이다. 가축이 안되기로 그만한 집도 없었다. 개가 걸핏하면 쥐약을 먹고 들어와 청마루 밑을 베고 누웠고, 매어 놓고 길러도 병나서 죽어 나가기 일쑤였다. 하다못해 정부에서 쥐잡기 운동을 벌이면서 두 호(戶) 당 한 마리씩 분양한 새끼 고양이도 쥐 한 마리 못 잡아 보고 보름 만에 시름시름 죽어 나갔다. 물론 그거야 오쟁이가 제 동생하고 하도 껴안고 돈 나머지 손길을 너무 타서 죽은 것이지만 어쨌든 가축 안되는 집이란 흉조는 씻을 수 없었다. 마침내 첫배를 보게 된 암소가 송아지를 사산하고 말자 오쟁이네 아버지는 부랴부랴 소를 우리 집에 맡기게 되었다. 쟁기질에 맘껏 부려도 된다는 조

★ 둥구미 : 짚으로 둥글고 울이 깊게 결어 만든 그릇.
★ 보타진다고 : 말라서 없어진다고.

건을 아버지가 마다할 리 없었다. 그래서 우리 집이 최초로 들여놓은 소는 그 오쟁이네 암소였다.

나는 신날 일이 하나도 없었다. 아침저녁으로 오쟁이와 돌아가며 꼴을 베다 주는 일도 귀찮았고, 오쟁이 녀석이 주인 행세 하는 꼬락서니도 영 마뜩잖았다.

"아부지, 우리도 소 한 마리 사 불어."

내가 골이 나 말하면 아버지는 오냐, 그러자 하면 좀 좋을까만,

"염병할, 소가 토깽이냐? 사고 잡다고 달랑 사게. 당장 저 도짓소★라도 읎으믄 니하고 니 성, 핵교도 끝이여. 그란다고 니놈이 목에다가 멍에를 걸그냐?" 하며 씨도 안 먹힌다는 반응이었다.

"그람 차차 시양치★ 낳으믄 우리 주라고 해. 우리가 키와 주는디 고것 하나 못 해."

"네이…… 아부지가 뭐라고 하디? 입구녕이 너무 허황되게 넘의 밥그럭을 넘보는 고것을 뭐라고 하디?"

"불량배."

"지발 우리는 그렇게 개적잖게 살지 말자. 개 새끼 한 마리 거저 읃어다가 길렀다는 말 들어 봤어도 시양치 한 마리 거저 읃었다는 말은 못 들어 봤응께."

"그거이 으디 공짜여, 우리 집이서 재우고 멕이고 다 하는디?"

"그만 새살 까 대고 얼릉 풀이나 비 와야, 저번 맹이로 쑥만 해다가 퍼믹이지 말구. 소 똥구녕 맥히는 날엔 니놈 입구녕도 밥 구경 끝이여."

★ 도짓소 : 한 해 동안에 곡식을 얼마씩 내기로 하고 빌려 부리는 소.
★ 시양치 : '송아지'의 방언.

아버지는 꼴망태를 걸어 주고 나를 막 내몰았다.

오쟁이네 암소는 우리 집에서 송아지를 두 배나 착실히 쳤다. 물론 어미 소도 송아지도 탈 없이 잘 자랐다. 소에 대한 믿음이 생기자 오쟁이네는 이태 만에 소를 몰고 갔다. 세 번째 송아지는 아버지가 받아 주었지만 어쨌든 오쟁이네는 가축이 안되는 징크스에서 말끔히 벗어났다.

우리 집에 두 번째 소가 들어온 것은 내가 초등학교 3학년 때였다. 긴 장마가 조금 누그러지자 나는 아이들과 함께 옥강 둑으로 나가 불어난 강물에서 떠내려오는 물건을 건져 냈다. 그것은 할아버지의 할아버지가 아이였을 때로부터 내려오는 일이었다. 병, 깡통, 양은이나 플라스틱으로 된 가재도구, 버드나무에 걸린 비닐 조각 따위를 대작대기로 끌어내느라 우리는 며칠째 강둑에서 낚시꾼마냥 붙어 지냈다. 모두 엿하고 바꿔 먹기 위해서였다. 간혹 수박이나 참외를 건져 내는 운도 따랐다. 그 몇 해 전에 마을 청년들이 염소를 주운 것을 빼면 그만한 횡재도 없었다. 그런데 그해 나는 염소 따위는 댈 것도 아닌 큰 횡재를 하게 되었다. 소를, 그것도 숨이 붙어 있는 소를 줍게 된 것이다.

소를 가장 먼저 발견한 사람은 내가 아니었다. 정신이 좀 모자란 필구가 아랫도리를 빌빌 꼬면서 뭐라고 고래고래 소리를 질렀는데, 나는 또 무슨 지랄인가 싶어 무심코 그를 쳐다보았다. 필구는 그 모양대로 수양버들이 엉킨 강어귀에 손가락질을 해 댔다. 정확히 말하면 강 바위 너머였는데, 거기에서 음매 음매, 마치 영각하는* 소 울음소리가 들려왔다. 울음소리만 아니었다면 그 시뻘건 물에서 소를 분간해 내기도 힘들었을

★ 영각하는 : 소가 길게 우는.

것이다. 바위에 부딪쳐 튀는 흙탕물 속에서 소 머리가 얼핏 보였다. 동네 소 한 마리가 강으로 잘못 든 게 분명하였다.

아이들이 멍청히 보고 있는 동안에 나는 물로 뛰어들었다. 어린 마음에도 소 주인에게 보상을 좀 받겠다는 계산속이 빠르게 굴렀다. 죽을 동 살 동 바위에 닿아 바위 모서리를 잡고 돌아들자, 소는 엉덩이를 주저앉힌 꼴로 버둥거리고 있었다. 나는 소 머리께로 돌아가 굴레를 틀어쥐었다. 소는 머리를 되게 내저었다. 고삐를 찾아 쥐고 당겨도 소는 한 발짝도 움직이려 들지 않았다. 나는 고삐 줄을 바투 쥐고 물속으로 들어 소의 발께를 더듬어 나갔다. 머잖아 뒷발 하나가 바위틈에 단단히 박힌 것을 손끝으로 확인할 수 있었다. 나는 강가에 대고 소리쳤다.

"소말뚝 하나 던져 주라!"

그러나 그 장마철에 소를 들판에 내놓는 집이 없었기 때문에 소말뚝이 있을 리 없었다. 별수 없이 나는 아이들이 던져 준 몽둥이를 바위틈에 밀어 넣었다. 몽둥이가 소 발 아래에 야무지게 자리를 틀자 나는 지렛대로 관을 뜨듯 몽둥이를 내리눌렀다. 소는 꿈쩍도 하지 않았다. 아이들이 도와줄 요량으로 옷을 벗는 모습이 보였다.

"야, 들어오지 마!"

나는 아이들을 향해 소리쳤다.

"한 놈이라도 오기만 해 봐. 물 송장을 맹글어 불 거여. 절대루!"

나의 엄포에 아이들은 주춤주춤 그 자리에 섰다.

더욱 다급해진 나는 아예 몽둥이 끝에 몸을 싣고 발을 구르기 시작했다. 그렇게 발을 구르는 한편으로 소한테도 힘 좀 쓰라고 엉덩이를 철썩 때려 대길 몇 번이나 했을까. 어느 순간 딛고 선 몽둥이가 맥없이 주저앉으며 소가 거꾸러지듯 물속으로 머리를 처박았다. 나 역시 균형을 잃고 물속에 잠방 빠지고 말았는데, 허우적거리며 고개를 드니 아이들의 환호성이 들려왔다. 그 겨를에도 나는 손에 그러쥔 고삐만은 놓치지 않고 있었다.

강가로 끌어내 놓고 보니 소는 암컷인 데다가 이미 코뚜레도 해 넣은 중소가 좀 넘는 놈이었다. 바위틈에 끼인 뒷발은 한 뼘쯤 가죽이 벗겨져 벌겋게 살이 드러나 있었는데 피가 약간 배어 나올 뿐 뼈가 상한 것 같지는 않았다. 고삐를 끌고 걸음을 걸리자 놈은 뒤뚱거리며 문제없이 걸었다.

“누네 집 소 맹이냐?”

나는 숨을 헐떡이며 아이들에게 물었다.

“우리 동네 소는 아닌 것 맹인디.”

오쟁이가 대답했다. 나는 다른 아이들의 얼굴도 둘러보았다. 다들 동네 소가 아니라고 한결같이 고개를 저었다. 내가 봐도 그건 틀림없는 사실이었다. 열댓 마리도 안 되는 동네 소라면 우리는 그 워낭 소리만 가지고도 알아낼 수 있었다. 그만 나는 낙심이 되어 고삐를 땅바닥에 내던졌다.

“인자 어짤래?” 하고 오쟁이가 물었을 때 나는 너무 허망하여 쭈그려 앉아 있었다. 보아하니 오쟁이 놈은 쌤통이라는 표정을 감추지 않고 있었다.

나는 대꾸하지 않고 고삐를 다시 낚아채듯 집어 들고 소 잔등을 갈겼다. 나는 동네를 향해 방죽 길로 소를 몰았다. 아이들이 서너 발짝 떨어져서 주춤주춤 뒤를 따랐다. 어느새 우리 사이에는 견디기 힘든 침묵이 흐르고 있었다. 나는 문득 걸음을 멈췄다.

“느그도 봤제만 나가 분맹이 줏은 소여.” 해 놓고 아이들의 표정을 살피자니 이것 봐라, 녀석들은 가타부타 아무 대꾸가 없는 것이다.

"필구, 봤어, 안 봤어?"

나는 물정 모르는 필구만 다그쳤다. 필구는 예의 그 바보 같은 표정으로 연신 벙싯거리며 "바쪄 바쪄." 했다. 그러더니 두 손을 하늘로 번쩍 치켜들고 소리치는 것이었다.

"동맹이가 소를 줏었다아! 동맹이가 줏었다아!"

되게 시끄러워졌다. 더 말할 필요도 없다는 듯 나는 돌아서서 소 잔등을 갈겼다. 워낭 소리가 댕그랑댕그랑 경쾌했다.

"낼이라도 당장에 주인이 찾으러 올걸."

뒤를 따르던 오쟁이가 들릴락 말락 중얼거리는 소리로 말했다. 어느덧 우리는 감은돌이재에 이르러 있었다. 저녁 짓는 연기와 마당마다 놓은 모깃불 연기에 덮여 잠잠해진 마을이 보였다. 나는 허리에 팔을 척 걸치고 오쟁이를 향해 돌아섰다.

"니 차미랑 수박 찾으러 온 사람 봤어?"

"아니."

"세숫대야랑 양푼이랑 찾으러 오는 사람 있디?"

"아니."

점점 목소리가 꺼져 가는 오쟁이를 나는 몰아붙였다.

"그람 앞 전에 염생이 주인이라고 누가 나서디?"

오쟁이 녀석은 결국 입을 닫고 희미하게 도리질만 했다.

"그람 인자 줏은 사람이 임자여. 알었어?"

내 말이 끝나기 무섭게 오쟁이 옆에 선 진칠이가 끼어들었다.

"그래도 손디?"

다음은 상구였다.

"저 웃동네에서 주인이 쎄가 빠지게 찾고 있을 거여."

"하믄. 갈문이 소인 중도 몰르고, 그 너미 문대미 소인 중도 몰르고……."

명철이였다.

그만 안 되겠다 싶어 나는 고삐를 나무 둥치에 걸어 매었다. 그리고 아이들 어깨를 툭툭 쳐서 다들 강을 향해 서게 했다. 강은 산과 들을 가르며 굽이굽이 뻗어 가다가 우중충한 대기 속으로 자취를 감추고 있었다. 맑은 날 보아서 알지만 그 흐릿한 대기 너머에는 더 높은 산들이 첩첩이 어깨를 겯고 까마득할 거였다.

"갈문리, 문대미 우에 또 뭔 동네 있어?"

나는 명철이에게 따져 물었다.

"고옥하고 문꾸지제."

이번에 나는 상구를 바라보며 물었다.

"고옥하고 문꾸지 담은 으디여?"

"비석금."

"그담은?"

"축도."

우리들의 시야에는 더 이상 마을이 보이지 않았다. 물론 강, 들, 산도 그 우중충한 대기 속으로 가뭇없이 스며들고 없었다.

"똑똑한 오쟁이 너, 그담 동네는 으디랴?"

"추실일랑가?"

"가 봤어?"

"아니. 근디 우리 아부지가 거그 추실장에서 소를 사 왔디야."

"글믄 그다음 동네는 으디여?"

"몰러."

오쟁이는 머리를 저었다. 상구도 진칠이도 명철이도 시무룩해져서 머리를 저었다.

"가 보도 안한 것덜이, 씨! 저 강 우로 동네가 을매나 쌔 불었는지덜 알어? 저 소 터럭만치는 될 거구만."

나는 돌아서서 다시 소고삐를 풀었다.

마을에 들어서자 필구가 앞서 달려가며 골목에다 대고 소리쳤다.

"동맹이가 줏었다! 동맹이가 줏었다!"

필구한테 어지간히 길들여진 마을 사람들은 아무도 내다보지 않았다. 나는 차라리 다행이라고 생각했다. 괜히 소문이 퍼지면 주인이 나타날지도 모르는 일이었다. 계속 필구가 그 짓거리를 하며 앞에서 얼쩡거리자 나는 돌멩이를 집어 던졌다.

"야, 필구야! 느그 어메가 밥 묵으라고 부른다. 얼릉 가서 밥 묵어!"

필구는 이제 "밥 묵자."는 소리를 내지르며 제집으로 달려갔다.

나는 고개를 빳빳이 들고 소를 몰았다. 진창이 가로막아도 나는 첨벙거리며 지나갔다. 골목이 깊어지자 아이들도 하나둘씩 떨어져 나갔다. 집 앞에 이르러 나는 잠시 멈춰 섰다. 어머니와 아버지, 그리고 형의 얼굴을 떠올리자 비로소 소를 주웠다는 사실이 실감 났다. 나는 소코뚜레를 잡고 사립문 앞에 서서 "엄마!" 하고 불렀다.

방문이 열리고 어머니의 얼굴이 보이기 전에 목소리부터 마중을 나왔다.

"밥때 되믄 기들어 와야제 으디를 싸돌아댕기다가……."

밥숟갈을 든 어머니는 말하다 말고,

"누네 소를 몰고 댕긴디야? 벨일이시, 니가 넘 소 풀을 다 멕이고." 했다.

"시방 이 소가 나가 주워 갖고 오는 소여!"

나는 소리 높여 말했다. 절로 입이 벙글어지며 눈물이 막 나오려고 했다. 문 너머로 아버지가 얼굴을 내밀었다.

"저노므 새끼가 뭣이라고 해 싼가?"

어머니와 아버지가 말을 주고받았다.

"뭣이여? 소를……."

아버지는 툇마루로 나왔다. 나는 아버지에게 말했다.

"나가 소를 줏었당께."

나는 소를 마당으로 끌어 넣었다.

"닌장, 으떤 얼개미 겉은 작자가 소를 대구 내돌렸디야?"

아버지의 반응이 의외로 시큰둥하자 나는 안달이 나서 주절거렸다.

"옥강이서 줏었당께요. 다 죽어 가는 걸 나가 생똥을 싼시롬 건져 내부렀어요. 인자 요것은 우리 것이에요."

나도 모르게 말투마저 바뀌어 괜히 간지러워졌다. 아버지는 내 젖은 몰골을 훑어보고 이내 고무신을 꿰고 마당으로 내려섰다. 소를 요리조리 둘러보더니 내 손에서 고삐를 빼앗아 들고 감나무 밑으로 갔다. 감나무에 소를 매어 놓고 다시 다가온 아버지는 내 몸을 사립문으로 돌려세웠다.

"으딘지 가 보자."

"차암, 아부지는…… 옥강에서 줏었당께."

"긍께 말이여. 싸게 앞장서!"

나는 아버지에게 질질 끌려가다시피 감은돌이재를 넘고 옥강 둑으로 갔다. 이미 강에는 어둠이 질펀하게 내리고 있었다. 먼 마을에서 불빛이 가물가물 돋아나 있었다. 소를 건져 낸 강둑에 이르러 나는 아버지에게 비교적 자세하게 설명했다. 내가 얼마나 위태롭게 소를 건져 냈는지 조금 과장하여 말하는 것도 잊지 않았다. 그런데 내 말이 끝나기가 무섭게 아버지는 내 뒤통수를 냅다 내질렀다.

"이놈의 새끼! 내가 그렇게 함부로 물에 기들라고 가르치든? 응? 목심을 왜 고렇게 조심성 없이 헛치고 다니냔 말여. 이 에미 애비를 튀겨 묵을 놈아!"

아버지는 몇 번을 더 그렇게 쥐어박았다.

"어여 집으로 가!"

보통 손때가 매운 게 아니었다. 아버지는 칭얼칭얼 우는 나를 닦아세우고 다시 마을로 향했다. 내가 운 것은 아버지의 손찌검 때문이라기보다 내 심정을 몰라준다는 서러움 때문이었다. 나는 호박 덩어리를 건져 낸 것이 아니라 소를 주운 것이다. 그런데도 이 가난하고 불쌍한 우리 아버지는 자기 집에 무슨 일이 일어났는지 깜깜했던 것이다.

아버지의 그 미적지근한 태도는 이튿날 아침 나를 더욱 망연자실하게 했다. 잠든 밤 동안 아버지가 소 다리의 상처에 석유를 뿌리고 천까지 싸매 준 것은 좋았는데, 우리 형제가 가방을 메고 집을 나설 때는 뜬금없이 소를 몰고 나란히 나서는 거였다.

"소를 거기다 도로 몰아다 놀 거여. 그람 주인이 찾어가겠제."

아버지는 그 말만 내놓고는 더 이상 입을 열지 않았다. 나는 시무룩해져서 동구 밖 갈림길에서 아버지와 헤어졌다.

하루 내내 소 생각만 하다가 학교를 파하자마자 나는 곧장 강둑으로 달려갔다. 소는 방죽에 배를 깔고 앉아 있었다. 소가 눈에 들어오자 나는 그만 눈물이 핑 돌았다. 나는 소말뚝에서 고삐를 풀어 소에게 풀을 뜯겼다.

해가 지고 어둑어둑해졌는데도 나는 집으로 돌아갈 생각을 하지 않았다. 이슬 내리는 강둑에 소만 남겨 놓고 돌아갈 순 없었다. 집에 돌아갈 일도 걱정이었다. 될 대로 되라는 심정으로 소와 함께 방죽에 앉아 있는데 형이 찾으러 왔다.

"인마, 니 아부지한테 죽었다. 아부지가 니 여그 가 있는 중 다 안단 말여."

"안 가!"

나는 소고삐를 그러쥐었다. 형은 풀밭에서 내 가방을 들어 어깨에 둘러멨다.

"바보 새끼, 니가 그란다고 우리 것 될 중 아냐? 아부지가 지서에 신고를 해 놨응께 주인이 금방 찾으러 올 거라고."

"뭐여, 신고를 했어? 바보 천치여! 아부지는 바보 천치랑께!"

"어여 일어나! 저닉밥 채려 놨단 말여. 니도 없는디 밥숟갈 들어가다 아부지한테 도둑놈의 새끼라는 말 들었단 말여. 나도 니 땜이 성가셔 죽겄다. 숙제도 많구만."

"행님아, 주인이 안 나타나믄 어찧게 되냐? 니 공부 잘한께 알제?"

"그러믄야 줏은 사람 차지겄제."

"참말로?"

"근디 누가 소 잃고 가만있겄냐? 폴쎄 마이크로 사방에 다 알렸을 건디."

나는 풀이 죽어 일어났다. 형 어깨에서 가방을 벗겨 들고 나는 터벅터벅 집을 향해 걸었다. 한참 만에 나는 형한테 다짐을 받듯 재차 물었다.

"암튼 주인 안 나타나믄 저건 우리 소란 말이제?"

형은 쯧, 하고 혀를 차곤 그러나 더 말이 없었다.

집에 들자마자 아버지는 지겟작대기를 집어 들고 나를 닦아세웠다.

"너 이놈의 새끼, 학교 파하면 집으로 핑 들어올 생각은 않고 으디서 자빠졌다가 인저 기들어 오는겨!"

아버지는 지겟작대기로 등에 짊어진 가방을 쿡 쑤시더니,

"니 숙제는 해 놓고 요라고 댕기는 거여? 대체 니는 어디서 까나온 자식이길래 그렇게 속만 쎅이냐, 으이?" 하며 나를 지겟작대기 끝으로 콕 찔러 죽일 기세였다. 나는 마당 모깃불 옆에 주저앉아 입만 실룩거렸다. 왕겨를 한 삼태기 부어 놓은 모깃불에서는 불꽃이 발근발근 일어나고 있었다. 아버지는 생솔가지를 올릴 셈이었다가 내가 나타나자 잊어 먹은 듯, 불자리 옆에 생솔가지가 수북했다. 눈물은 삐질삐질 나오는데 나는 소리를 내지 않았다. 그게 더 얄미웠는지 느닷없이 아버지가 어깨에서 가방을 낚아챘다.

"니눔은 천상 가르채 봤자 소용없고." 하곤 가방을 모깃불에 집어 던져 버리는 거였다. 나는 그만 땅바닥에 벌렁 드러누워 마당을 쓸며 울기 시작했다. 형이 후다닥 달려가 모닥불에서 가방을 꺼내려고 하자 아버지가 버럭 호통을 쳤다.

"냅 둬!"

형은 주춤주춤 물러섰다. 그러자 이번에는 어머니가 달려들어 불에서 가방을 꺼냈다. 벌써 불이 붙어서 불덩어리 하나가 통째로 떨어져 나온 것 같았다.

"아이고메!"

어머니는 허겁지겁 부엌으로 달려가 바가지에 물을 떠다가 가방에 끼얹었다.

나는 밥도 안 먹고 가방을 챙겨 들고 방에 들었다. 눈물이 그치지 않았다. 방 안에선 잿내가 진동했다. 이미 책이며 공책은 비닐이 눌어붙고 타서 못 쓰게 돼 버렸다.

밤중에 아버지가 툇마루를 내려서는 기척이 들렸다. 그때를 맞춰 부러 나는 마당으로 나가 모깃불에 가방을 집어 던져 버렸다. 아버지는 뒷간 앞 마당에서 빠끔빠끔 담배를 태우고 있었다.

이튿날 나는 학교에 가지 않았다. 가방도 책도 없이 무슨 수로 간단 말인가? 지난 학년, 책을 반납하던 날 정례가 선생님한테 당하던 일을 생각하면 몸서리가 쳐졌다. 정례는 도덕책을 반납 못 했는데 제 할아버지가 찢어서 잎담배를 말아 피워 버렸다고 한다. 선생님은 정례의 손등을 쇠자로 열 대나 때리고 하루 내내 손을 들고 서 있게 했다. 선생님을 생각만 해도 나는 겁이 나서 방바닥에 배를 깔고 누워 버렸다.

밥상머리에서 아무 말도 없던 아버지로 보아 분명 당신도 후회를 하고 있는 것 같았다. 나는 그런 아버지가 얄밉고 한편으론 쌤통이라는 생각이 들었다. 밤새 배를 곯았던 나는 아버지가 보란 듯 밥 한 그릇을 싹싹 비웠다.

"동맹아!"

그런데 아버지가 방문 너머로 날 불렀다.

"공부 안 가냐?"

나는 대답하지 않았다.

"그려. 니놈은 천상 공부헐 싹수는 못 되는 거 같응께 농새나 배와야제. 니 성 하나 공부시키재도 이 애비는 쎗바닥이 빠진다."

그래 놓고 아버지는 벌컥 문을 열었다.

"아, 뭣 혀? 콩 뽑으러 가야제."

콩밭에 앉아 콩을 뽑자니 삐질삐질 눈물이 났다. 구름은 재를 넘어 흘러갔다. 풀무치랑 메뚜기 같은 날벌레들이 장글장글한 햇볕 속을 날아다녔다. 불개미가 옷 속으로 기어들어 불알을 물고 늘어졌다. 나는 불알을 긁으며 기어이 흙 위에 퍼더버리고 앉아 울음을 터뜨리고 말았다.

아버지는 점심을 먹인 후 나를 앞세우고 학교로 갔다. 선생님에게 정중하게 인사를 올린 후 아버지는 말했다.

"지난밤에 석유 등잔이 자빠져설랑 방을 옴싹 태와 불었어요. 그 바람에 야 책이 그만 못 쓰게 돼 불었는디 넓은 혜량으로다가 선처 부탁헙니다."

선생님은 내 머리를 쓰다듬었다. 선생님은 나를 직접 데리고 창고로 가서 일일이 책을 찾아 챙겨 주었다. 돌아오는 길에 아버지는 가방도 하나 새로 사 주고 공책이며 연필에, 아직 한 번도 가져 보지 못한 지남철★이 달린 필통까지 사 주는 거였다.

"소는 집으로 데레다 놀 거여. 주인이 찾아올 때까장만 집이서 키우는

★ 지남철 : 자석.

거닝께 정 붙이지 말어라 잉?"

나는 씩 웃으며 고개를 끄덕였다.

그런데 그게 어디 말처럼 되는 일인가? 아침저녁으로 나는 꼴을 베어 나르고, 오후에는 소를 몰아 풀을 뜯겼다. 아버지는 그런 내 행동을 못마땅해했다.

"행, 그걸 두고 소 궁둥이에 꼴 던지는 격이라고 하는겨. 이런 염병할, 소가 널 주인으로 뫼실 성싶으냐?"

하지만 근 한 달이 지났는데도 주인은 나타나지 않았다. 소는 점차 기력을 회복해 제법 살이 오르기 시작했다. 그러는 동안에 아버지의 매운 눈은 퍽 부드러워지고 가끔 당신이 직접 고구마 줄기를 뜯어다가 지게로 부려 놓는 일도 생겼다.

"내불기 아까워서 소나 믹이는 거여."

나는 매일 이부자리 속에서 제발 주인이 나타나지 않게 해 달라고 기도를 드렸다. 조마조마한 마음이 늘 가시지 않았던 것이다.

어느 날 저녁 무렵에 소를 몰고 들어가 감나무 아래 묶으려고 하자, 아버지는 그동안 비워 두었던 외양간 문을 열었다.

"어디 온 집 안에 내금새가 진동하고 퍼리가 끓어서 쓰겄냐?"

외양간으로 소를 몰아넣는 나에게 아버지는 그렇게 말했다.

소를 기르게 된 지 두어 달이나 지났을까, 갑자기 소가 풀도 잘 안 뜯고 울어 대기만 했다. 그 좋아하던 수숫대도 발밑으로 깔아 버렸다. 멀리 하늘을 바라보는 큰 눈이 퍽이나 슬퍼 보이기까지 했다. 나는 이놈이 제 집이 그리워서 그러는 것만 같았다. 그래서 애처롭기도 하고 섭섭해 나는 곧잘 배때기를 걷어찼다.

아버지는 소꼬리를 들어 보고 내려놓고 또 들어 보고 하더니, 그날 밥상머리에서 말했다.

"소가 불을 낸 모냥이여."

그리고 그날 오후에는 옆 마을에서 수놈을 데려왔다. 안으로 휘어진 뿔이 날카롭고 주둥이가 검은 우걱뿔이★였다. 몸집도 우리 소보다 두 배는 족히 커 보였다.

"첫배요?"

우걱뿔이 주인이 물었다. 아버지가 고개를 끄덕였다.

오쟁이네 아버지도 나타나 걱정스럽다는 듯 혀를 찼다.

"소한테 덜컥 짝부터 맺어 주믄 어짠디야."

"아, 이 짐생이 서방 호적에 올려놓고 사는 짐생이여?"

아버지는 발끈했다.

"아니, 어떻게 될 중도 모르는 소라 내 하는 말이시."

"걱정 말어. 주인이 갈래 붙인 돈까지 토해 내겄제. 그란다고 불두덩이 뻘건 걸 기냥 냅둬."

아버지는 마을 뒷산의 Y 자로 줄기가 자란 소나무에 암소 머리를 집어넣고 고삐를 친친 감았다. 동네 소는 대부분 그곳에서 암구었기★ 때문에 우리 아이들은 그 소나무를 '소빽나무'라고 불렀다. 우걱뿔이 주인이 수놈을 몰아오자 우리 암소는 길게 울음을 토했다. 우걱뿔이도 펄쩍 뛰더니 더 우렁찬 소리로 울었다. 놈은 이내 입에 거품을 물었다. 우걱뿔이는 무지막지하게 우리 소의 등을 타고 내리눌렀다. 빨갛고 기다란 양물

★ 우걱뿔이 : 뿔이 안으로 굽은 소.

★ 암구었기 : 교미를 붙였기.

이 허공에서 덜렁거리자 소 주인이 손으로 잡아 길을 찾아 주는 광경을 나는 심각한 표정으로 지켜보았다. 아버지는 자꾸만 내게 물심부름을 시켰는데 나는 한달음에 그 일을 해치웠기 때문에 우리 소가 시집가는 광경을 거의 놓치지 않고 볼 수 있었다.

일이 끝났을 때 나는 아버지에게 물었다.

"그람 우리 소도 인자 시양치를 밴 거여?"

"그려. 첫배라 낼도 한 번 더 시킬 거여."

"달력에 똥구래미를 쳐 놓까?"

"그려."

"열 달 뒤에다가도 쳐 놀께잉."

"내년 달력이 있냐?"

그래도 나는 신이 났다. 가만히 기색을 살피자니 아버지도 여간 즐거운 낯이 아니었다. 나는 아버지가 이제 소를 우리 집 소로 기정사실화했다고 생각되자 그것이 더없이 기뻤다.

아버지는 슬금슬금 내 자리를 차지하고 들어왔다. 아침마다 쇠꼴 베라고 불러 깨우지를 않나, 소를 풀도 안 좋은 방죽으로만 몰고 다닌다고 역정을 냈다. 아침저녁으로 여물을 쑤는 것은 말할 것도 없고 읍내에서 복합 사료도 져 날랐다. 두 달 전보다 나는 맥이 많이 빠져 있었다.

하루는 학교에서 돌아오자 마당에 큰 썰매 같은 게 널브러져 있었다. 그것은 쟁기질 뒤 마른써레질에 쓰는 끄슬쿠라는 농기구였다. 그 위에 맷돌이 올라가 있어서 나는 의아하게 생각했다.

"아부지, 저게 뭐여?"

"이, 너도 이따가 으디 가지 말고 저기 올라타라. 소 쟁기질 연습시킬 거여."

아버지는 끄슬쿠에서 써레발을 모두 뽑아내고 소 뒤에다가 쟁기처럼 달았다. 그로부터 한 닷새를 아버지는 온 동네 골목에 흙먼지를 일으키며 소를 몰아 돌았다. 물론 나도 그 흙 썰매 같은 끄슬쿠 위에 타야 했다.

"이랴, 쩌 쩌, 이랴, 쩌 쩌……."

날이 갈수록 아버지는 끄슬쿠를 무겁게 했다. 나흘째에는 동네 아이들까지 태웠다. 오생이가 저희 집 앞에서 뾰로통하게 서 있는 모습은 참 쌤통이었다.

그럭저럭 석 달이 지난 무렵이었다. 하루는 학교에서 돌아와 보니 소가 간 곳이 없었다. 아버지도 보이지 않았다. 어머니만 툇마루에 앉아 한숨을 푹 쉬는 게 예감이 심상치 않았다.

"소 주인이 나타났단 말다."

어머니는 또 한숨이었다.

"올라믄 진작 오지 인자사 올 건 뭐라냐."

어머니는 뛰쳐나가려는 내 손을 끌어 잡았다. 나는 칭얼칭얼 울기 시작했다.

"울지 마라. 원래 그러자고 들인 소 아니었냐?"

그래 놓고 어머니는 또 한숨이었다. 아버지는 손수 고삐를 잡고 주인과 함께 고개 너머 경찰서로 넘어갔다고 했다. 나는 눈을 썩썩 문지르고 말했다.

"그람 아부지가 소를 다시 찾어올랑갑네이?"

"뭔 수로 고걸 다시 데려오겄냐."

"또 모르제. 그간 길러 줘서 고맙다고 주인이 싸게 팔지도."

나는 그 긴 오후 한나절을 막연한 기대를 품은 채 아버지를 기다렸다. 혹시 쇠꼴을 베어다 놓으면 그게 무슨 주술이 되어 소가 다시 돌아올 것만 같아 나는 두 망태나 꼴을 걷어다가 놓았다. 점심 전에 나갔다는 아버지는 해거름 녘이 되어도 나타나지 않았다.

저녁 무렵에 아버지는 오쟁이 아버지와 함께 집으로 들어왔다. 빈손이었다.

"어떻게 됐다요?"

어머니가 물었다. 아버지는 한숨이었고 오쟁이 아버지가 대신 대답했다.

"일단 주인이 데려갔소."

그래 놓고 그는 아버지를 향해 덧붙였다.

"나 말대로 하란 말이시. 이참에 좀 세게 나가서 섭섭지 않게 뽑아내란 말여. 아까 순경도 안 글등가? 그간 수고한 건 저저금 알아서들 허라고. 그거이 뭔 소리겄어? 사정이 이만저만 됐응께 소 주인이 정상을 참작해라, 그 소리제."

"거기도 영 불량한 사람은 아니더네. 그러지 말고 자네 여윳돈 좀 돌리세."

"나가 뭔 여윳돈이 있당가?"

"콩이랑 보리 매상한 것 좀 있잖여?"

"그거이 을매나 된다고?"

"아순 대로 이것저것 좀 보태믄 홍정이라도 너 볼 수 있잖여."

"홍정? 와따매, 아까부터 자꼬 그 소린디 누가 빚내서 시양치도 아니고 다 큰 소를 사겄다믄 안 웃겄어?"

"다른 말 말고 좀 돌리세. 나가 낼은 직접 찾아 댕겨오겄다니께."

이튿날 아침 나는 학교에 가다 말고 동구 밖에서 걸음을 멈추었다. 밤부터 나는 작심을 하고 있었다.

"너 시방 왜 그려?"

형이 몸을 틀고 물었다.

"나 소 찾으러 갈 거여."

"뭐?"

"아부지 따러 소 찾으러 간당께."

"니까짓 거이 가서 뭘 어쩌겄다고?"

"소 돌레주라고 할 거여. 그래도 안 되믄 외양간에 둔너 불제."

"칫, 느자구 없는 소리 하고 자빠졌네. 얼렁 가야."

형이 몸을 돌렸다. 나는 한걸음 물러났다.

"소 찾으믄 행님 니도 고등학교를 광주로 갈 수 있어."

"그래서 시방 학교 안 가겄다고? 아부지가 가만있겄냐?"

그래 놓고 형은 걸어갔다. 별수 없이 내가 뒤따라올 줄 알았던 모양이다.

"행님아, 나는 숙제럴 안 해서 가재도 갈 수가 없다."

형은 뒤도 돌아보지 않고 저만치 멀어졌다.

나는 팽나무 뒤로 물러나 아버지를 기다렸다. 머잖아 장 나가는 차림새로 옷을 차려입은 아버지가 마을 길을 걸어 나오는 게 보였다. 겨드랑이에 낀 노란 종이 꾸러미는 돈이 틀림없었다. 내가 팽나무 뒤에서 쭈뼛쭈뼛 나오자 아버지는 기가 막힌 얼굴로 빤히 쳐다보았다. 나는 가야 할 길로 몸을 돌리고 섰다. 뒤에서는 어떤 기척도 없었다. 아버지는 아무 말 없이 앞서 걸어갔다.

우리는 고갯마루에서 버스를 기다렸다.

"아부지, 동네가 어디래요?"

"왜, 말하믄 니가 다 알겠냐? 문대미랴."

아버지는 아무렇지도 않게 대답했다. 이제 나는 힘이 나서 까불었다.

"버스를 타긴 타야겠네이."

문대미에서 버스를 내린 아버지와 나는 장터를 지나고 큰 동네를 두 군데나 물리면서 강을 거슬러 올라갔다. 그곳 강은 우리 마을 강보다 폭이 좁았지만 물은 더 맑았다. 그동안 아버지는 서너 번이나 사람을 붙잡고 길을 물었다.

작은 마을이 나왔고, 아버지는 점방에 들어 거북선 한 보루를 샀다. 주인 여자는 길로 나와 들판을 가리켰다. 들판 멀리 강둑 아래로 삼나무 뒤뜰이 어두운 민가가 보였다. 아버지는 꾸러미와 함께 담배 보루를 포개서 겨드랑이 깊숙이 찔러 넣었다.

집 곁을 지나자니 사철나무 울 너머로 타작 소리가 들려왔다. 우리는 잠시 멈춰 서서 집 안을 들여다보았다. 마당에 안주인이 앉아 늦콩을 털고 있었다. 텔레비전 안테나도 안 보이는 게 우리 집하고 다를 게 없이 작고 추레한 집이었다.

대문 밖 감나무 밑에서 아버지가 말했다.

"니는 여기서 기둘려이."

아버지는 대문도 없는 마당으로 들어갔다. 나는 감나무 그늘에서 고개를 기웃이 내밀고 집 안을 훔쳐보았다. 행랑채에는 외양간이 딸려 있었지만 비어 있었다. 자연히 나는 집 주변을, 그러니까 들판이라든가 강둑을 살펴보았다. 강둑에 염소 몇 마리는 보였어도 소 같은 건 보이지 않왔다. 아버지를 툇마루로 안내해 앉힌 그 집 안댁이 냉수를 한 그릇 내다가 아버지에게 건넸다.

그녀는 바깥양반이 나무를 싣고 바닷가로 갔다고 했다.

"김 양식장에 말목을 한 사날 달구지로 내다 주고 있는디 점심은 자세야 올 건디요."

아버지가 외양간을 건너다보며 놀란 눈으로 물었다. 좀 섭섭한 눈빛이었다.

"글찮애도 애 아부지가 을매나 아즘찮아하는지★, 원. 소가 똑 우리 소 같지 않게 실해졌어라. 내일 새나 일머리가 든다고 한번 인사하러 댕게오겄다고 허기는 허드만요."

아주머니가 아버지에게 한 번 더 굽실했고, 아버지는 큼큼 헛기침을 했다.

"내일 일머리가 든다고요? 그람 모레 새나 다시 한 번 올랍니다."

아버지는 말도 못 꺼내 보고 그냥 일어서는 눈치였다. 마당으로 내려서던 아버지는 잊었다는 듯 아주머니에게 담배 보루를 내밀었다.

"외려 우리가 슨사를 해도 해야 하는디……."

아주머니는 황송한 듯 불편한 듯 담배 보루를 받아들었다. 내가 툭 불거져 나가 아버지 곁에 서자 안댁이 깜짝 놀라며 말했다.

"으매, 아들이 와 있었는갑네. 들어오제야?"

"야가 소 좀 보겄다고 핵교도 안 가고 요래 삐득삐득 따러 안 오요."

"오매, 그랑게 니가 갱에서 소를 건진 갸구나? 영 실겁게★ 생겼네이."

★ 아즘찮아하는지 : '고마워하는지'의 방언.
★ 실겁게 : '슬겁게'의 방언. 마음씨가 너그럽고 미덥게.

안댁이 내 머리를 쓰다듬었다.

"소한테 정 주지 말라고 그래 해댔는디도 작것이 고만 정을 줘 갖고 밤낮 밥도 안 처묵고 울기만 해 싸요."

그렇게 말한 아버지는 정말 짠하고 속상한 눈빛으로 나를 바라보았다. 그러자 갑자기 나는 눈물이 찔찔 나기 시작했다. 나는 점점 콧물까지 삼키며 서럽게 울어 버렸다. 나도 모를 일이었다. 안댁이 어쩔 줄 몰라 했다.

"허허, 넘 부담시럽게…… 뚝 못 그치냐?"

아버지는 꺼칠한 손바닥으로 내 낯을 훔쳤다. 안댁이 집 안으로 뛰어 들어갔다가 돌아와 내 손에 뭔가를 덥석 쥐여 주었다. 천 원짜리 한 장이었다.

"공책 사서 써라 잉."

"아따, 뭘 이런 걸 주고 그란다요, 애 버릇 나빠지게."

아버지와 나는 마을을 걸어 나왔다. 장터에서 아버지는 자장면을 사 주었다.

이틀 뒤 나는 수업이 끝나자마자 집으로 달려갔다. 아버지는 돌아와 있지 않았다.

"점심 자시고 가셨는디 금방 오겄냐?"

어머니가 찐 고구마를 내놓으며 말했다.

"소 꼭 사 온다고 했제?"

"그랄라고 갔다만…… 오쟁이 아부지가 따라나섰응께 잘 안되겄냐? 그 양반이 그래도 흥정 붙이는 디는 느그 아부지보다 난께."

해가 설핏 기울고 형이 돌아왔는데도 아버지는 돌아오지 않았다. 나는 형과 함께 동구 밖까지 서너 차례나 들락날락했다.

"하긴 버스에 못 태운께 소를 걸켜 오자면 늦을 거네 잉?"

위안이나 삼자고 나는 네댓 차례도 넘게 같은 말을 반복했다. 어머니가 저녁상을 밀어 주었지만 우리는 뜨는 둥 마는 둥 했다.

아버지가 돌아온 것은 달빛이 훤할 때였다.

술에 취해 비틀거리며 사립문을 들어서는 아버지를 보며 우선 나는 소고삐가 들렸는지 살펴보았다. 그러나 달빛 아래 선 아버지는 맨손이었다. 아니다. 손에는 예의 그 종이 꾸러미가 달랑달랑 매달려 있었다. 아버지는 종이 꾸러미를 방바닥에 내던지고 감나무 밑으로 걸어가 통나무처럼 털썩 주저앉았다.

나는 얼른 종이 꾸러미부터 풀어 헤쳤다. 돈 꾸러미를 확인해야 현실을 받아들이겠다는 조급함 때문이었다. 하지만 종이 꾸러미에서는 차갑고 물컹한 고깃덩어리가 나왔다.

"워매, 소를 잡어 부렀는갑다, 씨!"

나는 나도 모르게 그렇게 소리쳤는데, 형이 대뜸 내 뒤통수를 콱 쥐어박았다. 아버지가 꺽꺽 울고 있었던 것이다.

"그 집구석도 한심하더란 말이지. 그 소가 단매소★라 그거 없으믄 농새고 뭐고 못 묵고 산디야. 워매!"

아버지의 우는 모습을 본 것은 그때가 처음이었다.

뒷날 가출한 형이 송아지 한 마리를 몰고 나타났을 때 아버지는 그 송아지를 하룻밤 동안 대문 밖에 세워 두고 들이지 않았다. 당시 고등학교

★ 단매소 : 단 한 마리의 소.

3학년생이던 형은 사귀던 여자가 임신을 했다는 소식을 듣고 무작정 가출을 했다. 수술비를 마련한답시고 서울로 올라간 것인데 두 달 동안 가리봉동 사출 공장에서 삼십만 원을 모아 내려와 보니 그 여자가 새빨간 거짓말을 했다더란다. 집에 들어오기도 면목이 없던 형은 그 돈으로 송아지 한 마리를 사 온 것이다. 소가 똥금이던 시절이었다.

"워매, 내력 없는 손지가 하나 들어왔네. 내력 없는 소 손지가……."

아버지는 며칠간 외양간 앞에서 그렇게 한탄했다.

아무튼 그 송아지가 자라 송아지를 낳고, 그 송아지가 또 송아지를 낳아 지금은 얼추 네댓 대나 배가 갈린 암소가 외양간을 지키고 있으며 아버지는 그놈 기르는 재미로 사신다.

"요놈의 짐생이 정을 안 줄래도 정이 안 들 수가 없는 짐생이여. 하긴 우리 자석 놈들은 요놈이 다 갈쳤응게. 난 심 하나 안 썼구만."

전성태 1969~ 전남 고흥에서 태어나 1994년 《실천문학》에 〈닭몰이〉를 발표하면서 작품 활동을 시작했습니다. 주요 작품으로는 〈매향〉〈국경을 넘는 일〉〈여자 이발사〉 등이 있습니다. 탄탄한 구성과 치밀한 묘사력, 토속적 언어와 해학적 문체로 소외된 농촌 현실과 민중의 삶을 밀도 있게 그려 냈다는 평가를 받고 있습니다.

작품 설명

내용 파악하기

▸ **첫 번째로 들어온 소의 사연은 무엇인가요?**

오쟁이네 암소를 도짓소로 키워 주고 송아지 두 배를 치고 내보냄.

▸ **두 번째로 들어온 소의 사연은 무엇인가요?**

장마에 강으로 떠내려온 소를 주워 데려다 키움.

주인이 나타나지 않아 새끼까지 내고 키우려 했으나 주인이 찾아감.

▸ **세 번째로 들어온 소의 사연은 무엇인가요?**

형이 애인에게 속아 가출한 뒤 집에 들어오면서 송아지 한 마리를 사 옴. 처음으로 '우리 소'가 되어 송아지를 대대로 낳아 살림에 보탬이 됨.

핵심 정리

갈래 : 단편소설, 현대소설

시점 : 1인칭 주인공 시점

배경 : 1970년대 농촌마을

제재 : 주운 소를 집에 들인 일

주제 : 소를 둘러싼 부자간의 갈등과 사랑, 주워 온 소에 대한 가족의 애정

특징 : 향토적, 서정적

작품 이해

이 소설의 배경은 소가 농사와 생계 수단이지만 비싸서 쉽게 가질 수 없던 때의 농촌입니다. 강물로 떠내려온 소를 자기 것이라는 '나'와 주인에게 돌려주어야 한다는 '아버지'와의 갈등이 나

타납니다. '나'는 이 소설의 주인공이자 화자로서 주요 사건을 이끌어 가며, 친구에게 무시당하는 게 싫어 소를 갖고 싶어 하는 솔직한 속마음을 직접적으로 서술하고 있습니다. 양심을 속이며 당장 눈앞에 있는 이익을 얻기 보단, 원칙대로 양심을 지키며 산다면 결국에는 자신의 선행에 대한 보답이 돌아오게 마련입니다. '뿌린 대로 거둔다'는 말이 있습니다. 아버지의 생각과 행동대로 한다면 나중에 어떻게든지 대가가 돌아오게 마련이고 양심의 죄책감도 없이 편안하게 살아갈 수 있습니다. 이 소설은 주인공인 아들이 양심적이고 원칙대로 살아가는 아버지의 삶을 이해하며 이야기의 끝을 맺습니다. 이것이 결국 작가가 전하려 했던 주제 의식이라고 할 수 있습니다.

한편 이 소설은 대화에 사투리를 적절히 사용하여 토속적인 분위기와 함께 친근하고 정겨운 분위기를 느끼게 합니다. 또한 현장감과 생동감 있는 사건 전개가 돋보입니다.

생각해 보기

▸ **이 소설의 갈등 양상은 무엇일까요?**

▸ **잃어버렸던 소를 되찾은 주인은 '나'의 집에 보상을 해야 할까요? 이에 대한 '나'와 아버지의 생각을 정리해 봅시다.**

나비를 잡는 아버지

• 현덕 •

• 읽기 전에 •

이 소설 속 아버지는 한여름에 밀짚모자를 쓴 채 나비채를 들고 들판을 돌아다니며 나비를 잡습니다. 그렇다고 아버지의 취미가 곤충 채집은 아닙니다. 그럼 아버지는 누구를 위해, 무엇을 위해 나비를 잡는 걸까요?

황혼의 종로로 방향을 돌려서

버스는 떠난다. 경쾌스럽게.

건드러진 노랫소리가 푸른 언덕을 넘어온다.

바우는 송아지를 뜯기며 밤나무 그늘에 앉아, 그림 그리는 책을 펴 들었다. 송아지가 움직이는 대로 자리를 옮아앉으며 옆으로 풀을 뜯는 송아지 모양을 그리느라 열심히 들여다보고 연필을 놀리고 하더니 잠시 멈추고 귀를 기울인다. 그리고 "흥!" 하고 빈정거리는 웃음을 한 번 웃고는 그 소리가 듣기 싫다는 듯 그 편에 등을 대고 돌아앉는다.

'겨우 서울 가서 공부한다고 배워 가지고 온 것이 유행가 나부랭이냐. 그리고 나비 잡는 것 하구.'

지난해 봄에 바우와 경환이는 한날에 그곳 소학교★를 졸업을 하였다. 그리고 경환이는 서울로 상급학교를 가고 바우 자기는 집에서 꾸벅꾸벅 땅이나 파며 있지 않으면 아니 될 때, 바우는 무척 슬퍼하고 억울해하고 따라서 경환이를 부러워도 하였다. 바우 자기가 값없이 보내는 그 하루하루에 경환이는 좋은 학교, 훌륭한 선생 아래서 날마다 새로워 가고 높아 갈 것을 생각할 때 바우는 가만히 있지 못했다. 그 상급학교에 가지 못하는 벌충★을 여기다 하려는 듯이 틈 있는 대로 그림을 그리었고 또 그

★ 소학교 : 지금의 초등학교. 보통학교.
★ 벌충 : 모자란 것을 다른 데서 보태 채우는 것.

것으로 즐거움이 되었다.

그리고 얼마 전에 그 경환이가 하기휴가를 하고 서울서 집에 돌아왔다. 그러나 전보다 얼굴빛이 희어지고, 바지통이 넓은 양복에 흰 테두리한 모자를 멋있게 쓴 것이 달라졌을 뿐, 서울이 얼마나 좋고 자기 다니는 학교가 얼마나 훌륭한 곳인가를 자랑하는 것과 또는 활동사진 배우 중 누구는 어떻고 누구는 어쩌고, 그리고 잡된 유행가를 부르며 동네 어린 아이들을 몰고 다니며 나비를 잡는 것이 하는 일이었다. 아마 경환이 자기는 이러는 것으로, 전일 보통학교 때 늘 바우에게 성적으로 머리를 눌려 오던 분풀이를 하려는 듯이 뻐기며 다니는 것이다. 바우는 그 꼴이 곱게 보일 수 없었다.

꽃피는 남산으로 방향을 돌려서
버스는 떠난다. 가로수 그늘.

노랫소리는 점점 가까워 온다. 그리고 잠시 언덕 너머가 떠들썩하더니 호랑나비 한 마리가 피로한 나래로 갈팡질팡 날아와 밤나무 가지에 야트막하게 앉는다. 바우는 그 나비를 쉽게 잡을 수 있었다. 그리고 잠깐 그 호사스런 모양, 찬란한 빛깔을 들여다보다가 도로 날려 보내려 할 즈음, 언덕 위로 동네 아이들의 머리가 불쑥불쑥 나타나며 뒤미처 경환이가 나비 잡는 채를 휘두르며 뛰어 내려온다. 경환이는 바우가 앉아 있는 밤나무 그늘로 들어서며,

"너, 호랑나비 어디로 날아가는 거 봤니?" 하다가는 바우 손에 잡히어 있는 나비를 보고는 반색을 한다.

“나 다우.” 하고 으레 줄 것으로 알고 손을 내미는 것이나 바우는 그 손을 툭 쳐 버리고 몸을 돌린다.

“넌 무슨 까닭으로 어린애들을 몰고 다니며 앰한★ 나비를 못살게 하는 거냐?”

“뭐?” 하고 경환이는 뜻하지 않은 말에 잠시 멍하니 바라보다는,

“누가 장난으로 잡는 거냐. 학교서 숙제를 냈어. 동물 표본을 만들어 오라구.”

“장난 아니믄, 벌써 너 나비 잡기 시작한 지가 며칠이냐. 그동안에 못 잡아도 백 마리는 잡았겠구나. 거 다 동물 표본 만들고도 모자라서 또 잡는 거냐?”

“모두 못 쓰게 잡았으니까 그렇지. 날개가 상하구.” 하다가는 경환이는 변색★을 하고 한 발자국 다가서며,

“넌 남이 나빌 잡건 말건 무슨 상관이냐, 건방지게.”

“나두 상관할 만해서 그런다.”

“무슨 상관야.”

“너 때문으로 해서 담부턴 나비 구경을 못 하게 되겠으니까 허는 말이다.” 하고 바우는 경환이 얼굴을 마주 노리다가,

“니가 동물 표본을 만들기에 나비가 필요하다면 난 그림 그리는 데 필요한 나비야. 너만 위해서 생긴 나비는 아니지.”

그러나 경환이는 “흥!” 하고 코웃음을 친다. 바우는 한층 음성을 높여 계속한다.

★ 앰한 : 아무 잘못이 없는. 애매한.

★ 변색 : 놀라거나 화가 나서 얼굴빛이 달라짐.

"그리고 어린아이들에게 잡된 유행가는 너 왜 가르치는 거냐. 부르고 싶으면 네가 부르지."

이 말엔 매우 괘씸한 모양, 경환이는 낯을 붉히며 대든다.

"이 동네서 나 하는 거 시비할 사람 없어. 건방지게 왜 이래." 하는 그 말 속엔 분명 자기는 마름★ 집 외아들로서 지위가 높은 몸, 너 같은 소나 뜯기는 놈에게 시비를 받을 몸이 아니라는 빈정거림이 있다. 바우는 썩 비위가 상해서 "흥!" 하고 마주 코웃음을 치고 그리고 좀 더 골을 올리려고 두 손가락에 날개를 접어 쥔 나비를, 이것 너 줄까, 하는 시늉으로 경환이 등을 향해 두어 번 겨누다가는 그대로 공중으로 날려 버린다. 나비는, 방향이 없이 어지러이 한 바퀴 맴을 돌더니 언덕 아래로 높았다 낮았다 날아간다.

경환이는 갑자기 몸을 날려 그 나비를 쫓아간다. 그러다가 나비가 아래 논 가운데로 날아가자 뒤돌아서 바우를 무섭게 한 번 눈을 흘겨보고, 그리고 돌 하나를 집어 근처에서 풀을 뜯고 있는 송아지를 때리고는 언덕 아래로 달아났다.

그러나 경환이의 심술은 이것만으로 고만두지 않았다.

송아지에게 먹을 만치 풀을 뜯기고 언덕 아래로 몰고 내려와 수수밭 모퉁이를 돌아섰을 때 바우는 다시금 놀랐다. 개울 건너 바우네 참외밭에서 경환이란 놈이 나비 잡는 채를 휘두르며 날뛰고 있다. 그까짓 송장 나비를 잡으려고 그러는 것이 아닐 텐데 경환이는 그 나비를 쫓아 구두 신은 발로 지금 한창 참외가 열리기 시작하는 넝쿨을 함부로 질겅질겅

★ 마름 : 땅 임자와 그 땅에 농사짓는 소작인 사이에서 땅 임자 일을 대신하는 사람.

밟으며 이리 뛰고 저리 뛰고 한다. 일부러 그러는 것이 분명하다. 나비를 잡는 척 참외밭으로 몰아넣고 참외 넝쿨을 결딴내는 것이리라. 바우는 눈이 뒤집혔다. 더욱이 그 참외밭은 장차 햇곡식 나기 전까지의 바우 집 식구들의 식량을 거기다 예산하고 있는 것이요, 바우 자기도 잘 열면 책 한 권쯤 사 달라려고 벼르고 있던 터다. 바우는 나는 듯 개울을 건너 뒤로 쫓아가 한 번 등줄기를 우리고★ 그리고,

"인마, 눈 없어? 이거 못 봐?" 하고 낭자한★ 그 자취를 손으로 가리키며,

"넌 남의 집 농사 결딴내두 상관없니, 인마."

그러나 경환이는,

"우리 집 땅 내가 밟았기로 무슨 상관야." 하고 기가 막히다는 듯, 피이 하고 고개를 옆으로 돌린다.

그러나 사실 기가 막히기는 바우다.

"우리 집 땅?" 하고 허 참, 하늘을 쳐다보고 탄식하고,

"땅은 너희 집 거라두 참외 넝쿨은 우리 집 거 아니냐. 누가 너희 집 땅을 밟는대서 말야? 우리 집 참외 넝쿨을 결딴내니까 말이지."

그러나 경환이는 머리에 썼던 운동모자를 벗으며 한 발자국 다가선다.

"너희 집 참외 넝쿨은 그렇게 소중히 알면서, 어째 남이 나비 잡는 건 훼방을 노는 거냐. 나두 장난으로 잡는 건 아냐."

"장난이 아닌지도 몰라도 넌 나비를 잡는 거고 우리 집 참외 넝쿨은 거기서 양식도 팔고★ 그래야 할 것이거든. 그래, 나비가 중하냐, 사람 사는

★ 우리고 : 힘껏 때리고.
★ 낭자한 : 여기저기 흩어져 어지러운.
★ 팔고 : 사고. 곡식을 사는 것을 판다고도 한다.

게 중하냐."

바우는 팔을 저어 시늉하며 어느 것이 소중하냐고 턱을 대는데 경환이는,

"나두 거기 학교 성적이 달린 거야." 하고 피이 하고 업신여기는 웃음을 짓더니,

"너희 집 집안 살림을 내가 알게 뭐냐." 하고 같은 웃음으로 좌우를 돌아본다. 개울 건너 길가에 동네 아이들이 모여 서 있고 그 뒤로 지게를 진 어른들도 서 있다. 바우는 낯이 화끈 달았다.

"뭐, 인마." 하고 대뜸 상대의 멱살을 잡고

"그래서 남의 참외밭 결딴내는 거냐. 나빈 우리 집 참외밭에만 있구, 다른 덴 없어, 인마."

경환이는 멱살을 잡히고 이리저리 목을 저으며

"이게 유도 맛을 보지 못해 이래. 너 다 그랬니. 다 그랬어." 하고 으르다가 날래게 궁둥이를 들이대고 팔을 낚아 넘겨 치려 하나 그러나 원체 나무통처럼 버티고 섰는 바우의 몸은 호리호리한 경환의 허릿심으로는 꺾이지 않았다. 도리어 바우가 슬쩍 딴죽을 걸고 밀자 경환이 자신이 쿵 나둥그러졌다. 그러나 쓰러졌다가 다시 일어설 때 경환이는 손에 돌을 집어 들고 그리고 얼굴에 울음을 만들고는

"이 자식아, 남 나비 잡는 사람, 왜 때리고 훼방을 노는 거냐. 왜." 하고 비겁하게 돌 든 손을 머리 위로 쳐들어 겨누는 것이다. 결국 싸움은 이때껏 아이들 등 뒤에 입을 벌리고 서서 보고만 있던 동네 어른 하나가 성큼성큼 개울을 건너가 사이를 뜯어 놓고 그리고 경환이를 참외밭 밖으로 이끌어 나간 것으로 끝났으나, 그러나 경환이가 손목을 이끌려 가면서

연해 뒤를 돌아보며, 어디 두고 보자고, 벼르던 그 말이 허사가 아니었다.

바우가 자기 집 장독간 앞에서 벌통을 들여다보고 앉았는데 경환이 집에서 부엌 심부름을 하는 계집아이가 왔다. 바우는 까닭 없이 가슴이 성큼했다.

"바우 어머니 집에 있수?" 하고 계집아이는 안방과 부엌을 기웃거리다가 마당에 섰는 바우를 보고

"너 우리 집 서울 학생 때렸니?" 하고 쳐다보다가 대답이 없으니까

"너 야단났다. 우리 집 아씨가 막 역정이 나서 너의 어머니 불러오래, 얘."

마침 우물에서 돌아오는 바우 어머니를 보고 계집아이는 다시 한 번 그 말을 옮겨 들리며 함께 문밖으로 사라졌다.

'난 잘못한 거 없으니까.' 하면서 바우는 가슴이 두근거리었다. 일없이 뒤꼍으로 갔다, 마당으로 나왔다 하며, 어머니가 돌아올 때를 기다리면서 조마조마해한다.

먼저 아버지가 뒷밭에서 돌아왔다. 이맛살을 찌푸린 얼굴로 아버지는 기색이 좋지 못하다. 호미를 마당 가운데 던지더니 아버지는 갑자기 큰 소리를 냈다.

"참외밭에서 누구하구 싸웠니?"

바우는 벌통 앞에 돌아앉아서 말이 없다.

"너두 눈 있거든 참외밭에 좀 가 봐. 넝쿨 하나고 성한 게 있나. 인마, 그 밭에 도지★가 얼만지 아니? 벼로 열 말야. 참외는 안되두 낼 것은 내야지. 그리고 허구한 날 먹을 건 먹어야지. 그런 걱정은 없구, 인마, 참외밭

★ 도지 : 남의 논밭을 빌려서 부치고 그 대가로 해마다 내는 벼. 도조.

에서 싸움이 뭐냐, 싸움이."

바우는 벌통 앞에서 일어서며 볼멘소리로

"누가 싸웠나, 경환이가 나빌 잡는다고 참외밭에서 막 넝쿨을 밟길래 말린 거지."

그러나 아버지는 한층 음성을 거슬렸다.

"내가 뭐랬어. 참외밭 근처서 멀리 떠나지 말고 지키랬지. 그놈의 그림책 이리 내놔라. 그것만 잡고 앉았으면 정신없다가 참외밭을 결딴내는 것두 몰랐지, 인마." 하고 그 그림책을 찾는 것처럼 두리번거리고 뒤꼍으로 가며 아버지는 혼잣말로 서울 가서 공부한 것이 나비 잡는다고 남의 집 참외밭 결딴내는 거냐고 중얼중얼 울타리에서 호박잎을 따고 있다. 아마 부러진 참외 넝쿨을 그것으로 이어 보려는 것이리라. 조금 후 아버지는 호박잎을 따 가지고 나오며

"너의 어머니 어디 갔니?"

그러나 바우는 경환이 집에서 어머니를 불러 갔다는 말은 아니 나왔다. 묵묵히 바우는 대답이 없다. 하지만 아버지는 더 묻지 않아도 좋았다. 바로 그 어머니가 상기한 얼굴로 대문을 들어섰다.

어머니는 다짜고짜로 바우에게로 달려가 등줄기를 우리고는

"자식이 어떻게 했으면 어미 망신을 그렇게 시키니. 어서 나비 잡아 가지고 가서 빌어라, 빌어."

그리고 아버지를 향하고는

"당신도 가 보우. 바깥사랑에서 부릅디다."

아버지는 어리둥절하여 바우와 어머니를 번갈아 쳐다보다가

"어떻게 된 일야, 응."

그러나 어머니는 바우를 향해서만 또

"남 나빌 잡거나 말거나 내버려두지 어쭙잖게 왜 다니며 훼방을 노는 거냐."

"누가 훼방을 놀았나. 남의 참외밭에 들어가 그러길래 못 하게 말린 거지."

"아, 니가 밤나무골 언덕에서 손에 잡았던 나비까지 날려 보내며 뭐라구 그랬다는데 그래."

그리고 어머니는 경환이 집 안주인이 꾸중 꾸중하더라는 것, 그리고 바우가 나비를 잡아 가지고 와서 경환이에게 빌지 않으면 내년부턴 땅 얻어 부칠 생각을 말라더란 말을 옮기며 또 바우에게

"어서 나비 잡아 가지고 가서 빌어라, 빌어."

아버지는 연해 끙끙 땅이 꺼지는 못마땅한 소리로 뒷짐을 지고 마당을 오락가락하며 무섭게 눈을 흘겨 바우를 본다. 그리고 바우는 어머니가 등을 미는 대로 부엌으로 뒤꼍으로 피하다가는 대문 밖으로 나갔다. 그러나 담 밑에 붙어 서서 움직이지 않는 바우를 어머니는 쫓아 나와 다조진다★.

"이렇게 고집을 부리고 안 가면 어떡헐 셈이냐. 땅 떨어져도 좋겠니. 너두 소견이 있지."

그러나 바우는 어슬렁어슬렁 길로 나가더니 우물 앞 정자나무 앞에 이르자 걸음을 멈추고, 그리고 동네 노인들이 장기를 두고 앉아 있는 것을 넋을 놓고 들여다보고 섰다. 장기가 두 캐가 끝나고 세 캐가 끝나고

★ 다조진다 : 일이나 말을 섣불리 하지 못하도록 단단히 주의를 준다.

모였던 사람이 헤어져도 바우는 자리를 뜨지 않는다. 바우는 다만 자기가 조금도 잘못한 것이 없는 것, 그러니까 누구에게든 머리를 굽힐 까닭이 없다는 고집이 정자나무통만큼 뻣뻣할 뿐이었다.

해가 저물었다. 지붕 너머로 바우 집 굴뚝에도 연기가 오르고 그리고 그 연기가 졸아든 때에야 바우는 슬슬 눈치를 살피며 대문을 들어섰다. 그러나 건넌방 쪽에 눈이 갔을 때 바우는 크게 놀랐다. 아궁지★ 앞에 위하던 그림 그리는 책이 조각조각 찢기어 허옇게 흩어져 있다. 바우는 그 앞에 이르러 멍청히 내려다보고 섰는데 등 위에서 아버지 음성이 났다.

"인마, 남은 서울 학교 다녀서 다 나비도 잡고 그러는 건데 건방지게 왜 다니며 훼방을 노는 거냐, 훼방을."

그리고 바우가 그림 그리는 것과 그것은 아랑곳없는 일일 텐데 아버지는

"담부턴 내 눈앞에 그 그림 그리는 꼴 보이지 말어라. 네깟 놈이 그림 그걸루 남처럼 이름을 내겠니, 먹고살게 되겠니." 하고 돌아서 문밖으로 나가려다가 다시 돌아서며 아버지는

"나빈 잡아 갔지?" 하고 다져 묻는다. 바우는 고개를 숙인 채 묵묵하다. 아버지는 기가 막힌 듯 잠시 건너다보기만 하다가 언성을 높였다.

"이때껏 나가서 뭐 했어. 인마, 간봄에 늙은 아비가 땅 얻어 부치느라고 갖은 애 다 쓰던 것을 네 눈으로도 보았지. 가뜩한데 너까지 말썽일 게 뭐냐. 어서 가서 빌지 못하겠어."

아버지는 담뱃대 끝으로 바우의 수그린 머리를 찌를 듯 겨눈다. 그러

★ 아궁지 : 아궁이.

는 대로 바우는 무춤무춤★ 피할 뿐 조금도 걸음을 옮기려 하지 않는다.

"그래도 네 고집만 셀 테냐. 그럴라 거든 아주 나가거라. 아주 나가." 하고 아버지는 빗자루를 들고 나섰다. 이런 때 어머니가 방에서 나와 그걸 빼앗아 던져 버리고

"가서 빌기만 허면 뭘 하우. 나빌 잡아 가야지. 그리고 지금은 어두워서 잡겠수. 내일 잡아 가라지."

그리고 어머니는 바우의 등을 밀며

"어서 올라가 저녁이나 먹어라."

하지만 아버지는 여전히 못마땅한 눈으로 흘겨보며

"저런 놈 저녁은 먹여 뭘 해. 아주 내쫓으라니깐 그래." 하고 자기가 먼저 문밖으로 나간다. 어머니는 그 아버지가 들어오기 전에 어서 저녁을 먹으라고 권한다. 그러나 바우는 섰는 자리에 그대로 고개를 숙이고 어머니가 달랠수록 더 짜증만 낸다. 한종일 아버지 어머니에게 애매한 미움을 받고 또 그림책을 찢기우고 한 그 억울한 감이 가슴속에 벅차 다른 무엇이 들어갈 여지가 없었다.

이튿날 아침이다. 건넌방 모퉁이서 바우는 아버지와 얼굴이 마주쳤다. 아버지는 어제와 다름없는 그 얼굴 그 음성으로 부엌에서 아침을 짓는 어머니를 향해 소리쳤다.

"오늘도 저놈이 제 고집만 세우고 나빌 잡아 가지 않거든 밥 주지 말어."

그리고 바우를 향해서는

"오늘은 나빌 잡아 가지고 가 봐야 허지, 그러지 않으려거든 영 집에

★ 무춤무춤 : 놀라거나 어색한 느낌이 들어 하던 짓을 갑자기 자꾸 멈추는 모양.

들어올 생각 말어라, 인마."

그 아버지가 보이지 않는 곳에 이르자 어머니는 부엌에서 나와 작은 음성으로 바우를 달랜다.

"아버지 속상하시게 하지 말고 오늘은 나빌 잡아 가지고 가 봐라. 땅이 떨어지거나 하면 너는 좋겠니. 생각해 봐라."

바우는 여전히 말이 없다. 어머니는 그것을 바우가 순종하는 뜻으로 여긴 모양, 부엌에서 아침을 차리기에 분주하였다.

"얼른 밥 차려 줄게 먹고 나가 봐."

그러나 바우는 어머니가 밥상을 날라 오기 전에 자기가 먼저 슬며시 집 밖으로 나갔다. 밥을 열 끼를 굶는 한이 있더라도 그 경환이 앞에 나비를 잡아 가지고 가서 머리를 숙이기는 무엇보다 싫었다. 아들의 그만한 체면쯤 보아줄 줄 모르고 자기네 요구만 고집하는 아버지가, 그리고 어머니까지 바우는 무척 야속했다. 노여웠다.

바우는 동구 밖 아랫마을로 가는 길가 축동★, 버드나무 그늘 밑을 고개를 숙여 생각에 잠기며 걷는다. 아침부터 요란스레 매미는 울고 그리고 속상하게 눈에 보이는 것은 여기저기 풀 위로 너훌거리는 나비다. 바우는 그 나비를 피해 가는 듯 문득 걸음을 바꿔 뒷산으로 올라갔다. 거기서 바우는 일상 하던 버릇으로 풀을 베어 널고, 그 위에 벌렁 나둥그러져 하늘을 쳐다본다. 집에서보다 갑절 어버이에게 대한 야속함과 노여움이 사무친다.

'아버지 말대로 정말 집을 나오고 말까. 그러면 아버지도 뉘우칠 때가

★ 축동 : 물을 막기 위하여 크게 둑을 쌓음. 또는 그 둑.

있겠지. 그리고 서울 같은 도회 가서 어떻게 고학이라도 해 볼까.'

바우는 정말 그렇게 해 볼 것처럼 벌떡 일어선다. 그리고 걸음 걸리는 대로 따라 산 아래로 내려간다. 산 중턱쯤 이르렀다. 건너다보이는 맞은 편 언덕을 넘어 메밀밭 두덩★에 허연 사람의 그림자가 엎드렸다 일어섰다 하며 무엇을 쫓는 모양으로 움직인다.

'흥! 경환이 저놈이 또 나비를 잡는구나.' 하고 바우는 입가에 업신여기는 웃음을 짓는다. 산을 또 좀 내려와 바라볼 때 경환이로 본 그것은 어른이 분명했다.

'흥, 경환이란 놈이 저의 집 머슴을 시켜 나비를 잡게 하는구나.'

그리고 바우는 또 한 번 같은 웃음을 웃는다.

바우는 산을 내려와 맞은편 언덕 위로 올라섰다. 그리고 가까운 거리에서 메밀밭을 내려다보았을 때 그는 놀라 벌린 입을 다물지 못했다. 경환이 집 머슴으로 본 사람은 남 아닌 바로 자기 아버지였다. 아버지는 농립★을 벗어 들고 나비를 쫓아 엎드렸다 일어섰다 하며 그 똑똑지 못한 걸음으로 밭 두덩을 지척지척★ 돌고 있다.

바우는 머리를 얻어맞은 듯 멍하니 아래를 바라보고 섰다. 그러다가 갑자기 언덕 모래 비탈을 비르르 미끄러져 내려가며 그렇게 빠른 속력으로 지금까지 잠기어 있던 어두운 마음에서 벗어나, 그 아버지가 무척 불쌍하고 정답고 그리고 그 아버지를 위하여서는 어떠한 어려운 일이든지 못할 것이 없을 것 같고, 바우는 울음이 되어 터져 나오려는 마음을

★ 두덩 : 우묵하게 들어간 땅의 가장자리에 약간 두두룩한 곳.
★ 농립 : 농립모의 준말. 여름에 농사일을 할 때 쓰는 밀·보릿짚 따위로 만든 모자.
★ 지척지척 : 힘없이 다리를 끌면서 억지로 걷는 모양.

가슴 가득히 참으며 언덕 아래 메밀밭을 향해 소리쳤다.

"–아버지."

"–아버지."

"–아버지."

현덕 1909~? 서울에서 태어났으며 어릴 때 집안 형편이 어려워 친척 집을 전전하는 등 불우한 성장 과정을 거쳤고, 일본과 여러 지방에서 노동자 생활을 했습니다. 1932년 《동아일보》에 동화 〈고무신〉을 발표한 뒤 작품 활동을 시작했으며, 1938년 《조선일보》 신춘문예에 〈남생이〉가 당선되었습니다. 아동문학에 관심이 많았고, 가난한 사람들의 참혹한 현실과 사회의 구조적 모순을 담은 소설을 썼습니다. 한국전쟁 중 북한으로 넘어간 뒤로 소식을 알 수 없습니다.

작품 설명

내용 파악하기

▸ **현재 경환이와 '나'의 처지는 어떻게 다른가요?**

마름 집 아들인 경환이는 소학교 졸업 후 서울 상급학교로 진학했으나, 소작인의 아들인 '나'는 진학을 못 한 채 그림만 그리고 있다.

▸ **'나'가 경환이가 나비 잡는 것을 탐탁지 않게 여긴 건 무엇 때문인가요?**

자신과 비교해서 경환이의 처지에 대한 부러움과 시기심으로

▸ **경환이가 참외밭을 망가뜨렸는데도 아버지가 경환이 엄마에게 큰소리 내지 못하고 직접 나비를 잡으러 나선 이유는 무엇인가요?**

경환이가 마름 집 아들이므로 땅이 떨어질까 봐 두려워서

핵심 정리

갈래 : 단편소설, 성장소설

배경 : 시골, 여름

시점 : 전지적 작가 시점

제재 : 나비 잡기

주제 : 자식을 사랑하는 아버지의 마음

특징 : ① 가족을 위해 희생하는 아버지의 마음을 엿볼 수 있음.
② 아이들 간의 갈등으로 부모의 계층 간 모순을 드러냄.

작품 이해

이 소설 속 아버지의 행동과 이 시대 우리들 아버지의 모습을 생각해 봅시다. 직장인으로서 남편으로서 아버지로서 각각의 역할을 다하기 위해 한없이 무거운 짐을 지고 계신 모습……. 이 소설을 읽으면 오직 자식을, 가정을 지키기 위해 '나'가 지키려 하던 자존심을 버리고 살아가는 옛날 우리 아버지의 모습을 보게 됩니다. 이 모습은 오늘날 나의 아버지와 크게 다르지 않습니다. 나도 언젠가는 아버지(어머니)가 되겠지요. 이 소설을 읽고 아버지에 대한 고마움을 느껴 보면 좋겠습니다.

생각해 보기

▸ **만약에 여러분이 주인공 '나'라면 어떻게 했을까요?**

▸ **요즘에도 이러한 경우가 있다면 어떤 것이 있을까요?**

•셋째 마당•

역사 앞에서

치숙

• 채만식 •

• 읽기 전에 •

여러분은 다른 사람에게 비판을 받은 경험이 있었나요? 그런 경험이 있었다면 기분이 좋지 않았을 것입니다. 더군다나 여러분을 비판한 사람이 비정상적인 사람이라면 더 당황스러웠을 것입니다. 이 소설의 화자는 부정적인 가치관을 가진 미성숙한 인물입니다. 그런 화자가 자신의 아저씨를 신랄하게 비판합니다. 어찌된 일인지 그들의 이야기 속으로 들어가 볼까요?

우리 아저씨 말이지요, 아따 저 거시기, 한참 당년에 무엇이냐 그놈의 것, 사회주의라더냐, 막걸리라더냐 그걸 하다, 징역 살고 나와서 폐병으로 시방 앓고 누웠는 우리 오촌 고모부 그 양반…….

머, 말두 마시오. 대체 사람이 어쩌면 글쎄……. 내 원!

신세 간데없지요.

자, 십 년 적공, 대학교까지 공부한 것 풀어먹지도 못했지요, 좋은 청춘 어영부영 다 보냈지요, 신분에는 전과자라는 붉은 도장 찍혔지요, 몸에는 몹쓸 병까지 들었지요, 이 신세를 해 가지굴랑은 굴속 같은 오두막집 단칸 셋방 구석에서 사시장철 밤이나 낮이나 눈 따악 감고 드러누웠군요.

재산이 어디 집 터전인들 있을 턱이 있나요. 서발막대 내저어야 짚검불 하나 걸리는 것 없는 철빈★인데.

우리 아주머니가, 그래도 그 아주머니가, 어질고 얌전해서 그 알뜰한 남편양반 받드느라 삯바느질이야, 남의 집 품빨래야, 화장품 장사야, 그 칙살스런 벌이를 해다가 겨우겨우 목구멍에 풀칠을 하지요.

어디루 대나 그 양반은 죽는 게 두루 좋은 일인데 죽지도 아니해요.

우리 아주머니가 불쌍해요. 아, 진작 한 나이라도 젊어서 팔자를 고치는 게 아니라, 무슨 놈의 수난 후분★을 바라고 있다가 고생을 하는지.

★ 철빈 : 더할 수 없이 가난함.

★ 후분 : 사람의 일생을 초분, 중분, 후분과 같이 셋으로 나눌 때 마지막 부분. 늙었을 때의 운수나 처지를 이르는 말.

근 이십 년 소박을 당했지요.

이십 년을 섧은★ 청춘 한숨으로 보내고서 다 늦게야 송장 여대치게★ 생긴 그 양반을 그래도 남편이라고 모셔다 가는 병 수종★ 들으랴, 먹고살랴, 애가 진하고★ 다니는 걸 보면 참말 가엾어요.

그게 무슨 죄다짐이람? 팔자, 팔자 하지만 왜 팔자를 고치지를 못하고서 그래요. 죄선★ 구식 부인네들은 다 문명을 못하고 깨지를 못해서 그러지.

그 양반이 한시바삐 죽기나 했으면 우리 아주머니는 차라리 신세 편하리다.

심덕★ 좋겠다, 솜씨 얌전하겠다 하니 어디 가선들 제가 일신 몸 가누고 편안히 못 지내요?

가만있자, 열여섯 살에 아저씨네 집으로 시집을 갔다니깐 그게 내가 세 살 적이니 꼬박 열여덟 해로군. 열여덟 해면 이십 년 아니요.

그때 우리 아저씨 양반은 나이 어리기도 했지만 공부를 한답시고 서울로, 동경으로 십여 년이나 돌아다녔고 조금 자라서 색시 재미를 알 만하니까는 누가 예쁘달까 봐 이혼하자고 아주머니를 친정으로 쫓고는 통히★ 불고★를 하고…….

공부를 다 마치고 오더니만 그담에는 그놈의 짓에 들입다 발광해 다

★ 섧은 : 원통하고 억울하여 슬픈 느낌이 마음에 차 있는.
★ 여대치게 : 능력이나 수준 등에서 훨씬 넘어서게.
★ 수종 : 따라다니며 곁에서 심부름을 하는 사람.
★ 애가 진하고 : 애가 타서.
★ 죄선 : 조선.
★ 심덕 : 마음이 너그럽고 착한 품성.
★ 통히 : 도무지.
★ 불고 : 돌아보지 않음.

니면서 명색 학생 출신이라는 딴 여편네를 얻어 살았지요. 그 여편네는 나도 몇 번 보았지만 쌍판대기라고 별반 출수도 없이 생겼습디다. 그 인물로 남의 첩이야? 일색 소박은 있어도 박색 소박은 없다더니, 사실 소박맞은 우리 아주머니가 그 여편네께다 대면 월등 예뻤다우.

그래 그 뒤에, 그 양반은 필경 붙들려 가서 오 년이나 전중이★를 살았지요. 그동안에 아주머니는 시집이고 친정이고 모두 폭 망해서 의지가지★ 없이 됐지요.

그러니 어떻게 해요? 자칫하면 굶어 죽을 판인데.

할 수 없이 얻어먹고 살기도 해야 하려니와 또 아저씨 나오는 것도 기다려야 한다고 나를 반연 삼아★ 서울로 올라왔더군요. 그게 그러니까 아저씨가 나오던 전해로군.

그때 내가 나이는 어려도 두루 날뛴 보람이 있어서 이내 구라다 상네 식모로 들어갔지요.

그 무렵에 참 내가 아주머니더러 여러 번 권면을 했지요. 그러지 말고 개가★를 가라고. 글쎄 어린 소견에도 보기에 퍽 딱하고 민망합디다.

계제★에 마침 또 좋은 자리가 있었고요. 미네 상이라고 미쓰꼬시 앞에서 바나나 다다끼우리★를 하는 인데 사람이 퍽 좋아요.

우리 집 다이쇼★도 잘 알고 하는데, 그이가 늘 날더러 죄선 오깜상★하

★ 전중이 : 징역을 사는 일이나 그 사람을 속되게 이르는 말.
★ 의지가지 : 의지할 만한 곳이나 사람.
★ 반연 삼아 : 연줄(인연이 맺어진 길)로 삼아.
★ 개가 : 남편과 이혼하거나 사별하여 다른 남자와 결혼함.
★ 계제 : 어떤 일을 할 수 있는 적당한 형편이나 기회.
★ 다다끼우리 : '염가 판매'를 뜻하는 일본어.
★ 다이쇼 : '주인'을 뜻하는 일본어.
★ 오깜상 : '남의 아내, 여주인'을 뜻하는 일본어.

구 살았으면 좋겠다고, 중매 서 달라고 그래 쌌어요.

돈은 모아 둔 게 없어도 다 벌어먹고 살 만하니까 그런 사람 만나서 살면 아주머니도 신세 편할 게 아니냐구요.

그런 걸 글쎄 몇 번 말해도 숭헌 소리 말라고 듣덜 않는 걸 어떡허나요.

아무튼 그런 것 말고라도 참, 흰말이 아니라 이날 이때까지 내가 그 아주머니 뒤도 많이 보아주었다우. 또 나도 그럴 만한 은공이 없잖아 있구요.

내가 일곱 살에 부모를 잃었지요. 그러고 나서 의탁할 곳이 없이 됐는데 그때 마침 소박을 맞고 친정살이를 하는 그 아주머니가 나를 데려다가 길러 주었지요.

그때만 해도 그 집이 그다지 군색하게★ 지내든 안 했으니깐요. 아주머니도 아주머니지만 종조할머니며 할아버지도 슬하에 딴 자손이 없어서 나를 퍽 귀여워하셨지요.

열두 살까지 그 집에서 자랐군요.

사 년이나마 보통학교도 다녔고.

아마 모르면 몰라도 그 집안이 그렇게 치패★하지만 안 했으면 나도 그냥 붙어 있어서 시방쯤은 전문학교까지는 다녔으리다.

이런 은공이 있으니까 나도 그걸 저버리지 않고 그래서 내 깜냥★에는 갚을 만치 갚느라고 갚은 셈이지요.

하기야 요새도 간혹 아주머니가 찾아와서 양식 없다는 사정을 더러

★ 군색하게 : 떳떳하거나 자연스럽지 못해 거북하고 어색하게.
★ 치패 : 집안이 아주 망함.
★ 깜냥 : 어떤 일을 가늠해 보아 해낼 만한 능력.

하곤 하는데 실로 정말이지 좀 성가시기는 해요.

그러는 족족 그 수응★을 하자면 내 일을 못 하겠는걸. 그래 대개 잘라 떼기는 하지요.

그렇지만 그 밖에 가령 양 명절 때면 고깃근이라도 사 보낸다든지, 또 오며 가며 이야기낱이라도 한다든지 그런 걸 결단코 범연히 하진 않으니까요.

아무튼 그래서, 아주머니는 꼬박 일 년 동안 구라다 상네 집 오마니로 있으면서 월급 오 원씩 받는 걸 그래도 고스란히 저금을 하고, 또 틈틈이 삯바느질을 맡아다가 조끔씩 벌어 보태고 또 나올 무렵에 구라다 상네 양주★가 퍽 기특하다고 돈 칠 원을 상급으로 주고 그런 게 이럭저럭 돈 백 원이나 존존히 됐지요.

그 돈으로 방 한 칸 얻고 살림 나부랭이도 조금 장만하고, 그래 놓고서 마침 그 알량꼴량한 서방님이 놓여나오니까 그리로 모셔들였지요.

놓여나는 날 나도 가서 보았지만 가막소★ 문 앞에 막 나서자 아주머니가 기다리고 있으니까 그래도 눈물이 핑! 돌던데요.

전에 그렇게도 죽을 둥 살 둥 모르고 좋아하던 첩년은 꼴도 안 뵈구요. 남의 첩년이란 건 다 그런 거지요 뭐.

우리 아저씨 양반은 혹시 그 여편네가 오지 않았나 하고 사방을 휘휘 둘러보던데요. 속이 그렇게 없다니까. 여편네는커녕 아주머니하구 나하구 그 외는 어리친 개새끼 한 마리 없드라.

★ 수응 : 남의 요구에 응함.
★ 양주 : 바깥주인과 안주인이라는 뜻으로, '부부'를 이르는 말.
★ 가막소 : '감옥'의 방언(강원, 전남).

그래 마악 자동차에 올라타려다가 피를 토했지요. 나중에 들었지만 가막소 안에서 달포 전부터 토혈을 했다나 봐요.

그래 다 죽어 가는 반송장을 업어 오다시피 해다가 뉘어 놓고, 그날부터 아주머니는 불철주야로 할 짓 못할 짓 다 해 가면서 부시대고★ 날뛴 덕에 병도 차차로 차도가 있고 그러더니 인제는 완구히★ 살아는 났지요. 뭐 참 시방은 용 꼴인걸요, 용 꼴.

부인네 정성이 무서운 겝디다.

꼬박 삼 년이군. 나 같으면 돌아가신 부모가 살아오신대도 그 짓 못해요.

자, 그러니 말이지요. 우리 아저씨라는 양반이 작히나 양심이 있고 다 그럴 양이면, 어허 내가 어서 바삐 몸이 충실해져서 어서 바삐 돈을 벌어다가 저 아내를 편안히 거느리고 이 은공과 전날의 죄를 갚아야 하겠구나……. 이런 맘을 먹어야 할 게 아니나요?

아주머니의 은공을 갚자면 발에 흙이 묻을세라 업고 다녀도 참 못다 갚지요.

그러고저러고 간에 자기도 인제는 속 차려야지요. 하기야 속을 차려서 무얼 하재도 전과자니까 관리나 또 회사 같은 데는 들어가지 못하겠지만 그야 자기가 저지른 일인 걸 누구를 원망할 일도 아니고, 그러니 막 벗어부치고 노동이라도 해야지요.

대학교 출신이 막벌이 노동이라께 꼴 가관이지만 그래도 할 수 없지, 머.

그런 걸 보고 가만히 나를 생각하면, 만약 우리 종조할아버지네 집안

★ 부시대고 : 가만히 있지 못하고 자꾸 움직이고.
★ 완구히 : 어떠한 상태가 완전하여 오래 견딜 수 있게, 또는 오래갈 수 있게.

이 그렇게 치패를 안 해서 나도 전문학교나 대학교를 졸업을 했으면 혹시 우리 아저씨 모양이 됐을지도 모를 테니 차라리 공부 많이 않고서 이 길로 들어선 게 다행이다……. 이런 생각이 들어요.

사실 우리 아저씨 양반은 대학교까지 졸업하고도 인제는 기껏 해먹을 게란 막벌이 노동밖에 없는데, 요 보통학교 사 년 겨우 다니고서도 시방 앞길이 환히 트인 내게다 대면 고쓰까이★만도 못하지요.

아, 그런데 글쎄 막벌이 노동을 하고 어쩌고 하기는커녕 조금 바시시 살아날 만하니까 이 주책꾸러기 양반이 무슨 맘보를 먹는고 하니, 내 참 기가 막혀!

아니, 그놈의 것하구는 무슨 대천지원수가 졌단 말인지, 어쨌다고 그걸 끝끝내 하지 못해서 그 발광인고?

그러나마 그게 밥이 생기는 노릇이란 말이지? 명예를 얻는 노릇이란 말이지, 필경은 붙잡혀 가서 징역 사는 놀음?

아마 그놈의 것이 아편하구 꼭 같은가 봐요. 그렇길래 한번 맛을 들이면 끊지를 못하지요.

그렇지만 실상 알고 보면 그게 그다지 재미가 난다거나 맛이 있다거나 그런 것도 아니더군 그래요. 부랑당패던데요. 하릴없이 부랑당팹디다.

저어 서양 어디선가, 일하기 싫어하는 게름뱅이 몇 놈이 양지짝에 모여앉아서 놀고먹을 궁리를 했더라나요. 우리 집 다이쇼가 다 자상하게 이야기를 해 줍디다.

게, 그 녀석들이 서로 구론★을 하기를, 자, 이 세상에는 부자가 있고 가

★ 고쓰까이 : '회사에서 잔심부름하는 사람'을 뜻하는 일본어.
★ 구론 : 말로써 논쟁함.

난한 사람이 있고 하니 그건 도무지 공평한 일이 아니다. 사람이란 건 이목구비하며 사지육신을 꼭 같이 타고났는데 누구는 부자로 잘살고 누구는 가난하다니 그게 될 말이냐. 그러니 부자가 가진 것을 우리 가난한 사람들하구 다 같이 고르게 나눠 먹어야 경우가 옳다.

야, 그거 옳은 말이다. 야! 그 말 좋다. 자 나눠 먹자.

아, 이렇게 설도를 해 가지고 우 하니 들고일어났다는군요.

아니, 그러니 그게 생 날부랑당 놈의 짓이 아니고 무어요?

사람이란 것은 제가끔 분지복★이 있어서 기수★를 잘 타고나든지 부지런하면 부자가 되는 법이요, 복록을 못 타고나든지 게으른 놈은 가난하게 사는 법이요. 다 이렇게 마련인데 그거야말루 공평한 천리인 것을, 됩다 불공평하다께 될 말이요? 그러고서 억지로 남의 것을 뺏어 먹자고 들다니 그놈들이 부랑당이지 무어요.

짓이 부랑당 짓일 뿐만 아니라, 또 만약에 그러기로 들면 게으른 놈은 점점 더 게으름만 부리고 쫓아다니면서 부자 사람네가 가진 것만 뺏어 먹을 테니 이 세상은 통으로 도적놈의 판이 될 게 아니요? 그나마, 부자 사람네가 모아 둔 걸 다 뺏기고 더는 못 먹어 내는 날이면 그때는 이 세상 망하는 날이 아니요?

저마다 남이 농사 지어 놓으면 그걸 뺏어 먹으려고 일 않고 번둥번둥 놀 것이고 남이 옷감 짜 놓으면 그걸 뺏어다가 입으려고 번둥번둥 놀 것이고 그럴 테니 대체 곡식이며 옷감이며 그런 것이 다 어디서 나올 데가 있어야지요. 세상 망할밖에!

★ 분지복 : 선천적으로 타고난 복.
★ 기수 : 저절로 오고 가고 한다는 길흉화복의 운수.

글쎄 그놈의 짓이 그렇게 세상 망쳐 놀 장본인 줄은 모르고서 가난한 놈들, 그중에도 일하기 싫은 게으름뱅이들이 위선 당장 부잣집 사람네 것을 뺏어 먹는다니까 거기 혹해 가지굴랑 너두나두 와 하니 참섭★을 했다는구료.

바루 저 '아라사★'가 그랬대요.

그래서 아니나 다를까 농군들이 곡식을 안 만들기 때문에 사람이 수만 명씩 굶어 죽는다는구료. 빠안한 이치지 뭐.

우선 먹기는 곶감이 달다고 그 지랄들을 했다가 잘코사니★야!

아 그런데 그 못된 놈의 풍습이 삽시간에 동서양 각국 안 간 데 없이 퍼져 가지굴랑 한동안 내지★에도 마구 굉장히 드세게 돌아다녔고 내지가 그러니까 멋도 모르는 죄선 영감상들도 덩달아서 그 숭내를 냈다나요. 그렇지만 시방은 그새 나라에서 엄하게 밝히고 금하고 한 덕에 많이 머츰해졌고★ 그런 마음먹는 사람은 별반 없다나 봐요.

그럴 게지 글쎄. 아, 해서 좋을 양이면야 나라에선들 왜 금하며 무슨 원수가 졌다고 붙잡아다가 징역을 살리나요.

좋고 유익한 것이면 나라에서 도리어 장려하고 잘할라치면 상급도 주고 그러잖아요.

활동사진이며 스모며 만자이★며 또 왓쇼왓쇼★랄지 세이레이 낭아시★

★ 참섭 : 남의 일에 참견하여 간섭함.
★ 아라사 : 러시아. 유럽 대륙의 동부에서 시베리아에 걸쳐 있는 나라.
★ 잘코사니 : 미운 사람이 당한 불행한 일이 고소하게 여겨짐.
★ 내지 : 식민지에서 제 나라를 이르는 말. 여기서는 '일본'을 가리킴.
★ 머츰해졌고 : 잠시 그쳐 뜸하게 되었고.
★ 만자이 : '만담'을 뜻하는 일본어.
★ 왓쇼왓쇼 : '영차영차'를 뜻하는 일본어. 여기에서는 일본 전통 축제를 말함.
★ 세이레이 낭아시 : 7월 보름에 제물을 강이나 바다에 띄우는 일본 불교 행사.

랄지 라디오 체조랄지 이런 건 다 유익한 것이니까 나라에서 설도도 하고 그러잖아요.

나라라는 게 무언데? 그런 걸 다 잘 분간해서 이럴 건 이러고 저럴 건 저러라고 지시하고 그 덕에 백성들을 제가끔 제 분수대루 편안히 살두룩 애써 주는 게 나라 아니요?

그놈의 것 사회주의만 하더라도 나라에서 금하들 않고 저희가 하는 대루 두어 두었어 보아? 시방쯤 세상이 무엇이 됐을지…….

다른 사람들도 낭패 본 사람이 많았겠지만 우선 나만 하더라도 글쎄 어쩔 뻔했어! 아무 일도 다 틀리고 뒤죽박죽이지.

내 이상과 계획은 이렇거든요.

우리 집 다이쇼가 나를 자별히 귀여워하고 신용을 하니깐 인제 한 십 년만 더 있으면 한밑천 들여서 따루 장사를 시켜 줄 눈치거든요.

그러거들랑 그것을 언덕 삼아 가지고 나는 삼십 년 동안 예순 살 환갑까지만 장사를 해서 꼭 십만 원을 모을 작정이지요. 십만 원이면 죄선 부자로 쳐도 천석군★이니 머, 떵떵거리고 살 게 아니라구요.

그리고 우리 다이쇼도 한 말이 있고 하니까 나는 내지인 규수한테로 장가를 들래요. 다이쇼가 다 알아서 얌전한 자리를 골라 중매까지 서 준다고 그랬어요. 내지 여자가 참 좋지요.

나는 죄선 여자는 거저 주어도 싫어요.

구식 여자는 얌전은 해도 무식해서 내지인하구 교제하는 데 안 되고, 신식 여자는 식자가 들었다는 게 건방져서 못쓰고, 도무지 그래서 죄선

★ 천석군 : 곡식 천 석을 수확할 만큼 땅과 재산을 많이 가진 부자.

여자는 신식이고 구식이고 다 제바리여요.

내지 여자가 참 좋지 뭐. 인물이 개개일자★로 예쁘겠다, 얌전하겠다, 상냥하겠다, 지식이 있어도 건방지지 않겠다, 조음이나 좋아!

그리고 내지 여자한테 장가만 드는 게 아니라 성명도 내지인 성명으로 갈고, 집도 내지인 집에서 살고, 옷도 내지 옷을 입고 밥도 내지 식으로 먹고, 아이들도 내지인 이름을 지어서 내지인 학교에 보내고…….

내지인 학교래야지 죄선 학교는 너절해서 아이를 버려 놓기나 꼭 알맞지요.

그리고 나도 죄선말은 싹 걷어치우고 국어만 쓰고요.

이렇게 다 생활법식부텀도 내지인처럼 해야만 돈도 내지인처럼 잘 모으게 되거든요.

내 이상이며 계획은 이래서 이십만 원짜리 큰 부자가 바루 내다뵈고 그리루 난 길이 환하게 트이고 해서 나는 시방 열심으로 길을 가고 있는데 글쎄 그 미쳐 살기 든 놈들이 세상 망쳐 버릴 사회주의를 하려 드니 내가 소름이 끼칠 게 아니라구요? 말만 들어도 끔찍하지!

세상이 망해서 뒤집히면 그래 나는 어쩌란 말인구? 아무것도 다 허사가 될 테니 그런 억울할 데가 있드람?

머 참 우리 집 다이쇼 말이 일일이 지당해요. 여느 절도나 강도나 사기나 그런 죄는 도적이면 도적을 해 가는 그 당장, 그 돈만 축을 내니까 오히려 죄가 가볍지만, 그놈의 것 사회주의인지 지랄인지는 온 세상을 뒤죽박죽을 만들어 놓고 나라를 통째로 소란하게 하니까 도저히 용서할

★ 개개일자 : 하나하나가 다 똑같이.

수가 없대요.

용서라니! 나 같으면 그런 놈들은 모조리 쓸어다가 마구 그저 그냥…….

그런 일을 생각하면 털어놓고 말이지 우리 아저씬가 그 양반도 여간 불측스러 뵈들 않아요. 사실 아주머니만 아니면 내가 무슨 천주학이라고, 나쁜 병까지 앓는 그 양반을 찾아다니나요. 죽는대도 코도 안 풀어 붙일걸.

그러나마 전자의 죄상을 다 회개를 하고 못된 마음은 씻어 버렸을새 말이지, 머 흰 개꼬리 삼 년이라더냐, 종시 그 모양인걸요.

그러니깐 그가 밉살머리스러워서, 더러 들렀다가 혹시 마주 앉아도 위정 빼끝 저린 소리나 내쏘아 주고 말을 따잡아 가지굴랑 꼼짝 못하게 시리 몰아세우곤 하지요.

저번에도 한번 혼을 단단히 내 주었지요. 아, 그랬더니 아주머니더러 한다는 소리가, 그 녀석 사람 버렸더라고, 아무짝에고 못쓰게 길이 들었더라고 그러더라나요.

내 원, 그 소리 듣고 하두 어처구니가 없어서!

대체 사람도 유만부동★이지 그 아저씨가 날더러 사람 버렸느니 아무짝에도 못쓰게 길이 들었느니 하더라니, 원 입이 몇 개나 되면 그런 소리가 나오는 구멍도 있누?

죄선 벙어리가 다 말을 해도 나 같으면 할 말 없겠더구먼서두, 하면 다 말인 줄 아나 봐?

이를테면 그게 명색 훈계 비슷한 거렸다? 내게다가 맞대 놓고 그런 소

★ 유만부동 : 어떤 일이 분수에 맞지 않거나 정도에 넘침.

리를 하다가는 되잡혀서 혼이 날 테니까 슬며시 아주머니더러 이르란 요량이던 게지?

기가 막혀서……. 하느님이 사람의 콧구멍 두 개로 마련하기 참 다행이야.

글쎄 아무려면 내가 자기처럼 다 공부는 못하고 남의 집 고소★ 노릇으로 반또★ 노릇으로 이렇게 굴러먹을 값에, 이래 보여도 표창을 두 번이나 받은 모범 점원이요, 남들이 똑똑하고 재주 있고 얌전하다고 칭찬이 놀랍고 앞길이 환히 트인 유망한 청년인데 그래 자기 눈에는 내가 버린 놈이고 아무짝에도 못쓰게 길이 든 놈으로 보였단 말이지?

하하, 오-옳지! 거참 그렇겠군. 자기는 자기 하는 짓이 옳으니까 남의 하는 짓은 다 글렀단 말이렷다.

그러니까 나도 자기처럼 그놈의 것 사회주의인지 급살맞을 것인지나 하다가 징역이나 살고 전과자나 되고 폐병이나 앓고 다 그랬더라면 사람 버리지도 않고 아무짝에도 못쓰게 길든 놈도 아니고 그럴 뻔했군 그래!

흥! 참…….

제 밑 구린 줄 모르고서 남더러 어쩌구저쩌구한다는 게 꼭 우리 아저씨 그 양반을 두고 이른 말인가 봐.

그날도 실상 이랬더라우. 혼을 내 주었더니 아주머니더러 그런 소리를 하더란 그날 말이요.

그날이 마침 내가 쉬는 날이길래 아주머니더러 할 이야기도 있고 해

★ 고소 : '심부름'을 뜻하는 일본어.
★ 반또 : '지배인'을 뜻하는 일본어.

서 아침결에 좀 들렀더니 아주머니는 남의 혼인집으로 바느질을 해 주러 갔다고 없고, 아저씨 양반만 여전히 아랫목에 가서 드러누웠어요.

그런데 보니깐 어디서 모두 뒤져 냈는지 머리맡에다가 헌 언문 잡지를 수북이 싸 놓고는 그걸 뒤져요.

그래 나도 심심 삼아 한 권 집어 들고 떠들어 보았더니 머 읽을 맛이 나야지요.

대체 죄선 사람들은 잡지 하나를 해도 어찌 모두 그 꼬락서니로 해 놓는지.

사진도 없지요, 망가★도 없지요.

그러고는 맨판 까달스런 한문 글자로다가 처박아 놓으니 그걸 누구더러 보란 말인고?

더구나 우리 같은 놈은 언문도 그런 대로 뜯어보기는 보아도 읽기에 여간만 폐롭지가 않아요.

그러니 어려운 언문하고 까다로운 한문하고를 섞어서 쓴 글은 뜻을 몰라 못 보지요. 언문으로만 쓴 것은 소설나부랭인데 읽기가 힘이 들 뿐 아니라 또 죄선 사람이 쓴 소설이란 건 재미가 있어야죠. 나는 죄선 신문이나 죄선 잡지하구는 담쌓고 남 된 지 오랜걸요.

잡지야 머 〈킹구〉나 〈쇼넹구라부〉 덮어먹을 잡지가 있나요. 참 좋아요.

한문 글자마다 가나를 달아 놓았으니 어떤 대문을 척 펴 들어도 술술 내리읽고 뜻을 횅하니 알 수가 있지요.

그리고 어떤 대문을 읽어도 유익한 교훈이나 재미나는 소설이지요.

★ 망가 : '만화'를 뜻하는 일본어.

소설 참 재미있어요. 그중에도 기꾸지깡 소설……. 어쩌면 그렇게도 아기자기하고도 달콤하고도 재미가 있는지. 그리고 요시가와 에이지, 그의 소설은 진찐바라바라하는 지다이모노인데 마구 어깻바람이 나구요.

소설이 모두 그렇게 재미가 있지요, 망가가 많지요, 사진이 많지요, 그러고도 값은 좀 헐하나요. 십오 전이면 바로 고 전달치를 사 볼 수 있고 보고 나서는 오전에 도루 파는데요.

잡지도 기왕 할려거든 그렇게나 해야지 죄선 사람들은 제엔장 큰소리는 곧잘 하더구만서두 잡지 하나 반반한 거 못 맨들어 내니!

그날도 글쎄 잡지가 그 꼴이라 아예 글은 볼 멋도 없고 해서 혹시 망가나 사진이라도 있을까 하고 책장을 후루루 넹기느라니깐 마침 아저씨 이름이 있겠다요! 하두 신통해서 쓰윽 펴 들고 보았더니 제목이 첫 줄은, 경제·사회……. 무엇 어쩌구 잔 주를 달아 놨겠지요.

그것만 보아도 벌써 그럴듯해요. 경제는 아저씨가 대학교에서 경제를 배웠다니까 경제 속은 잘 알 것이고 또 사회는, 그것 역시 사회주의를 했으니까, 그 속도 잘 알 것이고, 그러니까 경제하고 사회주의하고 어떻게 서로 관계가 되는 것이며 어느 편이 옳다는 것이며 그런 소리를 썼을 게 분명해요.

머, 보나 안 보나 빠안하지요. 대학교까지 가설랑 경제를 배우고도 돈 모을 생각은 않고서 사회주의만 하고 다닌 양반이라 경제가 그르고 사회주의가 옳다고 우겨 댔을 게니깐요.

아무렇든 아저씨가 쓴 글이라는 게 신기해서 좀 보아 볼 양으로 쓰윽 훑어봤지요. 그러나 웬걸 읽어 먹을 재주가 있나요.

글자는 아주 어려운 자만 아니면 대강 알기는 알겠는데 붙여 보아야 대체 무슨 뜻인지를 알 수가 있어야지요.

속이 상하길래 읽어 보자던 건 작파하고서★ 아저씨를 좀 따잡고 몰아셀 양으로 그 대목을 차악 펴 놨지요.

"아저씨?"

"왜 그러니?"

"아저씨가 여기다가 경제 무어라구 쓰구 또, 사회 무어라구 썼는데, 그러면 그게 경제를 하란 뜻이요 사회주의를 하라는 뜻이요?"

"뭐?"

못 알아듣고 뚜렷뚜렷★해요. 자기가 쓰고도 오래돼서 다 잊어버렸거나 혹시 내가 말을 너무 까다롭게 내기 때문에 섬뻑 대답이 안 나왔거나 그랬겠지요. 그래 다시 조곤조곤 따졌지요.

"아저씨! 경제란 것은 돈 모아서 부자 되라는 거 아니요? 그런데 사회주의란 것은 모아 둔 부자 사람의 돈을 뺏어 쓰는 거 아니요?"

"이 애가 시방!"

"아 - 니, 들어 보세요."

"너, 그런 경제학, 그런 사회주의 어디서 배웠니?"

"배우나마나, 경제란 건 돈 많이 벌어서 애껴 쓰구 나머지 모아 두는 게 경제 아니요?"

"그건 보통, 경제한다는 뜻으로 쓰는 경제고, 경제학이니 경제적이니 하는 건 또 다르다."

★ 작파하고서 : 하고 있는 일이나 계획을 그만두고서.

★ 뚜렷뚜렷 : 눈을 자꾸 굴리며 여기저기 열심히 살피는 모양을 나타내는 말.

"다른 게 무어요? 경제는, 돈 모으는 것이고 그러니까 경제학이면 돈 모으는 학문이지요."

"아니란다. 혹시 이재학★이라면 돈 모으는 학문이라고 해도 근리할지★ 모르지만 경제학은 그런 게 아니란다."

"아니 그렇다면 아저씨 대학교 잘못 다녔소. 경제 못하는 경제학 공부를 오 년이나 했으니 그거 무어란 말이요? 아저씨가 대학교까지 다니면서 경제 공부를 하구두 왜 돈을 못 모으나 했더니 인제 보니깐 공부를 잘못해서 그랬군요!"

"공부를 잘못했다? 허허. 그랬을는지도 모르겠다. 옳다 네 말이 옳아!"

이거 봐요 글쎄. 담박 꼼짝 못하잖나. 암만 대학교를 다니고, 속에는 육조를 배포했어도 그렇다니깐 글쎄…….

"아저씨?"

"왜 그러니?"

"그러면 아저씨는 대학교를 다니면서 돈 모아 부자 되는 경제 공부를 한 게 아니라 모아 둔 부자 사람네 돈 뺏어 쓰는 사회주의 공부를 했으니 말이지요……."

"너는 사회주의가 무얼루 알구서 그러냐?"

"내가 그까짓 걸 몰라요?"

한바탕 주욱 설명을 했지요.

내 얼굴만 물끄러미 올려다보고 누웠더니 피쓱 한번 웃어요. 그러고는 그 양반이 하는 소리겠다요.

★ 이재학 : 경제학.
★ 근리할지 : 이치에 거의 맞을지.

"그게 사회주의냐? 불한당이지."

"아니, 그럼 아저씨두 사회주의가 불한당인 줄은 아시는구려?"

"내가 어째 사회주의가 불한당이랬니?"

"방금 그러잖았어요?"

"글쎄, 그건 사회주의가 아니라 불한당이란 그 말이다."

"거 보시우! 사회주의란 것은 그렇게 날불한당이어요. 아저씨두 그렇다구 하면서 아니시래요?"

"이 애가 시방 입심 겨룸을 하재나!"

이거 봐요. 또 꼼짝 못하지요? 다 이래요 글쎄…….

"아저씨?"

"왜 그러니?"

"아저씨두 맘 달리 잡수시요."

"건 어떻게 하는 말이야?"

"걱정 안 되시우?"

"날 같은 사람이 걱정이 무슨 걱정이냐? 나는 네가 걱정이더라."

"나는 머 버젓하게 요량이 있는걸요."

"어떻게?"

"이만저만한가요!"

또 한바탕 주욱 설명을 했지요. 이 얘기를 다 들더니 그 양반 한다는 소리 좀 보아요.

"너두 딱한 사람이다!"

"왜요?"

"……."

"아니, 어째서 딱하다구 그러시우?"

"……."

"네? 아저씨."

"……."

"아저씨?"

"왜 그래?"

"내가 딱하다구 그러셨지요?"

"아니다. 나 혼자 한 말이다."

"그래두……."

"이애!"

"네?"

"사람이란 것은 누구를 물론허구 말이다, 아첨하는 것같이 더러운 게 없느니라."

"아첨이요?"

"저 위로는 제왕, 밑으로는 걸인, 그 모든 사람이 위선 시방 이 제도의 이 세상에서 말이다, 제가끔 제 분수대루 살아가는 데 있어서 말이다, 제 개성을 속여 가면서꺼정 생활에다가 아첨하는 것같이 더러운 것이 없고, 그런 사람같이 가련한 사람은 없느니라. 사람이란 건 밥 두 그릇이 하필 밥 한 그릇보다 더 배가 부른 건 아니니까."

"그건 무슨 뜻인데요."

"네가 일본인 여자와 결혼을 해서 성명까지 갈고 모든 생활법도를 일본화하겠다는 것이 말이다."

"네, 그게 좋잖아요?"

"그것이 말이다. 진실로 깊은 교양이나 어진 지혜의 판단에서 우러나온 것이라면 그도 모를 노릇이겠지. 그렇지만 나는 보매 네가 그런다는 것은 다른 뜻으로 그러는 것 같다."

"다른 뜻이라니요?"

"네 주인의 비위를 맞추고 이웃의 비위를 맞추고 하자고……."

"그야 물론이지요! 다이쇼의 신용을 받아야 하고 이웃 내지인들하구두 좋게 지내야지요. 그래야 할 게 아니겠어요?"

"……."

"아저씨는 아직두 세상 물정을 모르시요. 나이는 나보담 많구 대학교 공부까지 했어도 일찌감치 고생살이를 한 나만큼 세상 물정은 모릅니다. 시방이 어느 세상인데 그러시우?"

"이애!"

"네?"

"네가 방금 세상 물정이랬지?"

"네."

"앞길이 환하니 트였다구 그랬지?"

"네."

"환갑까지 십만 원 모은다구 그랬지?"

"네."

"네가 말하려는 세상 물정하구 내가 말하려는 세상 물정하구 내용이 다르기도 하지만 세상 물정이란 건 그야말로 그리 만만한 게 아니다."

"네?"

"사람이란 건 제아무리 날구 뛰어도 이 세상에 형적 없이 그러나 세차게 주욱 흘러가는 힘, 그게 말하자면 세상 물정이겠는데, 결국 그것의 지배하에서 그것을 따라가지, 별수가 없는 거다."

"네?"

"쉽게 말하면 계획이나 기회를 아무리 억지루 만들어 놓아도 결과가 뜻대루는 안 된단 말이다."

"젠장, 아저씨두…… 요전《킹구》라는 잡지에두 보니까, 나폴레옹이라는 서양 영웅이 그랬답디다. 기회는 제가 만든다구, 그리고 불가능이란 말은 바보의 사전에서나 찾을 글자라구요. 아 자꾸자꾸 계획하구 기회를 만들구 해서 분투 노력해 나가면 이 세상 일 안 되는 일이 어디 있나요? 한번 실패하거든 갑절 용기를 내 가지구 다시 일어서지요. 칠전팔기 모르시요?"

"나폴레옹도 세상 물정에 순응할 때는 성공했어도 그것에 거슬리다가 실패를 했더란다. 너는 칠전팔기해서 성공한 몇 사람만 보았지, 여덟 번 일어섰다가 아홉 번째 가서 영영 쓰러지구는 다시 일지 못한 숱한 사람이 있는 건 모르는구나?"

"그래두 인제 두구보시우. 나는 천하 없어두 성공하구 말 테니……. 아저씨는 그래서 더구나 못써요. 일해 보기두 전에 안 될 줄로 낙심 먼저 하구……."

"하늘은 꼭 올라가보구래야만 높은 줄 아니?"

원 마지막 가서는 할 소리가 없으니깐 동에도 닿지 않는 비유를 가져다 둘러대는 걸 보아요. 그게 어디 당한 말인구? 안 올라가보면 머 하늘 높은 줄 모를 천하 멍텅구리도 있을까?

그만해 두려다가 심심하길래 또 말을 시켰지요.

"아저씨?"

"왜 그래?"

"아저씨는 인제 몸 다 충실해지면 어떡허실려우?"

"무얼?"

"장차……."

"장차?"

"어떡허실 작정이세요?"

"작정이 새삼스럽게 무슨 작정이냐?"

"그럼 아저씨는 아무 작정 없이 살아가시우?"

"없기는?"

"있어요?"

"있잖구."

"무언데요?"

"그새 지내 오던 대루……."

"그러면 저 거시키, 무엇이냐 도루 또 그걸……?"

"그렇겠지."

"아저씨?"

"……."

"아저씨?"

"왜 그래?"

"인제 그만두시우."

"그만두라구?"

"네."

"누가 심심소일루 그러는 줄 아느냐?"

"그러잖구요?"

"……."

"아저씨?"

"……."

"아저씨?"

"왜 그래?"

"아저씨 올에 몇이지요?"

"서른셋."

"그러니 인제는 그만큼 해 두고 맘 잡아서 집안일 할 나이두 아니요?"

"집안일을 해서 무얼 하나?"

"그러기루 들면 그 짓은 해서 또 무얼 하나요?"

"무얼 하려구 하는 게 아니란다."

"그럼, 아무 희망이나 목적이 없으면서 그래요?"

"목적? 희망?"

"네."

"개인의 목적이나 희망은 문제가 다르니까……. 문제가 안 되니까……."

"원, 그런 법도 있나요?"

"법?"

"그럼요!"

"법이라!……"

"아저씨?"

"……."

"아저씨?"

"왜 그래?"

"아주머니가 고맙잖습니까?"

"고맙지."

"불쌍하지요?"

"불쌍? 그렇지, 불쌍하다면 불쌍한 사람이지!"

"그런 줄은 아시누만?"

"알지."

"알면서 그러시우?"

"고생을 낙으로, 그 쓰라린 맛을 씹고 씹고 하면서 그것에서 단맛을 알아내는 사람도 있느니라. 사람도 있는 게 아니라 사람마다 무슨 일에고 진정과 정신을 꼬박 거기다가만 쓰면 그렇게 되는 법이니라. 그러니까 그쯤 되면 그때는 고생이 낙이지. 너희 아주머니만 두고 보더라도 고생이 고생이면서도 고생이 아니고 고생하는 게 낙이란다."

"그렇다고 아저씨는 그걸 다행히만 여기시우?"

"아니."

"그렇거들랑 아저씨두 아주머니한테 그 은공을 더러는 갚아야 옳을 게 아니요?"

"글쎄, 은공을 모르는 건 아니지만……."

"그러니 인제 병이나 확실히 다 나신 뒤엘라컨……."

"바빠서 원……."

글쎄 이 한다는 소리 좀 보지요? 시치미 뚜욱 떼고 누워서 바쁘다는군요!

사람 속 차릴 여망 없어요. 그저 어디루 대나 손톱만치도 쓸모는 없고 남한테 사폐★만 끼치고 세상에 해독만 끼칠 사람이니, 머 하루바삐 죽어야 해요. 죽어야 하고 또 죽어서 마땅해요. 그런데 글쎄 죽지를 않고 꼼지락꼼지락 도루 살아나니 성화라구는, 내…….

채만식 1902~1950 전북 옥구에서 태어나 1924년《조선문단》에 〈세길로〉를 발표하면서 작품 활동을 시작했습니다. 주요 작품으로는 〈태평천하〉〈레디메이드 인생〉〈탁류〉 등이 있습니다. 식민지 현실의 부조리와 모순을 사실적으로 그려 냈으며, 당시 지식인의 무기력하고 소시민적인 의식을 날카롭게 풍자하기도 했습니다.

★ 사폐 : 어떤 일의 폐단.

작품 설명

내용 파악하기

▸ **아저씨가 아주머니를 쫓아내고 재혼한 여자의 신분은 무엇인가요?**

학생 출신

▸ **아저씨가 감옥 생활을 한 기간과 그 이유는 무엇인가요?**

5년, 사회주의운동에 참여함.

▸ **화자인 '나'는 어떤 여성과 결혼하기를 원하는가요?**

내지 여성(일본 여성)

핵심 정리

갈래 : 현대소설, 단편소설, 풍자소설

배경 : 일제강점기, 서울

시점 : 1인칭 관찰자 시점

제재 : '나'와 '아저씨'의 서로 다른 삶

주제 : 식민 통치에 순응하려는 어리석은 '나'와 당대 지식인인 아저씨 사이의 갈등과 대립을 통한 사회 현실 비판

특징 : ① 풍자의 기법을 사용하여 당대 사회의 모순을 그려 냄.
② 대화체로 진행되며 속어와 비어가 많이 사용됨.

작품 이해

1인칭 화자인 '나'가 '아저씨'의 삶에 대해 혼자 이야기하는 형식의 소설입니다. 이 소설은 우리나라가 일본에게 경제적 수탈과 정치적 · 문화적 탄압을 받았던 일제강점기를 시간적 배경으로 하고 있습니다. 작품 표면에는 긍정적 인물인 '나'와 부정적 인물인 '아저씨'가 등장하지만, 실제로는 부조리한 현실에 타협하고 순응하는 '나'를 비판하고 있습니다. 아울러 부정적 인물인 '나'의 논리를 명쾌하게 반박하지 못하는 아저씨도 함께 비판하는 이중 구조를 취하고 있습니다. 이것을 '칭찬-비난의 역전 기법'이라고 합니다. 일제 치하에서 재물을 모아 일본인처럼 되는 것이 꿈인 '나'는 당연히 비판의 대상입니다. 그렇다면 부정적인 '나'가 비판하는 '아저씨'는 긍정의 대상이어야 하는데, 아저씨가 아내를 버리면서 비판의 대상이 됩니다.

생각해 보기

▸ **만약 여러분이 아저씨라면 '나'를 어떻게 설득할 것인가요?**

▸ **시대 상황에 비춰 '나'를 비판해 볼까요?**

이상한 선생님

• 채만식 •

• 읽기 전에 •

이 소설에는 '이상한' 선생님이 등장합니다. 자신도 조선인이면서 조선인 학생들에게 일본어를 쓰도록 강요하고, 해방 후에는 약삭빠르게 영어를 익혀 마침내 교장 자리에까지 앉게 되는 선생님입니다. 그가 어떤 일들을 벌이는지 함께 읽어 봅시다.

1

우리 박 선생님은 참 이상한 선생님이었다.

박 선생님은 생긴 것부터가 무척 이상하게 생긴 선생님이었다. 키가 한 뼘밖에 안 되어서 뼘생 또는 뼘박이라는 별명이 있는 것처럼, 박 선생님의 키는 작은 사람 가운데서도 유난히 작은 키였다. 일본 정치 때에, 혈서로 지원병에 지원했다 체격 검사에 키가 제 척수★에 차지 못해 낙방이 되었다면, 그래서 땅을 치고 울었다면, 얼마나 작은 키인지 알 일이다.

그런 작은 키에 몸집은 그저 한 줌만 하고. 이 한 줌만 한 몸집, 한 뼘만 한 키 위에 깜짝 놀랄 만큼 큰 머리통이 위태위태하게 올라앉아 있다. 그래서 박 선생님 또 하나의 별명은 대갈장군이라고도 했다.

머리통이 그렇게 큰 박 선생님 얼굴은 어떻게 생겼느냐 하면, 또한 여느 사람과는 많이 달랐다.

뒤통수와 앞머리가 툭 내솟고, 내솟은 좁은 이마 밑으로 눈썹이 시꺼멓고, 왕방울 같은 두 눈은 부리부리하니 정기가 있고도 사납고, 코는 매부리코요, 입은 메기입으로 귀밑까지 넓죽 째지고, 목소리는 쇠꼬챙이로 찌르는 것처럼 쨍쨍하고.

이런 대갈장군인 뼘생 박 선생님과 아주 정반대로 생긴 이가 강 선생

★ 척수 : 치수, 길이에 대한 몇 자 몇 치의 셈.

님이었다.

강 선생님은 키가 크고, 몸집도 크고, 얼굴이 너부룻하고, 얼굴이 검기는 해도 순하여 사나움이 든 데가 없고, 눈은 더 순하고, 허허 웃기를 잘하고, 별로 성을 내는 일이 없고, 아무하고나 장난을 잘하고……. 강 선생님은 이런 선생님이었다.

뼘박 박 선생님과 강 선생님은 만나면 싸움이었다.

하학★을 하고 나서, 우리가 청소를 한 교실을 둘러보다가 또는 운동장에서(그러니까 우리들이 여럿이는 보지 않는 곳에서 말이다) 두 선생님이 만날라 치면, 강 선생님은 괜히 장난이 하고 싶어 박 선생님을 먼저 건드리곤 했다.

"뼘박아, 담배 한 대 붙여 올려라."

강 선생님이 그 생긴 것처럼 느릿느릿한 말로 이렇게 장난을 청하고, 그런다 치면 박 선생님은 벌써 성이 발끈 나 가지고

"까불지 말아, 죽여 놀 테니."

"얘야 까불다니, 이 덕집엔 좀 억울하구나……. 아무튼 담배나 한 개 빌리자꾸나."

"나두 빼젓한 돈 주구 담배 샀어."

"아따 이 사람, 누가 자네더러 담배 도둑질했대나?"

"너두 돈 내구 담배 사 피우란 말야."

"에구 요 재리★야! 몸이 요렇게 용잔하게★ 생겼거들랑 속이나 좀 너그

★ 하학 : 학교에서 그날의 수업을 마침.
★ 재리 : 매우 인색한 사람을 낮잡아 이르는 말.
★ 용잔하게 : 못생기고 연약하게.

럽게 써요."

"몸 크구서 속 못 차리는 건, 볼 수 없더라."

하나는 커다란 몸집을 해 가지고 싱글싱글 웃으면서, 하나는 한 뼘만 한 키에 그 무섭게 큰 머리통을 한 얼굴을 바싹 대들고는 사나움이 졸졸 흐르면서, 그렇게 마주 서서 싸우는 모양은 마치 큰 수캐와 조그만 고양이가 마주 만난 형국이었다.

2

다른 학교에서도 다 그랬을 테지만 우리 학교에서도 그때 말로 '국어'라던 일본말, 그 일본말로만 말을 하게 하고 엄마 아빠 할 적부터 배운 조선말은 아주 한 마디도 쓰지 못하게 했다.

그러나 주재소의 순사, 면의 면 서기, 도 평의원을 한 송 주사, 또 군이나 도에서 연설하러 온 사람, 이런 사람들이나 조선 사람끼리 만나도 척척 일본말로 인사를 하고 이야기를 했지, 다른 사람들이야 일본 사람과 만났을 때 말고는 다들 조선말로 말을 하고, 그래서 학교 문밖에만 나가면 만판 조선말로 말을 하는 사람들이요, 더구나 집에 돌아가면 어머니, 아버지, 언니, 누나, 아기 모두들 조선말을 했다. 그러니까 우리도 교실에서 공부를 하고 나와 운동장에서 놀고 할 때에는 암만해도 일본말보다 조선말이 더 많이, 더 잘 나왔다.

학교에서고 학교 밖에서고 조선말로 말을 하다 선생님한테 들키는 날이면 경을 치는 판이었다. 선생님들 중에서도 제일 심하게 밝히는 선생님이 뼘박 박 선생님이었다. 교장 선생님이나 다른 일본 선생님은 나무라기만 하고 마는 수가 있어도, 뼘박 박 선생님만은 절대로 용서가 없었다.

나도 여러 번 혼이 나 보았다.

한번은 상준이 녀석과 어떡하다 쌈이 붙었는데 둘이 서로 부둥켜안고 구르면서 이 자식아, 저 자식아, 죽어 봐, 때려 봐, 하면서 한참 때리고 제기고 하는 참이었다.

그런데, 느닷없이

"고랏! 조셍고데 겡까 스루야쓰가 이루까(이놈아! 조선말로 쌈하는 녀석이 어딨어)." 하면서 구둣발길로 넓적다리를 걷어차는 건, 정신없는 중에도 뼘박 박 선생님이었다.

우리 둘이는 그 자리에서 뺨이 붓도록 따귀를 맞았고, 공부 시간에 들어가지도 못하고 그 시간 동안 변소 청소를 했고, 그리고 조행 점수를 듬뿍 깎였다.

이렇게 뼘박 박 선생님한테 제일 중한 벌을 받는 때가 언제냐 하면, 조선말로 지껄이다 들키는 때였다.

강 선생님은 그와 반대로 아무 시비가 없었다.

교실에서 공부를 할 때 빼고는 그리고 다른 선생님, 그중에서도 교장 이하 일본 선생님들과 뼘박 박 선생님이 보지 않는 데서는, 강 선생님은 우리한테 일본말로 말을 하지 않았다. 우리가 일본말을 해도 강 선생님은 조선말을 하곤 했다.

우리가 어쩌다

"선생님은 왜 '국이'로 안 하세요?" 하고 물으면 강 선생님은 웃으면서

"나는 '국어'가 서툴러서 그런다." 하고 대답했다.

그렇지만 우리가 보기에도 강 선생님은 일본말이 서투른 선생님이 아니었다.

3

해방이 되던 바로 그 이튿날이었다.

여름방학으로 놀던 때라, 나는 궁금해서 학교엘 가 보았다. 다른 아이들도 한 오십 명이나 와 있었다.

우리는 해방이라는 말은 아직 몰랐고, 일본이 전쟁에 지고 항복을 한 것만 알았다.

선생님들이, 그중에서도 뱀박 박 선생님이 그렇게도 일본(우리 대일본 제국)은 결단코 전쟁에 지지 않는다고, 기어코 전쟁에 이기고 천하에 못된 미국, 영국을 거꾸러뜨려 천황 폐하의 위엄을 이 전 세계에 드날릴 날이 머지않았다고, 하루에도 몇 번씩 그런 말을 해 쌓던 그 일본이 도리어 지고 항복을 하다니, 도무지 모를 일이었다.

직원실에는 교장 선생님과 두 일본 선생님 그리고 뱀박 박 선생님, 이렇게 네 분이 모여 앉아서 초상난 집처럼 모두 코가 쑤욱 빠져 가지고 있었다.

우리는 운동장 구석으로 혹은 직원실 앞뒤로 끼리끼리 모여 서서 제가끔 아는 대로 일본이 항복한 이야기를 하고 있었다.

그때 6학년에 다니던 우리 사촌 언니 대석이가 뒤늦게야 몇몇 동무와 함께 떨떨거리고 달려들었다. 대석 언니는 똘똘하고 기운 세고 싸움 잘하고, 그러느라고 선생님들한테 꾸지람과 매는 도맡아 맞고, 반에서 성적은 제일 꼴찌인 천하 말썽꾼이었다. 대석 언니네 집은 읍에서 십 리나 되는 곳이었고, 그래서 오늘 아침에야 소문을 들었노라고 했다.

대석 언니는 직원실을 넌지시 넘겨다보더니 싱끗 웃으면서 처억 직원실 안으로 들어섰다.

직원실 안에 있던 교장 선생님이랑 다른 두 일본 선생님이랑은 못 본 체하고 고개를 숙이고 있는데, 뺌박 박 선생님이 눈을 흘기면서 영락없이 일본말로

"난다(왜 그래)?" 하고 책망을 했다.

대석 언니는 그러나 무서워하지 않고 한다는 소리가

"선생님, 덴노헤이까가 고오상(천황 폐하가 항복)했대죠?" 하고 묻는 것이다.

뺌박 박 선생님은 성을 버럭 내어 그 큰 눈방울을 부라리면서

여전히 일본말로

"잠자쿠 있어. 잘 알지두 못하면서…… 건방지게시리." 하고 쫓아와서 곧 한 대 갈길 듯이 을러댔다.

대석 언니는 되돌아 나오면서 커다랗게 소리쳤다.

"덴노헤이까 바가(천황 폐하 망할 자식)!"

"……."

만일 다른 때 누구든지 그런 소리를 했다간 당장 큰일이 날 판이었다. 그러나 교장 선생님이랑 두 일본 선생님은 그대로 못 들은 척 코만 빠뜨리고 앉았고, 뺌박 박 선생님도 잔뜩 눈만 흘기고 있을 뿐이지 아무렇지도 않았다. 그런 걸 보면 정녕 일본이 지고, 덴노헤이까가 항복을 했고, 그래서 인제는 기승을 떨지 못하는 모양인 것 같았다.

마침 강 선생님이 땀을 뻘뻘 흘리면서 헐떡거리고 뛰어왔다. 강 선생님은 본집이 이웃 고을이었다.

"오이, 느이들두 왔구나. 잘들 왔다. 느이들두 다들 알았지? 조선이, 우리 조선이 해방이 된 줄 알았지? 얘들아, 우리 조선이 독립이 됐단다, 독

립이! 일본은 쫓겨나구…… 그 지지리 우리 조선 사람을 못살게 굴구 하시하구 피를 빨아먹구 하던 일본이, 그 왜놈들이 죄다 쫓겨 가구, 우리 조선은 독립이 돼서 우리끼리 잘 살게 됐어, 잘 살게."

의젓하고 점잖던 강 선생님이 그렇게도 들이 날뛰고 덤비고 하는 것은 처음 보았다.

"자아, 만세 불러야지 만세. 독립 만세, 독립 만세 불러야지. 태극기 없니? 태극기, 아무도 안 가졌구나! 느인 참 태극기가 어떻게 생겼는지 구경도 못 했을 게다. 가만있자, 내 태극기 만들어 가지구 나올게."

그러면서 강 선생님은 직원실로 들어갔다.

강 선생님이 직원실로 들어서는 것을 보고 교장 선생님이랑 두 일본 선생님은 인사를 하려고 풀기 없이 일어섰다.

강 선생님은 교장 선생님더러 말을 했다.

"당신들은 인제는 일없어. 어서 집으로 가 있다가 당신네 나라로 돌아갈 도리나 허우."

"……."

아무도 대꾸를 못 하는데, 뼘박 박 선생님이 주저주저하다가

"아니, 자상히 알아보기나 하구서……." 하니까 강 선생님이 버럭 큰 소리로 말한다.

"무엇이 어째? 자넨 그래 무어가 미련이 남은 게 있어 왜놈들하고 대가리 맞대구 앉아서 수군덕거리나? 혈서로 지원병 지원 한 번 더 해 보고파 그러나? 아따, 그다지 애돖거들랑 왜놈들 쫓겨 가는 꽁무니 따라 일본으로 가서 살지 그러나. 자네 같은 충신이면 일본서두 괄시는 안 하리."

"……."

뺌박 박 선생님은 그만 두말도 못 하고 얼굴이 벌게서 어쩔 줄을 몰라 했다. 뺌박 박 선생님이 남한테 이렇게 꼼짝 못 하는 것을 보기는 처음이었다.

강 선생님은 반지를 여러 장 꺼내 놓고 붉은 잉크와 푸른 잉크로 태극기를 몇 장이고 그렸다. 그려 내놓고는 또 그리고, 그려 내놓고 또 그리고, 얼마를 그리면서, 그러다 아주 부드럽고 조용한 목소리로

"여보게 박 선생?" 하고 불렀다. 그러고는 잠자코 담배만 피우고 앉아 있는 뺌박 박 선생을 한 번 돌려다보고 나서 타이르듯 말했다.

"내가 좀 흥분해서 말이 너무 박절했나★ 보이. 어찌 생각하지 말게……. 그리고 인제는 자네나 나나, 그동안 지은 죄를 우리 조선 동포 앞에 속죄해야 할 때가 아닌가? 물론 이담에, 민족이 우리를 심판하고 죄에 따라 벌을 줄 날이 오겠지. 그러나 장차에 받을 민족의 심판과 벌은 장차에 받을 심판과 벌이고, 시방 당장 조선 민족의 한 사람으로 할 일이 조옴 많은가? 우리 같이 손목 잡구 건국에 도움 될 일을 하세. 자아, 이리 와서 태극기 그리게. 독립 만세부터 한바탕 부르세."

"……."

뺌박 박 선생님은 아무 소리도 않고 강 선생님 옆으로 와서 태극기를 그리기 시작했다.

그 뒤로 강 선생님과 뺌박 박 선생님은 사이가 매우 좋아졌다.

뺌박 박 선생님은 학과 시간마다 우리에게 여러 가지 좋은 이야기를 많이 해 주었다. 일본이 우리 조선을 뺏어 저의 나라에 속국으로 삼던 이

★ 박절했나 : 인정이 없고 쌀쌀했나.

야기도 해 주었다.

왜놈들은 천하의 불측★한 인종이어서 남의 나라와 전쟁하기를 좋아하는 백성이라고 했다. 그래서 임진왜란 때에도 우리 조선에 쳐들어왔고, 그랬다가 이순신 장군이랑 권율 도원수한테 아주 혼이 나서 쫓겨 간 이야기도 해 주었다.

우리 조선은 역사가 사천 년이나 오래되고 그리고 세계의 어떤 나라 못지않게 훌륭한 문화가 발달된 나라라는 이야기도 해 주었다.

뻼박 박 선생님은 한편으로 열심히 미국말을 공부했다. 그러면서 우리더러 졸업을 하고 중학교에 가거들랑 미국말을 무엇보다도 많이 공부하라고, 시방은 미국말을 모르고는 훌륭한 사람이 되지 못한다고 했다.

뻼박 박 선생님은 한 일 년 그렇게 미국말 공부를 하더니, 그다음부터는 미국 병정이 오든지 하면 일쑤 통역을 하고 했다. 중학교에 다닐 때에 조금 배운 것이 있어서 그렇게 쉽게 체득했다고 했다.

미국 병정은 벼 공출을 감독하러 와서 우리 뻼박 박 선생님을 꼬마 자동차에 태워 가지고 동네동네 돌아다녔다. 뻼박 박 선생님은 미국 양복을 얻어 입고, 미국 담배를 얻어 피우고, 미국 통조림이랑 과자를 얻어먹고 했다.

해방 뒤에 새로 온 김 교장 선생님이 갈려 가고 강 선생님이 교장이 되었다. 강 선생님이 교장이 된 다음부터는, 뻼박 박 선생님은 강 선생님과 도로 사이가 나빠졌다.

우리는 한번 뻼박 박 선생님이 미국 담배를 피우고 있는 것을, 교장 선

★ 불측 : 생각이나 행동 따위가 괘씸하고 엉큼함.

생님이

"자넨 그걸 무어라고, 주접스럽게 얻어 피우곤 하나?" 하고 핀잔하는 것을 보았다.

강 선생님은 교장이 된 지 일 년이 못 되어서 파면을 당했다.

어른들 말이, 강 선생님은 빨갱이라고 했다. 그래서 파면을 당했노라고 했다. 또 누구는, 뼘박 박 선생님이 강 선생님을 그렇게 꼬아 댄 것이지, 강 선생님은 하나도 빨갱이가 아니라고도 했다.

강 선생님이 파면을 당한 뒤를 물려받아 뼘박 박 선생님이 교장 선생님이 되었다. 교장이 된 뼘박 박 선생님은 그 작은 키가 으쓱했다.

뼘박 박 선생님은 미국을 침이 마르도록 칭찬했다. 이 세상에 미국같이 훌륭한 나라가 없고, 미국 사람같이 훌륭한 백성이 없다고 했다. 우리 조선은 미국 덕분에 해방이 되었으니까 미국을 누구보다도 고맙게 여기고, 미국이 시키는 대로 순종해야 하느니라고 했다.

우리가 혹시 말끝에 "미국놈……"이라고 하면, 뼘박 박 선생님은 단박 붙잡아다 벌을 세우곤 했다. 전에 "덴노헤이까 바가"라고 한 것만큼이나 엄한 벌을 주었다.

"이놈아 아무리 미련한 소견이기로, 자아 보아라. 우리 조선을 독립시켜 주느라고 자기 나라 백성을 많이 죽여 가면서 전쟁을 했지. 그래서 그 덕에 우리 조선이 왜놈의 압제에서 벗어나서 독립이 되질 아니했어? 그뿐인감? 독립을 시켜 주고 나서두 우리 조선 사람들 배 아니 고프구 편안히 잘 살라고 양식이야, 옷감이야, 기계야, 자동차야, 석유야, 설탕이야, 구두야, 무어 죄다 골고루 가져다주지 않어? 그런데 그런 고마운 사람들더러, 미국놈이 무어야?"

벌을 세우면서 뺌박 박 선생님은 이렇게 꾸짖곤 했다.

우리는 뺌박 박 선생님더러 미국에도 덴노헤이까가 있느냐고 물었다. 미국에 덴노헤이까가 있지 않고서야 그렇게 일본의 덴노헤이까처럼 우리 조선 사람을 친아들과 같이 사랑하고, 우리 조선 사람들이 잘 살도록 근심을 하며, 온갖 물건을 가져다주고 할 이치가 없기 때문이었다(해방 전에 뺌박 박 선생님은, 덴노헤이까는 우리 조선 사람들이 잘 살기를 근심하신다고 늘 가르쳐 주곤 했다).

뺌박 박 선생님은 미국에는 덴노헤이까는 없고, 덴노헤이까보다 훌륭한 '돌멩이'라는 양반이 있다고 대답했다.

우리는 그럼 이번에는 그 '돌멩이'라는 훌륭한 어른을 위하여 미국 신민노세이시(미국 신민서사)를 부르고, 기미가요(일본의 국가) 대신 돌멩이 가요를 부르고 해야 하나 보다고 생각했다.

아무튼 뺌박 박 선생님은 참 이상한 선생님이었다.

채만식 1902~1950 전북 옥구에서 태어나 1924년 《조선문단》에 〈세길로〉를 발표하면서 작품 활동을 시작했습니다. 주요 작품으로는 소설 〈태평천하〉〈레디메이드 인생〉〈탁류〉 등이 있습니다. 식민지 현실의 부조리와 모순을 사실적으로 그려 냈으며, 당시 지식인의 무기력하고 소시민적인 의식을 날카롭게 풍자하기도 했습니다.

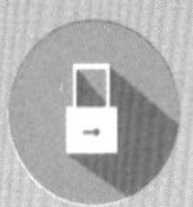

작품 설명

내용 파악하기

▶ 주요 등장인물을 말해 봅시다.

박 선생님(뼘박 선생님), 강 선생님

▶ 일제강점기에 뼘박 선생님과 강 선생님의 태도는 어떠했나요?

뼘박 선생님 : 일본어 사용 강요, 일제에 협력

강 선생님 : 우리말 사용 용인, 일제에 소극적 협력

▶ 해방 직후 뼘박 선생님과 강 선생님의 태도는 어떠했나요?

뼘박 선생님 : 마지못해 반성, 열심히 영어를 배움, 통역관, 교장이 됨.

강 선생님 : 교장이 되었다가 물러남.

핵심 정리

갈래 : 단편소설

배경 : 일제강점기 어느 학교

시점 : 1인칭 관찰자 시점

주제 : 역사의식과 민족의식이 없는 기회주의적 인간에 대한 비판

제재 : 일제강점기와 해방 직후 박 선생의 행적

특징 : ① 어린 화자의 서술을 통해 그간의 사정을 미루어 짐작할 수 있음.

② 기회주의적 인간에 대한 행동 서술을 통해 사회 현실을 풍자함.

작품 이해

이 소설은 작가 채만식 특유의 풍자적이고 비꼬는 듯한 말투가 살아 있는 재미있는 작품입니다. 주인공인 박 선생님은 일제강점기 시절 일제의 앞잡이 노릇을 합니다. 그 누구보다도 적극적으로 일본의 정책을 옹호하고 실천하는 사람입니다. 반면 강 선생님은 박 선생님과는 달리 자신의 신념을 지켜 내는 사람입니다. 해방된 이후 강 선생님은 나라의 주권을 또다시 주변 강국에게 빼앗긴 것에 불만을 품고 빨갱이로 몰려 교장 자리에서 물러나게 됩니다. 하지만 박 선생님은 일제강점기 시절 그랬던 것처럼 해방 후에는 미국을 옹호하는 행동을 합니다. 작가는 이 소설에서 쉽게 미국을 따르는 것은 친일 행위와 다를 바 없으며, 주체적인 역사의식과 민족의식을 가져야 한다는 것을 주장하고 있습니다.

생각해 보기

▸ **강 선생님이 교장이 되었다가 물러나게 된 이유는 무엇인가요?**

▸ **왜 뼘박 선생님은 '이상한' 선생님일까요?**

학

• 황순원 •

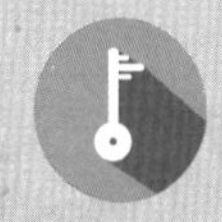

• 읽기 전에 •

우리나라에는 6·25전쟁이라는 가슴 아픈 일이 있었습니다. 지금까지도 전쟁의 상처가 치유되지 않아 가슴 아파하는 어른들이 있습니다. 이 소설에 나오는 두 친구는 한 마을에서 자랐지만 이념의 대립으로 우정에 금이 갔습니다. 여러분이라면 이런 상황에서 어떻게 해야 할지 생각하며 읽어 봅시다.

삼팔접경★의 이 북쪽 마을은 드높이 개인 가을 하늘 아래 한껏 고즈넉했다.

주인 없는 집 봉당★에 흰 박통★만이 흰 박통만을 의지하고 굴러 있었다.

어쩌다 만나는 늙은이는 담뱃대부터 뒤로 돌렸다. 아이들은 또 아이들대로 멀찍이서 미리 길을 비켰다. 모두 겁에 질린 얼굴들이었다.

동네 전체로는 이번 동란★에 깨어진 자국이라곤 별로 없었다. 그러나 어쩐지 자기가 어려서 자란 옛 마을은 아닌 성싶었다.

뒷산 밤나무 기슭에서 성삼이는 발걸음을 멈추었다. 거기 한 나무에 기어올랐다. 귓속 멀리서, 요놈의 자식들이 또 남의 밤나무에 올라가는구나, 하는 혹부리 할아버지의 고함 소리가 들려왔다.

그 혹부리 할아버지도 그새 세상을 떠났는가, 몇 사람 만난 동네 늙은이 가운데 뵈지 않았다. 성삼이는 밤나무를 안은 채 잠시 푸른 가을 하늘을 쳐다보았다. 흔들지도 않은 밤나무 가지에서 남은 밤송이가 저 혼자 아람이★ 벌어져 떨어져 내렸다.

임시 치안대 사무소로 쓰고 있는 집 앞에 이르니, 웬 청년 하나가 포승★에 묶이어 있다.

★ 삼팔접경 : 삼팔선. 해방 직후 한반도의 분단선.
★ 봉당 : 안방과 건넌방 사이에 마루를 놓지 않고 흙바닥 그대로 둔 곳.
★ 박통 : 쪼개지 않은 통째로의 박.
★ 동란 : 6·25 전쟁.
★ 아람이 : 밤이나 상수리 따위가 충분히 익어 저절로 떨어질 정도가 된 상태로.
★ 포승 : 죄인을 잡아 묶는 노끈.

이 마을에서 처음 보다시피 하는 젊은이라, 가까이 가 얼굴을 들여다보았다. 깜짝 놀랐다. 바로 어려서 단짝 동무였던 덕재가 아니냐.

천태에서 같이 온 치안대원에게 어찌된 일이냐고 물었다. 농민동맹 부위원장을 지낸 놈인데 지금 자기 집에 잠복해 있는 걸 붙들어 왔다는 것이다. 성삼이는 거기 봉당 위에 앉아 담배를 피워 물었다.

덕재를 청단까지 호송하기로 되었다. 치안대원 청년 하나가 데리고 가기로 했다.

성삼이가 다 탄 담배꼬투리에서 새로 담뱃불을 댕겨 가지고 일어섰다.

"이 자식은 내가 데리고 가지요."

덕재는 한결같이 외면한 채 성삼이 쪽은 보려고도 하지 않았다.

동구 밖을 벗어났다.

성삼이는 연거푸 담배만 피웠다. 담배 맛은 몰랐다. 그저 연기만 기껏 빨았다 내뿜곤 했다. 그러다가 문득 이 덕재 녀석도 담배 생각이 나려니 하는 생각이 들었다. 어려서 어른들 몰래 담 모퉁이에서 호박잎 담배를 나눠 피우던 생각이 났다. 그러나 오늘 이놈에게 담배를 권하다니 될 말이냐.

한번은 어려서 덕재와 같이 혹부리 할아버지네 밤을 훔치러 간 일이 있었다. 성삼이가 나무에 올라갈 차례였다. 별안간 혹부리 할아버지의 고함 소리가 들려왔다. 나무에서 미끄러져 떨어졌다. 엉덩이가 밤송이에 찔렸다. 그러나 그냥 달렸다. 혹부리 할아버지가 못 따라올 만큼 멀리 가서야 덕재에게 엉덩이를 돌려 댔다. 밤가시 빼내는 게 더 따끔거리고 아팠다. 절로 눈물이 찔끔거려졌다. 덕재가 불쑥 자기 밤을 한 줌 꺼내어 성삼이 호주머니에 넣어 주었다…….

성삼이는 새로 불을 댕겨 문 담배를 내던졌다. 그러고는 이 덕재 자식을 데리고 가는 동안 다시 담배는 붙여 물지 않으리라 마음먹는다.

고갯길에 다다랐다. 이 고개는 해방 전전해에 성삼이가 삼팔 이남 천태 부근으로 이사 가기까지 덕재와 더불어 늘 꼴 베러 넘나들던 고개다.

성삼이는 와락 저도 모를 화가 치밀어 고함을 질렀다.

“이 자식아, 그동안 사람을 몇이나 죽였냐?”

그제야 덕재가 힐끗 이쪽을 바라다보더니 다시 고개를 거둔다.

“이 자식아, 사람 몇이나 죽였어?”

덕재가 다시 고개를 이리로 돌린다. 그러고는 성삼이를 쏘아본다. 그 눈이 점점 빛을 더해 가며 제법 수염발 잡힌 입언저리가 실쭉거리더니,

“그래 너는 사람을 그렇게 죽여 봤니?”

이 자식이! 그러면서도 성삼이의 가슴 한복판이 환해짐을 느낀다. 막혔던 무엇이 풀려 내리는 것만 같은. 그러나,

“농민동맹 부위원장쯤 지낸 놈이 왜 피하지 않구 있었어? 필시 무슨 사명을 띠구 잠복해 있는 거지?”

덕재는 말이 없다.

“바른 대루 말해라. 무슨 사명을 띠구 숨어 있었냐?”

덕재는 그냥 잠잠히 걷기만 한다. 역시 이 자식 속이 꿀리는 모양이구나. 이런 때 한번 낯짝을 봤으면 좋겠는데 외면한 채 다시는 고개를 돌리지 않는다.

성삼이는 허리에 찬 권총을 잡으며,

“변명은 소용없다, 영락없이 넌 총살감이니까. 그저 여기서 바른 대로 말이나 해 봐라.”

덕재는 그냥 외면한 채,

"변명은 할려구두 않는다. 내가 제일 빈농의 자식인 데다가 근농꾼★이라구 해서 농민동맹 부위원장이 됐던 게 죽을죄라면 하는 수 없는 거구, 나는 예나 이제나 땅 파먹는 재주밖에 없는 사람이다."

그리고 잠시 사이를 두어,

"지금 집에 아버지가 앓아누웠다. 벌써 한 반년 된다."

덕재 아버지는 홀아비로 덕재 하나만 데리고 늙어 오는 빈농꾼이었다. 칠 년 전에 벌써 허리가 굽고 검버섯이 돋은 얼굴이었다.

"장간 안 들었냐?"

잠시 후에,

"들었다."

"누구와?"

"꼬맹이와."

아니 꼬맹이와? 거 재미있다. 하늘 높은 줄 모르고 땅 높은 줄만 알아, 키는 작고 똥똥하기만 한 꼬맹이. 무던히 새침데기였다. 그것이 얄미워서 덕재와 자기는 번번이 놀려서 울려 주곤 했다. 그 꼬맹이한테 덕재가 장가를 들었다는 것이다.

"그래 애가 몇이나 되나?"

"이 가을에 첫애를 낳는대나."

성삼이는 그만 저도 모르게 터져 나오려는 웃음을 겨우 참았다. 제 입으로 애가 몇이나 되느냐 묻고서도 이 가을에 첫애를 낳게 됐다는 말을

★ 근농꾼 : 농사를 부지런히 짓는 사람.

듣고는 우스워 못 견디겠는 것이다. 그러지 않아도 작은 몸에 곧 배를 한 아름 안고 있을 꼬맹이. 그러나 이런 때 그런 일로 웃거나 농담을 할 처지가 아니라는 걸 깨달으며,

"하여튼 네가 피하지 않구 남아 있는 건 수상하지 않어?"

"나두 피하려구 했었어. 이번에 이남서 쳐들어오믄 사내란 사낸 모조리 잡아 죽인다구 열일곱에서 마흔 살까지의 남자는 강제루 북으로 이동하게 됐었어. 할 수 없이 나두 아버질 업구라두 피난 갈까 했지. 그랬드니 아버지가 안 된다는 거야. 농사꾼이 다 지어 놓은 농살 내버려 두구 어딜 간단 말이냐구. 그래 나만 믿구 농사일루 늙으신 아버지의 마지막 눈이나마 내 손으루 감겨 드려야겠구, 사실 우리같이 땅이나 파먹는 것이 피난 간댔자 별수 있는 것두 아니구……."

지난 유월 달에는 성삼이 편에서 피난을 갔었다. 밤에 몰래 아버지더러 피난 갈 이야기를 했다. 그때 성삼이 아버지도 같은 말을 했다. 농사꾼이 농사일을 늘어놓구 어디루 피난 간단 말이냐. 성삼이 혼자서 피난을 갔다. 남쪽 어느 낯선 거리와 촌락을 헤매 다니면서 언제나 머리에서 떠나지 않는 건 늙은 부모와 어린 처자에게 맡기고 나온 농사일이었다. 다행히 그때나 이제나 자기네 식구들은 몸 성히들 있다.

고갯마루를 넘었다. 어느새 이번에는 성삼이 편에서 외면을 하고 걷고 있었다. 가을 햇볕이 자꾸 이마에 따가웠다. 참 오늘 같은 날은 타작하기에 꼭 알맞은 날씨라고 생각했다.

고개를 다 내려온 곳에서 성삼이는 주춤 발걸음을 멈추었다.

저쪽 벌 한가운데 흰 옷을 입은 사람들이 허리를 굽히고 섰는 것 같은

것은 틀림없는 학 떼였다. 소위 삼팔선 완충지대★가 되었던 이곳. 사람이 살고 있지 않은 그동안에도 이들 학들만은 전대로 살고 있는 것이었다.

지난날 성삼이와 덕재가 아직 열두어 살쯤 났을 때 일이었다. 어른들 몰래 둘이서 올가미를 놓아 여기 학 한 마리를 잡은 일이 있었다. 단정학★이었다. 새끼로 날개까지 얽어매 놓고는 매일같이 둘이서 나와 학의 목을 쓸어안는다, 등에 올라탄다, 야단을 했다. 그러한 어느 날이었다. 동네 어른들의 수군거리는 소리를 들었다. 서울서 누가 학을 쏘러 왔다는 것이다. 무슨 표본인가를 만들기 위해서 총독부의 허가까지 맡아 가지고 왔다는 것이다. 그길로 둘이는 벌로 내달렸다. 이제는 어른들한테 들켜 꾸지람 듣는 것 같은 건 문제가 아니었다. 그저 자기네의 학이 죽어서는 안 된다는 생각뿐이었다. 숨 돌릴 겨를도 없이 잡풀 새를 기어 학 발목의 올가미를 풀고 날개의 새끼를 끌렀다. 그런데 학은 잘 걷지도 못하는 것이다. 그동안 얽매여 시달렸던 탓이리라. 둘이서 학을 마주 안아 공중에 투쳤다★. 별안간 총소리가 들렸다. 학이 두서너 번 날갯짓을 하다가 그대로 내려왔다. 맞았구나. 그러나 다음 순간, 바로 옆 풀숲에서 펄럭 단정학 한 마리가 날개를 펴자 땅에 내려앉았던 자기네 학도 긴 목을 뽑아 한 번 울음을 울더니 그대로 공중에 날아올라, 두 소년의 머리 위에 동그라미를 그리며 저쪽 멀리로 날아가 버리는 것이었다. 두 소년은 언제까지나 자기네 학이 사라진 푸른 하늘에서 눈을 뗼 줄을 몰랐다…….

"얘, 우리 학 사냥이나 한번 하구 가자."

★ 완충지대 : 대립하는 나라들 사이의 충돌을 완화하기 위하여 설치한 중립지대.
★ 단정학 : 붉은 볏을 가진 학.
★ 투쳤다 : 멀리 가 버리도록 쫓았다.

성삼이가 불쑥 이런 말을 했다.

덕재는 무슨 영문인지 몰라 어리둥절해하고 있는데,

"내 이걸루 올가밀 만들어 놀게 너 학을 몰아오너라."

포승줄을 풀어 쥐더니, 어느새 성삼이는 잡풀 새로 기는 걸음을 쳤다.

대번 덕재의 얼굴에서 핏기가 걷혔다. 좀 전에, 너는 총살감이라던 말이 퍼뜩 머리를 스치고 지나갔다. 이제 성삼이가 기어가는 쪽 어디서 총알이 날아오리라.

저만치서 성삼이가 홱 고개를 돌렸다.

"어이, 왜 멍추같이 서 있는 게야? 어서 학이나 몰아오너라."

그제서야 덕재도 무엇을 깨달은 듯 잡풀 새를 기기 시작했다.

때마침 단정학 두세 마리가 높푸른 가을 하늘에 곧 날개를 펴고 유유히 날고 있었다.

황순원 1915~2000 평안남도 대동에서 태어났습니다. 주요 작품으로는 〈카인의 후예〉〈별〉〈학〉〈어둠 속에 찍힌 판화〉〈목넘이 마을의 개〉 등이 있습니다. 한국인의 토속적인 문제와 한국인의 근원적인 정신과 관련된 시대 · 사회적 문제를 많이 담아냈습니다.

작품 설명

내용 파악하기

▸**주요 등장인물은 누구이며, 그들은 서로 어떤 관계인가요?**

성삼과 덕재, 어릴 적 친구

▸**현재 두 사람의 신분과 처지는 어떤가요?**

6·25전쟁이 끝난 뒤 덕재는 농민동맹 부위원장을 지낸 죄로 포승줄에 묶인 채 치안대에 잡혀 있고 그 반대편인 성삼은 덕재를 청단까지 호송하기로 함.

▸**덕재가 피난 가지 않은 이유는 무엇인가요?**

농사짓는 것밖에 모르는 사람이라서, 아버지가 앓아누워서

▸**학 떼를 보면서 두 사람이 떠올린 일은 무엇인가요?**

어릴 적 학 사냥을 하던 모습, 학을 구해 준 장면

▸**성삼이가 덕재에게 학 사냥을 제의한 이유는 무엇인가요? 또한 그 속뜻은 무엇인가요?**

올가미를 풀어서 도망가도록 함, 사상과 이념을 초월한 우정 때문에

핵심 정리

갈래 : 현대소설, 단편소설

배경 : 1950년 6·25전쟁 때 삼팔선 접경의 북쪽 마을

시점 : 3인칭 관찰자 시점(부분적으로 전지적 작가 시점)

제재 : 마을 내에서 발생한 이념의 대립

주제 : 사상과 이념을 초월한 인간애의 실현

특징 : 학 사냥을 통해 갈등 해결을 암시

작품 이해

성삼과 덕재는 어렸을 때부터 친한 친구였습니다. 그러나 성삼이는 치안대원으로, 덕재는 농민 동맹 부위원장으로 서로 적대 관계에 놓이게 됩니다. 이것은 남북한 사이의 이념적 대립을 상징적으로 보여 줍니다. 그러나 성삼은 덕재를 호송하는 길에 담배를 피우면서, 어린 시절을 회상하고 자신들은 영락없는 농사꾼이며 친구라는 사실을 깨닫습니다. 그래서 두 사람 사이의 이념적 대립은 자연스럽게 사라집니다. 그러고는 어릴 적 학을 풀어 주었던 기억을 떠올리며 친구 덕재를 풀어 주게 됩니다. 큰 날개를 펴고 유유히 날아오르는 학처럼 덕재는 이제 자유로운 몸이 되겠지요. 비록 두 친구는 이념적으로 대립 관계에 있지만 우정으로 갈등을 해소하게 됩니다.

생각해 보기

▸**덕재와 성삼이가 서로 어색한 관계에 놓인 이유는 무엇일까요?**

▸**성삼이가 치안대원임에도 불구하고 덕재를 놓아준 이유는 무엇일까요?**

꺼삐딴 리

• 전광용 •

• 읽기 전에 •

'꺼삐딴 리'는 '캡틴 리(Captain Lee)'라는 영어의 러시아 발음입니다. 이 소설은 일제강점기와 해방 전후, 그리고 6·25전쟁을 겪은 한 개인의 인생을 담은 소설입니다. 주인공 이인국 박사의 파란만장한 삶을 따라가 봅시다.

수술실에서 나온 이인국 박사는 응접실 소파에 파묻히듯이 깊숙이 기대어 앉았다.

그는 백금 무테안경을 벗어 들고 이마의 땀을 닦았다. 등골에 축축이 밴 땀이 잦아 들어감에 따라 피로가 스며 왔다. 두 시간 이십 분의 집도★. 위장 속의 균종★ 적출. 환자는 아직 혼수상태에서 깨지 못하고 있다.

수술을 끝낸 찰나 스쳐 가는 육감 그것은 성공 여부의 적중률을 암시하는 계시 같은 것이다. 그러나 오늘은 웬일인지 뒷맛이 꺼림칙하다.

그는 항생질 의약품이 그다지 발달하지 않았던 일제시대부터 개복★ 수술에 최단 시간의 기록을 세웠던 것을 회상해 본다.

맹장염이나 포경 수술, 그 정도의 것은 약과다. 젊은 의사들에게 맡겨 버리면 그만이다. 대수술의 경우에는 그렇게 방임할 수만은 없다. 환자 측에서도 대개 원장의 직접 집도를 조건부로 입원시킨다. 그는 그것을 자랑으로 삼아 왔고 스스로 집도하는 쾌감을 느꼈었다.

그의 병원 부근은 거의 한 집 건너 병원이랄 수 있을 정도로 밀집한 지대다. 이름 없는 신설 병원 같은 것은 숫제 비 장날 시골 전방처럼 한산한 속에 찾아오는 손님을 기다리고 있는 형편이다.

그러나 이인국 박사는 일류 대학 병원에까지 손을 쓰지 못하여 밀려

★ 집도 : 수술 칼을 잡음.
★ 균종 : 혹과 비슷한 종기.
★ 개복 : 배를 가름.

오는 응급환자들 틈에 끼여 환자의 감별에는 각별한 신경을 쓰고 있다. 그것은 마치 여관 보이(Boy)가 현관으로 들어서는 손님의 옷차림을 훑어보고 그 등급에 맞는 방을 순간적으로 결정하거나 즉석에서 서슴지 않고 거절하는 경우와 흡사한 것이라고나 할까.

이인국 박사의 병원은 두 가지의 전통적인 특징을 가지고 있다.

병원 안이 먼지 하나도 없이 정결하다는 것과, 치료비가 여느 병원의 갑절이나 비싸다는 점이다.

그는 새로운 환자의 초진에서는 병에 앞서 우선 그 부담 능력을 감정하는 데서부터 시작한다. 신통하지 않다고 느껴지는 경우에는 무슨 핑계를 대든가, 그것도 자기가 직접 나서는 것이 아니라 간호원더러 따돌리게 하는 것이다.

그렇게 중환자가 아닌 한 대부분의 경우, 예진★은 젊은 의사들이 했다. 원장은 다만 기록된 진찰 카드에 따라 환자의 증세와 아울러 경제 제도를 판정하는 최종 진단을 내리면 된다.

상대가 지기나 거물급이 아닌 한 외상이라는 명목은 붙을 수가 없었다. 설령, 있다 해도 이 양면 진단은 한 푼의 미수★나 결손★도 없게 한, 그의 인생을 통한 의술 생활의 신조요 비결이었다.

그러기에 그의 고객은, 왜정시대는 주로 일본인이었고, 현재는 권력층이 아니면 재벌의 셈속에 드는 축들이어야만 했다.

그의 일과는 아침에 진찰실에 나오자 손가락 끝으로 창틀이나 탁자 위

★ 예진 : 간단한 진찰.
★ 미수 : 돈을 못 받음.
★ 결손 : 돈이 모자람.

를 훑어 무테안경 속 움푹한 눈으로 응시하는 일에서 출발한다.

이때 손가락 끝에 먼지만 묻으면 불호령이 터지고, 간호원은 하루 종일 원장의 신경질에 부대껴야만 한다.

아무튼 단골 고객들은 그의 정결한 결벽성에 감탄과 경의를 표해 마지않는다.

1·4후퇴 시 청진기가 든 손가방 하나를 들고 월남한 이인국 박사다. 그는 수복★되자 재빨리 셋방 하나를 얻어 병원을 차렸다. 그러나 이제는 평당 50만 환을 호가하는 도심지에 타일을 바른 2층 양옥을 소유하게 되었다. 그는 자기 전문인 외과 외에 내과, 소아과, 산부인과 등 개인 병원을 집결시켰다. 운영은 각자의 호주머니 셈속이었지만, 종합병원의 원장 자리는 의젓이 자기가 차지하고 있다.

이인국 박사는 양복 조끼 호주머니에서 십팔금 회중시계를 꺼내어 시간을 보았다.

"2시 40분!"

미국 대사관 브라운 씨와의 약속 시간은 이십 분밖에 남지 않았다. 이 시계에도 몇 가닥의 유서 깊은 이야기가 숨어 있다. 이인국 박사는 시계를 볼 때마다 참말 '기적'임에 틀림없었던 사태를 연상하게 된다.

왕진 가방과 38선을 넘어온 피난 유물의 하나인 시계, 가방은 미군 의사에게서 얻은 새것으로 갈아매어 흔적도 없게 된 지금, 시계는 목숨을 걸고 삶의 도피행을 같이 한 유일품이요, 어찌 보면 인생의 반려이기도 한 것이다.

★ 수복 : 땅을 되찾음.

밤에 잘 때에도 그는 시계를 머리맡에 풀어 놓거나 호주머니에 넣은 채로 버려두지 않는다. 반드시 풀어서 등기 서류, 저금통장 등이 들어 있는 비상용 캐비닛 속에 넣고야 잠자리에 드는 것이었다. 거기에는 또 그럴 만한 연유가 있었다. 이 시계는 제국대학을 졸업할 때 받은 영예로운 수상품이다. 뒤쪽에는 자기 이름이 새겨져 있다.

그 후 삼십여 년, 자기 주변의 모든 것이 변하여 갔지만 시계만은 옛 모습 그대로다. 주변뿐만 아니라 자기 자신은 얼마나 변한 것인가. 이십 대 홍안★을 자랑하던 젊음은 어디로 사라진 것인지 머리카락도 반백이 넘었고 이마의 주름은 깊어만 간다. 일제시대, 소련국 점령하의 감옥 생활, 6·25사변, 삼팔선, 미군 부대, 그동안 몇 차례의 아슬아슬한 죽음의 고비를 넘긴 것인가.

'월삼 17석.'

우여곡절 많은 세월 속에서 아직도 제시간을 유지하는 것만도 신기하다. 시간을 보고는 습성처럼 째각째각 소리에 귀 기울이는 때의 그의 가느다란 눈매에는 흘러간 인생의 축도★가 서리는 것이었다. 그 속에서도 각모★와 쓰메에리 학생복을 벗어버리고 신사복으로 갈아입던 그날의 감회를 더욱 새롭게 해 주는 충동을 금할 길 없는 것이었다.

이인국 박사는 수술 직전에 서랍에 집어넣었던 편지에 생각이 미쳤다.

미국에 가 있는 딸 나미. 본래의 이름은 일본식의 나미코다. 해방 후 그것이 거슬린다기에 나미로 불렀고 새로 기류계에 올릴 때에는 '코'를

★ 홍안 : 혈색이 좋은 얼굴.
★ 축도 : 원본보다 작은 그림.
★ 각모 : 사각모자.

완전히 떼어 버렸다.

나미짱! 딸의 모습은 단란하던 지난날의 추억과 더불어 떠올랐다. 온 집안의 재롱둥이였던 나미, 그도 이젠 성숙했다. 그마저 자기 옆에서 떠난 지금, 새로운 정에서 산다고는 하지만 이인국 박사는 가끔 물밀어 오는 허전한 감을 금할 길이 없었다.

아내는 거제도 수용소에 있을 때 죽었고, 아들의 생사는 지금껏 알 길이 없다.

서울에서 다시 만나 후처로 들어온 혜숙, 이십 년의 연령 차에서 오는 세대의 거리감을 그는 억지로 부인해 본다. 그러나 혜숙의 피둥피둥한 탄력에 윤기가 더해 가는 살결에 비해 자기의 주름 잡힌 까칠한 피부는 육체적 위축감마저 느끼게 하는 때가 없지 않았다. 그들 사이에서 난 돌 지난 어린것, 앞날이 아득한 이 핏덩이만이 지금의 이인국 박사의 곁을 지켜 주는 유일한 피붙이다. 이인국 박사는 기대와 호기에 가득 찬 심정으로 항공 우편의 피봉을 뜯었다.

전번 편지에서 가타부타★ 단안★은 내리지 않고 잘 생각해서 결정하라고 한 그 후의 경과다.

'결국은 그렇게 되고야 마는 건가…….'

그는 편지를 탁자 위에 밀어 놓았다. 어쩌면 이러한 결말은 딸의 출국 이전에서부터 이미 싹튼 것인지도 모른다는 생각이 들었다.

대학에서 영문과를 택한 딸, 개인 지도를 하여 준 외인 교수, 스칼러십★

★ 가타부타 : 어떤 일에 대하여 옳다느니 그르다느니 함.
★ 단안 : 어떤 사항에 대한 생각을 딱 잘라 결정함. 또는 그렇게 결정된 생각.
★ 스칼러십 : '장학금'을 뜻하는 영어.

을 얻어 준 것도 그고, 유학 절차의 재정 보증인을 알선해 준 것도 그가 아닌가. 우연한 일은 아니다.

그러한 시류에 따라 미국 유학을 해야만 한다고 주장한 것은 오히려 아버지 자기가 아닌가.

동양학을 연구하고 있는 외인 교수. 이왕이면 한국 여성과 결혼했으면 좋겠다던 솔직한 고백에, 자기의 학문을 위한 탁월한 견해라고 무심코 찬의★를 표한 것도 자기가 아니던가. 그것도 지금 생각하면 하나의 암시였음이 분명하지 않은가.

이인국 박사는 상아로 된 오존 파이프를 앞니에 힘을 주어 지그시 깨물며 눈을 감았다.

꼭 풀 쑤어 개 좋은 일을 한 것만 같은 분하고도 허황된 심정이다.

'코쟁이 사위.'

생각만 해도 전신의 피가 역류하는 것 같은 몸서리가 느껴졌다.

'더러운 년 같으니, 기어코…….'

그는 큰기침을 내뱉었다.

그의 생각은 왜정시대 내선일체★의 혼인론이 떠돌던 이야기에 꼬리를 물었다. 그때는 그것을 비방하거나 굴욕처럼 느끼지는 않았다. 오히려 당연한 것으로 해석했고 어찌 보면 우월한 것으로 생각하지 않았던가. 그런데 이 경우는…….

그는 딸의 편지 구절을 곱씹었다.

★ 찬의 : 좋다고 수긍함.

★ 내선일체 : 일본과 조선은 한 몸이라는 뜻으로, 일제강점기 때 일본이 조선인의 정신을 말살하고 조선을 착취하기 위하여 만들어 낸 구호.

'애정에 국경이 있어요?'

이것은 벌써 진부하다. 아비도 학창 시절에 그런 풍조는 다 마스터했다. 건방지게, 이게 새삼스레 아비에게 설교조로…… 좀 더 솔직하지 못하고…….

그러니 외딸인 제가 그런 국제결혼의 시금석★이 되겠단 말인가.

'아무튼 아버지께서 쉬 한 번 오신다니 최종 결정은 아버지의 의향에 따라 결정할 예정입니다만…….'

그래 아버지가 안 가면 그대로 정하겠단 말인가.

이인국 박사는 일대 잡종의 유전 법칙이 떠오르자 머리를 내저었다. '흰둥이 손자' 생각만 해도 징그럽다.

그는 내던졌던 사진을 다시 집어 들었다.

대학 캠퍼스 같은 석조전의 거대한 건물, 그 앞의 정원, 뒤쪽에 짝을 지어 걸어가는 남녀 학생, 이 배경 속에 딸과 그 외인 교수가 나란히 어깨를 짚고 서서 웃음을 짓고 있다.

'흥 놀기는 잘들 논다…….'

끙, 신음 소리를 치며 그는 자리에서 일어섰다. 아무튼 미스터 브라운을 만나 이왕 가는 길이면 좀 더 서둘러야겠다. 그 가장 대우가 좋다는 국무성 초청 케이스의 확정 여부를 빨리 확인해야겠다는 생각이 조바심을 쳤다.

그는 아내 혜숙이 있는 살림방 쪽으로 건너갔다.

"여보, 나미가 기어코 결혼하겠다는구려."

"그래요……."

★ 시금석 : 가치, 능력, 역량 따위를 알아볼 수 있는 기준이 되는 기회나 사물을 비유적으로 이르는 말.

아내의 어조에는 별다른 감동이나 의아도 없음을 이인국 박사는 직감했다.

그는 가능한 한 혜숙이 앞에서 전실 소생의 애들 이야기를 하는 것을 삼가 왔다.

어떻게 보면 나미의 미국 유학을 간접적으로 자극한 것은 가정 분위기의 소치라는 자격지심이 없지 않기도 했다.

나미는 물론 혜숙을 단 한 번도 어머니라고 불러 준 일이 없었다.

혜숙이 또한 나미 앞에서 어머니라고 버젓이 행세한 일도 없었다.

지난날의 간호원과 오늘의 어머니, 그 사이에는 따져서 표현할 수 없는 미묘한 감정들이 복제되어 있었다.

"선생님의 일이라면 무엇이든지 돕겠어요."

서울에서 이인국 박사를 다시 만났을 때 마음속 그대로 털어놓은 혜숙의 첫마디였다.

처음에는 혜숙이도 부인의 별세를 몰랐고, 이인국 박사도 혜숙이의 혼인 여부를 참견하지 않았다.

혜숙은 곧 대학 병원을 그만두고 이리로 옮겨 왔다.

나미는 옛정이 다시 살아 혜숙을 언니처럼 따랐다.

이들의 혼인이 익어 갈 때 이인국 박사는 목에 걸리는 딸의 의향을 우선 듣기로 했다.

딸도 아버지의 외로움을 동정하고 있었다. 자기 자신 아버지의 시중이 힘에 겨웠고 또 그 사이 실지의 아버지 뒤치다꺼리를 혜숙이 해 왔으므로 딸은 즉석에서 진심으로 찬의를 표했다.

그러나 시간이 흐를수록 혜숙과 나미의 간격은 벌어졌고, 혜숙은 남편과의 정상적인 가정생활에서 나미가 장애물이 되는 것 같은 느낌을 차츰 가지게 되었다.

혜숙 자신도 처음에는 마음놓고 이인국 박사를 남편이랍시고 일대일로 부르진 못했다.

나미의 출발, 그 후 어린애의 해산, 이러한 몇 고개를 넘는 사이에 이제 겨우 아내답게 늠름히 남편을 대할 수 있고 이인국 박사 또한 제대로의 남편의 체모로 아내에게 농을 걸 수 있게끔 되었다.

"기어코 그 외인 교수와 가까워지는 모양인데."

이인국 박사는 아내의 얼굴을 직시하지는 못하고 마치 독백하듯이 뇌까렸다.

"할 수 있어요. 제 좋다는 대로 해야지요."

마치 남의 이야기를 하는 것처럼 이인국 박사에게는 들려왔다.

"글쎄, 하기는 그렇지만……."

그는 입맛만 다시며 더 이상 계속하지 못했다.

잠을 깨어 울고 있는 어린것에게 젖을 물리고 있는 아내의 젊은 육체에서 자극을 느끼면서 이인국 박사는 자기 자신이 죄를 지은 것만 같은 나미에 대한 강박관념을 금할 길이 없었다.

저 어린것이 자라서 아들 원식이나 또 나미 정도의 말상대가 되려도 아직 이십여 년의 세월이 흘러야 한다.

그때 자기는 칠십이 넘는 할아버지다.

현대 의학이 인간의 평균수명을 연장하고, 암 같은 고질이 아닌 한 불의의 죽음은 없다 하지만, 자기 자신이 의사이면서 스스로의 생명 하나를 보장할 수 없다.

'마누라는 눈앞에서 나는 새 놓치듯이 죽이지 않았던가. 아무리 해도 조놈이 대학을 나올 때까지는 살아야 한다. 아무렴, 때가 때인 만큼 미국 유학까지는 내 생전에 시켜 주어야지. 하기야 그런 의미에서도 일찌감치 미국 혼반★을 맺어 두는 것도 그리 해로울 건 없지 않나. 아무렴 우리보다는 낫게 사는 사람들인데. 남 좀 보기 체면이 안 서서 그렇지.'

그는 자위인지 체념인지 모를 푸념을 곱씹었다.

"여보, 저걸 좀 꾸려요."

이인국 박사의 말씨는 점잖게 가라앉았다.

"뭐 말이에요?"

아내는 젖꼭지를 물린 채 고개만을 돌려 되묻는다.

"저 병 말이오."

그는 화장대 위에 놓은 골동품을 가리켰다.

"어디 가져가셔요?"

"저 미 대사관 브라운 씨 말이야. 늘 신세만 졌는데……."

아내가 꼼꼼히 싸 놓은 포장물을 들고 이인국 박사는 천천히 현관을 나섰다. 벌써 석간신문이 배달되었다.

아무리 생각해도 그것은 분명 기적임에 틀림없는 일이었다. 간헐적으로 반복되어 공포와 감격을 함께 휘몰아치는 착잡한 추억. 늘 어제 일마냥 생생하기만 하다.

1945년 8월 하순.

★ 혼반 : 서로 혼인을 맺을 만한 양반의 지체.

아직 해방의 감격이 온 누리를 뒤덮어 소용돌이칠 때였다.

말복도 지난 날씨건만 여전히 무더웠다. 이인국 박사는 이 며칠 동안 불안과 초조에 휘둘려 잠도 제대로 자지 못했다. 무엇인가 닥쳐올 사태를 오들오들 떨면서 대기하는 상태였다.

그렇게 붐비던 환자도 얼씬하지 않고 쉴 사이 없던 전화도 뜸하여졌다. 입원실은 최후의 복막염 환자였던 도청의 일본인 과장이 끌려간 후 텅 비었다.

조수와 약제사는 궁금증이 나서 고향에 다녀오겠다고 떠나갔고 서울 태생인 간호원 혜숙만이 남아 빈집 같은 병원을 지키고 있었다.

이 층 십 조 다다미방에 훈도시와 유카타 바람에 뒹굴고 있던 이인국 박사는 견디다 못해 부채를 내던지고 일어났다.

그는 목욕탕으로 갔다. 찬물을 퍼서 대야째로 머리에서부터 몇 번이고 내리부었다. 등줄기가 시리고 몸이 가벼워졌다.

그러나 수건으로 몸을 닦으면서도 무엇인가 짓눌려 있는 것 같은 가슴속의 갑갑증을 가셔 낼 수는 없었다.

그는 창문으로 기웃이 한길 가를 내려다보았다. 우글거리는 군중들은 아직도 소음 속으로 밀려가고 있다.

굳게 닫혀 있는 은행 철문에 붙은 벽보가 한길을 건너 하얀 윤곽만이 두드러져 보인다.

아니 그곳에 씌어 있는 구절.

'친일파, 민족 반역자를 타도하자.'

옆에 붙은 동그라미를 두 겹으로 친 글자가 그대로 눈앞에 선명하게 보이는 것만 같다.

어제 저물녘에 그것을 처음 보았을 때의 전율이 되살아왔다.

순간 이인국 박사는 방 쪽으로 머리를 홱 돌렸다.

'나야 괜찮겠지…….'

혼자 뇌까리면서 그는 다시 부채를 들었다.

그러나 벽보를 들여다보고 있을 때 자기와 눈이 마주치는 순간, 일그러지는 얼굴에 경멸인지 통쾌인지 모를 웃음을 비죽이 흘리면서 아래위로 훑어보던 그 춘석이 녀석의 모습이 자꾸만 머릿속으로 엄습하여 어두운 밤에 거미줄을 뒤집어쓴 것처럼 꺼림텁텁하기만 했다.

그깟 놈 하고 머리에서 씻어 버리려 해도 거머리처럼 자꾸만 감아붙는 것만 같았다.

벌써 육 개월 전의 일이다.

형무소에서 병보석으로 가출옥되었다는 중환자가 업혀서 왔다.

휑뎅그렁한 눈에 앙상하게 뼈만 남은 몸을 제대로 가누지도 못하는 환자. 그는 간호원의 부축으로 겨우 진찰을 받았다.

청진기의 상아 꼭지를 환자의 가슴에서 등으로 옮겨 두 줄기의 고무줄에서 감득되는 숨소리를 감별하면서도, 이인국 박사의 머릿속은 최후 판정의 분기점을 방황하고 있었다.

입원시킬 것인가, 거절할 것인가…….

환자의 몰골이나 업고 온 사람의 옷매무새로 보아 경제 정도는 뻔한 일이라 생각되었다.

그러나 그것보다도 더 마음에 켕기는 것이 있었다. 일본인 간부급들이 자기 집처럼 들락날락하는 이 병원에 이런 사상범을 입원시킨다는 것은 관선 시의원이라는 체면에서도 떳떳치 못할뿐더러, 자타가 공인하는 모범적인 황국신민의 공든 탑이 하루아침에 무너지는 결과를 가져오는 것이라는 생각이 들었다. 순간 그는 이런 경우의 가부 결정에 일도양단★하는 자기 식으로 찰나적인 단안을 내렸다. 그는 응급 치료만 하여 주고 입원실이 없다는 가장 떳떳하고도 정당한 구실로 애걸하는 환자를 돌려보냈다.

환자의 집이 병원에서 멀지 않은 건너편 골목 안에 있다는 것은 후에 간호원에게서 들었다. 그러나 그쯤은 예사로운 일이었기에 그는 그대로 아무렇지도 않게 흘려버렸다.

그런데 며칠 전 시민대회 끝에 있는 해방 경축 시가행진을 자기도 흥분에 차 구경하느라고 혜숙이와 함께 대문 앞에 나갔다가, 자위대 완장을 두르고 대열에 끼인 젊은이와 눈이 마주쳤다.

이쪽을 노려보는 청년의 눈에서 불똥이 튀는 것 같은 살기를 느꼈다.

무슨 영문인지 모르고 어리벙벙하던 이인국 박사는, 그것이 언젠가 입원을 거절당한 사상범 환자 춘석이라는 것을 혜숙에게서 듣고야 슬금슬금 주위의 눈치를 살피며 집으로 기어 들어왔다.

그 후 그는 될 수 있는 대로 거리로 나가는 것을 피하였지마는 공교롭게도 어제저녁에 그 벽보 앞에서 마주쳤었다.

갑자기 밖이 왁자지껄 떠들어 대었다. 머리에 꺾지를 끼고 비스듬히 누워서 갈피를 잡을 수 없는 생각에 골몰하던 이인국 박사는 일어나 앉아 한길 쪽에 귀를 기울였다. 들끓는 소리는 더 커 갔다. 궁금증에 견디다 못해 그는 엉거주춤 꾸부린 자세로 밖을 내다보았다. 포도에 뒤끓는

★ 일도양단 : 어떤 일을 머뭇거리지 아니하고 선뜻 결정함을 비유적으로 이르는 말.

사람들은 손에 손에 태극기와 적기를 들고 환성을 올리고 있었다.

'무엇일까?'

그는 고개를 갸웃하며 다시 자리에 주저앉았다.

계단을 구르며 급히 올라오는 발자국 소리가 들려왔다.

혜숙이다.

"아마 소련군이 들어오나 봐요. 모두들 야단법석이에요……."

숨을 헐떡이며 이야기하는 혜숙이의 말에 이인국 박사는 아무 대꾸도 없이 눈만 껌벅이며 도로 앉았다. 여러 날에 라디오에서 오늘 입성 예정이라고 했으니 인제 정말 오는가 보다 싶었다.

혜숙이 내려간 뒤에도 이인국 박사는 한참 동안 아무 거동도 못하고 바깥쪽을 내다보고만 있었다.

무엇을 생각했던지 그는 움찔 자리에서 일어났다. 그러고는 벽장문을 열었다. 안쪽에 손을 뻗쳐 액자들을 끄집어내었다.

'국어 상용의 가★'

해방되던 날 떼어서 집어넣어 둔 것을 그동안 깜박 잊고 있었다.

그는 액자의 뒤를 열어 음식점 면허장 같은 두터운 모조지를 빼내어 글자 한 자도 제대로 남지 않게 손끝에 힘을 주어 꼼꼼히 찢었다.

이 종잇장 하나만 해도 일본인과의 교제에 있어서 얼마나 떳떳한 구실을 할 수 있었던 것인가. 야릇한 미련 같은 것이 섬광처럼 머릿속을 스쳐 갔다.

환자도 일본말 모르는 축은 거의 오는 일이 없었지만 대외 관계는 물론 집안에서도 일체 일본말만을 써 왔다. 해방 뒤 부득이 써 오는 제 나라 말

★ 국어 상용의 가 : 여기서 국어는 일본어를 뜻한다. 즉 일본어를 늘 사용하는 집.

이 오히려 의사 표현에 어색함을 느낄 만큼 그에게는 거리가 먼 것이었다.

마누라의 솔선수범하는 내조지공★도 컸지만 애들까지도 곧잘 지켜 주었기에 이 종잇장을 탄 것이 아니던가. 그것을 탄 날은 온 집안이 무슨 경사나 난 것처럼 기뻐들 했다.

"잠꼬대까지 국어로 할 정도가 아니면 이 영예로운 기회야 얻을 수 있겠소." 하던 국민총력연맹 지부장의 웃음 띤 치하 소리가 떠올랐다.

그 순간, 자기 자신은 아이들을 소학교부터 일본 학교에 보낸 것을 얼마나 다행으로 여겼던 것인가.

그는 후 한숨을 내뿜었다. 그러고는 저금통장의 잔액을 깡그리 내주던 은행 지점장의 호의에 새삼 고마움을 느끼는 것이었다.

그것마저 없었더라면…… 등골에 오싹하는 한기가 느껴 왔다.

무슨 정치가 오든 그것만 있으면 시내 사람의 절반 이상이 굶어 죽기 전에야 우리 집 차례는 아니겠지. 그는 손금고가 들어 있는 안방 단스를 생각하면서 혼자 중얼거렸다.

이인국 박사는 무슨 일이 일어나도 꼭 자기만은 살아남을 것 같은 막연한 기대를 곱씹고 있다.

주위가 어두워 왔다.

지축이 흔들리는 것 같은 동요와 소름이 가까워졌다. 군중들의 환호성이 터져 나왔다. 만세 소리가 연방 계속되었다.

세상 형편을 알아보려고 거리에 나갔던 아내가 돌아왔다.

"여보, 당꾸★ 부대가 들어왔어요. 거리는 온통 사람들 사태가 났는데 집

★ 내조지공 : 아내가 남편을 도운 공.
★ 당꾸 : '탱크'의 일본어식 발음.

안에 처박혀 뭘 하구 있어요…….”

“뭘 하기는?”

“나가 보아요. 마우재★가 들어왔어요…….”

어둠 속에서 아내의 음성은 격했으나 감격인지 당황인지 알 길이 없었다.

‘계집이란 저렇게 우둔하고도 대담한 것일까…….’

이인국 박사는 엷은 어둠 속에서 마누라 쪽을 주시하면서 입맛을 다셨다.

“불두 엽때 안 켜구.”

마누라가 전등 스위치를 틀었다. 이인국 박사는 백 촉 전등이 너무 환한 것이 못마땅했다.

“불은 왜 켜는 거요?”

“그럼 켜지 않구 캄캄한데…… 자 어서 나가 봅시다.”

마누라가 이끄는 데 따라 이인국 박사는 마지못하면서 시침을 떼고 따라나섰다.

헤드라이트의 눈부신 광선. 탱크 부대의 진주는 끝을 알 수 없이 계속되고 있다.

이인국 박사는 부신 불빛을 피하면서 가로수에 기대어 섰다. 박수와 환호성, 만세 소리가 그칠 줄 모르는 양안을 끼고 탱크는 물밀듯 서서히 흘러간다. 위 뚜껑을 열고 반신을 내민 중대가리의 병정은 간간이 ‘우라아’ 하면서 손을 내흔들고 있다.

★ 마우재 : ‘러시아인’을 가리키는 사투리.

이인국 박사는 자기와는 아무 관련도 없는 이방 부대라는 환각을 느끼면서 박수도 환성도 안 나가는 멋쩍은 속에서 멍하니 쳐다보고만 있다. 그는 자기의 거동을 주시하지나 않나 해서 주위를 두리번거렸다.

그러나 아무도 그에게는 관심을 두는 일 없이 탱크를 향하여 목청이 터지도록 거듭 만세만 부르고 있지 않은가.

'어떻게 되겠지…….'

그는 밑도 끝도 없는 한마디를 뇌이면서 유유히 집으로 들어왔다.

민요 뒤에 계속되던 행진곡이 그치고 주둔군 사령관의 포고문이 방송되고 있다.

이인국 박사는 라디오 앞에 다가앉아 귀를 기울였다.

시민의 생명 재산은 절대 보장한다. 각자는 안심하고 자기의 직장을 수호하라. 총기, 일본도 등 일체의 무기 소지는 금하니 즉시 반납하라는 등의 요지였다.

그는 문득 단스 속에 넣어 둔 엽총에 생각이 미치었다. 그러면 저것도 바쳐야 하는 것일까. 영국제 쌍발, 손때 묻은 애완물같이 느껴져 누구에게 단 한 번 빌려 주지 않았던 최신형 특제품이었다.

이인국 박사는 다이얼을 돌렸다. 대체 서울에서는 어떻게들 하고 있는 것일까.

거기도 마찬가지다. 민요가 아니면 행진곡이 나오고 그러다가는 건국준비위원회의 누구인가의 연설이 계속된다.

대체 앞으로 어떻게 될 것인가 궁금증을 해결할 방법이 없다.

해방 직후 이삼 일 동안은 자기도 태연하였지만 뻔질나게 드나들던 몇몇 친구들도 소련군 입성이 보도된 이후부터는 거의 나타나질 않는다.

그렇다고 자기 자신이 뛰어다니며 물을 경황은 더욱 없다.

밤이 이슥해서야 중학교와 국민학교를 다니는 아들딸이 굉장한 구경이나 한 것처럼 탱크와 로스케의 이야기를 늘어놓으며 돌아왔다.

그들은 아버지의 심중은 아랑곳없다는 듯이 어머니, 혜숙이와 함께 저희들 이야기에만 꽃을 피우고 있었다.

이인국 박사는 슬그머니 일어나 이 층으로 올라와 다다미방에서 혼자 뒹굴었다.

앞일은 대체 어떻게 전개될 것인지 뛰어넘을 수가 없는 큰 바다가 가로놓인 것만 같았다. 풀어낼 수 있는 실마리가 전연 더듬어지지 않는 뒤헝클어진 상념 속에서 그래도 이인국 박사는 꺼지려는 짚불을 불어 일으키는 심정으로 막연한 한 가닥의 기대만을 끝내 포기하지 않은 채 천장을 멍청히 쳐다보고만 있었다.

지난 일에 대한 뉘우침이나 가책 같은 건 아예 있을 수 없었다.

자동차 속에서 이인국 박사는 들고 나온 석간을 펼쳤다.

일 면의 제목을 대강 훑고 난 그는 신문을 뒤집어 꺾어 삼 면으로 눈을 옮겼다.

'북한 소련 유학생 서독으로 탈출'

바둑돌 같은 굵은 활자의 제목. 왼편 전단을 차지한 외신 기사. 손바닥만 한 사진까지 곁들여 있다.

그는 코허리에 내려온 안경을 올리면서 눈을 부릅떴다.

그의 시각은 활자 속을 헤치고 머릿속에는 아들의 환상이 뒤엉켜 들이차 왔다. 아들을 모스크바로 유학시킨 것은 자기의 억지에서였던 것만 같았다.

출신 계급, 성분, 어디 하나나 부합될 조건이 있었단 말인가. 고급 중학을 졸업하고 의과 대학에 입학된 바로 그해다.

이인국 박사는 그때나 지금이나 자기의 처세 방법에 대하여 절대적인 자신을 가지고 있다.

"얘, 너 그 노어 공부를 열심히 해라."

"왜요?"

아들은 갑자기 튀어나오는 아버지의 말에 의아를 느끼면서 반문했다.

"야 원식아, 별수 없다. 왜정 때는 그래도 일본말이 출세를 하게 했고 이제는 노어가 또 판을 치지 않니. 고기가 물을 떠나서 살 수 없는 바에야 그 물속에서 살 방도를 궁리해야지. 아무튼 그 노서아말 꾸준히 해라."

아들은 아버지 말에 새삼스러이 자극을 받는 것 같진 않았다.

"내 나이로도 인제 이만큼 뜨내기 회화쯤은 할 수 있는데, 새파란 너희 나쎄로야 그걸 못하겠니?"

"염려 마세요, 아버지……."

아들의 대답이 그에게는 믿음직스럽게 여겨졌다.

이인국 박사는 심각한 표정으로 말을 이었다.

"어디 코 큰 놈이라구 별것이겠니, 말 잘해서 진정이 통하기만 하면 그것들두 다 그렇지……."

이인국 박사는 끝내 스텐코프 소좌의 배경으로 요직에 있는 당 간부의 추천을 받아 아들의 소련 유학을 결정짓고야 말았다.

"여보, 보통으로 삽시다. 거저 표 나지 않게 사는 것이 이런 세상에선 가장 편안할 것 같아요, 이제 겨우 죽을 고비를 면했는데 또 재까지 그

'높이 드는' 복판에 휘몰아 넣으면 어쩔라구…….”

“가만있어요, 호랑이두 굴에 가야 잡는 법이오. 무슨 세상이 되든 할 대로 해 봅시다.”

“그래도 저 어린것을 어떻게 노서아까지 보낸단 말이오.”

“아니, 중학교 애들도 가지 못해 골들을 싸매는데, 대학생이 못 가 견딜라구.”

“그래도 어디 앞일을 알겠소…….”

“괜한 소리, 재가 소련 바람을 쏘이구 와야 내게 허튼소리 하는 놈들도 찍소리를 못할 거요. 어디 보란 듯이 다시 한 번 살아 봅시다.”

아들의 출발을 앞두고, 걱정하는 마누라를 우격다짐으로 무마시키고 그는 아들의 유학을 관철하였다.

'흥, 혁명 유가족두 가기 힘든 구멍을 이인국의 아들이 뚫었으니 어디 두구 보자…….'

그는 만장의 기염을 토하며 혼자 숭얼거리고는 희망에 찬 미소를 풍겼다.

그다음 해에 사변이 터졌다.

잘 있노라는 서신이 계속하여 왔지만 동란 후 후퇴할 때까지 소식은 두절된 대로였다.

마누라의 죽음은 외아들을 사지로 보낸 것 같은 수심에도 그 원인이 있었다고 그는 생각하고 있다.

이인국 박사는 신문 다치키리 속에 채워진 글자를 하나도 빼지 않고 다 훑어 내려갔다.

그러나 아들의 이름에 연관되는 사연은 한마디도 없었다.

'이 자식은 무얼 꾸물꾸물하느라고 이런 축에도 끼지 못한담…… 사태를 판별하고 임기응변의 선수를 쓸 줄 알아야지, 멍추같이…….'

그는 신문을 포개어 되는대로 말아 쥐었다.

'개천에서 용마가 난다는데 이건 제 애비만도 못한 자식이야.'

그는 혀를 찍찍 갈겼다.

'어쩌면 가족이 월남한 것조차 모르고 주저하고 있는 것이나 아닐까. 아니 이제는 그쪽에도 소식이 가서 제게도 무언중의 압력이 퍼져 갈 터인데…… 역시 고지식한 놈이 아무래도 모자라…….'

그는 자동차에서 내리자 건가래침을 내뱉었다.

'독또오루 리, 내가 책임지고 보장하겠소. 아들을 우리 조국 소련에 유학시키시오.'

스텐코프의 목소리가 고막에 와 부딪는 것만 같았다.

자위대가 치안대로 바뀐 다음 날이다. 이인국 박사는 치안대에 연행되었다.

시멘트 바닥에 무릎을 꿇고 앉은 그는 입술이 파랗게 질려 있었다. 하반신이 저려 오고 옆구리가 쑤신다. 이것만으로도 자기의 생애를 통한 가장 큰 고역이라고 그는 생각하고 있다. 그러나 그것보다는 앞으로 닥쳐올 얘기할 수 없는 사태가 공포 속에 그를 휘몰았다.

지나가고 지나오는 구둣발 소리와 목덜미에 퍼부어지는 욕설을 들으면서 꺾이듯이 축 늘어진 그의 머리는 들릴 줄을 몰랐다.

시간만이 흘러가고 있었다.

그의 머릿속에는 짓눌렸던 생각들이 하나씩 꼬리를 치켜들기 시작했다.

'이럴 줄 알았더라면 어디든지 가 숨거나, 진작 남으로라도 도피했을 걸…… 그러나 이 판국에 나를 감싸 줄 사람이 어디 있담. 의지할 곳은 다 나와 같은 코스를 밟았거나 조만간에 밟을 사람들이 아닌가. 일본인! 가장 믿었던 성벽이 다 무너지고 난 지금 누구를…….'

'그래도 어떻게 되겠지…….'

이 막연한 기대는 절박한 이 순간에도 그에게서 완전히 떠나 버리지는 않았다.

'다행이다. 인민재판의 첫 코에 걸리지 않은 것만 해도. 끌려간 사람들의 행방은 전혀 알 길이 없다. 즉결 처형을 당했다는 소문도 떠돈다. 사흘의 여유만 더 있었더라면 나는 이미 이곳을 떴을지도 모른다. 다 운명이다. 아니 그래도 무슨 수가 있겠지…….'

"쪽발이 끄나풀, 야 이 새끼야."

고함 소리에 놀라 이인국 박사는 흠칫 머리를 들었다.

때도 묻지 않은 일본 병사 군복에 완장을 찬 젊은이가 쏘아보고 있다. 춘석이다.

이인국 박사는 다시 쳐다볼 힘도 없었다. 모든 사태는 짐작되었다.

이제는 죽는구나, 그는 입속으로 뇌까렸다.

"왜놈의 밑바시, 이 개새끼야."

일본 군용화가 그의 옆구리를 들이찬다.

"이 새끼, 어디 죽어 봐라."

구둣발은 앞뒤를 가리지 않고 전신을 내지른다.

등골 척수에 다급한 충격을 받자 이인국 박사는 비명을 지르고 꼬꾸라졌다.

그는 현기증을 일으켰다. 어깻죽지를 끌어 바로 앉혀도 몸을 가누지 못하고 한쪽으로 쓰러졌다.

"민족과 조국을 팔아먹은 이 개돼지 같은 놈아, 너는 총살이야, 총살……."

어렴풋이 꿈속에서처럼 들려왔다. 그러나 그에게는 그 말도 아무런 반향을 일으키지 못했다.

시간이 얼마나 흘렀을까. 자기 앞자락에서 부스럭거리는 감촉과 금속성의 부스럭거리는 소리를 듣고 어렴풋이 정신을 차렸다.

노란 털이 엉성한 손목이 시곗줄을 끄르고 있다. 그는 반사적으로 앞자락의 시계 주머니를 부둥켜 쥐면서 손의 임자를 힐끔 쳐다보았다. 눈동자가 파란 중대가리 소련 병사가 시곗줄을 거머쥔 채 이빨을 드러내고 히죽이 웃고 있다.

그는 두 손으로 있는 힘을 다해 양복 안주머니를 감싸 쥐었다.

"흥…… 야뽄스키……."

병사의 눈동자는 점점 노기를 띠어 갔다.

"아니, 이것만은!"

그들의 대화는 서로 통하지 않는 대로 손아귀와 눈동자의 대결은 그대로 지속되고 있었다.

병사는 뒷박만 한 손으로 이인국 박사의 손가락 끝에서 시계를 채어냈다. 시곗줄은 끊어져 고리가 달린 끝머리가 이인국 박사의 손가락 끝에서 달랑거렸다.

병사는 밖으로 나가 버렸다.

"죽음과 시계……."

이인국 박사는 토막 난 푸념을 되풀이하고 있다.

양쪽 팔목에 팔뚝시계를 둘씩이나 차고도 만족이 안 가 자기의 회중시계까지 앗아 가는 그 병정의 모습을 머릿속에 똑똑히 되새겨 갈 뿐이다.

감방 속은 빼곡히 찼다. 그러나 고참자와 신입자의 서열은 분명했다. 달포가 지나는 사이에 맨 안쪽 똥통 위에 자리 잡았던 이인국 박사는 삼분지 이의 지점으로 점차 승격되었다.

그는 하루 종일 말이 없었다. 범인 속에 섞여 있던 감방 밀정이 출감된 다음 날부터 불평만을 늘어놓던 축들이 불려 나가 반송장이 되어 들어왔지만, 또 하루 이틀이 지나자 감방 속의 분위기는 여전히 불평과 음식 이야기로 소일되었다.

이인국 박사는 자기의 죄상이라는 것을 폭로하기도 싫었지만 예전에 고등계 형사들에게서 실컷 얻어들은 지식이 약이 되어 함구령이 지상명령이라는 신념을 일관하고 있었다.

그는 간밤에 출감한 학생이 내던지고 간 노어 회화 책을 첫 장부터 꼼꼼히 뒤지고 있을 뿐이다.

등골이 쏘고 옆구리가 결려 온다. 이것으로 고질이 되는가 하는 생각이 없지 않다. 아침저녁으로 기온이 사뭇 내려가고 있다. 아무리 체념한다면서도 초조감을 막을 길 없다.

노어 책을 읽으면서도 그의 청각은 늘 감방 속의 이야기를 놓치지 않고 있다. 그들이 예측하는 식대로의 중형으로 치른다면 자기의 죄상은 너무도 어마어마하다. 양곡 조합의 쌀을 몰래 팔아먹은 것이 칠 년, 양민을 강제로 보국대에 동원했다는 것이 십 년, 감정적인 즉결이 아니라 법에 의한 처단이라고 내대지만 이 난리 판국에 법이고 뭣이고 있을까. 마음에만 거슬리면 총살일 판인데…….

'친일파, 민족 반역자, 반일 투사 치료 거부, 일제의 간첩 행위…….'

이건 너무도 어마어마한 죄상이다. 취조할 때 나열하던 그대로 한다면 고작해야 무기징역, 사형감인지도 모른다.

그는 방 안을 둘러보며 후 큰 숨을 내쉬었다.

처마 밑에 바싹 달라붙은 환기창에서 들이비치던 손수건만 한 햇살이 참대자처럼 길어졌다가 실오리만큼 가늘게 떨리며 사라졌다. 그 창살을 거쳐 아득히 보이는 가을 하늘이 잊었던 지난 일을 한 덩어리로 얽어 휘몰아 오곤 했다. 가슴이 짜릿했다.

밖의 세계와는 영원한 단절이다.

그는 눈을 감았다. 마누라, 아들, 딸, 혜숙이, 누구누구……그러다가 외과계의 원로 이인국 박사에 이르자, 목구멍이 타는 것같이 꽉 막혔다.

그는 헛기침을 하고 침을 삼켰다.

'그럼, 어쩐단 말이야, 식민지 백성이 별수 있었어. 날구 뛴들 소용이 있었느냐 말이야, 어느 놈은 일본 놈한테 아첨을 안 했어. 주는 떡을 안 먹은 놈이 바보지. 흥, 다 그놈이 그놈이었지.'

이인국 박사는 자기변명을 합리화시키고 나면 가슴이 좀 후련해 왔다.

거기다 어저께의 최종 취조 장면에서 얻은 소련 고문관의 표정은 그에게 일루의 희망을 던져 주는 것이 있었다. 물론 그것이 억지의 자위일지도 모른다고 생각되었지만.

아마 스텐코프 소좌라고 했지. 그 혹부리 장교, 직업이 의사라고 했을 때, 독또오루 독또오루 하고 고개를 기웃거리던 순간의 표정, 그것이 무슨 기적의 예감 같기만 하였다.

이인국 박사는 신음 소리에 놀라 눈을 떴다.

복도에 켜져 있는 엷은 전등 불빛이 쇠창살을 거쳐 방 안에 줄무늬를 놓으며 비쳐 들어왔다. 그는 환기창 쪽을 올려다보았다. 아직도 동도 트지 않은 깜깜한 밤이다.

생똥 냄새가 코를 찌른다. 바짓가랑이 한쪽이 축축하다. 만져 본 손을 코에 갔다 댔다. 구역질이 난다. 역시 똥 냄새다.

옆에 누운 청년의 앓는 소리는 계속되고 있다. 찬찬히 눈여겨보았다. 청년 궁둥이도 젖어 있다.

'설산가 보다.'

그는 살창문을 흔들며 교화소원을 고함쳐 불렀다.

"뭐야!"

자다가 깬 듯한 흐린 소리가 들려왔다.

"환자가…… 이거, 봐요."

창살 사이로 들여다보는 소원의 얼굴은 역광 속에서 챙 붙은 모자 밑의 둥그스름한 윤곽밖에 알려지지 않는다.

이인국 박사는 청년의 궁둥이께를 손가락으로 가리키며 들여다보고 있다.

"이거, 피로군, 피야."

그는 그제서야 붉은빛을 발견하곤 놀란 소리를 쳤다.

"적리야, 이질……."

그는 직업의식에서 떠오르는 대로 큰 소리를 질렀다.

"뭐, 적리?"

바깥 소리는 확실히 납득이 안 간 음성이다.

"피똥 쌌소, 피똥을…… 이것 봐요."

그는 언성을 더욱 높였다.

"응, 피똥……."

아우성 소리에 감방 안의 사람들은 하나 둘 눈을 뜨며 저마다 놀란 소리를 쳤다.

"적리, 이건 전염병이오, 전염병."

"뭐. 전염병……."

그제서야 교화소원이 문을 열고 들어왔다.

얼마 후 환자는 격리되었고 남은 사람들은 똥을 닦느라고 한참 법석을 치고 다시 잠을 불러일으키질 못했다.

이튿날 미결감 다른 감방에서 또 같은 증세의 환자가 두셋 발생했다. 날이 갈수록 환자는 늘기만 했다.

이 판국에 병만 나면 열의 아홉은 죽는 길밖에 없다고 생각한 이인국 박사는 새로운 위험에 사로잡히기 시작했다.

저녁 후 이인국 박사는 고문관실로 불려 나갔다.

"동무는 당분간 환자의 응급 치료실에서 일하시오."

이게 무슨 청천벽력 같은 기적일까, 그는 통역의 말을 의심했다.

소련 장교와 통역관을 번갈아 쳐다보고 있는 그의 눈동자는 생기를 띠어 갔다.

"알겠소, 엥……."

"네."

다짐에 따라 이인국 박사는 기쁨을 억지로 감추며 평범한 어조로 대답했다.

'글쎄 하늘이 무너져도 솟아날 구멍은 있다니까.'

그는 아무 표정도 나타내지 않으려고 이를 악물었다.

죽어 넘어진 송장이 개 치우듯 꾸려져 나가는 것을 보고 이인국 박사는 꼭 자기 일같이만 느껴졌다.

'의사, 이것은 나의 천직이다.'

그는 몇 번이고 감격에 차 중얼거렸다. 그는 있는 힘을 다해 자기 담당의 환자를 치료했다. 이러한 일은 그의 실력이 혹부리 고문관의 유다른 관심을 끌게 한 계기를 만들어 주었다.

사상범을 옥사시킨 경우는 책임자에게 큰 문책이 온다는 것은 훨씬 후에야 그가 안 일이다.

소련 군의관에게 기술이 인정된 이인국 박사는 계속 병원에서 근무하게 되었다. 그러나 죄상 처벌의 결말에 대해서는 알 길이 없었다.

그는 이 절호의 기회를 최대한으로 활용하고 싶었다. 이제는 죽어도 여한이 없을 것만 같았다.

어떻게 하여 이 보이지 않는 구속에서까지 완전히 벗어날 수는 없을까.

그는 환자의 치료를 하면서도 늘 스텐코프의 왼쪽 뺨에 붙은 오리알만 한 혹을 생각하고 있었다.

불구라면 불구로 볼 수 있는 그 혹을 가지고 고급 장교에까지 승진했다는 것은, 소위 말하는 당성이 강하거나 그렇지 않으면 전공이 특별했음에 틀림없다는 생각이 들었다.

그것 하나만 물고 늘어지면 무엇인가 완전히 살아날 틈새기가 생길 것만 같았다.

이인국 박사의 뜨내기 노어도 가끔 순시하는 스텐코프와 인사말을 주고받을 수 있을 정도로 진전되었다.

이 안에서의 모든 독서는 금지되었지만 노어 교본과 당사만은 허용되었다.

이인국 박사는 마치 생명의 열쇠나 되는 듯이 초보 노어 책을 거의 암송하다시피 했다.

크리스마스를 전후하여 장교들의 주연이 베풀어지는 기회가 거듭되었다.

얼근히 주기를 띤 스텐코프가 순시를 돌았다.

이인국 박사는 오늘의 이 기회를 놓치지 않겠다고 마음먹었다.

수일 전 소군 장교 한 사람이 급성 맹장염이 터져 복막염으로 번졌다.

그 환자의 실을 뽑는 옆에 온 스텐코프에게 이인국 박사는 말 절반 손짓 절반으로 혹을 수술하겠다는 의사를 표명했다.

스텐코프는 '하라쇼★'를 연발했다.

그 후 몇 번 통역을 사이에 두고 수술 계획에 대한 자세한 의사를 진술할 기회가 생겼다.

이인국 박사는 일본인 시장의 혹을 수술하던 일을 회상하면서 자신 있는 설복을 했다.

'동경 경응대학병원에서도 못하겠다는 것을 내가 거뜬히 해치우지 않

★ 하라쇼 : '좋습니다'를 뜻하는 러시아어.

았던가.'

그는 혼자 머릿속에서 자문자답하면서 이번 일에 도박 같은 심정으로 생명을 걸었다.

소련 군의관을 입회시키고 몇 차례의 예비 진단이 치러졌다.

수술일은 왔다.

이인국 박사는 손에 익은 자기 병원의 의료 기재를 전부 운반하여 오게 했다.

군의관 세 사람이 보조하기로 했지만 집도는 이인국 박사 자신이 했다. 야전병원의 젊은 군의관들이란 그에게 있어선 한갓 풋내기로밖에 보이지 않았다.

그는 수술을 진행하는 동안 그들 군의관들을 자기 집 조수 부리듯 했다. 집도 이후의 수술대는 완전히 자기 전단하의 왕국이라고 생각되었다.

그러나 아까 수술 직전에 사인한, 실패되는 경우에는 총살에 처한다는 서약서가 통일된 정신을 순간순간 흐려 놓곤 했다.

수술대에 누운 스텐코프의 침착하면서도 긴장에 찼던 얼굴, 그것도 전신 마취가 끝난 후 삼 분이 못 갔다.

간호부는 가제로 이인국 박사의 이마에 내맺힌 땀방울을 연방 찍어 내고 있다.

기구가 부딪는 금속성과 서로의 숨소리만이 고촉의 반사등이 내리비치는 방 안의 질식할 것 같은 침묵을 헤살 짓고 있다.

수술은 예상 이상의 단시간으로 끝났다.

위생복을 벗은 이인국 박사의 전신은 땀으로 흠뻑 젖었다.

완치되어 퇴원하는 날, 스텐코프는 이인국 박사의 손을 부서져라 쥐면서 외쳤다.

"꺼비딴 리, 스바씨보★."

이인국 박사는 입을 헤벌리고 웃기만 했다. 마음의 감옥에서 해방된 것만 같았다.

"아진★, 아진……오첸 하라쇼."

스텐코프는 엄지손가락을 높이 들면서 네가 첫째라는 듯이 이인국 박사의 어깨를 치며 칭찬했다.

다음 날 스텐코프는 이인국 박사를 자기 방으로 불렀다.

그가 이인국 박사에게 스스로 손을 내밀어 예절적인 악수를 청한 것은 이것이 처음이었다.

'적과 적이 맞부딪치면서 이렇게 백팔십 도로 전환될 수가 있을까. 노랑대가리도 역시 본심에서는 하나의 인간임에는 틀림없는 것이 아닌가.'

"내일부터는 집에서 통근해도 좋소."

이인국 박사는 막혔던 둑이 터지는 것 같은 큰 숨을 삼켜 가면서 내쉬었다.

이번에는 이인국 박사가 스텐코프의 손을 잡았다.

"스바씨보, 스바씨보."

"혹 나한테 무슨 부탁이 없소?"

이인국 박사는 문득 시계가 머리에 떠올랐다.

그러면서도 곧이어 이 마당에 그런 이야기를 꺼낸다는 것은 오히려 꾀

★ 스바씨보 : '고맙소'를 뜻하는 러시아어.
★ 아진 : '아주'를 뜻하는 러시아어.

죄죄하게 보이지 않을까 하는 생각이 뒤따랐다. 그러나 아무래도 그 미련이 가셔지지 않았다.

이인국 박사는 비록 찾지 못하는 경우가 있더라고 솔직히 심중을 털어놓으리라고 마음먹었다.

그는 통역의 보조를 받아 가며 시간과 장소를 정확히 회상하면서 시계를 약탈당한 경위를 상세히 설명했다.

스텐코프는 혹이 붙었던 뺨을 쓰다듬으면서 긴장된 모습으로 듣고 있었다.

"염려 없소, 독또우루 리. 위대한 붉은 군대가 그럴 리가 없소. 만약 있었다 하더라도 그것은 무슨 착각이었을 것이오. 내가 책임지고 찾도록 하겠소."

스텐코프의 얼굴에 결의를 띤 심각한 표정이 스쳐 가는 것을 이인국 박사는 똑바로 쳐다보았다.

'공연한 말을 끄집어내어 일껏 잘되어 가는 일에 부스럼을 만드는 것은 아닐까.'

그는 솟구치는 불안과 후회를 짓눌렀다.

"안심하시오, 독또우리 리, 하하하."

스텐코프는 큰 웃음으로 넌지시 말끝을 막았다.

이인국 박사는 죽음의 직전에서 풀려나 집으로 향했다.

어느 사이 저렇게 노어로 의사 표시를 할 수 있게 되었느냐고 스텐코프가 감탄하더라는 통역의 말을 되뇌면서…….

차가 브라운 씨의 관사 앞에 닿았다.

성조기를 보면서 이인국 박사는 그날의 적기와 돌려 온 시계를 생각하고 있었다.

응접실에 안내된 이인국 박사는 주인이 나오기를 기다리면서 방 안을 둘러보았다. 대사관으로는 여러 번 찾아갔지만 집으로 찾아온 것은 이번이 처음이다.

삼 년 전 딸이 미국으로 갈 때부터 신세진 사람이다.

벽 쪽 책꽂이에는 《조선왕조실록》, 《대동야승》 등 한적이 빼곡히 차 있고 한쪽에는 고서의 질책이 가지런히 쌓여져 있다.

맞은편 책상 위에는 작은 금동 불상 곁에 몇 개의 골동품이 진열되어 있다. 십이 폭 예서 병풍 앞 탁자 위에 놓인 재떨이도 세월의 때 묻은 백자기다.

저것들도 다 누군가가 가져다준 것이 아닐까 하는 데 생각이 미치자 이인국 박사는 얼굴이 화끈해졌다.

그는 자기가 들고 온 상감진사 고려청자 화병에 눈길을 돌렸다. 사실 그것을 내놓는 데는 얼마간의 아쉬움이 없지 않았다. 국외로 내어보낸다는 자책감 같은 것은 아예 생각해 본 일이 없는 그였다.

차라리 이인국 박사에게는 저렇게 많으니 무엇이 그리 소중하고 달갑게 여겨지겠느냐는 망설임이 더 앞섰다.

브라운 씨가 나오자 이인국 박사는 웃으며 선물을 내어놓았다. 포장을 풀고 난 브라운 씨는 만면에 미소를 띠며 기쁨을 참지 못하는 듯 탱큐를 거듭 부르짖었다.

"참 이거 귀중한 것입니다."

"뭐 대단한 것이 아닙니다만 그저 제 성의입니다."

이인국 박사는 안도감에 잇닿는 만족을 느끼면서 브라운 씨의 기쁨에 맞장구를 쳤다.

브라운 씨가 영어 반 한국말 반으로 섞어 하는 이야기를 들으면서 이인국 박사는 흐뭇한 기분에 젖었다.

"닥터 리는 영어를 어디서 배웠습니까?"

"일제시대에 일본말 식으로 배웠지요. 예를 들면 '잣도 이즈 아 갸도' 식으루요."

"그런데 지금 발음은 좋은데요. 문법이 아주 정확한 스탠더드 잉글리시입니다."

그는 이 말을 들을 때 문득 스텐코프의 말이 연상됐다. 그러고 보면 영국에 조상을 가진다는 브라운 씨는 알(R) 발음을 그렇게 나타내지 않는 것 같게 여겨졌다.

"얼마 전부터 개인교수를 받고 있습니다."

"아, 그렇습니까?"

이인국 박사는 자기의 어학적 재질에 은근히 자긍을 느꼈다.

브라운 씨가 부엌 쪽으로 갔다 오더니 양주 몇 병이 놓인 쟁반이 따라 나왔다.

"아무거라도 마음에 드는 것으로 하십시오."

이인국 박사는 보드카 한 잔을 신통한 안주도 없이 억지로라도 단숨에 들이켜야 속이 시원해하던 스텐코프를 브라운 씨 얼굴에 겹쳐 보고 있다.

그는 혈압 때문에 술을 조절해야 하는 자기 체질에 알맞게 스카치 한 잔을 핥듯이 조금씩 목을 축이면서 브라운 씨의 이야기를 기다렸다.

"그거, 국무성에서 통지 왔습니다."

이인국 박사는 뛸 듯이 기뻤으나 솟구치는 흥분을 억제하면서 천천히 손을 내밀어 악수를 청했다.

"탱큐, 탱큐."

어쩌면 이것은 수술 후의 스텐코프가 자기에게 하던 방식 그대로인지도 모른다는 생각이 들었다.

이인국 박사는 지성이면 감천이라고, 나의 처세법은 유에스에이에도 통하는구나 하는 기고만장한 기분이었다.

청자병을 몇 번이고 쓰다듬으면서 술잔을 거듭하는 브라운 씨도 몹시 즐거운 표정이었다.

"미국에 가서의 모든 일도 잘 부탁합니다."

"네, 염려 마십시오. 떠나실 때 소개장을 써 드리지요."

"감사합니다."

"역사는 짧지만, 미국은 지상의 낙토입니다. 양국의 우호와 친선에 도움이 되기를 바랍니다……."

"탱큐……."

다음 날 휴전선 지대로 같이 수렵하러 가기로 약속하고 이인국 박사는 브라운 씨 대문을 나섰다.

이번 새로 장만한 영국제 쌍발 엽총의 짙푸른 총신을 머리에 그리면서 그의 몸은 날기라도 할 듯이 두둥실 가벼웠다. 이인국 박사는 아까 수술한 환자의 경과가 궁금했으나 그것은 곧 씻겨져 갔다.

그의 마음속에는 새로운 포부와 희망이 부풀어 올랐다.

신체검사는 이미 끝난 것이고 외무부 출국 수속도 국무성 통지만 오면 즉일 될 수 있게 담당 책임자에게 교섭이 되어 있지 않은가? 빠르면 일주일 내에 떠나게 될지도 모른다는 브라운 씨의 말이 떠올랐다.

대학을 갓 나와 임상 경험도 신통치 않은 것들이 미국에만 갔다 오면 별이라도 딴 듯이 날치는 꼴이 눈꼴사나웠다.

'어디 나두 댕겨오구 나면 보자!'

문득 딸 나미와 아들 원식의 얼굴이 한꺼번에 망막으로 휘몰아 왔다. 그는 두 주먹을 불끈 쥐며 얼굴에 경련을 일으키듯 긴장을 띠다가 어색한 미소를 흘려보냈다.

'흥, 그 사마귀 같은 일본 놈들 틈에서도 살았고, 닥싸귀 같은 로스케 속에서도 살아났는데, 양키라고 다를까…… 혁명이 일겠으면 일구, 나라가 바뀌겠으면 바뀌구, 아직 이 이인국의 살 구멍은 막히지 않았다. 나보다 얼마든지 날뛰던 놈들도 있는데, 나쯤이야…….'

그는 허공을 향하여 마음껏 소리치고 싶었다.

'그러면 우선 비행기 회사에 들러 형편이나 알아볼까…….'

이인국 박사는 캘리포니아 특산 시가를 비스듬히 문 채 지나가는 택시를 불러 세웠다.

그는 스프링이 튈 듯이 부스에 털썩 주저앉았다.

"반도 호텔로……."

차창을 거쳐 보이는 맑은 가을 하늘이 이인국 박사에게는 더욱 푸르고 드높게만 느껴졌다.

전광용 1919~1988 함경남도 북청군에서 태어나 1939년 《동아일보》 신춘문예에 동화 〈별나라 공주와 토끼〉가, 1955년 《조선일보》 신춘문예에 단편소설 〈흑산도〉가 당선되었습니다. 주요 작품으로는 〈흑산도〉 〈꺼삐딴리〉 〈나신〉 〈창과 벽〉 〈태백산맥〉 등이 있습니다.

작품 설명

내용 파악하기

▶ **주인공 이인국 박사의 삶을 간단히 정리해 봅시다.**

시기	거주지	그의 행적
일제강점기	북한	친일파
해방 직후	북한	친소파
6·25전쟁 중	북한→남한	남하
전쟁 이후	남한	친미파

▶ **그가 친일파로 감옥에 갇힌 다음 감옥에서 어떻게 나오게 되었나요?**

감옥에서 발병했던 이질 치료, 러시아 장교의 혹 제거 수술을 함으로써 인심을 얻음.

▶ **이인국은 미국에 가기 위해 어떤 일을 했나요?**

미국인 브라운에게 고려청자를 선물함.

▶ **그의 병원이 번성한 이유는 무엇인가요?**

깨끗하다. 치료비가 비싸다. 부자들만 치료한다.

▶ **이인국의 가족 관계를 정리해 봅시다.**

전처 사이에서 낳은 원식(소련 유학 중 연락 두절)과 나미(미국 유학 중 미국인과 결혼하려 함)

간호사였던 현처 혜숙과 그 사이에서 낳은 아이 한 명

핵심 정리

갈래 : 단편소설, 풍자소설

배경 : 일제강점기에서 6·25전쟁 시기, 북한과 남한

시점 : 전지적 작가 시점

주제 : 세상의 변화에 따라 변신하여 개인의 영달만 꾀하는 기회주의적 인간에 대한 비판과 풍자

제재 : 의사 이인국의 삶

특징 : ① 현재 이인국이 지나온 삶을 회상하는 형식의 역순행적 구성

② 시대적으로 나눈 여러 사건을 모아 엮은 몽타주 수법

작품 이해

처음과 마지막 부분이 현실이고, 나머지 부분은 주로 과거를 회상하는 역순행적 구성으로 되어 있습니다. 여기에서 '회중시계'는 과거와 현재를 연결하는 중요한 매개체 역할을 하고 있습니다. 일제강점기에서 해방과 남북 분단, 그리고 6·25전쟁 등으로 이어지는 현대사는 대부분의 우리나라 사람들에게는 고난의 역사였습니다. 그러나 일부 사람들에게는 그러한 격동의 시대가 오히려 자신의 성공과 부를 축적할 수 있는 기회가 되었습니다. 그렇게 약삭빠르게 변신하며 살아간 사람들이 우리나라의 지도층을 형성하였고, 그의 후손들이 지금까지도 부귀영화를 누리며 살고 있습니다. 이러한 참담한 현실을 작가는 이 소설을 통해 날카롭게 풍자하고 비판하고 있습니다.

생각해 보기

▸ **역사적 격변기에도 이인국이 늘 잘살았던 이유는 무엇인가요?**

▸ **이인국과 같은 시대를 살았던 사람들 중에 그와 다른 삶을 살았던 사람들을 이야기해 봅시다.**

수난이대

• 하근찬 •

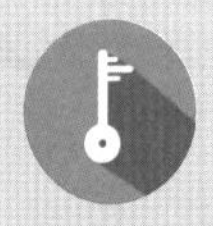

• 읽기 전에 •

수난이라는 말은 '견디기 힘든 어려운 일을 겪거나 그런 처지에 놓임'을 뜻합니다. 아버지와 아들이 함께 수난의 상황에 처했다고 합니다. 수난을 당한 시기와 상태, 수난으로 인한 상처는 다르지만 이들은 힘을 모아 살아가고자 합니다. 이들의 이야기를 함께 들어 볼까요?

진수가 돌아온다. 진수가 살아서 돌아온다. 아무개는 전사했다는 통지가 왔고, 아무개 아무개는 죽었는지 살았는지 통 소식이 없는데, 우리 진수는 살아서 오늘 돌아오는 것이다. 생각할수록 어깻바람이 날 일이다.

그래 그런지 몰라도 박만도는 여느 때 같으면 아무래도 한두 군데 앉아 쉬어야 넘어설 수 있는 용머리재를 단숨에 올라채고 만 것이다. 가슴이 펄럭거리고 허벅지가 뻐근했다. 그러나 그는 고갯마루에서도 쉴 생각을 하지 않았다. 들 건너 멀리 바라보이는 정거장에서 연기가 물씬물씬 피어오르며 삐익 기적 소리가 들려왔기 때문이다. 아들이 타고 내려올 기차는 점심때가 가까워야 도착한다는 것을 모르는 바 아니다.

해가 이제 겨우 산등성이 위로 한 뼘가량 떠올랐으니. 오정★이 되려면 아직 차례 먼 것이다. 그러나 그는 공연히 마음이 바빴다. 까짓것, 잠시 앉아 쉬면 뭐 할 끼고. 손가락으로 한쪽 콧구멍을 찍 누르면서 팽! 마른 코를 풀어 던졌다. 그리고 휘청휘청 고갯길을 내려가는 것이다. 내리막은 오르막에 비하면 아무것도 아니었다. 대고★ 팔을 흔들라치면 절로 굴러 내려가는 것이다. 만도는 오른쪽 팔만을 앞뒤로 흔들고 있었다. 왼쪽 팔은 조끼 주머니에 아무렇게나 쑤셔 넣고 있는 것이다.

삼대독자가 죽다니 말이 되나. 살아서 돌아와야 일이 옳고말고. 그런데 병원에서 나온다 하니 어디를 좀 다치기는 다친 모양이지만, 설마 나

★ 오정 : 정오. 낮 12시.
★ 대고 : 계속하여 자꾸.

같이 이렇게사 되지 않았겠지. 만도는 왼쪽 조끼 주머니에 꽂힌 소맷자락을 내려다보았다. 그 소맷자락 속에는 아무것도 든 것이 없었다.

그저 소맷자락만이 어깨 밑으로 덜렁 처져 있는 것이다. 그래서 노상 그쪽은 조끼 주머니 속에 꽂혀 있는 것이다. 볼기짝 아니 장딴지 같은 데를 총알이 약간 스쳐 갔을 따름이겠지. 나처럼 팔뚝 하나가 몽땅 달아날 지경이었다면 그 엄살스런 놈이 견뎌 냈을 턱이 없고말고. 슬며시 평정이 되기도 하는 듯 그는 속으로 이런 소리를 주워섬겼다.

내리막길은 빨랐다. 벌써 고갯마루가 저만큼 높이 쳐다보이는 것이다. 산모퉁이를 돌아서면 이제 들판이다. 내리막길을 쏘아 내려온 기운 그대로, 만도는 들길을 잰걸음 쳐 나가다가 개천 둑에 이르러서야 걸음을 멈추었다. 외나무다리가 놓여 있는 조그마한 시냇물이었다. 한여름 장마철에는 들어설라치면 배꼽이 묻히는 수도 있었지마는, 요즈막엔 무릎이 잠길 듯 말 듯한 물인 것이다. 가을이 깊어지면서부터 물은 밑바닥이 환히 들여다보일 만큼 맑아져 갔다. 소리도 없이 미끄러져 내려가는 물을 가만히 내려다보고 있으면 절로 이뿌리가 시려 온다.

만도는 물기슭에 내려가서 쭈그리고 앉아 한 손으로 고의춤을 풀어헤쳤다. 오줌을 찌익 깔기는 것이다. 거울 면처럼 맑은 물 위에 오줌이 가서 부글부글 끓어오르며 뿌연 거품을 이루자, 여기저기서 물고기 떼가 모여든다. 제법 엄지손가락만씩 한 피라미도 여러 마리다. 한 바가지 잡아서 회 쳐 놓고 한 잔 쭈욱 들이켰으면……. 군침이 목구멍에서 꿀꺽했다. 고기 떼를 향해서 마른 코를 팽팽 풀어 던지고, 그는 외나무다리를 조심히 디디었다.

길이가 얼마 되지 않는 다리였으나, 아래로 물을 내려다보면 제법 어찔했다. 그는 이 외나무다리를 퍽 조심했다. 언젠가 한번 읍에서 술이 꽤 되어 가지고 홍청거리며 돌아오다가 물에 굴러떨어진 일이 있었던 것이다. 지나치는 사람이 없었기에 망정이지, 누가 보았더라면 큰 웃음거리가 될 뻔했었다. 발목 하나를 약간 접쳤을 뿐, 크게 다친 데는 없었다. 이른 가을철이었기 때문에 옷을 벗어 둑에 늘어놓고 말릴 수는 있었으나 여간 창피스러운 것이 아니었다. 옷이 말짱 젖었다거나, 옷이 마를 때까지 발가벗고 기다려야 한다거나 해서가 아니었다. 팔뚝 하나가 몽땅 잘라져 나간 흉측한 몸뚱어리를 하늘 앞에 드러내 놓고 있어야 했기 때문이었다. 지나치는 사람이 있을라치면 하는 수 없이 물속으로 뛰어 들어가서 얼굴만 내놓고 앉아 있었다. 물이 선뜩해서 아래턱이 덜덜거렸으나. 오그라든 사타구니께를 한 손으로 꽉 움켜쥐고 버티는 수밖에 없었다.

"흐흐……."

그때 일을 생각하면 지금도 곧 웃음이 터져 나오는 것이다. 하늘로 쳐들린 콧구멍이 연신 벌름거렸다.

개천을 건너서 논두렁길을 한참 부지런히 걸어가노라면 읍으로 들어가는 한길★이 나선다. 도로변에 먼지를 부옇게 덮어쓰고 도사리고 앉아 있는 초가집은 주막이다. 만도가 읍에 나올 때마다 꼭 한 번씩 들르곤 하는 단골집인 것이다. 이 집 눈썹이 짙은 여편네와는 예사로 농을 주고받는 사이다.

술방 문턱을 넘어서며 만도가,

"서방님 들어가신다." 하면 여편네는,

★ 한길 : 사람이나 차가 많이 다니는 넓은 길.

"아이 문둥아, 어서 오너라." 하는 것이 인사처럼 되어 있었다. 만도는 여간 언짢은 일이 있어도 이 여편네의 궁둥이 곁에 가서 앉으면 속이 저절로 쑥 내려가는 것이었다.

주막 앞을 지나치면서 만도는 술방 문을 열어 볼까 했으나, 방문 앞에 신이 여러 켤레 널려 있고, 방 안에서 웃음소리가 요란하기 때문에 돌아오는 길에 들르기로 했다. 신작로에 나서면 금시 읍이었다. 만도는 읍 들머리에서 잠시 망설이다가, 정거장 쪽과는 반대되는 방향으로 걸음을 옮겼다. 장거리★를 찾아가는 것이었다. 진수가 돌아오는데 고등어나 한 손 사 가지고 가야 될 거 아닌가 싶어서였다. 장날은 아니었으나, 고깃전에는 없는 고기가 없었다. 이것을 살까 하면 저것이 좋아 보이고, 그것을 사러 가면 또 그 옆의 것이 먹음직해 보이고, 한참 이리저리 서성거리다가 결국은 고등어 한 손을 샀다. 그것을 달랑달랑 들고 정거장을 향해 가는데, 겨드랑 밑이 간질간질해 왔다. 그러나 한쪽밖에 없는 손에 고등어를 들었으니 참 딱했다. 어깻죽지를 연신 위아래로 움직거리는 수밖에 없었다.

정거장 대합실에 들어선 만도는 먼저 벽에 걸린 시계부터 바라보았다. 두 시 이십 분이었다. 벌써 두 시 이십 분이라니, 내가 잘못 보았나? 아무리 두 눈을 씻고 보아도 시계는 틀림없는 두 시 이십 분이었다. 한쪽 걸상에 가서 궁둥이를 붙이면서도 곧장 미심쩍어했다. 두 시 이십 분이라니, 그럼 벌써 점심때가 지났단 말인가? 말도 아닌 것이다. 자세히 보니 시계는 유리가 깨어졌고, 먼지가 허옇게 앉아 있었다.

★ 장거리 : 장이 서는 거리.

그러면 그렇지. 엉터리였다. 벌써 그렇게 되었을 리가 없는 것이다.

"여보이소, 지금 몇 싱교?"

맞은편에 앉은 양복쟁이한테 물어보았다.

"열 시 사십 분이오."

"예, 그렁교."

만도는 고개를 굽실하고는 두 눈을 연신 껌벅거렸다. 열 시 사십 분이라. 보자, 그럼 아직도 한 시간이나 넘어 남았구나. 그는 안심이 되는 듯 휴우 숨을 내쉬었다. 궐련★을 한 개 물고 불을 댕겼다. 정거장 대합실에 와서 이렇게 도사리고 앉아 있노라면, 만도는 곧장 생각나는 일이 한 가지 있었다. 그 일이 머리에 떠오르면 등골을 찬 기운이 쫙 스쳐 내려가는 것이었다. 다섯 개의 손가락이 시퍼렇게 굳어진, 이끼 낀 나무토막 같은 팔뚝이 지금도 저만큼 눈앞에 보이는 듯했다.

바로 이 정거장 마당에 백 명 남짓한 사람들이 모여 웅성거리고 있었다. 그중에는 만도도 섞여 있었다. 기차를 기다리고 있는 것이었으나, 그들은 모두 자기네들이 어디로 가는지 알지를 못했다. 그저 차를 타라면 탈 사람들이었다. 징용★에 끌려 나가는 사람들이었다. 그러니까 지금으로부터 십이삼 년 옛날의 이야기인 것이다, 북해도★ 탄광으로 갈 것이라는 사람도 있었고. 틀림없이 남양군도★로 간다는 사람도 있었다. 더러는 만주로 갔으면 좋겠다고 하기도 했다.

★ 궐련 : 얇은 종이로 가늘고 길게 말아 놓은 담배.

★ 징용 : 전쟁 따위가 벌어진 비상사태에 국가가 국민을 강제적으로 일정한 업무에 종사시키는 일.

★ 북해도 : 일본 '홋카이도'를 우리 한자음으로 읽은 이름.

★ 남양군도 : 태평양의 적도 부근에 흩어져 있는 섬의 무리. 마리아나, 마셜, 캐롤라인, 팔라우 따위의 여러 군도로 나뉜다.

만도는 북해도가 아니면 남양군도일 것이고, 거기도 아니면 만주겠지. 설마 저희들이 하늘 밖으로사 끌고 가겠느냐고. 아무렇지도 않은 듯이 그 들창코로 담배 연기를 푹푹 내뿜고 있었다. 그러나 마음이 좀 덜 좋은 것은 마누라가 저쪽 변소 모퉁이 벚나무 밑에 우두커니 서서 한눈도 안 팔고 이쪽만을 바라보고 있는 때문이었다. 그래서 그는 주머니 속에 성냥을 두고도 옆 사람에게 불을 빌리자고 하며 슬그머니 돌아서 버리곤 했다. 플랫폼으로 나가면서 뒤를 돌아보니 마누라는 울 밖에 서서 수건으로 코를 눌러 대고 있었다. 만도는 코허리가 찡했다. 기차가 꽥꽥 소리를 지르면서 덜커덩! 하고 움직이기 시작했을 때는 정말 기분이 덜 좋았다. 눈앞이 뿌옇게 흐려지는 것을 어쩌지 못했다. 그러나 정거장이 까맣게 멀어져 가고, 차창 밖으로 새로운 풍경이 휙휙 날아들자 그만 아무렇지도 않아지는 것이었다. 오히려 기분이 유쾌해지는 것 같기도 했다.

바다를 본 것도 처음이었고, 그처럼 큰 배에 몸을 실어 본 것은 더구나 처음이었다. 배 밑창에 엎드려서 꽥꽥 게워 내는 사람들이 많았으나, 만도는 그저 골이 좀 띵했을 뿐 아무렇지도 않았다. 더러는 하루에 두 개씩 주는 주먹밥을 남기기도 했으나, 그는 한꺼번에 하루 것을 뚝딱해도 시원찮았다. 모두들 내릴 준비를 하라는 명령이 떨어진 것은 사흘째 되는 날 황혼 때였다. 제각기 봇짐을 챙기기에 바빴다. 만도도 호박 덩이만 한 보따리를 옆구리에 덜렁 찼다. 갑판 위에 올라가 보니 하늘은 활활 타오르고 있고, 바닷물은 불에 녹은 쇠처럼 벌겋게 출렁거리고 있었다. 지금 막 태양이 물 위로 뚝 떨어져 가는 중이었다. 햇덩어리가 어쩌면 그렇게 크고 붉은지 정말 처음이었다. 그리고 바다 위에 주황빛으로 번쩍거리는 커다란 산이 둥둥 떠 있는 것이었다. 무시무시하도록 황홀한 광경에 모두들 딱 벌어진 입을 다물 줄 몰랐다. 만도는 양어깨를 버쩍 들어 올리면서 히야, 고함을 질렀다. 그러나 섬에서 그들을 기다리고 있는 것은 숨 막히는 더위와 강제 노동과 그리고 잠자리만씩이나 한 모기에……. 그런 것뿐이었다.

섬에다가 비행장을 닦는 것이었다. 모기에게 물려 혹이 된 자리를 벅벅 긁으며, 비 오듯 쏟아지는 땀을 무릅쓰고 아침부터 해가 떨어질 때까지 산을 허물어 내고, 흙을 나르고 하기란 고향에서 농사일에 뼈가 굳어진 몸에도 이만저만한 고역이 아니었다. 물도 입에 맞지 않았고, 음식도 이내 변하곤 해서, 도저히 견디어 낼 것만 같지가 않았다. 게다가 병까지 돌았다. 일을 하다가도 벌떡 자빠지기가 예사였다. 그러나 만도는 아침저녁으로 약간씩 설사를 했을 뿐 넘어지지는 않았다. 물도 차츰 입에 맞아 갔고, 고된 일도 날이 감에 따라 몸에 배어드는 것이었다. 밤에 날개를 치며 몰려드는 모기떼만 아니면 그냥저냥 배겨 내겠는데, 정말 그놈의 모기들만은 질색이었다.

사람의 힘이란 무서운 것이었다. 그처럼 험난하던 산과 산 틈바구니에 비행장을 다듬어 내고야 말았던 것이다. 그러나 일은 그것으로 끝나는 것이 아니고, 오히려 더 벅찬 일이 닥치는 것이었다. 연합군*의 비행기가 날아들면서부터 일은 밤중까지 계속되었다. 산허리에 굴을 파 들어가는 작업이었다. 비행기를 집어넣을 굴이었다. 그리고 모든 시설을 다 굴속으로 옮겨야 하는 것이었다. 여기저기서 다이너마이트 튀는 소리가 산을 흔들어 댔다. 앵앵앵 하고 공습경보*가 나면 일을 하던 손을

★ 연합군 : 태평양전쟁 당시에 일본군에 대적하기 위해 미국·영국 등의 여러 국가가 연합하여 만든 군대.
★ 공습경보 : 적의 항공기가 공습하여 왔을 때 위험을 알리는 경보.

놓고 모두 굴 바닥에 납작납작 엎드려 있어야 했다. 비행기가 돌아갈 때까지 그러고 있는 것이었다. 어떤 때는 근 한 시간 가까이나 엎드려 있어야 하는 때도 있었는데, 차라리 그것이 얼마나 편한지 몰랐다. 그래서 더러는 공습이 있기를 은근히 기다리기도 했다. 때로는 공습경보의 사이렌을 듣지 못하고 그냥 일을 계속하는 수도 있었다. 그럴 때는 모두 큰 손해를 보았다고 야단들이었다. 어떻게 된 셈인지 사이렌이 미처 울리기도 전에 비행기가 산등성이를 넘어 달려드는 수도 있었다. 그럴 때는 정말 질겁을 하는 것이었다. 가장 많은 손해를 입는 것도 그런 경우였다. 만도가 한쪽 팔뚝을 잃어버린 것도 바로 그런 때의 일이었다.

여느 날과 다름없이 굴속에서 바위를 허물어 내고 있었다. 바위 틈서리에 구멍을 뚫어서 다이너마이트를 장치하는 것이었다. 장치가 다 되면 모두 바깥으로 나가고, 한 사람만 남아서 불을 댕기는 것이다. 그리고 그것이 터지기 전에 얼른 밖으로 뛰어나와야 한다. 만도가 불을 댕길 차례였다. 모들들 바깥으로 나가 버린 다음 그는 성냥을 꺼냈다. 그런데 웬 영문인지 기분이 꺼림칙했다. 모기에게 물린 자리가 자꾸 쑥쑥 쑤시는 것이었다. 긁적긁적 긁어 댔으나 도무지 시원한 맛이 없었다. 그는 이맛살을 찌푸리면서 성냥을 득! 그었다. 그래 그런지 몰라도 불은 이내 픽 하고 꺼져 버렸다. 성냥 알맹이 네 개째에사 겨우 심지에 불이 댕겨졌다. 심지에 불이 붙는 것을 보자, 그는 얼른 몸을 굴 밖으로 날렸다. 바깥으로 막 나서려는 때였다. 산이 무너지는 듯한 소리와 함께 사나운 바람이 귀전을 후려갈기는 것이었다. 만도는 정신이 아찔했다. 공습이었던 것이다. 산등성이를 넘어 달려든 비행기가 머리 위로 아슬아슬하게 지나가는 것이었다. 미처 정신을 차리기도 전에 또 한 대가 뒤따라 날아드는 것이 아닌가. 만도는 그만 넋을 잃고 굴 안으로 도로 달려 들어갔다. 달려 들어가서 굴 바닥에 아무렇게나 팍 엎드리고 말았다. 그 순간이었다. 쾅! 굴 안이 미어지는 듯하면서 다이너마이트가 터졌다. 만도의 두 눈에서 불이 번쩍했다.

만도가 어렴풋이 눈을 떠 보니, 바로 거기 눈앞에 누구의 것인지 모를 팔뚝이 하나 아무렇게나 떨어져 있었다. 손가락이 시퍼렇게 굳어져서 마치 이끼 낀 나무토막처럼 보이는 팔뚝이었다. 만도는 그것이 자기의 어깨에 붙어 있던 것인 줄을 알자 그만 으악! 정신을 잃어버렸다.

재차 눈을 떴을 때는 그는 푹신한 담요 위에 누워 있었고, 한쪽 어깻죽지가 못 견디게 쿡쿡 쑤셔 댔다. 절단 수술은 이미 끝난 뒤였다.

꽥액, 기차 소리였다. 멀리 산모퉁이를 돌아오는가 보다. 만도는 자리를 털고 벌떡 일어서며 옆에 놓아둔 고등어를 집어 들었다. 기적 소리가 가까워질수록 가슴이 울렁거렸다. 대합실 밖으로 뛰어나가 플랫폼이 잘 보이는 울타리 쪽으로 가서 발돋움을 했다. 땡땡땡……. 종이 울리고, 잠시 후 차는 소리를 지르면서 달려들었다. 기관차의 옆구리에서는 김이 픽픽 풍겨 나왔다. 만도의 얼굴은 바짝 긴장이 되었다. 시커먼 열차 속에서 꾸역꾸역 사람들이 쏟아져 나왔다. 꽤 많은 손님이 쏟아져 내리는 것이었다. 만도의 두 눈은 곧장 이리저리 굴렀다. 그러나 아들의 모습은 쉽사리 눈에 띄지 않았다. 저쪽 출찰구★로 밀려가는 사람의 물결 속에 두 개의 지팡이를 짚고 절룩거리면서 걸어 나가는 상이군인★이 있었으나, 만도는 그 사람에게 주의가 가지는 않았다. 기차에서 내릴 사람은 모두

★ 출찰구 : 차나 배에서 내린 손님이 표를 내고 나가거나 나오는 곳.
★ 상이군인 : 전투나 군사상 공무 중에 몸을 다친 군인.

내렸는가 보다. 이제 미처 차에 오르지 못한 사람들이 플랫폼을 이리저리 서성거리고 있을 뿐인 것이다. 그놈이 거짓으로 편지를 띄웠을 리는 없을 터인데……. 만도는 자꾸 가슴이 떨렸다. 이상한 일이다, 하고 있을 때였다. 분명히 뒤에서, "아부지!" 부르는 소리가 들렸다. 만도는 깜짝 놀라며, 얼른 뒤를 돌아보았다. 그 순간 만도의 두 눈은 무섭도록 크게 떠지고, 입은 딱 벌어졌다. 틀림없는 아들이었으나, 옛날과 같은 진수는 아니었다. 양쪽 겨드랑이에 지팡이를 끼고 서 있는데, 스쳐 가는 바람결에 한쪽 바짓가랑이가 펄럭거리는 것이 아닌가. 만도는 눈앞이 노래지는 것을 어쩌지 못했다. 한참 동안 그저 멍멍하기만 하다가 코허리가 찡해지면서 두 눈에 뜨거운 것이 핑 도는 것이었다.

"에라이 이놈아!"

만도의 입술에서 모지게 튀어나온 첫마디였다. 떨리는 목소리였다. 고등어를 든 손이 불끈 주먹을 쥐고 있었다.

"이기 무슨 꼴이고. 이기!"

"아부지!"

"이놈아, 이놈아……."

만도의 들창코가 크게 벌름거리다가 훌쩍 물코를 들이마셨다. 진수의 두 눈에서는 어느 결에 눈물이 꾀죄죄하게 흘러내리고 있었다. 만도는 모든 게 진수의 잘못이기나 한 듯 험한 얼굴로, "가자, 어서!"

무뚝뚝한 한마디를 던지고는 성큼성큼 앞장을 서 가는 것이었다. 진수는 입술에 내려와 묻는 짭짭한 것을 혀끝으로 날름 핥아 버리고 절름절름 아버지의 뒤를 따랐다. 앞장서 가는 만도는 뒤따라오는 진수를 한번도 돌아보지 않았다. 한눈을 파는 법도 없었다. 무겁디무거운 짐을 진

사람처럼 땅바닥만을 내려다보며, 이따금 끙끙거리면서 부지런히 걸어만 가는 것이다. 지팡이에 몸을 의지하고 걷는 진수가 성한 사람의, 게다가 부지런히 걷는 걸음을 당해 낼 수는 도저히 없었다. 한 걸음 두 걸음씩 뒤지기 시작한 것이 그만 작은 소리로 불러서는 들리지 않을 만큼 떨어져 버리고 말았다. 진수는 목구멍으로 왈칵 넘어오려는 뜨거운 기운을 참느라고 어금니를 야물게 깨물어 보기도 했다. 그리고 두 개의 지팡이와 한 개의 다리를 열심히 움직여 대는 것이었다.

앞서 가던 만도는 주막집 앞에 이르자 비로소 한 번 뒤를 돌아보았다. 진수는 오다가 나무 밑에 서서 오줌을 누고 있었다. 지팡이는 땅바닥에 던져 놓고, 한쪽 손으로 볼일을 보고, 한쪽 손으로는 나무 둥치를 안고 있는 꼬락서니가 을씨년스럽기 이를 데 없다. 만도는 눈살을 찌푸리며, 으음! 신음 소리 비슷한 무거운 소리를 토했다. 그리고 술방 앞으로 가서 방문을 왈칵 잡아당겼다. 기역자 판 안쪽에 도사리고 앉아서 속옷을 뒤집어 이를 잡고 있던 여편네가 킥! 웃으며 후다닥 옷섶을 여몄다. 그러나 만도는 웃지를 않았다. 방문턱을 넘어서면서도 서방님 들어가신다는 소리를 지르지도 않았다. 이처럼 뚝뚝한 얼굴을 하고 이 술방에 들어서기란 아마 처음 일일 것이다.

여편네가 멋도 모르고,

"오늘은 서방님 아닌가 배." 하고 킬룩 웃었으나, 만도는 으음! 또 무거운 신음 소리를 토하고는 기역자 판 앞에 가서 쭈그리고 앉기가 바쁘게,

"빨리. 빨리." 재촉이었다.

"핫다나, 어지간히도 바쁜가 배."

"빨리 곱빼기로 한 사발 달라니까구마."

"오늘은 와 이카노?"

여편네가 건네주는 술 사발을 받아 들며 만도는 후유, 한숨을 크게 내쉬었다. 그리고 입을 얼른 사발로 가져갔다. 꿀꿀꿀 잘도 넘어간다. 그 큰 사발을 단숨에 비워 버리고는 도로 여편네 앞으로 불쑥 내민다. 그렇게 거들빼기★로 석 잔을 해치우고서야 으으윽 게트림★을 했다.

여편네가 눈을 휘둥그레 가지고 혀를 내둘렀다. 빈속에 술을 그처럼 때려 마시고 보니 금세 눈두덩이 확확 달아오르고 귀뿌리가 발갛게 익어 갔다. 술기가 얼근하게 돌자 이제 좀 속이 풀리는 듯 방문을 열고 바깥을 내다보았다. 진수는 이마에 땀을 척척 흘리면서 절름절름 저만큼 오고 있었다.

"진수야!"

버럭 소리를 질렀다.

"이리 들어와 보래."

"……."

진수는 아무런 대꾸도 없이 어기적어기적 다가왔다.

다가와서 방문턱에 걸터앉으니까, 여편네가 보고,

"방으로 좀 들어오이소." 한다.

"여기 좋심더."

그는 수세미 같은 손수건으로 이마와 코언저리를 아무렇게나 훔친다.

"마, 아무 데서나 묵어라. 저 국수 한 그릇 말아 주소."

"야."

★ 거들빼기 : 연거푸. 잇따라 여러 번 되풀이하여.
★ 게트림 : 거만스럽게 거드름을 피우며 하는 트림.

"곱빼기로 잘 좀……. 참지름도 치소, 잉?"

"야아."

여편네는 코로 히죽 웃으면서 만도의 옆구리를 살짝 꼬집고는 소쿠리에서 삶은 국수 두 뭉텅이를 집어 든다.

진수가 국수를 훌훌 끌어넣고 있을 때, 여편네는 만도의 귓전으로 얼굴을 살짝 갖다 댄다.

"아들이가?"

만도는 고개를 약간 앞뒤로 끄덕거렸을 뿐, 좋은 기색을 하지 않았다. 진수가 국물을 훌쩍 들이마시고 나자 만도는, "한 그릇 더 묵을래?" 한다.

"아니예."

"한 그릇 더 묵지, 와?"

"그만 묵을랍니더."

진수는 입술을 썩 닦으며 부스스 자리에서 일어났다.

주막을 나선 그들 부자는 논두렁길로 접어들었다. 아까와 같이 만도가 앞장을 서는 것이 아니라, 이번에는 진수를 앞세웠다. 지팡이를 짚고 찌우뚱 찌우뚱 앞서 가는 아들의 뒷모습을 바라보며, 팔뚝이 하나밖에 없는 아버지가 느릿느릿 따라가는 것이다. 손에 매달린 고등어가 대고 달랑달랑 춤을 춘다.

너무 급하게 들이부어서 그런지 만도의 뱃속에서는 우글우글 술이 끓고, 다리가 휘청거린다. 콧구멍으로 더운 숨을 훅훅 내뿜어 본다. 정신이 아른하다. 좋다.

"진수야!"

"예?"

"니 우짜다가 그래 됐노?"

"전쟁하다가 이래 안 됐심니꾜. 수류탄 쪼가리에 맞았심더."

"수류탄 쪼가리에?"

"예."

"음……."

"얼른 낫지 않고 막 썩어 들어가기 때문에 군의관이 짤라 버렵디더. 병원에서예."

"……."

"아부지!"

"와?"

"이래 가지고 나 우째 살까 싶습니더."

"우째 살긴 뭘 우째 살아. 목숨만 붙어 있으면 다 사는 기다. 그런 소리 하지 마라."

"……."

"나 봐라, 팔뚝이 하나 없어도 잘만 안 사나. 남 봄에 좀 덜 좋아서 그렇지, 살기사 와 못 살아."

"차라리 아부지같이 팔이 하나 없는 편이 낫겠어예. 다리가 없어노니 첫째 걸어 댕기기에 불편해서 똑 죽겠심더."

"야야, 안 그렇다. 걸어 댕기기만 하면 뭐 하노. 손을 지대로 놀려야 일이 뜻대로 되지."

"그럴까예?"

"그렇다니까. 그러니까 집에 앉아서 할 일은 니가 하고, 나댕기메 할 일은 내가 하고, 그라면 안 되겠나. 그제?"

"예."

진수는 가벼운 한숨을 내쉬며 아버지를 돌아다보았다. 만도는 돌아보는 아들의 얼굴을 향해 지그시 웃어 주었다.

술을 마시고 나면 이내 오줌이 마려워진다. 만도는 길가에 아무렇게나 쭈그리고 앉아서 고등어 묶음을 입에 물려고 한다. 그것을 본 진수가, "아부지 그 고등어 이리 주이소." 한다.

팔이 하나밖에 없는 몸으로 물건을 손에 든 채 소변을 볼 수는 없는 것이다. 아버지가 볼일을 마칠 때까지 진수는 저만큼 떨어져 서서, 지팡이를 한쪽 손에 모아 쥐고 다른 손으로는 고등어를 들고 있었다. 볼일을 다 본 만도는 얼른 가서 아들의 손에서 고등어를 다시 받아든다.

개천 둑에 이르렀다. 외나무다리가 놓여 있는 그 시냇물이다. 진수는 슬그머니 걱정이 되었다. 물은 그렇게 깊은 것 같지 않지만, 밑바닥이 모래흙이어서 지팡이를 짚고 건너가기가 만만할 것 같지 않기 때문이다. 외나무다리 위로는 도저히 건너갈 재주가 없고…….

진수는 하는 수 없이 둑에 퍼지고 앉아서 바짓가랑이를 걷어 올리기 시작했다. 만도는 잠시 멀뚱히 서서 아들의 하는 수작을 내려다보고 있다가, "진수야, 그만두고 자아, 업자." 했다

"업고 건너면 일이 다 되는 거 아니가. 자아, 이거 받아라."

고등어 묶음을 진수 앞으로 내민다.

"……."

진수는 퍽 난처해하면서, 못 이기는 듯이 그것을 받아 들었다. 만도는 등을 아들 앞에 갖다 대고, 하나밖에 없는 팔을 뒤로 번쩍 내밀며, "자아, 어서." 했다.

진수는 지팡이와 고등어를 각각 한 손에 쥐고, 아버지의 등으로 가서 슬그머니 업혔다. 만도는 팔뚝을 뒤로 돌려서 아들의 하나뿐인 다리를 꽉 안았다. 그리고 "팔로 내 목을 감아야 될 끼다." 했다.

진수는 무척 황송한 듯 한쪽 눈을 찍 감으면서, 고등어와 지팡이를 든 두 팔로 아버지의 굵은 목줄기를 부둥켜안았다. 만도는 아랫배에 힘을 주며 끙! 하고 일어났다. 아랫도리가 약간 후들거렸으나 걸어갈 만은 했다.

외나무다리 위로 조심조심 발을 내디디며 만도는 속으로, '이제 새파랗게 젊은 놈이 벌써 이게 무슨 꼴이고. 세상을 잘못 만나서 진수 니 신세도 참 똥이다, 똥.' 이런 소리를 주워섬겼고, 아버지의 등에 업힌 진수는 곧장 미안스러운 얼굴을 하며, '나꺼정 이렇게 되다니 아부지도 참 복도 더럽게 없지. 차라리 내가 죽어 버렸더라면 나았을 낀데…….' 하고 중얼거렸다.

만도는 아직 술기가 약간 있었으나, 용케 몸을 가누며 아들을 업고 외나무다리를 조심조심 건너가는 것이었다.

눈앞에 우뚝 솟은 용머리재가 이 광경을 가만히 내려다보고 있었다.

하근찬 1931~2007 **경북 영천에서 태어나 1957년《한국일보》신춘문예에 〈수난이대〉가 당선되어 등단했습니다. 주요 작품으로는 〈수난이대〉〈나룻배 이야기〉〈흰 종이수염〉〈왕릉과 주둔군〉〈삼각의 집〉등이 있습니다. 주로 역사적 현실에 대한 투철한 작가 정신이 드러난 작품을 썼습니다.**

작품 설명

내용 파악하기

만도가 당한 사고의 내용은 무엇인가요?

일제강점기 징용에 끌려갔다가 다이너마이트 폭발에 의해 한쪽 팔이 절단됨.

진수가 당한 사고의 내용은 무엇인가요?

6·25전쟁에 참전하여 수류탄에 맞아 한쪽 다리가 절단됨.

두 부자가 어떻게 살아갈지 짐작하게 하는 말과 행동은 무엇인가요?

말 : "그렇다니까. 그러니까 집에 앉아서 할 일은 니가 하고, 나댕기메 할 일은 내가 하고, 그라면 안 되겠나. 그제?"

행동 : 진수는 지팡이와 고등어를 각각 한 손에 쥐고, 아버지의 등으로 가서 슬그머니 업혔다. 만도는 팔뚝을 뒤로 돌려서 아들의 하나뿐인 다리를 꼭 안았다.

핵심 정리

갈래 : 현대소설, 단편소설

배경 : 6·25전쟁 이후 어느 시골 마을

시점 : 전지적 작가 시점

제재 : 아버지와 아들의 수난

주제 : 대를 이은 가족의 수난과 극복을 통한 인간애의 회복

특징 : 대화체 기법 사용

작품 이해

이 소설은 우리 민족의 수난 역사가 한 개인이나 가족에게 어떠한 상처를 입히는가를 잘 보여 주고 있습니다. 부자는 2대에 걸쳐 본인들의 의지와는 상관없이 불행을 겪게 됩니다. 결국 이들은 불행한 역사의 희생자들입니다. 이러한 점에서 소설은 분명 거짓으로 꾸며 낸 이야기이지만, 사람들의 삶의 모습을 적나라하게 알려 주는 역할을 하기도 합니다. 또한 어려운 현실을 어떻게 극복해야 하는지에 대한 작가의 생각을 전하기도 합니다. 작품의 끝 부분에서 두 부자가 외나무다리를 건너는 모습을 통해 어려운 현실에서도 좌절하지 않고 서로 도우며 극복해야 한다는 것을 이야기하고 있습니다.

생각해 보기

▶ **소설 속의 부자는 이들에게 닥친 불행에 어떻게 대응하나요?**

▶ **이 소설처럼 역사적인 수난이 개인이나 가족에게 상처를 입힌 예로는 무엇이 있을까요?**

• 넷째 마당 •

다양한 삶

운수 좋은 날

• 현진건 •

• 읽기 전에 •

인생을 살다 보면 운수 좋다는 생각이 들 때도 있고, 그 반대일 때도 있습니다. 그런데 이상하게도 운수 좋은 날과 운수 없는 날이 겹쳐 올 때가 있지 않나요? 반장에 당선되어 기분이 좋았던 날에 지갑을 잃어버려 부모님에게 꾸지람을 받은 것과 같은 상황 말이지요. 소설 속 운수 좋은 날은 주인공 김 첨지에게 정말 운수 좋은 날이었는지 함께 읽어 봅시다.

새침하게 흐린 품이 눈이 올 듯하더니 눈은 아니 오고 얼다가 만 비가 추적추적 내리는 날이었다.

이날이야말로 동소문★ 안에서 인력거꾼 노릇을 하는 김 첨지★에게는 오래간만에도 닥친 운수 좋은 날이었다. 문 안에(거기도 문밖은 아니지만) 들어간답시는 앞집 마나님을 전찻길까지 모셔다 드린 것을 비롯으로 행여나 손님이 있을까 하고 정류장에서 어정어정하며 내리는 사람 하나하나에게 거의 비는 듯한 눈결을 보내고 있다가, 마침내 교원인 듯한 양복장이를 동광학교까지 태워다 주기로 되었다.

첫째 번에 삼십 전, 둘째 번에 오십 전. 아침 댓바람에 그리 흉하지 않은 일이었다. 그야말로 재수가 옴 붙어서 근 열흘 동안 돈 구경도 못한 김 첨지는 십 전짜리 백통화★ 서 푼, 또는 다섯 푼이 찰깍하고 손바닥에 떨어질 제 거의 눈물을 흘릴 만큼 기뻤었다. 더구나 이날 이때에 이 팔십 전이란 돈이 그에게 얼마나 유용한지 몰랐다. 컬컬한 목에 모주★ 한 잔도 적실 수 있거니와 그보다도 앓는 아내에게 설렁탕 한 그릇도 사다 줄 수 있음이다.

그의 아내가 기침으로 쿨룩거리기는 벌써 달포★가 넘었다. 조밥도 굶

★ 동소문 : 혜화문.

★ 첨지 : 나이 많은 남자를 낮잡아 이르는 말.

★ 백통화 : 구리, 아연, 니켈의 합금으로 만든 동전.

★ 모주 : 술을 거르고 남은 찌꺼기에 물을 타서 뿌옇게 걸러 낸 탁주.

★ 달포 : 한 달이 조금 넘는 기간.

기를 먹다시피 하는 형편이니 물론 약 한 첩 써 본 일이 없다. 구태여 쓰려면 못 쓸 바도 아니로되 그는 병이란 놈에게 약을 주어 보내면 재미를 붙여서 자꾸 온다는 자기의 신조★에 어디까지 충실하였다. 따라서 의사에게 보인 적이 없으니 무슨 병인지는 알 수 없으되 반듯이 누워 가지고 일어나기는 새로에★ 모로도 못 눕는 걸 보면 중증은 중증인 듯. 병이 이대도록 심해지기는 열흘 전에 조밥을 먹고 체한 때문이다. 그때도 김 첨지가 오래간만에 돈을 얻어서 좁쌀 한 되와 십 전짜리 나무 한 단을 사다 주었더니 김 첨지의 말에 의하면, 그 오라질 년이 천방지축★으로 냄비에 대고 끓였다. 마음은 급하고 불길은 닿지 않아 채 익지도 않은 것을 그 오라질 년이 숟가락은 고만두고 손으로 움켜서 두 뺨에 주먹덩이 같은 혹이 불거지도록 누가 빼앗을 듯이 처박지르더니만 그날 저녁부터 가슴이 땅긴다, 배가 켕긴다 하고 눈을 홉뜨고★ 지랄병을 하였다. 그때, 김 첨지는 열화와 같이 성을 내며,

"에이, 오라질 년, 조랑복★은 할 수가 없어, 못 먹어 병, 먹어서 병, 어쩌란 말이야! 왜 눈을 바루 뜨지 못해!" 하고 김 첨지는 앓는 이의 뺨을 한 번 후려갈겼다. 홉뜬 눈은 조금 바라졌건만 이슬이 맺히었다. 김 첨지의 눈시울도 뜨끈뜨끈한 듯하였다.

이 환자가 그러고도 먹는 데는 물리지★ 않았다. 사흘 전부터 설렁탕 국

★ 신조 : 굳게 믿어 지키고 있는 생각.
★ 새로에 : 고사하고, 그만두고, 커녕.
★ 천방지축 : 어리석게 날뛰거나 너무 급하여 함부로 행동하는 모습.
★ 홉뜨고 : 눈알을 위로 굴리며 눈시울을 위로 치뜨고.
★ 조랑복 : 복을 받아도 오래 누리지 못하는 짧은 동안의 복.
★ 물리지 : 다시 대하기 싫을 만큼 몹시 싫증이 나지.

물이 마시고 싶다고 남편을 졸랐다.

"이런 오라질 년! 조밥도 못 먹는 년이 설렁탕은. 또 처먹고 지랄병을 하게."라고 야단을 쳐 보았건만, 못 사 주는 마음이 시원치는 않았다.

인제 설렁탕을 사 줄 수도 있다. 앓는 어미 곁에서 배고파 보채는 개똥이(세 살먹이)에게 죽을 사 줄 수도 있다. 팔십 전을 손에 쥔 김 첨지의 마음은 푼푼하였다★.

그러나 그의 행운은 그걸로 그치지 않았다. 땀과 빗물이 섞여 흐르는 목덜미를 기름 주머니가 다 된 광목★ 수건으로 닦으며, 그 학교 문을 돌아 나올 때였다. 뒤에서 "인력거!" 하고 부르는 소리가 난다. 자기를 불러 멈춘 사람이 그 학교 학생인 줄 김 첨지는 한 번 보고 짐작할 수 있었다. 그 학생은 다짜고짜로,

"남대문 정거장까지 얼마요?"라고 물었다. 아마도 그 학교 기숙사에 있는 이로 동기 방학을 이용하여 귀향하려 함이리라. 오늘 가기로 작정은 하였건만 비는 오고 짐은 있고 해서 어찌할 줄 모르다가 마침 김 첨지를 보고 뛰어나왔음이리라. 그렇지 않으면 왜 구두를 채 신지도 못해서 질질 끌고, 비록 '코꾸라★' 양복일망정 노박이로★ 비를 맞으며 김 첨지를 뒤쫓아 나왔으랴.

"남대문 정거장까지 말씀입니까?" 하고, 김 첨지는 잠깐 주저하였다. 그는 이 우중에 우장★도 없이 그 먼 곳을 철벅거리고 가기가 싫었음일

★ 푼푼하였다 : 모자람이 없이 넉넉했다.
★ 광목 : 무명실로 서양목처럼 너비가 넓게 짠 베.
★ 코꾸라 : 굵은 실로 두껍게 짠 면직물. (일본 규슈 고쿠라 지방에서 많이 생산됨.)
★ 노박이로 : 줄곧 계속해서.
★ 우장 : 비를 맞지 않기 위해서 차려입은 옷.

까? 처음 것, 둘째 것으로 고만 만족하였음일까? 아니다, 결코 아니다. 이상하게도 꼬리를 맞물고 덤비는 이 행운 앞에 조금 겁이 났음이다. 그리고 집을 나올 제 아내의 부탁이 마음에 켕기었다★. 앞집 마나님한테서 부르러 왔을 제 병인★은 그 뼈만 남은 얼굴에 유일의 생물 같은, 유달리 크고 움푹한 눈에다 애걸하는 빛을 띠며,

"오늘은 나가지 말아요. 제발 덕분에 집에 붙어 있어요. 내가 이렇게 아픈데……." 하고 모깃소리같이 중얼거리며 숨을 그르렁그르렁하였다. 그때에 김 첨지는 대수롭지 않은 듯이,

"압다, 젠장맞을 년. 빌어먹을 소리를 다 하네. 맞붙들고 앉었으면 누가 먹여 살릴 줄 알아." 하고 훌쩍 뛰어나오려니까 환자는 붙잡을 듯이 팔을 내저으며,

"나가지 말라도 그래, 그러면 일쯕이 들어와요." 하고 목멘 소리가 뒤를 따랐다.

정거장까지 가잔 말을 들은 순간에 경련적으로 떠는 손, 유달리 큼직한 눈, 울 듯한 아내의 얼굴이 김 첨지의 눈앞에 어른어른하였다.

"그래, 남대문 정거장까지 얼마란 말이요?" 하고 학생은 초조한 듯이 인력거꾼의 얼굴을 바라보며 혼잣말같이,

"인천 차가 열한 점★에 있고, 그다음에는 새로 두 점이던가."라고 중얼거린다.

"일 원 오십 전만 줍시요."

★ 켕기었다 : 거리낌이 있어 마음에 걸리었다.
★ 병인 : 병을 앓고 있는 사람.
★ 점 : 예전에, 시간을 세던 단위.

이 말이 저도 모를 사이에 불쑥 김 첨지의 입에서 떨어졌다. 제 입으로 부르고도 스스로 그 엄청난 돈 액수에 놀랐다. 한꺼번에 이런 금액을 불러라도 본 지가 그 얼마 만인가! 그러자 그 돈 벌 욕기★가 병자에 대한 염려를 사르고 말았다. 설마 오늘 안으로 어떠랴 싶었다. 무슨 일이 있더라도 제일 제이의 행운을 곱친 것보다도 오히려 곱절이 많은 이 행운을 놓칠 수 없다 하였다.

"일 원 오십 전은 너무 과한데."

이런 말을 하며 학생은 고개를 기웃하였다.

"아니올시다. 이수★로 치면 여기서 거기가 시오 리가 넘답니다. 또 이런 진날은 좀 더 주셔야지요." 하고 빙글빙글 웃는 차부★의 얼굴에는 숨길 수 없는 기쁨이 넘쳐흘렀다.

"그러면 달라는 대로 줄 터이니 빨리 가요."

관대한 어린 손님은 그런 말을 남기고 총총히 옷도 입고 짐도 챙기려 제 갈 데로 갔다.

그 학생을 태우고 나선 김 첨지의 다리는 이상하게 가뿐하였다. 달음질을 한다느니보다 거의 나는 듯하였다. 바퀴도 어떻게 속히 도는지 굴러간다느니보다 마치 얼음을 지쳐 나가는 스케이트 모양으로 미끄러져 가는 듯하였다. 언 땅에 비가 내려 미끄럽기도 하였지만.

이윽고 끄는 이의 다리는 무거워졌다. 자기 집 가까이 다다른 까닭이다. 새삼스러운 염려가 그의 가슴을 눌렀다.

★ 욕기 : 욕심.
★ 이수 : 거리를 '리(里)'의 단위로 나타낸 수.
★ 차부 : 마차나 우차 따위를 부리는 사람.

"오늘은 나가지 말아요. 내가 이렇게 아픈데."

이런 말이 잉잉 그의 귀에 울렸다. 그리고 병자의 움쑥 들어간 눈이 원망하는 듯이 자기를 노리는 듯하였다. 그러자 엉엉하고 우는 개똥이의 곡성을 들은 듯싶다. 딸꾹딸꾹하고 숨 모으는 소리도 나는 듯싶다…….

"왜 이러우? 기차 놓치겠구먼." 하고, 탄 이의 초조한 부르짖음이 간신히 그의 귀에 들려왔다. 언뜻 깨달으니 김 첨지는 인력거 채를 쥔 채 길 한복판에 엉거주춤 멈춰 있지 않은가.

"예, 예." 하고 김 첨지는 또다시 달음질하였다. 집이 차차 멀어 갈수록 김 첨지의 걸음에는 다시금 신이 나기 시작하였다. 다리를 재게★ 놀려야만 쉴 새 없이 자기의 머리에 떠오르는 모든 근심과 걱정을 잊을 듯이.

정거장까지 끌어다 주고 그 깜짝 놀란 일 원 오십 전을 정말 제 손에 쥐매 제 말마따나 십 리나 되는 길을 비를 맞아가며 질퍽거리고 온 생각은 아니하고 거저 얻은 듯이 고마웠다. 졸부★나 된 듯이 기뻤다. 제 자식뻘밖에 안 되는 어린 손님에게 몇 번 허리를 굽히며,

"안녕히 다녀옵시요."라고, 깍듯이 재우쳤다★.

그러나 빈 인력거를 털털거리며 이 우중에★ 돌아갈 일이 꿈 밖이었다. 노동으로 하여 흐른 땀이 식어지자 굶주린 창자에서 물 흐르는 옷에서 어슬어슬 한기가 솟아나기 비롯하매 일 원 오십 전이란 돈이 얼마나 괴이치 않고 괴로운 것인 줄 절실히 느끼었다. 정거장을 떠나는 그의 발길

★ 재게 : 동작이 빠르게.
★ 졸부 : 노력을 통한 것이 아니라 운이 좋아 갑자기 부자가 된 사람.
★ 재우쳤다 : 빨리 몰아치거나 재촉하다.
★ 우중에 : 비가 오는 중에.

은 힘 하나 없었다. 온몸이 옹송그려지며★ 당장 그 자리에 엎어져 못 일어날 것 같았다.

"젠장맞을 것! 이 비를 맞으며 빈 인력거를 털털거리고 돌아를 간담. 이런 빌어먹을, 제 할미를 붙을 비가 왜 남의 상판을 딱딱 때려!"

그는 몹시 화증★을 내며 누구에게 반항이나 하는 듯이 게걸거렸다★. 그럴 즈음에 그의 머리엔 또 새로운 광명이 비쳤나니 그것은 '이러구 갈 게 아니라 이 근처를 빙빙 돌며 차 오기를 기다리면 또 손님을 태우게 될는지도 몰라.'란 생각이었다. 오늘 운수가 괴상하게도 좋으니까 그런 요행★이 또 한 번 없으리라고 누가 보증하랴. 꼬리를 굴리는 행운이 꼭 자기를 기다리고 있다는 내기를 해도 좋을 만한 믿음을 얻게 되었다. 그렇지만 정거장 인력거꾼의 등쌀이 무서워 정거장 앞에 섰을 수가 없었다. 그래 그는 이전에도 여러 번 해 본 일이라 바로 정거장 앞 전차 정류장에서 조금 떨어져서 사람 다니는 길과 전찻길 틈에 인력거를 세워 놓고 자기는 그 근처를 빙빙 돌며 형세★를 관망하기로★ 하였다. 얼마 만에 기차는 왔고 수십 명이나 되는 손이 정류장으로 쏟아져 나왔다. 그중에서 손님을 물색하던 김 첨지의 눈엔 양머리에 뒤축 높은 구두를 신고 망토까지 두른 기생 퇴물★인 듯, 난봉 여학생인 듯한 여편네의 모양이 띄었다. 그는 슬근슬근 그 여자의 곁으로 다가들었다.

★ 옹송그려지며 : 춥거나 두려워 몸을 궁상맞게 몹시 옹그리며.
★ 화증 : 걸핏하면 화를 왈칵 내는 증세.
★ 게걸거렸다 : 상스러운 말로 소리를 지르며 불평스럽게 자꾸 떠들었다.
★ 요행 : 뜻밖에 얻는 행운.
★ 형세 : 일이나 형편이 돌아가는 모양.
★ 관망하기로 : 한발 물러나서 어떤 일이 되어 가는 형편을 바라보기로.
★ 퇴물 : 일하던 직종에서 은퇴하여 물러난 사람.

"아씨, 인력거 아니 타시랍시요?"

그 여학생인지 뭔지가 한참은 매우 태깔★을 빼며 입술을 꼭 다문 채 김 첨지를 거들떠보지도 않았다. 김 첨지는 구경하는 거지나 무엇같이 연해연방★ 그의 기색을 살피며,

"아씨 정거장 애들보담 아주 싸게 모셔다 드리겠습니다. 댁이 어데신가요?" 하고 추근추근하게도 그 여자의 들고 있는 일본식 버들고리짝에 제 손을 대었다.

"왜 이래? 남 귀치않게."

소리를 벽력같이 지르고는 돌아선다. 김 첨지는 어랍쇼 하고 물러섰다.

전차는 왔다. 김 첨지는 원망스럽게 전차 타는 이를 노리고 있었다. 그러나 그의 예감은 틀리지 않았다. 전차가 빡빡하게 사람을 싣고 움직이기 시작하였을 제 타고 남은 손 하나가 있었다. 굉장하게 큰 가방을 들고 있는 걸 보면 아마 붐비는 차 안에 짐이 크다 하여 차장★에게 밀려 내려온 눈치였다. 김 첨지는 대어 섰다.

"인력거를 타시랍시요."

한동안 값으로 승강이★를 하다가 육십 전에 인사동까지 태워다 주기로 하였다. 인력거가 무거워지매 그의 몸은 이상하게도 가벼워졌고 그리고 또 인력거가 가벼워져서 몸은 다시금 무거워졌건만, 이번에는 마음조차 초조해 온다. 집의 광경이 자꾸 눈앞에 어른거리어 이젠 요행을

★ 태깔 : 교만한 태도.
★ 연해연방 : 끊임없이 잇따라 자꾸.
★ 차장 : 기차, 버스, 전차 따위에서 삯을 받거나 차의 원활한 운행과 승객의 편의를 도모하는 사람.
★ 승강이 : 서로 자기주장을 고집하며 옥신각신하는 일.

바랄 여유도 없었다. 나뭇등걸이나 무엇 같고 제 것 같지도 않은 다리를 연해 꾸짖으며 갈팡질팡 뛰는 수밖에 없었다. "저놈의 인력거꾼이 저렇게 술이 취해 가지고 이 진 땅에 어찌 가노." 하고 길 가는 사람이 걱정을 하리 만큼 그의 걸음은 황급하였다. 흐리고 비 오는 하늘은 어둠침침하게 벌써 황혼에 가까운 듯하다. 창경원 앞까지 다다라서야 그는 턱에 닿는 숨을 돌리고 걸음도 늦추잡았다. 한 걸음 두 걸음 집이 가까워 갈수록 그의 마음은 괴상하게 누그러졌다. 그런데 이 누그러움은 안심에서 오는 게 아니요, 자기를 덮친 무서운 불행이 박두★한 것을 두려워하는 마음에서 오는 것이다.

그는 불행에 닥치기 전 시간을 얼마쯤이라도 늘리려고 버르적거렸다★. 기적에 가까운 벌이를 하였다는 기쁨을 할 수 있으면 오래 지니고 싶었다. 그는 두리번두리번 사면을 살피었다. 그 모양은 마치 자기 집-곧 불행을 향하고 달려가는 제 다리를 제힘으로는 도저히 어찌할 수 없으니 누구든지 나를 좀 잡아 다오, 구해 다오 하는 듯하였다.

그럴 즈음에 마침 길가 선술집에서 친구 치삼이가 나온다. 그의 우글우글 살찐 얼굴은 주홍★이 오른 듯, 온 턱과 빰을 시커멓게 구레나룻이 덮였거든, 노르탱탱한 얼굴이 바짝 말라서 여기저기 고랑이 파이고 수염도 있대야 턱 밑에만, 마치 솔잎 송이를 거꾸로 붙여 놓은 듯한 김 첨지의 풍채하고는 기이한 대상을 짓고 있었다.

"여보게 김 첨지, 자네 문안 들어갔다 오는 모양일세그려, 돈 많이 벌

★ 박두 : 눈앞에 닥친 것.
★ 버르적거렸다 : 고통스러운 일이나 어려운 고비에서 벗어나려고 팔다리를 내저으며 큰 몸을 자꾸 움직였다.
★ 주홍 : 술을 마신 뒤에 취하여 일어나는 홍취.

었을 테니 한잔 빨리게."

뚱뚱보는 말라깽이를 보는 맡에 부르짖었다. 그 목소리는 몸집과 딴판으로 연하고 싹싹하였다. 김 첨지는 이 친구를 만난 게 어떻게 반가운지 몰랐다. 자기를 살려 준 은인이나 무엇같이 고맙기도 하였다.

"자네는 벌써 한잔한 모양일세그려. 자네도 재미가 좋아 보이." 하고 김 첨지는 얼굴을 펴서 웃었다.

"압다, 재미 안 좋다고 술 못 먹을 낸가. 그런데 여보게, 자네 왼 몸이 어째 물독에 빠진 새앙쥐 같은가? 어서 이리 들어와 말리게."

선술집은 훈훈하고 뜨뜻하였다. 추어탕을 끓이는 솥뚜껑을 열 적마다 뭉게뭉게 떠오르는 흰 김, 석쇠에서 뻐지짓뻐지짓 구워지는 너비아니 제육이며 간이며 콩팥이며 북어며 빈대떡⋯⋯ 이 너저분하게 늘어놓인 안주 탁자. 김 첨지는 갑자기 속이 쓰려서 견딜 수 없었다. 마음대로 할 양이면 거기 있는 모든 먹음먹이를 모조리 깡그리 집어삼켜도 시원치 않았다. 하되, 배고픈 이는 위선★ 분량 많은 빈대떡 두 개를 쪼이기로★ 하고 추어탕을 한 그릇 청하였다. 주린 창자는 음식 맛을 보더니 더욱더욱 비어지며 자꾸자꾸 들이라 들이라 하였다. 순식간에 두부와 미꾸리 든 국 한 그릇을 그냥 물같이 들이켜고 말았다. 첫째 그릇을 받아들었을 제 데우던 막걸리 곱빼기 두 잔이 더 왔다. 치삼이와 같이 마시자 원원이★ 비었던 속이라 찌르르하고 창자에 퍼지며 얼굴이 화끈하였다. 눌러 곱빼기 한 잔을 또 마셨다.

★ 위선 : 우선.
★ 쪼이기로 : 먹기로.
★ 원원이 : 본디부터.

김 첨지의 눈은 벌써 개개풀리기★ 시작하였다. 석쇠에 얹힌 떡 두 개를 숭덩숭덩 썰어서 볼을 불룩거리며 또 곱빼기 두 잔을 부어라 하였다.

치삼은 의아한 듯이 김 첨지를 보며,

"여보게 또 붓다니, 벌써 우리가 넉 잔씩 먹었네. 돈이 사십 전일세."

"아따 이놈아, 사십 전이 그리 끔찍하냐. 오늘 내가 돈을 막 벌었어. 참 오늘 운수가 좋았느니."

"그래 얼마를 벌었단 말인가?"

"삼십 원을 벌었어, 삼십 원을! 이런 젠장맞을, 술을 왜 안 부어……. 괜찮다, 괜찮아. 막 먹어도 상관이 없어. 오늘 돈 산데미같이 벌었는데."

"어, 이 사람 취했군, 그만두세."

"이놈아, 이걸 먹고 취할 내냐. 어서 더 먹어." 하고는 치삼의 귀를 잡아채며 취한 이는 부르짖었다. 그리고 술을 붓는 열다섯 살 됨 직한 중대가리에게로 달려들며,

"이놈, 오라질 놈, 왜 술을 붓지 않어."라고 야단을 쳤다. 중대가리는 희희 웃고 치삼이를 보며 문의하는 듯이 눈짓을 하였다. 주정꾼이 이 눈치를 알아보고 화를 버럭 내며,

"이 오라질 놈들 같으니, 이놈 내가 돈이 없을 줄 알고." 하자마자 허리춤을 훔척훔척하더니★ 일 원짜리 한 장을 꺼내어 중대가리 앞에 펄쩍 집어 던졌다. 그 사품에★ 몇 푼 은전이 잘그랑하며 떨어진다.

"여보게 돈 떨어졌네, 왜 돈을 막 끼얹나."

★ 개개풀리기 : 졸리거나 술에 취해서 눈에 정기가 흐려지기.
★ 훔척훔척하더니 : 자꾸 이리저리 더듬어 뒤지더니.
★ 사품에 : 어떤 행동을 함으로 인해 발생되는 여파로.

이런 말을 하며 치삼은 일변★ 돈을 줍는다. 김 첨지는 취한 중에도 돈의 거처를 살피려는 듯이 눈을 크게 떠서 땅을 내려다보다가 불시에 제 하는 짓이 너무 더럽다는 듯이 고개를 소스라치자 더욱 성을 내며,

"봐라 봐! 이 더러운 놈들아, 내가 돈이 없나. 다리 뼉다구를 꺾어 놓을 놈들 같으니." 하고 치삼이 주워 주는 돈을 받아,

"이 원수엣돈! 이 육시를 할 돈!" 하면서 팔매질을 친다. 벽에 맞아 떨어진 돈은 다시 술 끓이는 양푼에 떨어지며 정당한 매를 맞는다는 듯이 쨍하고 울었다.

곱빼기 두 잔은 또 부어질 겨를도 없이 말려 가고 말았다. 김 첨지는 입술과 수염에 붙은 술을 빨아들이고 나서 매우 만족한 듯이 그 솔잎 송이 수염을 쓰다듬으며,

"또 부어, 또 부어."라고 외쳤다.

또 한 잔 먹고 나서 김 첨지는 치삼의 어깨를 치며 문득 껄껄 웃는다. 그 웃음소리가 어찌나 컸던지 술집에 있는 이의 눈이 모두 김 첨지에게로 몰리었다. 웃는 이는 더욱 웃으며,

"여보게 치삼이, 내 우스운 이야기 하나 할까. 오늘 손★을 태우고 정거장에까지 가지 않았겠나."

"그래서."

"갔다가 그저 오기가 안됐데그려, 그래 전차 정류장에서 어름어름하며★ 손님 하나를 태울 궁리를 하지 않았나. 거기 마침 마님이신지 여학생

★ 일변 : 어느 한편. 또는 한쪽 부분.

★ 손 : 손님.

★ 어름어름하며 : 말이나 행동을 똑똑하게 분명히 하지 못하고 자꾸 우물쭈물하며.

님이신지, 요새야 어디 논다니와 아가씨를 구별할 수가 있던가. 망토를 잡수시고 비를 맞고 서 있겠지. 슬근슬근 가까이 가서 인력거를 타시랍시요 하고 손가방을 받으랴니까 내 손을 탁 뿌리치고 홱 돌아서더니만 '왜 남을 이렇게 귀찮게 굴어!' 그 소리야말로 꾀꼬리 소리지, 허허!"

김 첨지는 교묘하게도 정말 꾀꼬리 같은 소리를 내었다. 모든 사람은 일시에 웃었다.

"빌어먹을 깍쟁이 같은 년, 누가 저를 어쩌나, '왜 남을 귀찮게 굴어!' 어이구 소리가 채신★도 없지, 허허."

웃음소리들은 높아졌다. 그런 그 웃음소리들이 사라지기 전에 김 첨지는 훌쩍훌쩍 울기 시작하였다.

치삼은 어이없이 주정뱅이를 바라보며,

"금방 웃고 지랄을 하더니 우는 건 무슨 일인가?"

김 첨지는 연해 코를 들이마시며,

"우리 마누라가 죽었다네."

"뭐, 마누라가 죽다니, 언제?"

"이놈아 언제는. 오늘이지."

"예끼 미친놈, 거짓말 말아."

"거짓말은 왜, 참말로 죽었어……. 참말로. 마누라 시체를 집에 뻐들쳐 놓고 내가 술을 먹다니, 내가 죽일 놈이야 죽일 놈이야." 하고 김 첨지는 엉엉 소리 내어 운다.

치삼은 흥이 조금 깨어지는 얼굴로,

★ 채신 : 처신. 세상을 살아가는 데 가져야 할 몸가짐이나 행동.

"원 이 사람이 참말을 하나, 거짓말을 하나. 그러면 집으로 가세, 가." 하고 우는 이의 팔을 잡아당기었다.

치삼의 끄는 손을 뿌리치더니 김 첨지는 눈물이 글썽글썽한 눈으로 싱그레 웃는다.

"죽기는 누가 죽어." 하고 득의양양한 표정으로,

"죽기는 왜 죽어, 생때같이★ 살아만 있단다. 그 오라질 년이 밥을 죽이지. 인제 나한테 속았다." 하고 어린애 모양으로 손뼉을 치며 웃는다.

"이 사람이 정말 미쳤단 말인가. 나도 아주먼네가 앓는단 말은 들었었는데." 하고 치삼이도 어떤 불안을 느끼는 듯이 김 첨지에게 또 돌아가라고 권하였다.

"안 죽었어, 안 죽었대도 그래."

김 첨지는 화증을 내며 확신 있게 소리를 질렀으되 그 소리엔 안 죽은 것을 믿으려고 애쓰는 가락이 있었다. 기어이 일 원어치를 채워서 곱빼기를 한 잔씩 더 먹고 나왔다. 궂은비는 의연히 추적추적 내린다.

김 첨지는 취중에도 설렁탕을 사 가지고 집에 다다랐다. 집이라 해도 물론 셋집이요, 또 집 전체를 세든 게 아니라 안과 뚝 떨어진 행랑방 한 칸을 빌어든 것인데 물을 길어 대고 한 달에 일 원씩 내는 터이다. 만일 김 첨지가 주기를 띠지 않았던들 한 발을 대문에 들여놓았을 제 그곳을 지배하는 무시무시한 정적★-폭풍우가 지나간 뒤의 바다 같은 정적에 다리가 떨렸으리라. 쿨룩거리는 기침 소리도 들을 수 없다. 그르렁거리는 숨소리조차 들을 수 없다. 다만 이 무덤 같은 침묵을 깨뜨리는, 깨뜨린다

★ 생때같이 : 아무 탈 없이 멀쩡하게.
★ 정적 : 고요하여 괴괴함.

기보다 한층 더 침묵을 깊게 하고 불길하게 하는 빡빡거리는 그윽한 소리, 어린애의 젖 빠는 소리가 날 뿐이다. 만일 청각이 예민한 이 같으면, 그 빡빡 소리는 빨 따름이요, 꿀떡꿀떡하고 젖 넘어가는 소리가 없으니, 빈 젖을 빤다는 것도 짐작할는지 모르리라.

혹은 김 첨지도 이 불길한 침묵을 짐작했는지도 모른다. 그렇지 않으면 대문에 들어서자마자 전에 없이,

"이 난장맞을 년, 남편이 들어오는데 나와 보지도 않아. 이 오라질 년."

이라고 고함을 친 게 수상하다. 이 고함이야말로 제 몸을 엄습해 오는 무시무시한 증을 쫓아 버리려는 허장성세★인 까닭이다.

하여간 김 첨지는 방문을 왈칵 열었다. 구역을 나게 하는 추기★-떨어진 삿자리★ 밑에서 나온 먼지내, 빨지 않은 지저귀에서 나는 똥내와 오줌내, 가지각색 때가 켜켜이 앉은 옷 내, 병인의 땀 썩은 내가 섞인 추기가 무딘 김 첨지의 코를 찔렀다.

방 안에 들어서며 설렁탕을 한구석에 놓을 사이도 없이 주정꾼은 목청을 있는 대로 다 내어 호통을 쳤다.

"이 오라질 년, 주야장천★ 누워만 있으면 제일이야! 남편이 와도 일어나지를 못해."라는 소리와 함께 발길로 누운 이의 다리를 몹시 찼다. 그러나 발길에 채이는 건 사람의 살이 아니고 나뭇등걸★과 같은 느낌이 있었다. 이때에 빡빡 소리가 응아 소리로 변하였다. 개똥이가 물었던 젖을

★ 허장성세 : 실속은 없으면서 큰소리치거나 허세를 부림.
★ 추기 : 시신에서 나오는 물.
★ 삿자리 : 갈대를 엮어서 만든 자리.
★ 주야장천 : 밤낮으로 쉬지 아니하고 연달아.
★ 나뭇등걸 : 나무를 베어 내고 남은 밑동.

빼어 놓고 운다. 운대도 온 얼굴을 찡그려 붙어서 운다는 표정을 할 뿐이다. 응아 소리도 입에서 나는 게 아니고, 마치 뱃속에서 나는 듯하였다. 울다가 울다가 목도 잠겼고 또 울 기운조차 시진한★ 것 같다.

발로 차도 그 보람이 없는 걸 보자 남편은 아내의 머리맡으로 달려들어 그야말로 까치집 같은 환자의 머리를 껴들어 흔들며,

"이년아, 말을 해, 말을! 입이 붙었어, 이 오라질 년!"

"……."

"으응, 이것 봐, 아무 말이 없네."

"……."

"이년아, 죽었단 말이냐, 왜 말이 없어?"

"……."

"으응, 또 대답이 없네, 정말 죽었나 보이."

이러다가 누운 이의 흰창이 검은창을★ 덮은, 위로 치뜬 눈을 알아보자마자,

"이 눈깔! 이 눈깔! 왜 나를 바루 보지 못하고 천장만 바라보느냐, 응?" 하는 말끝엔 목이 메었다. 그러자 산 사람의 눈에서 떨어진 닭똥 같은 눈물이 죽은 이의 뻣뻣한 얼굴을 어룽어룽 적신다. 문득 김 첨지는 미친 듯이 제 얼굴을 죽은 이의 얼굴에 한데 비벼 대며 중얼거렸다.

"설렁탕을 사다 놓았는데 왜 먹지를 못하니, 왜 먹지를 못하니……. 괴상하게도 오늘은 운수가 좋더니만……."

★ 시진한 : 기운이 빠져 없어진.

★ 흰창이 검은창을 : 흰자위가 검은자위를.

현진건 1900~1943 경북 대구에서 태어나 1920년《개벽》에 〈희생화〉를 발표하면서 작품 활동을 시작했습니다. 주요 작품으로는 〈고향〉〈술 권하는 사회〉〈운수 좋은 날〉 등이 있습니다. 1920년대 한국 사실주의 단편소설의 기틀을 다진 작가로 평가받고 있으며, 1922년 홍사용, 박종화, 나도향, 박영희 등과 함께《백조》동인으로 활동했습니다.

작품 설명

내용 파악하기

▸ **김 첨지의 직업은 무엇인가요?**

인력거꾼

▸ **병석에 누운 김 첨지의 아내가 먹고 싶어 하던 음식은 무엇인가요?**

설렁탕

▸ **김 첨지가 태워 준 손님 중에서 가장 많은 돈을 준 사람은 누구이며, 차비는 얼마인가요?**

남대문 정거장까지 태워 준 학생 손님으로 일 원 오십 전을 냈다.

핵심 정리

갈래 : 단편소설, 사실주의 소설

배경 : 일제강점기의 비 오는 겨울날, 서울

시점 : 전지적 작가 시점 (부분적으로 작가 관찰자 시점)

제재 : 어느 인력거꾼의 하루

주제 : 일제강점기 하층민의 비참한 삶

특징 : ① 주인공의 행운과 비극적 결말이 반어(아이러니)를 형성함.

② 사건을 구체적이고 현실감 있게 표현함.

③ 욕설과 속어가 사용되어 현실감을 높임.

④ 시간 순서에 따라 직선적으로 연결된 단순 구성임.

작품 이해

이 작품은 1920년대 사실주의 단편소설 가운데 가장 뛰어난 작품으로 평가되고 있습니다. 김 첨지라는 인력거꾼의 가난한 생활상과 기구한 운명을 통해 일제강점기 시절 겪은 우리 민족의 비참한 삶을 보여 주고 있습니다. 며칠간 허탕만 치다 연달아 큰 벌이를 해서 아내가 먹고 싶어 하던 설렁탕을 사 가지고 갔으나 아내는 이미 죽어 있다는 내용은 작품의 비극이 극대화되는 부분입니다. 김 첨지를 짓누르는 불길한 예감과 계속되는 행운이 맞물리는 구성 방식은 극적 긴장감을 불러일으킵니다.

생각해 보기

▸ **이 작품의 제목인 '운수 좋은 날'이 지닌 아이러니에 대해 말해 봅시다.**

▸ **작품의 전반에 걸쳐 내리는 '겨울비'는 어떤 의미를 지니는지 생각해 봅시다.**

돌다리

• 이태준 •

• 읽기 전에 •

우리에게 땅은 무엇인가요? 농부에게는 곡물을 재배하여 수확의 기쁨을 맛보게 하는 삶의 터전입니다. 그러나 부동산 업자에게는 투자의 대상입니다. 또한 땅은 시대에 따라 가치가 달랐습니다. 이 소설은 땅을 바라보는 시각이 다른 아버지와 아들의 이야기입니다. 그들이 땅을 어떻게 바라보는지 생각하며 읽어 봅시다.

정거장에서 샘말 십 리 길을 내려오노라면 반이 될락 말락 한 데서부터 샘말 동네보다는 그 건너편 산기슭에 놓인 공동묘지가 먼저 눈에 뜨인다.

창섭은 잠깐 걸음을 멈추고까지 바라보았다.

봄에 올 때 보면, 진달래가 불붙듯 피어 올라가는 야산이다. 지금은 단풍철도 지나고 누르테테한 가닥나무들만 묘지를 둘러, 듣지 않아도 적막한 버스럭 소리만 울릴 것 같았다. 어느 것이라고 집어낼 수는 없어도, 창옥의 무덤이 어디쯤이라고는 짐작이 된다. 창섭은 마음으로 '창옥아' 불러 보며 묵례를 보냈다.

다만 오뉘뿐으로 나이가 훨씬 떨어진 누이였었다. 지금도 눈에 선하다. 자기가 마침 방학으로 와 있던 여름이었다. 창옥은 저녁 먹다 말고 갑자기 복통으로 뒹굴었다. 읍으로 뛰어 들어가 의사를 청해 왔다. 의사는 주사를 놓고 들어갔다. 그러나 밤새도록 열은 내리지 않았고 새벽녘엔 아파하는 것도 더해 갔다. 다시 의사를 데리러 갔으나 의사는 바쁘다고 환자를 데려오라 하였다. 하라는 대로 환자를 데리고 들어갔으나 역시 오진을 했었다. 다시 하루를 지나 고름이 터지고 복막★이 절망적으로 상해 버린 뒤에야 겨우 맹장염인 것을 알아낸 눈치였다.

그때 창섭은, 자기도 어른이기만 했으면 필시 의사의 멱살을 들었을

★ 복막 : 배 안을 따라 내장 기관을 싸고 있는 얇은 막.

것이었다. 이런, 누이의 허무한 죽음에서 창섭은 뜻을 세워, 아버지가 권하는 고농★을 마다하고 의전★으로 들어갔고, 오늘에 이르러는, 맹장 수술로는 서울서도 정평이 있는 한 권위가 된 것이다.

'창옥아, 기뻐해 다구. 이번에 내 병원이 좋은 건물을 만나 커지는 거다. 개인 병원으론 제일 완비한 수술실이 실현될 거다! 입원실 부족도 해결될 거다. 네 사진을 크게 확대해 내 새 진찰실에 걸어 놓으마…….'

창섭은 바람도 쌀쌀할 뿐 아니라 오후 차로 돌아가야 할 길이라 걸음을 재우쳤다★.

길은 그 전보다 넓어 도졌고 바닥도 평탄하였다. 비나 오면 진흙에 헤어날 수 없었는데 복판으로는 자갈이 깔리고 어떤 목은 좁아서 소바리★가 논으로 미끄러져 들어가기 십상이었는데 바위를 갈라내어서까지 일매지게 넓은 길로 닦아졌다. 창섭은, '이럴 줄 알았다면 정거장에서 자전거라도 빌려 타고 올걸.' 하였다.

눈에 익은 정자나무 선 논이며 돌각담을 두른 밭들도 나타났다. 자기 집 논과 밭들이었다. 논둑에 선 정자나무는 그 전부터 있은 것이나 밭에 돌각담들은 아버지께서 손수 쌓으신 것이다.

창섭의 아버지는 근검으로 근방에 소문난 영감이다. 그러나 자기 대에 와서는 밭 하루갈이★도 늘쿠지는 못한 것으로도 소문난 영감이다. 곡식 값보다는 다른 물가들이 높아졌을 뿐 아니라 전대에는 모르던 아들

★ 고농 : 고등농학교, 현재의 농업생명과학고등학교.
★ 의전 : 의학전문학교, 현재의 의과대학.
★ 재우쳤다 : 빨리 몰아치거나 재촉하다.
★ 소바리 : 소의 등에 길마를 얹고 거기에 짐을 실어 나르는 일, 또는 그 짐.
★ 하루갈이 : 소를 데리고 하루 낮 동안에 갈 수 있는 논밭의 넓이.

의 유학이란 것이 큰 부담인 데다가,

"할아버지와 아버지께서 나를 부자 소린 못 들어도 굶는단 소린 안 듣고 살도록 물려주시구 가셨다. 드럭드럭 탐내 모아선 뭘 허니, 할아버지께서 쇠똥을 맨손으로 움켜다 넣시던 논, 아버지 멍덜을 손수 이룩허신 밭을 더 건 논으로 더 기름진 밭이 되도록, 닦달만 해 가기에도 내겐 벅찬 일일 게다." 하고 절용해 쓰고 남는 돈이 있으면 그 돈으로는 품을 몇씩 들여서까지 비뚠 논배미★를 바로잡기, 밭에 돌을 추려 바람맞이로 담을 두르기, 개울엔 둑막이하기, 그러다가 아들이 의사가 된 후로는, 아들 학비로 쓰던 몫까지 들여서 동네 길들은 물론, 읍 길과 정거장 길까지 닦아 놓았다. 남을 주면 땅을 버린다고 여간 근실한 자국이 아니면 소작을 주지 않았고, 소를 두 필이나 매고 일꾼을 세 명씩이나 두고 적지 않은 전답을 전부 자농으로 버티어 왔다. 실속이 타작만 못하다는 둥, 일꾼 셋이 저희 농사 해 가지고 나간다는 둥 이해만을 따져 비평하는 소리가 많았으나 창섭의 아버지는 땅을 위해서는 자기의 이해만으로 타산하려 하지 않았다. 이와 같은 임자를 가진 땅들이라 곡식은 거둔 뒤 그루만 남은 논과 밭이되, 그 바닥들의 고름, 그 언저리들의 바름, 흙의 부드러움이 마치 시루떡 모판이나 대하는 것처럼 누구의 눈에나 탐스럽게 흐뭇해 보였다.

이런 땅을 팔기에는, 아무리 수입은 몇 배 더 나은 병원을 늘리기 위해서나 아버지께 미안하지 않을 수 없었다. 그러나 잡히기나 해 가지고는 삼만 원 돈을 만들 수가 없었고, 서울서 큰 양관★을 손에 넣기란 돈만 있

★ 논배미 : 논두렁으로 둘러싸인 논 하나하나의 구역.
★ 양관 : 서양식 건물.

다고도 아무 때나 될 일이 아니었다.

'아버지께선 내년이 환갑이시다! 어머니께선 겨울이면 해마다 기침이 도지신다. 진작부터 내가 모셔야 했을 거다. 그런데 내가 시골로 올 순 없고, 천생 부모님이 서울로 가시어야 한다. 한동네서도 땅을 당신만치 못 거둘 사람에겐 소작을 주지 않으셨다. 땅 전부를 소작을 내맡기고는 서울 가 편안히 계실 날이 하루도 없으실 게다. 아버님의 말년을 편안히 해 드리기 위해서도 땅은 전부 없애 버릴 필요가 있는 거다!'

창섭은 샘말에 들어서자 동구에서 이내 아버지를 뵐 수가 있었다. 아버지는, 가에는 살얼음이 잡힌 찬물에 무릎까지 걷고 들어서서 동네 사람들을 축추겨★ 돌다리를 고치고 계시었다.

"어떻게 갑재기 오느냐?"

"네 좀 급히 여쭤 봐야 할 일이 생겼습니다."

"그래? 먼저 들어가 있거라."

동네 사람 수십 명이 쇠고삐 두 기장은 흘러 내려간 다릿돌을 동아줄에 얽어 끌어올리고 있었다. 개울은 동네 복판을 흐르고 있어 아래위로 징검다리는 서너 군데나 놓였으나 하룻밤 비에도 일쑤 넘치어 모두 이 큰 돌다리로 통행하던 것이었다. 창섭은 어려서 아버지께 이 큰 돌다리의 내력을 들은 것이 아직도 기억에 남아 있다.

"너이 증조부님 돌아가시어서다. 산소에 상돌★을 해 오시는데 징검다리로야 건네올 수가 있니? 그래 너이 조부님께서 다리부터 이렇게 넓구 튼튼한 돌루 노신 거란다."

★ 축추겨 : 다른 사람을 꾀어서 무엇을 하도록 해.
★ 상돌 : 무덤 앞에 제물을 차려 놓기 위하여 넓적한 돌로 만들어 놓은 상.

그 후 오륙십 년 동안 한 번도 무너진 적이 없었는데 몇 해 전 어느 장마엔 어찌된 셈인지 가운데 제일 큰 장이 내려앉아 떠내려갔던 것이다. 두께가 한 자는 실하고 폭이 여섯 자, 길이는 열 자가 넘는 자연석 그대로라 여간 몇 사람의 힘으로는 손을 댈 엄두부터 나지 못하였다. 더구나 불과 수십 보 이내에 면의 보조를 얻어 난간까지 달린 한다 하는 나무다리가 놓인 뒤에 일이라 이 돌다리는 동네 사람들에게 완전히 잊혀진 채 던져져 있던 것이었다.

집에 들어가니, 어머니는 다리 고치는 사람들 점심을 짓느라고, 역시 여러 명의 동네 여편네들과 허둥거리고 계시었다.

"웬일인데 어째 혼자만 오느냐?"

어머니는 손자아이들부터 보이지 않음을 물으셨다.

"오늘루 가야겠어서 아무두 안 데리구 왔습니다."

"오늘루 갈 걸 뭘 허 오누?"

"인전 어머니서껀 서울로 모셔 갈 채빌 허러 왔다우."

"서울루! 제발 아이들허구 한데서 살아 봤음 원이 없겠다." 하고 어머니는 땅보다, 조상님들 산소나 사당*보다 손자아이들에게 더 마음이 끌리시는 눈치였다. 그러나 아버지만은 그처럼 단순히 들떠질 마음이 아니었다.

아버지는 아들의 뒤를 좇아 이내 개울에서 들어왔다. 아들은, 의사인 아들은, 마치 환자에게 치료 방법을 이르듯이, 냉정히 차근차근히 이야기를 시작하였다. 외아들인 자기가 부모님을 진작 모시지 못한 것이 잘

---

* 사당 : 조상의 신주를 모신 집, 또는 신주를 모시기 위하여 집처럼 자그마하게 만든 것.

못인 것, 한집에 모이려면 자기가 병원을 버리기보다는 부모님이 농토를 버리시고 서울로 오시는 것이 순리인 것, 병원은 나날이 환자가 늘어가나 입원실이 부족하여 오는 환자의 삼분지 일밖에 수용 못 하는 것, 지금 시국에 큰 건물을 새로 짓기란 거의 불가능의 일인 것, 마침 교통 편한 자리에 삼 층 양옥이 하나 난 것, 인쇄소였던 집인데 전체가 콘크리트여서 방화 방공으로 가치가 충분한 것, 삼 층은 살림집과 직공들의 합숙실로 꾸미었던 것이라 입원실로 변장하기에 용이한 것, 각 층에 수도 가스가 다 들어온 것, 그러면서도 가격은 염한 것, 염하기는 하나 삼만 이천 원이라, 지금의 병원을 팔면 이만 오천 원쯤은 받겠지만 그것은 새 집을 고치는 데와, 수술실의 기계를 완비하는 데 다 들어갈 것이니 집값 삼만 이천 원은 따로 있어야 할 것, 시골에 땅을 둔대야 일 년에 고작 삼천 원의 실리가 떨어질지 말지 하지만 땅을 팔아다 병원만 확장해 놓으면, 적어도 일 년에 만 원 하나씩은 이익을 뽑을 자신이 있는 것, 돈만 있으면 땅은 이담에라도, 서울 가까이라도 얼마든지 좋은 것으로 살 수 있는 것……. 아버지는 아들의 의견을 끝까지 잠잠히 들었다. 그리고

"점심이나 먹어라. 나두 좀 생각해 봐야 대답허겠다." 하고는 다시 개울로 나갔고, 떨어졌던 다릿돌을 올려놓고야 들어와 그도 점심상을 받았다.

점심을 자시면서였다.

"원, 요즘 사람들은 힘두 줄었나 봐! 그 다리 첨 놀 제 내가 어려서 봤는데 불과 여남은이서 거들던 돌인데 장정 수십 명이 한나잘을 씨름을 허다니!"

"나무다리가 있는데 건 왜 고치시나요?"

"너두 그런 소릴 허는구나. 나무가 돌만 허다든? 넌 그 다리서 고기 잡던 생각두 안 나니? 서울루 공부 갈 때 그 다리 건너서 떠나던 생각 안 나니? 시쳇사람들은 모두 인정이란 게 사람헌테만 쓰는 건 줄 알드라! 내 할아버니 산소에 상돌을 그 다리로 건네다 모셨구, 내가 천잘 끼구 그 다리루 글 읽으러 댕겼다. 네 어미두 그 다리루 가말 타구 내 집에 왔어. 나 죽건 그 다리루 건네다 묻어라…… 난 서울 갈 생각 없다."

"네?"

"천금이 쏟아진대두 난 땅은 못 팔겠다. 내 아버님께서 손수 이룩허시는 걸 내 눈으루 본 밭이구, 내 할아버님께서 손수 피땀을 흘려 모신 돈으루 장만허신 논들이야. 돈 있다고 어디가 느르지논 같은 게 있구, 독시장밭 같은 걸 사? 느르지 논둑에 선 느티나문 할아버님께서 심으신 거구, 저 사랑마당엣 은행나무는 아버님께서 심으신 거다. 그 나무 밑에를 설 때마다 난 그 어룬들 동상이나 다름없이 경건한 마음이 솟아 우러러 보군 헌다. 땅이란 걸 어떻게 일시 이해를 따져 사구팔구 허느냐? 땅 없어 봐라, 집이 어딨으며 나라가 어딨는 줄 아니? 땅이란 천지만물의 근거야. 돈 있다구 땅이 뭔지두 모르구 욕심만 내 문서 쪽으로 사 모기만 하는 사람들, 돈놀이처럼 변리만 생각허구 제 조상들과 그 땅과 어떤 인연이란 건 도시 생각지 않구 헌신짝 버리듯 하는 사람들, 다 내 눈엔 괴이한 사람들루밖엔 뵈지 않드라."

"……."

"네가 뉘 덕으루 오늘 의사가 됐니? 내 덕인 줄만 아느냐? 내가 땅 없이 뭘루? 밭에 가 절하구 논에 가 절해야 쓴다. 자고로 하늘 하늘 허나 하늘의 덕이 땅을 통허지 않군 사람헌테 미치는 줄 아니? 땅을 파는 건 그게 하늘을 파나 다름없는 거다."

"……."

"땅을 밟구 다니니까 땅을 우섭게들 여기지? 땅처럼 응과★가 분명헌 게 무어냐? 하늘은 차라리 못 믿을 때두 많다. 그러나 힘들이는 사람에겐 힘들이는 만큼 땅은 반드시 후헌 보답을 주시는 거다. 세상에 흔해빠진 지주들, 땅은 작인들헌테나 맡겨 버리구, 떡 도회지에 가 앉어 소출은 팔어다 모다 도회지에 낭비해 버리구, 땅 가꾸는 덴 단돈 일 원을 벌벌 떨구, 땅으루 살며 땅에 야박한 놈은 자식으로 치면 후레자식 셈이야. 땅이 말을 할 줄 알어 봐라? 배가 고프단 땅이 얼마나 많을 테냐? 해마다 걷어만 가구, 땅은 자갈밭이 되니 아나? 둑이 떠나가니 아나? 거름 한 번을 제대로 넣나? 정 급허게 돼 작인이 우는소리나 해야 요즘 너이 신의★들 주사침 놓듯, 애꿎인 금비★만 갖다 털어 넣지. 그렇게 땅을 홀댈 허군 인제 죽어서 땅이 무서서 어디루들 갈 텐구!"

창섭은 입이 얼어 버리었다. 손만 부비었다. 자기의 생각은 너무나 자기 본위였던 것을 대뜸 깨달았다. 땅에는 이해를 초월한 일종 종교적 신념을 가진 아버지에게 아들의 이단적인 계획이 용납될 리 만무였다. 아버지는 상을 물리고도 말을 계속하였다.

"너루선 어떤 수단을 쓰든지 병원부터 확장허려는 게 과히 엉뚱헌 욕심은 아닐 줄두 안다. 그러나 욕심을 부련 못쓰는 거다. 의술은 예로부터 인술이라지 않니? 매살 순탄허게 진실허게 해라."

★ 응과 : 마땅한 결과.
★ 신의 : '한의'를 '구의'라 하는 것에 빗대어 '양의'를 이르는 말.
★ 금비 : 돈을 주고 사서 쓰는 거름. '화학 비료'.

"……."

"네가 가업을 이어 나가지 않는다군 탄허지 않겠다. 넌 너루서 발전헐 길을 열었구, 그게 또 모리지배★의 악업이 아니라 활인★허는 인술이구나! 내가 어떻게 불평을 말허니? 다만 삼사 대 집안에서 공들여 이룩해 논 전장을 남의 손에 내맡기게 되는 게 저윽 애석헌 심사가 없달 순 없구……."

"팔지 않으면 그만 아닙니까?"

"나 죽은 뒤에 누가 거두니? 너두 이제두 말했지만 너두 문서 쪽만 쥐구 서울 앉어 지주 노릇만 허게? 그따위 지주허구 작인 틈에서 땅들만 얼말 곯는지 아니? 안 된다. 팔 테다. 나 죽을 임시엔 다 팔 테다. 돈에 팔 줄 아니? 사람헌테 팔 테다. 건너 용문이는 우리 느르지논 같은 건 한 해만 부쳐 보구 죽어두 농군으로 태났던 걸 한허지 않겠다구 했다. 독시장밭을 내논다구 해 봐라, 문보나 덕길이 같은 사람은 길바닥에 나앉드라두 집을 팔아 살려구 덤빌 게다. 그런 사람들이 땅 임자 안 되구 누가 돼야 옳으냐? 그러니 아주 말이 난 김에 내 유언이다. 그런 사람들 무슨 돈으로 땅값을 한 몫 내겠니? 몇몇 해구 그 땅 소출을 팔아 연년이 갚어 나가게 헐 테니 너두 땅값을랑 그렇게 받어 갈 줄 미리 알구 있거라. 그리구 네 모가 먼저 가면 내가 묻을 거구, 내가 먼저 가게 되면 네 모만은 네가 서울루 그때 데려가렴. 난 샘말서 이렇게 야인으로나 죄 없는 밥을 먹다 야인인 채 묻힐 걸 흡족히 여긴다."

"……."

★ 모리지배 : 모리배. 온갖 수단과 방법으로 자신의 이익만을 꾀하는 사람. 또는 그런 무리.
★ 활인 : 사람의 목숨을 구하여 살림.

"자식의 젊은 욕망을 들어 못 주는 게 애비 된 맘으루두 섭섭허다. 그러나 이 늙은이헌테두 그만 신념쯤 지켜 오는 게 있다는 걸 무시하지 말어 다구."

아버지는 다시 일어나 담배를 피우며 다리 고치는 데로 나갔다. 옆에 앉았던 어머니는 두 눈에 눈물을 쭈루루 흘리었다.

"너이 아버지가 여간 고집이시냐?"

"아뇨, 아버지가 어떤 어룬이신 건 오늘 제가 더 잘 알었습니다. 우리 아버진 훌륭헌 인물이십니다."

그러나 창섭도 코허리가 찌르르하였다. 자기가 계획하고 온 일이 실패한 것쯤은 차라리 당연하게 생각되었고, 아버지와 자기와의 세계가 격리되는 일종의 결별의 심사를 체험하는 때문이었다.

아들은 아버지가 고쳐 놓은 돌다리를 건너 저녁차를 타러 가 버리었다. 동구 밖으로 사라지는 아들의 뒷모양을 지키고 섰을 때, 아버지의 마음도, 정말 임종에서 유언이나 하고 난 것처럼 외롭고 한편 불안스러운 심사조차 설레었다.

아버지는 종일 개울에서 허덕였으나 저녁에 잠도 달게 오지 않았다. 젊어서 서당에서 읽던 백낙천의 시가 다 생각이 났다. 늙은 제비 한 쌍을 두고 지은 노래였다. 제 뱃속이 고픈 것은 참아 가며 입에 얻어 문 것은 새끼들부터 먹여 길렀으나, 새끼들은 자라서 나래에 힘을 얻자 어디로인지 저희 좋을 대로 다 날아가 버리어, 야위고 늙은 어버이 제비 한 쌍만 가을 바람 소슬한 추녀 끝에 쭈그리고 앉았는 광경을 묘사하였고, 나중에는, 그 늙은 어버이 제비들을 가리켜, 새끼들만 원망하지 말고, 너희들이 새끼 적에 역시 그러했음도 깨달으라는 풍자의 시였다.

'흥!'

노인은 어두운 천장을 향해 쓴웃음을 짓고 날이 밝기를 기다려 누구보다도 먼저 어제 고쳐 놓은 돌다리를 보러 나왔다.

흙탕이라고는 어느 돌 틈에도 남아 있지 않았다. 첫곬으로도, 가운뎃곬으로도 끝엣곬으로도 맑기만 한 소담한 물살이 우쭐우쭐 춤추며 빠져 내려갔다. 가운뎃장으로 가 쾅 굴러 보았다. 발바닥만 아플 뿐 끄떡이 있을 리 없다. 노인은 쭈루루 집으로 들어와 소금 접시와 낯수건을 가지고 나왔다. 제일 낮은 받침돌에 내려앉아 양치를 하고 세수를 하였다. 나중에는 다시 이가 저린 물을 한 입 물어 마시며 일어섰다. 속에 모든 게 씻기는 듯 시원하였다. 그리고 수염에 물을 닦으며 이렇게 생각하였다.

'비가 아무리 쏟아져도 어떤 한정을 넘는 법은 없다. 물이 분수없이 늘어 떠내려갔던 게 아니라 자갈이 밀려 내려와 물구멍이 좁아졌든지, 그렇지 않으면, 어느 받침돌의 밑이 물살에 궁굴러 쓰러졌던 그런 까닭일 게다. 미리 바닥을 치고 미리 받침돌만 제대로 보살펴 준다면 만년을 간들 무너질 리 없을 게다. 그저 늘 보살펴야 허는 거다. 사람이란 하늘 밑에 사는 날까진 하루라도 천리에 방심을 해선 안 되는 거다…….'

이태준 1904 ~? 강원도 철원에서 태어나 1925년 《시대일보》에 〈오몽녀〉를 발표하면서 작품 활동을 시작했습니다. 주요 작품으로는 〈달밤〉 〈가마귀〉 〈해방 전후〉 등이 있습니다. 1930년대를 대표하는 소설가로서 세련된 문장으로 지식인의 고뇌를 그린 작품을 많이 썼습니다. 1946년 북한으로 넘어간 뒤로 소식을 알 수 없습니다.

작품 설명

내용 파악하기

▸ **창섭이의 직업은 무엇인가요?**

의사

▸ **창섭이 샘말에 들어왔을 때 아버지가 하고 있었던 일은 무엇인가요?**

돌다리를 고치고 있었음.

▸ **창섭이는 아버지에게 왜 땅을 팔자고 했나요?**

땅을 팔아 그 돈으로 병원을 확장하기 위해

▸ **아버지가 땅을 팔지 않고 싶어 하는 이유는 무엇인가요?**

땅에 대한 애착과 특별한 가치 때문에

▸ **창섭이 돌아간 다음 아버지의 머릿속에 떠오른 시의 지은이와 내용은 무엇인가요?**

백낙천, 어미 새의 보살핌이 끝나면 둥지를 날아가는 자식을 원망하지 마라. 나도 옛날 그렇게 어미 곁을 떠났다.

핵심 정리

갈래 : 단편소설, 현대소설

배경 : 일제강점기(1930년대), 농촌 마을

시점 : 전지적 작가 시점

주제 : 땅에 대한 애착과 물질 만능 사회에 대한 비판

제재 : 땅에 대한 부자 간의 시각 차이

특징 : ① 신구 세대의 가치관에 대한 갈등과 해소가 담겨 있음.

② 등장인물의 가치관을 알게 해 주는 소재(땅, 돌다리)를 사용함.

작품 이해

이 소설의 아버지와 아들은 '땅'을 바라보는 인식에서 차이가 있습니다. 다시 말해 아버지는 땅을 천지만물의 근본이라고 여겨 땅의 가치를 중요하게 생각합니다. 반면 아들은 땅을 팔았을 때 얻을 수 있는 이익을 중요하게 생각합니다. 아들의 뜻을 거부하는 아버지의 이야기를 통해 땅의 본래 가치보다 금전적 가치를 더 중요하게 여기는 근대 자본주의의 가치관을 비판하고 있습니다. 이 소설의 제목이기도 한 '돌다리'는 아버지에게 단순한 다리가 아닙니다. 돌다리는 조상들과 가족의 인연이 담긴 자연물입니다. 즉 과거 농촌 공동체가 지니고 있던 전통적 세계를 의미하는 것이며, 과거와 현재, 그리고 미래를 연결해 주는 매개체입니다. 또한 '돌다리'는 쉽게 옮길 수도 없고 변하지도 않습니다. 아버지는 마을 사람들에게도 잊혀 가는 돌다리를 수리합니다. 그것은 과거부터 전해졌던 정신이 후대에도 계속 이어지기를 바라는 아버지의 염원을 담고 있는 것입니다.

생각해 보기

▸ **아버지와 창섭이가 땅을 바라보는 인식이 어떻게 다른지 이야기해 봅시다.**

▸ **'돌다리'와 '땅'을 바라보는 아버지의 모습에는 어떤 뜻이 담겨 있나요?**

표 구 된 휴 지

• 이범선 •

• 읽기 전에 •

'표구'란 그림의 뒷면이나 테두리에 종이 또는 천을 발라서 꾸미는 일을 말합니다. 보통 가치 있는 그림이나 글씨를 표구해 걸어 놓습니다. 그런데 이 소설에서는 '휴지'를 표구했습니다. 얼마나 가치 있는 휴지이기에 표구까지 했을까요? 그 사연을 함께 읽어 봅시다.

니무슨주변에고기묵건나. 콩나물무거라. 참기름이나마니처서무그라.

누렇게 뜬 창호지에다 먹으로 쓴 편지의 일절이다. 언제부터인가 나는 피곤할 때면 화실 안쪽 벽에 걸린 그 조그만 액자의 편지를 읽는 버릇이 생겼다. 그건 매우 서투른 글씨의 편지다. 앞부분과 끝부분은 없고 중간의 일부분만인 그 편지는 누가 누구에게 보낸 것인지도 알 수 없다. 다만 그 내용으로 미루어 시골에 있는 늙은 아버지-어쩌면 할아버지일지도 모른다-가 서울에 돈 벌러 올라온 아들에게 쓴 편지라는 것이 대충 짐작될 따름이다. 사실은 그 편지가 노인이 쓴 것으로 생각되는 까닭은 그 내용도 내용이려니와 그보다 더 그 편지의 종이나 글씨에 있는지도 모른다. 아마 어느 가을에 문을 바르고 반 장쯤 남았던 창호지를 용케 생각해 내어 벽장 속을 뒤져 먼지를 떨고 손바닥으로 몇 번이나 쓸어 펴서 적당히 두루마리 모양이 나게 오린 것이리라. 누렇게 뜬 종이 가장자리가 삐뚤삐뚤하다. 거기에 사연을 먹으로 썼다. 순 한글-아니 이 편지에서만은 언문★이라는 말이 좀 더 어울릴까-로 쓴 그 글씨가 재미있다. 붓으로 썼다기보다 무슨 꼬챙이에다 먹을 찍어서 그린 것 같은 글자는 단 한 자도 그 획의 먹 농도가 고른 것이 없다. 그뿐만 아니라, 글자의 획들이 모두 사개★가 물러나서 이상스레 헐렁한데 그런 글자들이 또 제각기

★ 언문 : '한글'을 낮잡아 이르는 말.
★ 사개 : 상자 따위의 모퉁이를 끼워 맞추기 위하여 서로 맞물리는 끝을 들쭉날쭉하게 파낸 부분. 또는 그런 짜임새.

제멋대로 방향을 잡고 아무렇게나 눕고 서고 했다. 그러니 글줄이 바를 리는 만무고.

니떠나고메칠안이서송아지낫다. 그너석눈도큰게잘자란다. 애비보다 제에미를더달맛다고덜한다.

이 대목에서는 송아지 석 자가 딴 글자보다 좀 크되 먹 색깔도 진하다. 나는 언제나 이 액자를 보면 그 사연보다 그 글씨로 하여 먼저 미소 짓게 된다.

베적삼 고름은 헐렁하니 풀어 헤쳤고 잠방이 허리는 흘러내려 배꼽이 다 드러난 촌로들이 마을 어귀 느티나무 그늘에 모여, 더러는 마주하고 장기를 두고, 옆의 한 노인은 부채질을 하다 졸고, 또 어떤 노인은 장죽★을 쑤시는가 하면, 때가 새까만 목침을 베고 누운 흰머리는 서툰 가락의 시조를 읊고.

그 크고 작고, 진하고 연하고, 삐뚤삐뚤한 글자들. 나는 거기서 노인들의 구수한 농지거리★를 들을 수 있다.

압논벼는전에만하다. 뒷밧콩은전해만못하다. 병정갓던덕이돌아왔다. 니서울돈벌레갓다니까, 소우숨하더라.

이 편지 액자는 사실은 내 것이 아니다.

★ 장죽 : 긴 담뱃대.
★ 농지거리 : 점잖지 아니하게 함부로 하는 장난이나 농담을 낮잡아 이르는 말.

3년 전 가을이었다. 저녁 무렵 친구가 찾아왔다. 어느 은행 지점장인가 지점장 대리인가 하는 그 친구는 퇴근길에 잠깐 들렀다는 것이었다.

"부탁이 있는데."

"부탁? 설마 은행가가 가난한 화가더러 돈을 꾸잔 건 아닐 게고."

나는 농담으로 그를 맞아들였다.

"그런 건 아니고…… 이거 좀 보게."

그는 신문지로 돌돌 만 것을 불쑥 내밀었다.

"뭔데. 그림인가?"

"글쎄 펴 보게. 그림이라면 그림이고 글이라면 글인데 그게…… 국보급이야."

친구는 장난기 어린 눈으로 안경 속에서 웃고 있었다. 나는 조심조심 신문지를 폈다. 그건 아무렇게나 구겨서 던졌던 휴지를 다시 편 것이었다.

"뭔가, 이건?"

"한번 읽어 보게나."

친구는 눈으로 내가 들고 있는 휴지를 가리켰다. 나는 그 구겨졌던 종이 위에 먹으로 쓴 글자를 한 자 한 자 읽으면서 속으로 철자법을 교정해야 했다.

"무슨 편지 같군."

"그래."

"무슨 편진가?"

"나도 모르지."

"그런데!"

"어쨌든 재미있지 않나. 뭔가 뭉클하는 게 있단 말야."

"바가지에 담아 내놓은 옥수수 냄새 같은, 뭐 그런 게 있잖아."

"흠, 자넨 역시 길을 잘못 들었어."

나는 웃었다. 그는 나와 중학교 동창이다. 그 시절 그는 문학 서적에 취해 있는 문학 소년이었다. 선생님들도 그의 소질을 인정하고 있었다. 그런데 그는 결국 상과 대학엘 갔다. 고등학교에서의 배치에 의해서였다.

"그거 표구할 수 있겠지?"

"표구?"

"그야 할 수 있겠지. 창호지니까."

"난 그런 걸 잘 모르지 않나. 그래, 화가인 자네 생각을 했지 뭔가. 자네가 어디 적당한 표구사에 맡겨서 좀 해 주지 않겠나?"

"그야 어렵지 않지만…… 자네도 어지간히 호사가군. 이걸 표구해서 뭘 하나. 도대체 어디서 주워 온 건가. 이 휴지는?"

"아닌 게 아니라 정말 휴지통에서 주운 거지."

그 친구 은행 창구에 저녁때면 날마다 빼지 않고 들르는 지게꾼이 있단다. 은행 문 앞에 지게를 벗어 세워 놓고는 매우 죄송스러운 태도로 조용히 은행 안으로 들어서는 스물댓 나 보이는 그 꺼먼 얼굴의 청년을 처음엔 안내원이 막았다.

"뭐지요?"

"예, 예, 저어……."

"여긴 은행이요, 은행!"

"예, 그러니까 저 돈을……."

청년은 어리둥절해서 말도 제대로 하지 못했다.

"글쎄, 은행이라니까!"

"예, 그런데 그 조금도 할 수 있습니까?"

"조금이라니 뭘 말이요?"

"저금을 조금두 할 수 있습니까?"

"저금요?"

은행 안의 모든 시선들이 그 지게꾼에게로 쏠렸다.

청년은 점점 더 당황하였다. 얼굴이 붉어져서 돌아서 나가려는 그를 불러 세운 것이 예금 창구의 여직원이었다. 청년은 손에 말아 쥐고 있던 라면 봉지에 꼬깃꼬깃한 백 원짜리 지폐 다섯 장과 새로 새긴 목도장을 꺼내어 떨리는 손으로 여직원에게 바쳤다. 청년은 저만큼 한구석으로 가서서 불안스러운 눈으로 멀리 여직원을 지켜보고 있었다.

한참 만에 그는 흠칫 놀랐다. 생전 처음 그는 씨 자가 붙은 자기 이름을 들었던 것이다. 그는 여직원 앞으로 달려와 빳빳한 통장을 받았다. 청년은 여직원과 안내원에게 굽신굽신 절을 하고는 한 손에 통장을 받쳐 든 채, 들어올 때처럼 조심스럽게 문을 열고 나갔다. 통장을 확인할 경황도 없이.

다음 날부터 그 청년은 매일 저녁 무렵이면 꼭꼭 들렀다. 하루에 2백 원 혹은 3백 원, 또 어떤 날은 5백 원, 그의 통장에는 입금만 있고 출금란은 비어 있었다. 이제는 제법 안내원과는 익숙해졌으나 여직원 앞에서는 여전히 얼굴을 붉히며 수고를 끼쳐서 대단히 죄송하다는 표정 그대로였다.

그러던 어떤 날이었다. 그날은 여느 날보다 조금 일찍 청년이 은행엘 들렀다.

"오늘은 일찍 오셨네요. 얼마 넣으시겠어요?"

여직원이 미소로 물었다.

"예, 기게 오늘은 좀……."

청년은 무언가 종이 뭉텅이를 들고 머뭇거렸다.

"왜요?"

"이거 정말 죄송합니다. 이거 얼마 되지도 않는 걸 동전으루……그동안 저금통에 넣었던 걸 오늘 깨었죠. 기래 여기 이렇게……."

청년은 종이에 싼 것을 내밀었다.

"아이, 많이 모으셨네요."

"죄송합니다. 정말 이거……."

청년은 뒤통수를 긁적거리며 언제나 그가 서서 기다리던 구석으로 갔다.

"이게 바로 그 지게꾼 청년이 동전을 싸 가지고 온 종이지."

친구는 내 손의 편지를 가리켰다.

"그래, 그럼 그의 집에서 그 청년에게 보낸 편지란 말인가?"

"글쎄, 반드시 그렇다고는 할 수 없겠지. 동전을 세는 여직원을 거들어 주다가 우연히 발견하고 재미있다고 생각돼서 가지고 온 것뿐이니까."

우물집할머니하루알고갔다. 모두잘갓다한다. 장손이장가갓다. 색씨는너머마을곰보영감딸이다. 구장네탄실이시집간다. 신랑은읍의서기라더라. 앞집순이가어제저녁감자살마치마에가려들고왔더라. 순이는시집안갈끼라하더라. 니는빨리장가안들어야건나.

나는 비시시 웃음이 새어 나왔다. 편지 내용도 그렇고 친구의 장난기도 그랬다.

어쨌든 나는 그 창호지를 아는 표구사에 맡겼다. 그게 어떤 편지냐고 묻는 표구사 주인한테는,

“굉장한 겁니다. 이건 정말 국보급입니다.” 하고 얼버무렸다. 표구사 주인은 머리를 기웃거렸다.

그 후 나는 그 창호지 편지를 감감히 잊어버리고 있었다. 그런데 은행 친구가 어느 외국 지점으로 전근이 되었다. 비행기가 떠날 때 나는 문득 그 편지 생각이 났다.

니떠나고메칠안이서송아지낫다.

그길로 나는 표구사로 갔다. 구겨진 휴지였던 그 편지는 깨끗이 펴져서 액자 속에 들어 있었다. 그렇게 치장하고 보니 그게 정말 무슨 국보나 되는 것 같았다.

돈조타. 그러나너거엄마는돈보다도너가더조타한다. 밥묵고배아프면 소금한줌무그라하더라.

그날부터 그 액자는 내 화실에 그냥 걸어 두었다. 그저 걸어 둔 거다. 그런데 그게 이상하게도 차츰 내 화실의 중심점이 되어 갔다. 그건 그림 같기도 하고 글 같기도 하다. 아니 그건 분명 그 둘이 합쳐진 것이었다.

나는 친구가 외국으로 떠나고 이태 동안 그 액자를 간간 바라보고 있는 사이에 차츰 그 친구의 심정을 느껴 알 것 같아졌다.

니무슨주변에고기묵건나. 콩나물무거라. 참기름이나마니처서무그라. 순이는시집안갈끼라하더라. 니는빨리장가안들어야건나. 돈조타. 그러나너거엄마는돈보다도너가더조타한다.

그리고 채 이어지지 못하고 끊어진 맨 끝줄.

밤에는솟적다속적다하며새는운다마는…….

이범선 1920~1982 평안남도 신안주에서 태어나 1955년 《현대문학》에 〈암표〉와 〈일요일〉을 발표하면서 작품 활동을 시작했습니다. 주요 작품으로 〈학마을 사람들〉 〈오발탄〉 〈냉혈동물〉 〈돌무늬〉 등이 있습니다. 초기엔 자신의 생활 체험이 반영된 어두운 사회의 단면을 담은 작품을, 중기엔 사회 고발 의식이 짙은 작품을, 후기엔 인간의 잔잔한 휴머니티가 깔린 작품을 썼습니다.

작품 설명

내용 파악하기

▸ **이야기의 서술자는 누구인가요?**

나

▸ **휴지를 얻은 사람은 누구인가요?**

은행지점장인 '나'의 친구

▸ **그 편지는 누가 누구에게 보낸 것인가요?**

시골에 사는 아버지가 서울에 사는 아들에게

▸ **편지용 휴지를 표구한 이유는 무엇인가요?**

뭔가 뭉클한 감동이 있어서

핵심 정리

갈래 : 장편(掌篇)소설

배경 : 1960년대 서울의 어느 화실

시점 : 1인칭 주인공 시점

제재 : 표구된 휴지

주제 : 사소하지만 진심이 담긴 편지에서 느끼는 삶의 위안

특징 : ① 소설이지만 수필의 특성도 있음.

② 사소한 것에서 삶의 의미를 발견해 내는 서술자의 섬세함이 드러남.

작품 이해

단편소설보다도 더 짧아 손바닥만 하다고 해서 장편(掌篇)소설, 프랑스어로 콩트(Conte)라고도 합니다. 이런 소설은 대개 인생의 한 단면을 예리하게 포착하여 그리며, 유머, 풍자, 기지를 담고 있습니다. 이 소설 또한 서술자의 삶에 대한 섬세한 통찰력이 엿보이는 작품입니다. 이런 점에서 수필적인 특성을 보이기도 합니다. '휴지'에 불과한 아버지의 편지 속에 자식을 생각하는 아버지의 마음이 꾸밈없이 담겨 있습니다. 그것은 그 어느 값진 그림이나 글씨보다도 가치 있는 것입니다. 우리는 이러한 아버지의 사랑에 가슴 뭉클한 감동을 느끼게 됩니다.

생각해 보기

- '나'와 친구가 '휴지'를 소중하게 생각한 이유는 무엇인가요?

메밀꽃 필 무렵

• 이효석 •

• 읽기 전에 •

장돌뱅이라는 말을 들어 본 적이 있나요? 요즘 시대로 말하면 오일장이나 도시 아파트에 서는 장에서 물건을 파는 상인이라고 할 수 있습니다. 요즘은 트럭을 타고 이동하지만 옛날에는 지게나 나귀 등에 짐을 싣고 여러 장을 돌아다녔습니다. 메밀꽃 핀 아름다운 달밤을 배경으로 펼쳐지는 그들의 삶과 애환을 한번 알아볼까요?

여름장이란 애시당초에 글러서, 해는 아직 중천에 있건만 장판은 벌써 쓸쓸하고 더운 햇발이 벌여 놓은 전★ 휘장 밑으로 등줄기를 훅훅 볶는다. 마을 사람들은 거지반 돌아간 뒤요, 팔리지 못한 나무꾼패가 길거리에 궁싯거리고★들 있으나 석유병이나 받고 고깃마리나 사면 족할 이 축들을 바라고 언제까지든지 버티고 있을 법은 없다. 춥춥스럽게★ 날아드는 파리 떼도 장난꾼 각다귀★들도 귀찮다. 얼금뱅이★요 왼손잡이인 드팀전★의 허 생원은 기어코 동업의 조 선달에게 낚아 보았다.

"그만 거둘까?"

"잘 생각했네. 봉평장에서 한 번이나 흐뭇하게 사 본 일 있을까. 내일 대화장에서나 한몫 벌어야겠네."

"오늘 밤은 밤을 새서 걸어야 될걸?"

"달이 뜨렷다."

절렁절렁 소리를 내며 조 선달이 그날 산 돈을 따지는 것을 보고 허 생원은 말뚝에서 넓은 휘장을 걷고 벌여 놓았던 물건을 거두기 시작하였다. 무명필과 주단 바리가 고리짝에 꼭 찼다. 멍석 위에는 천 조각이 어

★ 전 : 물건을 벌여 놓고 파는 가게.
★ 궁싯거리고 : 어찌할 바를 몰라 이리저리 머뭇거리고.
★ 춥춥스럽게 : 더럽고 염치없게.
★ 각다귀 : 각다귓과의 곤충을 통틀어 이르는 말. 모양은 모기와 비슷하나 크기는 더 크다. 여기서는 장난꾸러기 아이들.
★ 얼금뱅이 : 얼굴이 얼금얼금 얽은 사람을 낮잡아 이르는 말.
★ 드팀전 : 온갖 피륙(털가죽)을 팔던 가게.

수선하게 남았다.

다른 축들도 벌써 거진 전들을 걷고 있었다. 약빠르게 떠나는 패도 있었다. 어물장수도, 땜장이도, 엿장수도, 생강장수도 꼴들이 보이지 않았다. 내일은 진부와 대화에 장이 선다. 축들은 그 어느 쪽으로든지 밤을 새며 육칠십 리 밤길을 타박거리지 않으면 안 된다. 장판은 잔치 뒷마당같이 어수선하게 벌어지고, 술집에는 싸움이 터져 있었다. 주정꾼 욕지거리에 섞여 계집의 앙칼진 목소리가 찢어졌다. 장날 저녁은 정해 놓고 계집의 고함 소리로 시작되는 것이다.

"생원, 시침을 떼두 다 아네……. 충줏집 말야."

계집 목소리로 문득 생각난 듯이 조 선달은 비죽이 웃는다.

"화중지병★이지. 연소패들을 적수로 하구야 대거리★가 돼야 말이지."

"그렇지두 않을걸. 축들이 사족을 못 쓰는 것두 사실은 사실이나, 아무리 그렇다군 해두 왜 그 동이 말일세, 감쪽같이 충줏집을 후린 눈치거든."

"무어, 그 애숭이가? 물건 가지구 낚았나 부지. 착실한 녀석인 줄 알았더니."

"그 길만은 알 수 있나……. 궁리 말구 가 보세나그려. 내 한턱 씀세."

그다지 마음이 당기지 않는 것을 좇아갔다. 허 생원은 계집과는 연분이 멀었다. 얼금뱅이 상판을 쳐들고 대어 설 숫기도 없었으나 계집 편에서 정을 보낸 적도 없었고, 쓸쓸하고 뒤틀린 반생이었다. 충줏집을 생각만 하여도 철없이 얼굴이 붉어지고, 발밑이 떨리고 그 자리에 소스라쳐 버린다. 충줏집 문을 들어서서 술좌석에서 짜장 동이를 만났을 때에는

★ 화중지병 : 그림의 떡.

★ 대거리 : 상대편에게 맞서서 대듦.

어찌된 서슬엔지 발끈 화가 나 버렸다. 상 위에 붉은 얼굴을 쳐들고 제법 계집과 농탕치는 것을 보고서야 견딜 수 없었던 것이다. 녀석이 제법 난질꾼★인데 꼴사납다. 머리에 피도 안 마른 녀석이 낮부터 술 처먹고 계집과 농탕이야. 장돌뱅이 망신만 시키고 돌아다니누나. 그 꼴에 우리들과 한몫 보자는 셈이지. 동이 앞에 막아서면서부터 책망이었다. 걱정두 팔자요 하는 듯이 빤히 쳐다보는 상기된 눈망울에 부딪칠 때, 결김에 따귀를 하나 갈겨 주지 않고는 배길 수 없었다. 동이도 화를 쓰고 팩하고 일어서기는 하였으나, 허 생원은 조금도 동색하는 법 없이 마음먹은 대로는 다 지껄였다 – 어디서 주워 먹은 선머슴인지는 모르겠으나, 네게도 아비 어미 있겠지. 그 사나운 꼴 보면 맘 좋겠다. 장사란 탐탁하게 해야 되지, 계집이 다 무어야. 나가거라, 냉큼 꼴 치워.

그러나 한 마디도 대거리하지 않고 하염없이 나가는 꼴을 보려니, 도리어 측은히 여겨졌다. 아직두 서름서름한 사인데 너무 과하지 않았을까 하고 마음이 섬찟해졌다. 주제도 넘지, 같은 술손님이면서두 아무리 젊다구 자식 낫세 되는 것을 붙들고 치고 닦아 셀 것은 무어야 원. 충줏집은 입술을 쫑긋하고 술 붓는 솜씨도 거칠었으나, 젊은 애들한테는 그것이 약이 된다나 하고 그 자리는 조 선달이 얼버무려 넘겼다. 너, 녀석한테 반했지? 애숭이를 빨문 죄 된다. 한참 법석을 친 후이다. 담도 생긴 데다가 웬일인지 흠뻑 취해 보고 싶은 생각도 있어서 허 생원은 주는 술잔이면 거의 다 들이켰다. 거나해짐을 따라 계집 생각보다도 동이의 뒷일이 한결같이 궁금해졌다. 내 꼴에 계집을 가로채서는 어떡할 작정이

★ 난질꾼 : 술과 색에 빠져 방탕하게 놀기를 잘하는 사람을 낮잡아 이르는 말.

었누 하고 어리석은 꼬락서니를 모질게 책망하는 마음도 한편에 있었다. 그러기 때문에 얼마나 지난 뒤인지 동이가 헐레벌떡거리며 황급히 부르러 왔을 때에는, 마시던 잔을 그 자리에 던지고 정신없이 허덕이며 충줏집을 뛰어나간 것이다.

"생원 당나귀가 바를 끊구 야단이에요."

"각다귀들 장난이지 필연코."

짐승도 짐승이려니와 동이의 마음씨가 가슴을 울렸다. 뒤를 따라 장판을 달음질하려니 거슴츠레한 눈이 뜨거워질 것 같다.

"부락스런 녀석들이라 어쩌는 수 있어야죠."

"나귀를 몹시 구는 녀석들은 그냥 두지 않을걸."

반평생을 같이 지내 온 짐승이었다. 같은 주막에서 잠자고, 같은 달빛에 젖으면서 장에서 장으로 걸어 다니는 동안에 이십 년의 세월이 사람과 짐승을 함께 늙게 하였다. 까스러진 목뒤 털은 주인의 머리털과도 같이 바스러지고, 개진개진 젖은 눈은 주인의 눈과 같이 눈곱을 흘렸다. 몽당비처럼 짧게 슬리운 꼬리는, 파리를 쫓으려고 기껏 휘저어 보아야 벌써 다리까지는 닿지 않았다. 닳아 없어진 굽을 몇 번이나 도려내고 새 철을 신겼는지 모른다. 굽은 벌써 더 자라나기는 틀렸고 닳아 버린 철 사이로는 피가 빼짓이 흘렀다. 냄새만 맡고도 주인을 분간하였다. 호소하는 목소리로 야단스럽게 울며 반겨 한다.

어린아이를 달래듯이 목덜미를 어루만져 주니 나귀는 코를 벌름거리고 입을 투르르거렸다. 콧물이 튀었다. 허 생원은 짐승 때문에 속도 무던히는 썩였다. 아이들의 장난이 심한 눈치여서 땀 밴 몸뚱어리가 부들부들 떨리고 좀체 흥분이 식지 않는 모양이었다. 굴레가 벗어지고 안장도 떨어졌다. 요 몹쓸 자식들 하고 허 생원은 호령을 하였으나, 패들은 벌써 줄행랑을 논 뒤요, 몇 남지 않은 아이들이 호령에 놀래 비슬비슬 멀어졌다.

"우리들 장난이 아니우. 암놈을 보고 저 혼자 발광이지."

코흘리개 한 녀석이 멀리서 소리를 쳤다.

"고 녀석 말투가……."

"김 첨지 당나귀가 가 버리니까 온통 흙을 차고 거품을 흘리면서 미친 소같이 날뛰는걸. 꼴이 우스워 우리는 보고만 있었다우. 배를 좀 보지."

아이는 앵돌아진★ 투로 소리를 치며 깔깔 웃었다. 허 생원은 모르는 결에 낯이 뜨거워졌다. 뭇 시선을 막으려고 그는 짐승의 배 앞을 가리어 서지 않으면 안 되었다.

"늙은 주제에 암샘★을 내는 셈야. 저놈의 짐승이."

아이의 웃음소리에 허 생원은 주춤하면서 기어코 견딜 수 없어 채찍을 들더니 아이를 쫓았다.

"쫓으려거든 쫓아 보지. 왼손잡이가 사람을 때려."

줄달음에 달아나는 각다귀에는 당하는 재주가 없었다. 왼손잡이는 아이 하나도 후릴 수 없다. 그만 채찍을 던졌다. 술기도 돌아 몸이 유난스럽게 화끈거렸다.

"그만 떠나세. 녀석들과 어울리다가는 한이 없어. 장판의 각다귀들이란 어른보다도 더 무서운 것들인걸."

조 선달과 동이는 각각 제 나귀에 안장을 얹고 짐을 싣기 시작하였다. 해가 꽤 많이 기울어진 모양이었다.

★ 앵돌아진 : 노여워서 토라진.
★ 암샘 : 발정.

드팀전 장돌림을 시작한 지 이십 년이나 되어도 허 생원은 봉평장을 빼논 적은 드물었다. 충주, 제천 등의 이웃 군에도 가고, 멀리 영남 지방도 헤매기는 하였으나 강릉쯤에 물건 하러 가는 외에는 처음부터 끝까지 군내를 돌아다녔다. 닷새만큼씩의 장날에는 달보다도 확실하게 면에서 면으로 건너간다. 고향이 청주라고 자랑삼아 말하였으나 고향에 돌보러 간 일도 있는 것 같지는 않았다. 장에서 장으로 가는 길의 아름다운 강산이 그대로 그에게는 그리운 고향이었다. 반날 동안이나 뚜벅뚜벅 걷고 장터 있는 마을에 거지반 가까웠을 때, 지친 나귀가 한바탕 우렁차게 울면-더구나 그것이 저녁녘이어서 등불들이 어둠 속에 깜박거릴 무렵이면, 늘 당하는 것이건만 허 생원은 변치 않고 언제든지 가슴이 뛰놀았다.

젊은 시절에는 알뜰하게 벌어 돈푼이나 모아 본 적도 있기는 있었으나, 읍내에 백중★이 열린 해 호탕스럽게 놀고 투전을 하고 하여 사흘 동안에 다 털어 버렸다. 나귀까지 팔게 된 판이었으나 애끓는 정분에 그것만은 이를 물고 단념하였다. 결국, 도로아미타불로 장돌이를 다시 시작할 수밖에는 없었다. 짐승을 데리고 읍내를 도망해 나왔을 때에는 너를 팔지 않기 다행이었다고 길가에서 울면서 짐승의 등을 어루만졌던 것이었다.

빚을 지기 시작하니 재산을 모을 염은 당초에 틀리고 간신히 입에 풀칠을 하러 장에서 장으로 돌아다니게 되었다.

호탕스럽게 놀았다고는 하여도 계집 하나 후려 보지는 못하였다. 계집이란 쌀쌀하고 매정한 것이었다. 평생 인연이 없는 것이라고 신세가

★ 백중 : 음력 칠월 보름날, 백중날.

서글퍼졌다. 일신에 가까운 것이라고는 언제나 변함없는 한 필의 당나귀였다.

그렇다고는 하여도 꼭 한 번의 첫 일을 잊을 수는 없었다. 뒤에도 처음에도 없는 단 한 번의 괴이한 인연! 봉평에 다니기 시작한 젊은 시절의 일이었으나 그것을 생각할 적만은 그도 산 보람을 느꼈다.

"달밤이었으나 어떻게 해서 그렇게 됐는지 지금 생각해도 도무지 알 수 없어."

허 생원은 오늘 밤도 또 그 이야기를 끄집어내려는 것이다. 조 선달은 친구가 된 이래 귀에 못이 박히도록 들어왔다. 그렇다고 싫증을 낼 수도 없었으나, 허 생원은 시치미를 떼고 되풀이할 대로는 되풀이하고야 말았다.

"달밤에는 그런 이야기가 격에 맞거든."

조 선달 편을 바라는 보았으나 물론 미안해서가 아니라 달빛에 감동하여서였다. 이지러는 졌으나 보름을 갓 지난 달은 부드러운 빛을 흐뭇이 흘리고 있다.

대화까지는 팔십 리의 밤길, 고개를 둘이나 넘고 개울을 하나 건너고 벌판과 산길을 걸어야 된다. 길은 지금 긴 산허리에 걸려 있다. 밤중을 지난 무렵인지 죽은 듯이 고요한 속에서 짐승 같은 달의 숨소리가 손에 잡힐 듯이 들리며, 콩 포기와 옥수수 잎새가 한층 달에 푸르게 젖었다. 산허리는 온통 메밀밭이어서 피기 시작한 꽃이 소금을 뿌린 듯이 흐뭇한 달빛에 숨이 막힐 지경이다. 붉은 대궁이 향기같이 애잔하고 나귀들의 걸음도 시원하다. 길이 좁은 까닭에 세 사람은 나귀를 타고 외줄로 늘어섰다. 방울 소리가 시원스럽게 딸랑딸랑 메밀밭께로 흘러간다. 앞장

선 허 생원의 이야기 소리는 꽁무니에 선 동이에게는 확적히는 안 들렸으나, 그는 그대로 개운한 제멋에 적적하지는 않았다.

"장 선 꼭 이런 날 밤이었네. 객줏집 토방이란 무더워서 잠이 들어야지. 밤중은 돼서 혼자 일어나 개울가에 목욕하러 나갔지. 봉평은 지금이나 그제나 마찬가지지. 보이는 곳마다 메밀밭이어서 개울가가 어디 없이 하얀 꽃이야. 돌밭에 벗어도 좋을 것을, 달이 너무나 밝은 까닭에 옷을 벗으러 물방앗간으로 들어가지 않았나. 이상한 일도 많지. 거기서 난데없는 성 서방네 처녀와 마주쳤단 말이네. 봉평서야 제일가는 일색이었지……."

"팔자에 있었나 부지."

"아무렴." 하고 응답하면서 말머리를 아끼는 듯이 한참이나 담배를 빨 뿐이었다. 구수한 자줏빛 연기가 밤기운 속에 흘러서는 녹았다.

"날 기다린 것은 아니었으나, 그렇다고 달리 기다리는 놈팽이가 있는 것두 아니었네. 처녀는 울고 있단 말야. 짐작은 대고 있으나 성 서방네는 한창 어려워서 들고날 판인 때였지. 한집안 일이니 딸에겐들 걱정이 없을 리 있겠나? 좋은 데만 있으면 시집도 보내련만 시집은 죽어도 싫다지……. 그러나 처녀란 울 때같이 정을 끄는 때가 있을까. 처음에는 놀라기도 한 눈치였으나 걱정 있을 때는 누그러지기도 쉬운 듯해서 이럭저럭 이야기가 되었네……. 생각하면 무섭고도 기막힌 밤이었어."

"제천인지로 줄행랑을 놓은 건 그다음 날이었다?"

"다음 장도막★에는 벌써 온 집안이 사라진 뒤였네. 장판은 소문에 발끈 뒤집혀 고작해야 술집에 팔려 가기가 상수라고, 처녀의 뒷공론이 자자

★ 장도막 : 한 장날로부터 다음 장날 사이의 동안.

들 하단 말이야. 제천 장판을 몇 번이나 뒤졌겠나. 허나 처녀의 꼴은 꿩 궈먹은 자리야. 첫날밤이 마지막 밤이었지. 그때부터 봉평이 마음에 든 것이 반평생을 두고 다니게 되었네. 반평생인들 잊을 수 있겠나."

"수 좋았지. 그렇게 신통한 일이란 쉽지 않어. 항용 못난 것 얻어 새끼 낳고 걱정, 늘고 생각만 해두 진저리가 나지……. 그러나 늘그막바지까지 장돌뱅이로 지내기도 힘드는 노릇 아닌가? 난 가을까지만 하구 이 생애와두 하직하려네. 대화쯤에 조그만 전방이나 하나 벌이구 식구들을 부르겠어. 사시장천 뚜벅뚜벅 걷기란 여간이래야지."

"옛 처녀나 만나면 같이나 살까……. 난 거꾸러질 때까지 이 길 걷고 저 달 볼 테야."

산길을 벗어나니 큰길로 틔어졌다. 꽁무니의 동이도 앞으로 나서 나귀들은 가로 늘어섰다.

"총각두 젊것다, 지금이 한창 시절이렷다. 충줏집에서는 그만 실수를 해서 그 꼴이 되었으나 섧게 생각 말게."

"처 천만에요. 되려 부끄러워요. 계집이란 지금 웬 제격인가요. 자나 깨나 어머니 생각뿐인데요."

허 생원의 이야기로 실심해한 끝이라 동이의 어조는 한풀 수그러진 것이었다.

"아비 어미란 말에 가슴이 터지는 것도 같았으나 제겐 아버지가 없어요. 피붙이라고는 어머니 하나뿐인걸요."

"돌아가셨나?"

"당초부터 없어요."

"그런 법이 세상에……."

생원과 선달이 야단스럽게 껄껄들 웃으니, 동이는 정색하고 우길 수 밖에는 없었다.

"부끄러워서 말하지 않으려 했으나 정말예요. 제천 촌에서 달도 차지 않은 아이를 낳고 어머니는 집을 쫓겨났죠. 우스운 이야기나, 그러기 때문에 지금까지 아버지 얼굴도 본 적 없고 있는 고장도 모르고 지내 와요."

고개가 앞에 놓인 까닭에 세 사람은 나귀를 내렸다. 둔덕은 험하고 입을 벌리기도 대근하여 이야기는 한동안 끊겼다. 나귀는 건듯하면 미끄러졌다. 허 생원은 숨이 차 몇 번이고 다리를 쉬지 않으면 안 되었다. 고개를 넘을 때마다 나이가 알렸다. 동이 같은 젊은 축이 그지없이 부러웠다. 땀이 등을 한바탕 쪽 씻어 내렸다.

고개 너머는 바로 개울이었다. 장마에 흘러 버린 널다리가 아직도 걸리지 않은 채로 있는 까닭에 벗고 건너야 되었다. 고의를 벗어 띠로 등에 얽어매고 반벌거숭이의 우스꽝스런 꼴로 물속에 뛰어들었다. 금방 땀을 흘린 뒤였으나 밤물은 뼈를 찔렀다.

"그래 대체 기르긴 누가 기르구?"

"어머니는 하는 수 없이 의부를 얻어 가서 술장사를 시작했죠. 술이 고주래서 의부라고 전 망나니예요. 철들어서부터 맞기 시작한 것이 하룬들 편한 날 있었을까. 어머니는 말리다가 채이고 맞고 칼부림을 당하고 하니 집 꼴이 무어겠소. 열여덟 살 때 집을 뛰쳐나서부터 이 짓이죠."

"총각 낫세론 동이 무던하다고 생각했더니 듣고 보니 딱한 신세로군."

물은 깊어 허리까지 찼다. 속 물살도 어지간히 센 데다가 발에 채이는 돌멩이도 미끄러워 금시에 휩칠 듯하였다. 나귀와 조 선달은 재빨리 거의 건넜으나 동이는 허 생원을 붙드느라고 두 사람은 훨씬 떨어졌다.

"모친의 친정은 원래부터 제천이었던가?"

"웬걸요. 시원스리 말은 안 해 주나 봉평이라는 것만은 들었죠."

"봉평, 그래 그 아비 성은 무엇이구?"

"알 수 있나요. 도무지 듣지를 못했으니까."

"그 그렇겠지." 하고 중얼거리며 흐려지는 눈을 까물까물하다가 허 생원은 경망하게도 발을 빗디디었다. 앞으로 고꾸라지기가 바쁘게 몸째 풍덩 빠져 버렸다. 허우적거릴수록 몸을 건잡을 수 없어 동이가 소리를 치며 가까이 왔을 때에는 벌써 퍽으나 흘렀었다. 옷째 쫄딱 젖으니 물에 젖은 개보다도 참혹한 꼴이었다. 동이는 물속에서 어른을 해깝게★ 업을 수 있었다. 젖었다고는 하여도 여윈 몸이라 장정 등에는 오히려 가벼웠다.

"이렇게까지 해서 안됐네. 내 오늘은 정신이 빠진 모양이야."

"염려하실 것 없어요."

"그래 모친은 아비를 찾지는 않는 눈치지?"

"늘 한번 만나고 싶다고는 하는데요."

"지금 어디 계신가?"

"의부와도 갈라져 제천에 있죠. 가을에는 봉평에 모셔 오려고 생각 중인데요. 이를 물고 벌면 이럭저럭 살아갈 수 있겠죠."

"아무렴, 기특한 생각이야. 가을이렷다?"

동이의 탐탁한 등어리가 뼈에 사무쳐 따뜻하다. 물을 다 건넜을 때에는 도리어 서글픈 생각에 좀 더 업혔으면도 하였다.

"진종일 실수만 하니 웬일이요? 생원?"

★ 해깝게 : '가볍게'의 경상도 방언.

조 선달이 바라보며 기어코 웃음이 터졌다.

"나귀야, 나귀 생각하다 실족을 했어. 말 안했던가. 저 꼴에 제법 새끼를 얻었단 말이지. 읍내 강릉집 피마★에게 말일세. 귀를 쫑긋 세우고 달랑달랑 뛰는 것이 나귀 새끼같이 귀여운 것이 있을까. 그것 보러 나는 일부러 읍내를 도는 때가 있다네."

"사람을 물에 빠뜨릴 젠 딴은 대단한 나귀 새끼군."

허 생원은 젖은 옷을 웬만큼 짜서 입었다. 이가 덜덜 갈리고 가슴이 떨리며 몹시도 추웠으나 마음은 알 수 없이 둥실둥실 가벼웠다.

"주막까지 부지런히들 가세나. 뜰에 불을 피우고 훗훗이★ 쉬어. 나귀에겐 더운 물을 끓여 주고, 내일 대화장 보고는 제천이다."

"생원도 제천으로……?"

"오래간만에 가 보고 싶어. 동행하려나, 동이?"

나귀가 걷기 시작하였을 때, 동이의 채찍은 왼손에 있었다. 오랫동안 아둑시니★같이 눈이 어둡던 허 생원도 요번만은 동이의 왼손잡이가 눈에 띄지 않을 수 없었다.

걸음도 해깝고 방울 소리가 밤 벌판에 한층 청청하게 울렸다.

달이 어지간히 기울어졌다.

이효석 1907~1942 **강원도 평창에서 태어나 1928년 〈도시와 유령〉을 발표하면서 작품 활동을 시작했습니다. 초기에는 사회주의 사상이 담긴 작품 〈노령근해〉〈상륙〉〈행진곡〉〈기우〉 등을 썼으나, 순수문학을 추구하면서 자연과의 교감을 시적인 문체로 아름답게 묘사한 작품 〈돈〉〈산〉〈들〉 등을 썼습니다.**

★ 피마 : 다 자란 암말.

★ 훗훗이 : 약간 갑갑할 정도로 훈훈하고 덥게.

★ 아둑시니 : 어둠의 귀신, 밤소경.

작품 설명

내용 파악하기

▸ **허 생원과 동이의 직업은 무엇일까요?**

장돌뱅이

▸ **허 생원과 동이는 어떠한 관계일까요? 그렇게 생각하는 근거는 무엇입니까?**

부자 관계, 동이의 어머니가 허 생원과 인연을 가진 처녀일 가능성이 높다. 둘 다 왼손잡이다.

▸ **허 생원의 처지와 비슷한 동물이 있습니다. 무엇일까요? 그렇게 생각하는 근거는 무엇입니까?**

나귀, 늙고 초라한 외모, 허 생원은 늦게 아들의 존재 확인, 나귀는 늙은 나이에 새끼를 가졌다.

핵심 정리

갈래 : 단편소설, 순수소설

배경 : 1920년대 어느 여름날 낮부터 밤까지, 강원도 봉평 장터와 봉평에서 대화에 이르는 메밀꽃이 흐드러진 밤길

시점 : 전지적 작가 시점

제재 : 장돌뱅이의 삶

주제 : 떠돌이의 삶을 통해 본 인간 본연의 애정

특징 : ① 감각적인 비유적 표현
② 만남, 헤어짐, 그리고 다시 만남의 구조
③ 서정적이고 몽환적인 자연의 묘사

작품 이해

메밀꽃이 흐드러지게 피어 있는 달밤에 나귀 등에 짐을 싣고 이동하는 장돌뱅이의 모습. 이 소설을 영상으로 담은 드라마 '메밀꽃 필 무렵'의 첫 장면이기도 합니다. 봉평장에서 대화장으로 이동하는 하룻밤 사이에 일어난 이야기에 불과하지만 그 안에 허 생원과 성 서방네 처녀의 만남과 헤어짐, 그리움, 동이와의 인연 등 떠돌이 인생 허 생원의 개인사가 아름다운 자연을 배경으로 낭만적으로 펼쳐집니다. 이 작품은 한국 현대 단편소설 가운데 가장 많이 알려졌으며, 뛰어난 작품 가운데 하나로 평가받는 소설입니다. 특히 이 작품은 사회의식을 멀리하고 한국적인 자연의 아름다움을 배경으로 인간의 순박한 본성을 그려 내는 주제 의식과 달밤의 메밀밭을 묘사한 시적인 문체가 뛰어나 우리 문학의 수준을 한층 더 높이는 데 기여한 작품입니다. 한편 작가의 고향인 강원도 평창군 봉평면에는 '이효석 문학관'이 있으며, 그곳에서 이 작품에 등장하는 물레방앗간과 메밀꽃 핀 장관을 볼 수 있습니다.

생각해 보기

▸ **조 선달의 삶이 어떠했는지 생각해 봅시다.**

▸ **요즘에도 허 생원과 같은 직업이 있다면 어떤 사람들의 직업일까요?**

노새 두 마리

• 최일남 •

• 읽기 전에 •

노새는 암말과 수탕나귀 사이에서 태어난 잡종 동물입니다. 힘이 세서 무거운 짐을 운반하거나 먼 길을 여행할 때도 잘 견딥니다. 성질이 온순하고 병에 잘 걸리지 않으나, 생식력이 없습니다. 지금은 화물차로 물건을 운반하지만 옛날에는 노새가 끄는 마차를 이용했습니다. 노새 두 마리에게 무슨 일이 일어나는지 함께 읽어 봅시다.

그 골목은 몹시도 가팔랐다. 아버지는 그 골목에 들어서기만 하면 미리 저만치 앞에서부터 마차를 세게 몰아 가지고는 그 힘으로 하여 단숨에 올라가곤 했다. 그러나 이 작전이 매번 성공하는 것은 아니고, 더러는 마차가 언덕의 중간쯤에서 더 올라가지를 못하고 주춤거릴 때도 있었다. 그러면 아버지는 이마에 심줄★을 잔뜩 돋우며,

"이랴 이랴!" 하면서 노새의 잔등을 손에 휘감고 있는 긴 고삐 줄로 세 번 네 번 후려쳤다. 노새는 그럴 때마다 뒷다리를 바득바득 바동거리며★ 안간힘을 쓰는 듯했으나 그쯤 되면 마차가 슬슬 아래쪽으로 미끄러져 내리기는 할망정 조금씩이라도 올라가는 일은 드물었다.

물론 마차에 연탄을 많이 실었을 때와 적게 실었을 때에도 차이는 있었다. 적게 실었을 때는 그깟 것 달랑달랑 단숨에 오르기도 했지만, 그런 때는 드물고 대개는 짐을 가득가득 싣고 다녔다. 가득 실으면 대충 오백 장에서 육백 장까지 실었는데 아버지는 그래야만 다소 신명이 나지 이백 장이나 삼백 장 같은 것은 처음부터 성이 안 차는 눈치였으며, 백 장쯤은 누가 부탁도 안 할뿐더러 아버지도 아예 실으려고 하지도 않았다.

우리 동네는 변두리였으므로 얼마 전까지도 모두 그날그날 벌어먹고 사는 사람들이 많아 연탄 배달도 일거리가 그리 많지 않았다. 기껏해야 구멍가게에서 두서너 장을 사서는 새끼줄에 대롱대롱 매달고 가는 게

★ 심줄 : 힘줄.
★ 바동거리며 : (비유적으로) 힘에 겨운 처지에서 벗어나려고 바득바득 애를 쓰며.

고작이었다. 그랬는데 이삼 년 전부터 아직도 많은 빈터에 집터가 다져지고, 하나둘 문화주택★이 들어서더니 이제는 제법 그럴듯한 동네 꼴이 잡혀 갔다. 원래부터 있던 허름한 집들과 새로 생긴 집들과는 골목 하나를 경계로 하여 금을 긋듯 나누어져 있었는데, 먼 데서 보면 제법 그럴싸한 동네로 보였다. 일단 들어와 보면 지저분한 헌 동네가 이웃에 널려 있지만, 그냥 먼발치로만 보면 2층 슬래브집★들에 가려 닥지닥지 붙은 판잣집 등속이 보이지 않았으므로 서울의 변두리에 흔한 여느 신흥★ 부락으로만 보였다.

동네가 이렇게 바뀌자 그것을 가장 좋아한 사람 중의 하나가 아버지였다. 아까 말한 대로 그전에는 동네 사람들이 연탄을 두서너 장, 많아야 이삼십 장씩만 사 가는 터여서 아버지의 일거리가 적고, 따라서 이곳에서 이삼 킬로나 떨어진 딴 동네까지 배달을 가야 했는데 동네에 새 집이 들어서면서부터는 그렇게 먼 걸음을 하지 않아도 되었기 때문이다. 그런 집에서 연탄을 한 번 들여놓았다 하면 몇 달씩 때니까 자주 주문을 하지 않아서 아버지의 일감이 이 동네에서 끝나는 것만은 아니고, 여전히 타동네까지 노새 마차를 몰기는 했지만 그전보다는 자주 먼 곳까지 가지 않아도 된 것만은 사실이었다.

새동네(우리는 우리가 그전부터 살던 동네를 구동네, 문화주택들이 차지하고 들어선 동네를 새동네라 불렀다)가 생기면서 좋아한 것은 비단 아버지만은 아니었다. 구동네에 두 곳 있던 구멍가게 주인들도 은근히 무언가

★ 문화주택 : 1950년대 후반에 등장한 생활하기에 편리하고 보건 위생에 알맞은 새로운 형식의 주택.
★ 슬래브집 : 슬래브로 만든 집, 슬래브란 콘크리트 바닥이나 양옥의 지붕처럼 콘크리트를 부어서 한 장의 판처럼 만든 구조물.
★ 신흥 : 어떤 사회적 사실이나 현상이 새로 일어남.

를 기대하는 눈치였다. 그전까지는 가게의 물건들이 뽀얗게 먼지를 쓰고 있었고, 두 홉짜리 소주병만 육실하게★ 많았는데 그 병들 사이에 차츰 환타니 미린다니 하는 음료수 병들이며 퍼머스트 아이스크림도 섞이고, 할머니의 주름살처럼 주름이 쫙쫙 가 말라비틀어진 사과 사이에 귤 상자도 끼이게 되었다. 그전에는 볼 수 없었던 우유 배달부가 아침마다 골목을 드나들고, 갖가지 신문 배달부가 조석으로 골목 안을 누비고 다녔다. 전에는 얼씬도 않던 슈샤인 보이★가 새벽이면

"구두딱으……." 하면서 외치고 다녔다. 전에는 저 아래 큰 한길가 근처에 차를 대 놓고, 올 테면 오고 말 테면 말라는 식으로 버티던 청소부들이 골목 안까지 차를 들이대고 쓰레기를 퍼 갔다.

그러나 동네의 모습이 이처럼 달라지기는 했어도 구동네와 새동네 사람들이 서로 어울리는 법이 없었다. 너는 너, 나는 나 하는 식으로 새동네 사람들은 문을 꼭꼭 걸어 잠그고 누가 다가오는 것을 거절하고 있었다. 다만 그들이 들어옴으로 해서 구동네 사람들의 사는 모습이 조금 달라지기는 했는데 아무도 그걸 입에 올리지는 않았다. 아버지도 배달일이 늘어나서 속으로는 새동네가 생긴 것을 은근히 싫어하지는 않는 눈치였지만, 식구들 앞에서조차 맞대놓고 그런 내색을 하지는 않았다. 그런 가운데에서도 우리 노새는 온 동네 사람들의 눈길을 모으고 짤랑짤랑 이 골목 저 골목을 헤집고 다녔다. 아니 그것은 새동네 쪽에서 더욱 그랬다. 원래의 우리 동네에서야 아무도 거들떠보지 않았다. 자기들은

★ 육실하게 : 일이 뜻대로 안 풀려 혼자 투덜대거나 남을 심하게 나무랄 때 쓰는 욕이지만 여기서는 많다는 것을 강조하기 위해 쓰임.

★ 슈샤인 보이 : 구두닦이.

아이들의 싯누런 똥이 든 요강 따위를 예사롭게 수챗구멍★ 같은 데 버리면서도, 어쩌다 우리 노새가 짐을 부리는 골목 한쪽에서 오줌을 찍 갈기면,

"왜 하필이면 여기서 싸. 어이구, 저 지린내, 말을 부리려면 오줌통이라도 갖고 다닐 일이지 이게 뭐야. 동네가 뭐 공동변손가."

어쩌고 하면서 아낙네들은 코를 찡 풀어 노새 앞에다 팽개쳤다. 말과 노새의 구별도 잘 못하는 주제에, 아무 데서나 가래침을 퉤퉤 뱉는 주제에 우리 노새를 보고 눈을 찢어지게 흘겼다. 그러나 새동네에서는 단연 달랐다. 여간해서 말을 잘 않는 아주머니들도 우리 노새를 보면 입가에 미소를 머금었다. 개중에는

"아이, 귀여워. 오랜만에 보는 노샌데." 하기도 하고,

"어머, 지금도 노새가 있었네." 하기도 하고,

"아니, 이게 노새 아니에요? 아주 이쁘게 생겼네." 하기도 하고,

"오머 오머, 이게 망아지는 아니고…… 네? 노새라구요? 아, 노새가 이렇게 생겼구나아." 하면서 모가지에 매달린 방울을 한번 만져 보려다가 노새가 고개를 젓는 바람에 찔끔 놀라기도 했다. 비단★ 연탄 배달을 간 집에서만이 아니라 이 근처의 길을 가던 사람들도, 우리 노새를 힐끗 쳐다본 순간 분명히 다소 놀라는 기색으로 다시 한 번 거들떠보곤 했다. 대야를 옆에 끼고 볼이 빨갛게 익은 채 목욕 갔다 오던 아주머니도 부드러운 눈길로 노새를 바라보고, 다정하게 나들이를 가려고 막 대문을 나서

★ 수챗구멍 : 집 안에서 버린 물이 밖으로 흘러 나가도록 만든 구멍.
★ 비단 : 다만, 오직.

던 내외분★도 우리 노새가 짤랑짤랑 지나가면 '고것…….' 하는 표정으로 한동안 지켜보고, 파 한 단 사 가지고 잰걸음으로 쫄쫄거리고 가던 식모 아가씨도 잠시 발을 멈추고 노새를 바라보았다.

무엇보다도 우리 노새를 보고 좋아하는 것은 새동네 아이들이었다. 노새만 지나가면 지금까지 하던 공차기나 배드민턴을 멈추고 한동안 노새를 따라왔다. "야, 노새다." 한 아이가 외치면 다른 아이들도 덩달아 외쳤다.

"그래그래, 노새다."

"야, 이게 노새구나."

"그래 인마, 넌 몰랐니?"

"듣기는 했는데 보기는 처음이야."

"야, 귀 한번 대빵 크다."

"힘도 세니?"

"그럼, 저것 봐, 저렇게 연탄을 많이 싣고 가지 않니."

아이들이 이러면 나는 나의 시커먼 몰골도 생각하지 않고 어깨가 으쓱해졌다. 아버지도 그런 심정일까. 이런 때는 그럴 만한 대목도 아닌데 괜히 "이랴 이랏!" 하면서 고삐를 잡아끌었다. 나는 사실 새동네 아이들을 그리 좋아하지 않았다. 걔네들은 집 안에서 무얼 하는지 도무지 밖에 나오는 일도 드물었는데, 나온다 해도 저희네끼리만 어울리지 우리 구동네 아이들을 붙여 주지 않았다. 처음부터 우리가 걔네들더러 끼워 달라고 한 일은 없으니까 붙여 주고 안 붙여 주고 할 것은 없었는데, 보면

★ 내외분 : 부부.

알지 돌아가는 꼴이 그런 처지가 못 되었다. 우리 구동네 아이들이야 학교 가는 시간을 빼고는 내내 밖에서만 노는데, 놀아도 여간 시망스럽게★ 놀지 않았다. 걸핏하면 싸움질이요 걸핏하면 욕질이었다. 말썽은 어찌 그리도 잘 부리는지 아이들 싸움이 커진 어른 싸움도 끊일 날이 없었다. 그러자니 구동네 아이들은 자연히 새동네 골목에까지 진출했다. 같은 골목이라도 새동네는 널찍한 데다가 사람들의 왕래도 그리 잦지 않아서 놀기에 좋았다. 그렇다고 새동네 아이들이 텃세를 부리지도 않았다. 그들은 저희끼리 놀다가도 우리들이 내려가면 하나둘씩 슬며시 자기네 집으로 들어갔다. 그런 아이들이었으므로 나는 평소에 데면데면하게★ 대했는데, 이들이 우리 노새를 보고 놀라거나 칭찬할 때만은 어쩐지 그들이 좋았다. 거기 비해서 우리 동네 아이들은 노새만 보면 엉덩이를 툭 치거나, 꼬챙이 같은 걸로 자지를 건드리고 머리를 쓰다듬는 척하면서 콧잔등을 한 대씩 쥐어박고 하기가 일쑤였다. 평소에 말수가 적고 화내는 일이 드문 아버지도 이런 때는 눈에 불을 켜고 개구쟁이들을 내몰았다.

"이 때갈★ 놈의 새끼들, 노새가 밥 달라든, 옷 달라든? 왜 지랄들이야!"

우리 집에 노새가 들어온 것은 이 년 전이었다. 그전까지는 말을 부렸는데 누군가가 노새와 바꾸지 않겠느냐고 제의해 왔다. 싫으면 웃돈을 조금 얹어 주고라도 바꾸어 주겠다는 것이었다. 한 삼 년 가까이 그 말을 부려 온 아버지는 막상 놓기가 싫은 모양이었으나 그 말이 눈이 자주 짓무르고, 뒷다리 복사뼈 근처에 늘 상처가 가시지 않는 등 잔병치레가 잦

★ 시망스럽게 : 몹시 짓궂게.
★ 데면데면하게 : 사람을 대하는 태도가 친밀감이 없이 예사롭게.
★ 때갈 : (속되게) 죄지은 사람이 잡혀갈.

은 터라, 두 번째 말을 걸어왔을 때 그러자고 응낙해 버렸다. 할머니와 어머니, 그리고 큰형은 그래도 말이 낫지 그까짓 노새가 무슨 힘을 쓰겠느냐고, 바꾸지 말자고 했으나 노새를 한 번 보고 온 아버지는 어떻게 생각했는지 그길로 노새와 말을 맞바꾸었다. 아닌 게 아니라 노새는 힘이 하나도 없어 보였다. 보기에도 비리비리한 게 약하디약하게만 보였다. 할머니나 어머니, 그리고 큰형은 그것 보라고, 이게 어떻게 그 무거운 연탄 짐을 나르겠느냐고 빈정댔는데 그래도 아버지는 가타부타★ 말이 없이 노새를 우리로 끌고 가 우선 솔질부터 시작했다. 말이 우리이지 그것은 방과 바로 잇닿아 있는 처마를 조금 더 달아낸★ 곳에 있었다. 그래서 우리 집에는 항상 말 오줌 냄새, 똥 냄새가 가실 날이 없었다. 그뿐 아니라 그 우리의 바로 옆방이 내가 할머니나 큰형과 함께 자는 방이었으므로 나는 잠결에도 노새가 앉았다 일어나는 소리, 히힝거리는 소리, 방귀 소리까지 들을 수 있었다. 어쨌거나 이 노새가 들어오면서 그 뒤치다꺼리는 주로 내가 맡게 되었다. 큰형도 더러 돌봐 주기는 했으나 큰형마저 군에 들어가고 난 뒤부터는 나에게 전적으로 그 일이 맡겨졌다. 고등학교를 나온 작은형이 있기는 해도 그는 아버지나 어머니의 성화에 아랑곳없이, 늘상 밖으로 싸다니기만 하고 집에 있을 때도 기타를 들고 골방★에 처박히기가 일쑤였다. 가엾게도 노새는 원래 회색빛이었는데도 우리 집에 온 뒤로는 차츰 연탄 때가 묻어 검정빛으로 변해 갔다. 엉덩이께는 물론 갈기도 까맣게 연탄 가루가 앉아 있었다. 내가 깜냥★으로는 지성스럽

★ 가타부타 : 어떤 일에 대하여 옳다느니 그르다느니 함.
★ 달아낸 : 덧대어 늘인.
★ 골방 : 큰방의 뒤쪽에 딸린 작은방.
★ 깜냥 : 스스로 일을 헤아림. 또는 헤아릴 수 있는 능력.

게★ 털어 주고 닦아 주고 하는데도, 연탄 때는 속살까지 틀어박히는지 닦아 줄 때만 조금 희끗하다가 한바탕 배달을 갔다 오면 도로 그 모양이었다. 하지만 노새도 내 그런 정성을 짐작은 하는지, 멍청히 서 있다가도 내가 가까이 가면 고개를 위아래로 흔들어 아는 체를 했다. 그랬는데 그 노새가 오늘은 우리 집에 없다.

노새가 갑자기 달아난 건 어저께 일이었다. 아버지는 연탄을 실은 뒤 노새의 고삐를 잡고 나는 그냥 뒤따르고 있었다. 내가 뒤따르는 것은 아버지에게 큰 도움이 못 되고 하릴없이★ 따라다니기만 할 뿐이었다. 야트막한 언덕길을 오를 때 마차의 뒤를 밀기도 했으나 그것은 그대로 시늉일 뿐, 내 어린 힘으로 어떻게 된다든가 하는 일은 없었다. 아버지는 이따금 따라다니지 말고 집에 가서 공부나 하라고 했지만, 내가, 공부를 다 했어요, 하면 그 이상 더 말리지는 않았다. 그러나 탄을 싣거나 부릴 때 내가 거들려고 나서면 아버지는 한사코 그걸 말렸다. 아버지가 그랬으므로 나는 그러면 더 좋지 하는 홀가분한 마음으로 망아지 모양 마차 뒤만 졸졸 따라다녔다. 바로 어저께도 그랬다. 새동네의 두 집에서 이백 장씩 갖다 달라고 해서, 아버지는 연탄 사백 장을 싣고 새동네로 들어가는 그 가파른 골목길을 들어서고 있었다. 얘기의 앞뒤가 조금 바뀌었지만, 우리 아버지는 연탄 가게의 주인이 아니고 큰길가에 있는 연탄 공장에서 배달 일만 맡고 있다. 그러므로 연탄 공장의 배달 주임이 어느 동네 어느 집에 몇 장을 배달해 주라고 하면, 그만한 양의 탄을 실어다 주고

★ 지성스럽게 : 지극히 정성스럽게.
★ 하릴없이 : 달리 어떻게 할 도리가 없이.

거기 따르는 구전★만 받으면 그만이었다. 그런데 한 가지 자랑스러운 일은 아버지는 아무리 찾기 힘든 집이라도 척척 알아낸다는 것이다. 연탄 공장 사람들의 설명이 미처 끝나기도 전에 알 만하오, 한마디면 그만이었다. 열이면 열 거의 틀리는 일이 없었다. 오죽하면 공장 사람들도

"마차 영감은 집 찾는 데 귀신이니깐." 하면서 혀를 내두를까. 그들도 아버지에게 실려 보내면 마음이 놓인다는 것이었다. 어저께도 아버지는 이러이러한 댁에 갖다 주라는 말을 듣자, 두 번 다시 물어보지 않고 짐을 싣고 나선 것이다.

가파른 골목길 어귀에 이르자 아버지는 미리서 노새 고삐를 낚아 잡고 한달음에 올라갈 채비를 하였다. 그러나 어쩐 일인지 다른 때 같으면 사백 장 정도 싣고는 힘 안 들이고 올라설 수 있는 고개인데도 이날따라 오름길 중턱에서 턱 걸리고 말았다. 아버지는 어, 하는 눈치더니 고삐를 거머쥐고 힘껏 당겼다. 이마에 힘줄이 굵게 돋았다. 얼굴이 빨개졌다. 나는 얼른 달라붙어 죽어라고 밀었다. 그러나 길바닥에는 살얼음이 한 겹 살짝 깔려 있어서 마차를 미는 내 발도 줄줄 미끄러져 나가기만 했다. 노새는 앞뒤 발을 딱딱 소리를 낼 만큼 힘껏 땅을 밀어냈으나 마차는 그때마다 살얼음 위에 노새의 발자국만 하얗게 긁힐 뿐 조금도 올라가지 않았다. 아직은 아래쪽으로 밀려 내려가지 않고 제자리에 버티고 선 것만도 다행이었다. 사람들이 몇 명 지나갔으나 모두 쳐다보기만 할 뿐 아무도 달라붙지는 않았다. 그전에도 그랬다. 사람들은 얼핏 도와주고 싶은 생각이 났다가도, 상대가 연탄 마차인 것을 알고는 감히 손을 내밀지 못

★ 구전 : 흥정을 붙여 주고 그 보수로 받는 돈.

했다. 도대체 어디다 손을 댄단 말인가. 제대로 하자면 손만 아니라 배도 착 붙이고 밀어야 할 판인데 그랬다간 옷을 모두 망치지 않겠는가, 옷을 망치면서까지 친절을 베풀 사람은 이 세상엔 없다고 나는 믿어 오고 있다. 그건 그렇고, 그런 시간에도 마차는 자꾸 밀려 내려오고 있었다. 돌을 괴려고 주변을 살펴보았으나 그만한 돌이 얼른 눈에 띄지 않을뿐더러, 그나마 나까지 손을 놓으면 와르르 밀려 내려올 것 같아서 손을 뗄 수가 없었다. 아버지는 평소의 그답지 않게 사정없이 노새에게 매질을 해 댔다.

"이랴, 우라질 놈의 노새, 이랴!"

노새는 눈을 뒤집어 까다시피 하면서 바득바득 악을 써 댔으나 판은 이미 그른 판이었다. 그때였다. 노새가 발에서 잠깐 힘을 빼는가 싶더니 마차가 아래쪽으로 와르르 흘러내렸다. 뒤미처★ 노새가 고꾸라지고 연탄 더미가 데구루루 무너졌다. 아버지는 밀려 내려가는 마차를 따라 몇 발짝 뒷걸음질을 치다가 홀랑 물구나무 서는 꼴로 나자빠졌다. 나는 얼른 한옆으로 비켜섰기 때문에 아무 일도 없었다. 그러나 정작 일은 그다음에 벌어지고 말았다. 허우적거리며 마차에 질질 끌려가던 노새가 마차가 내박질러진★ 자리에서 벌떡 일어서더니 뒤도 안 돌아보고 냅다 뛰기 시작한 것이다. 정확히 말하면 벌떡 일어섰다가 순간적으로 아버지와 내가 있는 쪽을 힐끔 쳐다보고는 이내 뛰어 버린 것이다. 마차가 넘어지면서 무엇이 부러져 몸이 자유롭게 된 모양이었다.

"어어, 내 노새."

★ 뒤미처 : 그 뒤에 곧 잇따라.

★ 내박질러진 : 힘껏 집어 내던져진.

아버지는 넘어진 채 그 경황에도 뛰어가는 노새를 쳐다보더니 얼굴이 새하얘졌다. 그러나 그런 망설임도 그때뿐 아버지는 힘들게 일어서자 딴사람이 되어 빠른 걸음으로 노새를 뒤쫓았다.

"내 노새, 내 노새."

아버지는 크게 소리 지르는 것도 아니고 그렇다고 입안엣소리도 아닌, 엉거주춤한 소리로 연방 뇌면서★ 노새가 달려간 곳으로 뛰어갔다. 나도 얼른 아버지의 뒤를 따랐다. 노새는 십 미터쯤 앞에 뛰어가고 있었다. 뒤미처 앞쪽에서는 악악 하는 비명 소리가 들려왔다. 어깨에 스케이트 주머니를 메고 오던 아이들 둘이 기겁을 해서 길옆으로 비켜서고, 뒤따라오던 여학생 한 명이 엄마! 하면서 오던 길을 달려갔다. 손자를 업고 오던 할머니 한 분은 이런 이런! 하면서 어쩔 줄 몰라 하다가 그 자리에 폭삭 주저앉고 말았다. 막 옆 골목을 빠져나오던 택시가 찍 브레이크를 걸더니 덜렁 한바탕 춤을 추고 멎었다. 금세 이 집 저 집에서 사람들이 쏟아져 나와서 골목은 어느 사이 수많은 사람들이 모여 웅성대기 시작했다.

"왜 그래, 왜 그래."

"무슨 일이야, 무슨 일이야."

"말이 도망갔다나 봐, 말이 도망갔다나 봐."

"무슨 말이, 무슨 말이."

"저기 뛰어가지 않아."

"얼라 얼라, 그렇군. 말이 뛰어가는군."

★ 뇌면서 : 말을 여러 번 거듭 말하면서.

"별꼴이야, 말 마차가 지금도 있었군."

이런 웅성거림 속을 아버지는 두 주먹을 불끈 쥐고 뜀박질 쳐 갔다.

"내 노새, 내 노새."

그때 나는 아버지보다 몇 발짝 앞서 있었다. 아버지의 헉헉 소리가 들려왔다. 하지만 노새는 우리보다 훨씬 빨랐다. 노새는 이미 큰길로 나가고 있었다. 드디어 아버지는 큰길로 나오자 털컥 그 자리에 주저앉고 말았다. 노새는 이제 보이지 않았지만 나는 노새보다도 아버지의 일이 더 큰일일 것 같아서, 뛰던 것을 멈추고 아버지의 손을 잡고 끌어 일으키려고 했다. 한데 아버지는 쉽게 일어나지를 못했다. 아버지의 눈은 더할 수 없는 실망과 깊은 낭패로 가득 차, 나는 제대로 쳐다보지도 못하고 슬며시 고개를 돌리다가 이내 축 처지고 말았다. 얼굴 근육이 실룩거리는 것이 옆얼굴에도 보였다. 불현듯 슬픔이 복받쳐 내 눈도 씀벅거렸으나★ 나는 그것을 억지로 참고, 계속해서 아버지의 팔목을 이끌었다.

"아버지, 여기서 이렇게 앉아 있으면 어떻게 해요. 노새를 찾아야지요."

지나가는 사람들이 우리 부자의 이런 모습을 구경거리나 되는 듯이 잠깐잠깐 쳐다보았다.

"그래."

아버지는 힘없이 일어났으나 나는 어디를 어떻게 가야 할지 그저 막막하기만 했다. 아버지도 그런 눈치인 듯 나를 한번 덤덤히 쳐다보다가 아무 말 없이 앞장을 서기 시작했다. 두 사람 중 아무도 내박질러진 마차며 연탄 이야기를 꺼내지 않았다. 그 뒤처리도 큰일일 테니 말이다. 터덜

★ 씀벅거렸으나 : 눈꺼풀이 움직이며 눈이 자꾸 감겼다 떠졌으나.

터덜 걸어서 네거리까지 온 우리는 정작 그때부터 막막함을 느꼈다. 동서남북 어느 쪽으로 가야 할 것인가.

"아버지, 이렇게 하면 어때요. 둘이 같이 다닐 게 아니라 따로따로 헤어져서 찾아보도록 해요. 내가 이쪽 길로 갈 테니깐 아버지는 저쪽 길로 가세요, 네?"

아버지는 아무 말 없이 나와는 반대 방향으로 걸어갔다.

아버지와 헤어진 나는 사뭇★ 뛰었다. 사람들은 거리에 가득 넘쳐 있었다. 크고 작은 자동차는 빵빵거리면서 씽씽 달려가고 달려오고 하였다. 5층 건물 3층 건물이 즐비한 거리는 언제나처럼 분주했다. 아무도 나를 붙잡고 왜 뛰느냐고, 노새를 찾아 나선 길이냐고 묻지 않았다. 아무도 네가 찾는 노새가 방금 저쪽으로 뛰어갔다고 걱정 말라고 일러 주진 않았다. 나는 이 사람에게 툭 부딪치고, 저 사람에게 탁 부딪치면서 사뭇 뛰었다. 그러나 뛰면서도 둘레둘레 사방을 쳐다보는 것을 잊지 않았다. 벌써 거리는 조금씩 어두워지고 있었다. 이미 앞이마에 헤드라이트를 켠 자동차도 있었다. 나는 그런 자동차들이 막 뛰어다니는 노새로 보였다. 파랑 노새, 빨강 노새, 까만 노새 들이 마구 뛰어다니는 것이 아닌가. 바람같이 달리는 놈, 슬슬 가는 놈, 엉금엉금 기는 놈, 갑자기 멈추는 놈, 막 가다가 홱 돌아서는 놈, 그것은 가지가지였다. 그런데도 그중에 우리 노새는 없었다. 두 귀가 쫑긋하고 눈이 멀뚱멀뚱 크고, 코가 예쁘고, 알맞게 살이 찐, 엉덩이에 까맣게 연탄 가루가 묻어 반질반질하고, 우리 사촌 이모 머리채처럼 꼬리를 길게 늘어뜨린 우리 노새는 안 보였다.

★ 사뭇 : 거리낌 없이 마구.

어디까지 왔는지도 몰랐다. 차츰 다리가 아프기 시작했다. 배도 고프기 시작했다. 그러고 보면 나는 오늘 점심도 설친★ 채였다. 아이들하고 한참 놀다가 집에서 점심을 몇 술 뜨는 둥 마는 둥 하다가 아버지의 일이 궁금하여 연탄 공장에 갔었는데 그때 마침 아버지가 짐을 싣고 나오는 것이었었다. 그러나 나는 걸음을 멈출 수가 없었다. 노새를 찾아야 한다, 노새를 찾아야 한다는 마음이 내 걸음에 앞서, 몇 번 고꾸라지기도 하였다. 더러는 어떤 신사 아저씨의 옆구리에 넘어지듯 부닥치기도 하였는데, 그러면 그 아저씨는 "이 녀석아……." 어쩌고 하면서 못마땅하게 쳐다보고, 더러는 어떤 아주머니의 치마꼬리를 밟기도 하였는데, 그러면 그 아주머니는, "얘가 왜 이래, 눈을 어데 두고 다녀?" 하면서 호통을 치기도 하였다. 그럴 때마다 나는 '미안해요, 우리 노새를 찾느라고 그래요.' 하고 뇌까렸으나★ 그것이 입 밖으로 말이 되어 나오지는 않았다. 입 안이 메말라서 도무지 말을 하고 싶지도 않았다. 언뜻 내가 왜 이렇게 쏘다니고 있을까, 노새가 어디로 간지도 모르고 왜 이렇게 방황해야만 하는가 하는 생각이 없지도 않았으나 그런 마음에 앞서 내 눈은 부산하게 거리의 구석구석을 살피고 있었다. 그러고 보면 나는 그동안 우리 노새와 깊이 정이 들어 있는지도 몰랐다. 자다가도 바로 옆 마구간에서 노새가 투레질★하는 소리, 발을 들었다 놓았다 하는 소리를 들으면 왠지 마음이 놓였고, 길에서 놀다가도 저만치서 아버지에게 끌려오는 노새가 보이면 후딱 달려가 그 시커먼 엉덩이를 한번 두들겨 주기도 했다. 그러면

★ 설친 : 필요한 정도에 미치지 못한 채로 그만둔.
★ 뇌까렸으나 : 아무렇게나 되는대로 마구 지껄였으나.
★ 투레질 : 말이나 당나귀가 코로 숨을 급히 내쉬며 투루루 소리를 내는 일.

저도 날 알아보는지 그 큰 눈을 한 번 크게 치떴다가 내리곤 했다. 아이들은 그런 나를 더욱 놀려 댔다.

"비리비리 노새 새끼."

"덩치만 큰 노새."

그리고 나더러는 '까마귀 새끼'라고 말이다. 까마귀 새끼라는 것은 우리 아버지가 까맣게 연탄재를 뒤집어쓰고 다닌대서 그 아들인 나를 가리키는 말이다. 사실 아버지는 노상★ 시커먼 몰골을 하고 다녔다. 옷은 물론 국방색 신발도 어느새 깜장 구두가 되어 있었다. 손 얼굴 할 것 없이 온몸이 껌정투성이였다. 어쩌다가 헹 하고 코를 풀면 콧물조차도 까맸다. 그런 가운데에서도 눈 하나만은 퀭하니 크게 빛났다. 아이들은 그런 아버지를 보고 까마귀라고 불러 댔으나 차마 대놓고 그러지는 못하고, 만만한 나만 보면 까마귀 새끼라고 놀려 댔다. 하지만 저희네들 아버지는 별것이었던가. 영길이네 아버지는 조그마한 기계와 연탄불을 피워 가지고 다니면서, 뻥 소리와 함께 생쌀을 납작하게 눌러 튀겨 내는 장사를 하고 있었고, 종달이네 형님은 번데기 장수였다. 순철이네 아버지는 시장 경비원이었고, 귀달네 아버지는 포장마차에서 장사를 하고 있었다. 그래서 우리는 영길이더러 '뻥', 종달이더러는 '뻔'이라는 별명을 붙여 주었으며, 순철이, 귀달이도 모두 하나씩 별명을 가지고 있었다. 그러니까 내가 까마귀 새끼라는 별명을 가지고 있다는 것은 어떻게 보면 당연한 것이고 별로 억울할 것도 없었다.

내가 집에 돌아온 것은 밤 열 시도 넘어서였으나 아버지는 그때까지 돌

★ 노상 : 언제나 변함없이 한 모양으로 줄곧.

아오지 않고 있었다. 할머니와 어머니는 동네 사람들의 귀띔으로 미리 사건을 알고 있었던지, 내가 들어서자 얼른 뛰어나오며 허겁지겁 물었다.

"찾았니?"

"아버지는 어떻게 되셨어?"

내가 혼자 들어서는 걸 보면 찾지 못한 것을 번연히★ 알면서도 어머니는 다그쳐 물어 댔다. 어머니는 나에게 밥을 줄 생각도 하지 않고 한숨만 내리쉬고 올려 쉬곤 하였다.

아버지가 돌아온 것은 통행금지 시간이 거의 되어서였다. 예상한 일이지만 아버지는 빈 몸이었고 형편없이 힘이 빠져 있었다. 그때까지 식구들은 아무도 잠들지 않았다. 작은형도 일이 일인지라 기타도 치지 않고 죽은 듯이 방 안에만 처박혀 있었다. 아버지를 보고도 아무도 말을 하지 않았다. 다만 할머니만이 말을 걸었다.

"이제 오니?"

"네."

그뿐, 아버지는 더는 말이 없었다. 그러고는 어머니가 보아 온 밥상을 한옆으로 밀어 놓고는 쓰러지듯 방 한가운데 드러눕고 말았다. 아버지는 지금 내일부터 당장 벌이를 나갈 수 없는 아픔보다도 길들여 키워 온 노새가 가여워서 저러는지도 모를 일이었다. 아버지는 원래가 마부였다. 서울에 올라오기 전 시골에서도 줄곧 말 마차를 끌었다. 어쩌다가 소달구지를 끄는 적도 있기는 했으나 얼마 가지 않아서 도로 말 마차로 바

★ 번연히 : 어떤 일의 결과나 상태 따위가 훤하게 들여다보이듯 분명히.

꾸곤 했다. 그런 아버지였으므로 서울에 올라와서는 내내 말 마차 하나로 버텨 나왔었는데 어떻게 마음먹었는지 노새로 바꾸고 만 것이다. 노새나 말이나 요즘은 그놈의 삼륜차★ 때문에 아버지의 일감이 자칫 줄어드는 듯하기도 했다. 웬만한 오르막길도 끄떡없이 오르고, 웬만한 골목 안 집까지도 드르륵 들이닥치니 아버지의 말 마차가 위협을 느낌 직도 했고, 사실 일감을 빼앗기기도 했다. 그런데도 그때마다 아버지는 큰소리였다.

"휘발유 한 방울 안 나오는 나라에서 자동차만 많으면 뭘 해."

마치 애국자처럼 말하는 것이었으나 나는 아버지의 그 말 뒤에 숨은 오기 같은 것을 느낄 수 있었다. 너무 고단해서였을까, 이날 밤 나는 앞뒤를 가릴 수 없을 만큼 깊이 잠에 빠졌던 것 같다.

골목에서 뛰쳐나온 노새는 큰길로 나오자 잠시 망설이다가 곧 길 복판으로 뛰어 들어갔다. 그러자 달려가고 달려오던 차들이 브레이크를 밟느라고 찍, 찍 소리를 냈으나 노새는 그걸 본체만체하고 달렸다. 어디서 뛰어나왔는지 교통순경이 호루라기를 불며 달려오다가 노새가 가까이 오자 혼비백산★해서 도망갔다. 인도를 걸어가던 사람들이 일제히 발을 멈추고 노새의 가는 곳을 쳐다보곤 저마다 놀라고, 또는 재미있다는 표정을 지었다.

"허허, 저놈이 제 세상 만났군."

"고삐 풀린 말이라더니 저놈도 저렇게 한번 뛰어 보고 싶었을 거야."

"엄마, 저게 뭔데 저렇게 뛰어가? 말이지?"

★ 삼륜차 : 바퀴가 세 개 달린 차.

★ 혼비백산 : 몹시 놀라 넋을 잃음을 이르는 말.

"글쎄, 말보다는 작은데 노새 같다, 얘."

사람들이 그러거나 말거나 노새는 뛰고 또 뛰었다. 연탄 짐을 메지 않은 몸은 훨훨 날 것 같았다. 가파른 길도 없었고 채찍질도 없었고 앞길을 막는 사람도 없었다. 신호등에 파란불이 켜진 때도 있었고 노란불이 켜진 때도 있었으며 빨간불이 켜진 때도 있었으나, 막무가내로 그냥 뛰기만 했다. 노새는 이윽고 횡단보도에 이르렀다. 마침 파란불이 켜져서 우우 하고 길을 건너던 사람들이, 앗, 엇, 외마디소리를 지르며 풍비박산★이 되었다. 보퉁이★를 이고 가던 아주머니가 오메 소리를 지르며 퍽 그 자리에 넘어지자 머리 위에 있던 보퉁이가 데구루루 굴렀다. 다정히 손잡고 가던 모녀가 어머멋 소리를 지르며 제자리에 우뚝 섰다. 재잘거리며 가던 두 아가씨가 엄마! 소리를 지르며 한꺼번에 엉켜 넘어졌다. 자전거에 맥주 상자를 싣고 기우뚱기우뚱 건너가던 인부가 앞사람이 갑자기 뒷걸음질 치는 바람에 자전거의 핸들을 놓쳐 중심을 잃은 술 상자가 우르르 넘어졌다. 밍크 목도리에 몸을 휘감고 가던 아주머니가 나 몰라! 하고 소리를 지르며 홱 돌아서다가 자기도 모르게 옆에 있는 낯모르는 아저씨 품에 안겼다. 땟국이 잘잘 흐르는 잠바 청년 하나가 이때 워! 워! 하면서 앞을 가로막았으나 노새가 앞다리를 번쩍 한 번 들자 어이쿠 소리를 지르면서 인도 쪽으로 도망갔다.

노새는 그대로 달렸다. 뒤미처 순경이 쫓아오는 소리가 나고 앵앵거리며 백차★가 따라오고 있었다. 노새는 그러나 아랑곳하지 않았다. 노새

★ 풍비박산 : 사방으로 날아 흩어짐.
★ 보퉁이 : 물건을 보에 싸서 꾸려 놓은 것.
★ 백차 : 차체에 흰 칠을 한, 경찰이나 헌병의 순찰차.

는 어느덧 번화가에 들어서고 있었다. 여기는 아까의 횡단 길보다도 더욱 사람이 많았다. 노새는 자꾸 자동차가 걸리는 것이 귀찮았던지 성큼 인도 쪽으로 방향을 꺾었다. 그러자 이번에는 더욱 요란스런 혼란이 벌어졌다. 사람들은 달랑달랑하는 노새의 목에 달린 방울 소리가 들릴 때는 호기심으로 그쪽을 쳐다보았다가도, 금세 인파가 우, 우, 이리 몰리고 저리 몰리고 하면서 눈앞에 노새가 뛰어오자 어쩔 바를 모르고 왝, 왝, 소리를 지르며 달아나기에 바빴다. 분홍색 하이힐짝이 나뒹굴고, 곱게 싼 상품 상자들이 이리저리 흩어졌다. 신사가 한옆으로 급히 비키다가 콘크리트 전봇대에 이마를 찧고, 군인이 앞사람의 뒤꿈치에 밟혀 기우뚱하다가 뒤에 오는 할아버지를 안고 넘어졌다. 배지를 단 여대생이 황망히★ 길 옆 제과점으로 도망치다가 안에서 나오던 청년과 마주쳐 나무토막 쓰러지듯 넘어지고, 아이스크림을 핥고 가던 꼬마 둘이 얼싸안고 넘어졌다.

번화가 옆은 큰 시장이었다. 노새가 이번에는 그 시장 속으로 뚫고 들어갔다. 머리에 수건을 동이고★ 좌판 앞에 앉아 있던 아낙네들이 아이구 이걸 어쩌지, 하면서 벌떡 일어서는 것을 신호로, 시장 안에 벌집 쑤신 듯한 소동이 사방으로 번져 갔다. 콩나물 통이 엎어지고, 시금치가 흩어지고, 도라지가 짓이겨지고, 사과 알이 데굴데굴 굴렀다. 미꾸라지 통이 엎어지고 시루떡이 흩어지고, 테토론★ 옷감이 나풀거리고 제주 밀감이 사방으로 굴렀다. 갈치가 뛰고 동태가 날고, 낙지가 미끈둥미끈둥 길바

★ 황망히 : 마음이 몹시 급하여 당황하고 허둥지둥하는 면이 있게.
★ 동이고 : 끈이나 실 등으로 감거나 둘러 묶고.
★ 테토론 : 폴리에스터계 합성 섬유, 또는 이 섬유로 짠 천.

닥을 메웠다. 연락을 받고 달려왔는지 시장 경비원 두세 명이 이놈의 노새, 이놈의 노새, 하면서 앞뒤를 막았으나 워낙 젖 먹던 힘까지 다 내서 길길이 뛰는 노새를 붙들지는 못하고, 저 노새 잡아라, 저 노새, 하고 외치며 이리 뛰고 저리 뛰고 할 뿐이었다.

골목을 뛰쳐나온 지 한 시간이 지났을까, 노새는 시장 안에서 한바탕 북새★를 떨고는 다시 한길로 나왔다. 이 무렵에는 경찰에 비상이 걸렸는지 곳곳에 모자 끈을 턱에까지 내린 경찰관들이 지키고 서 있었다. 서울 장안이 온통 야단이 난 모양이었다. 군데군데 무전차가 동원되어 자기네끼리 노새의 방향에 대해서 연락을 취하고 있었다. 그러나 노새는 미리 그것을 알고라도 있는 듯 용케도 경비가 허술한 길만을 찾아 잘도 달려갔다. 모가지는 물론, 갈기며 어깻죽지, 그리고 등허리에 땀이 비 오듯 해서 네 다리에 물이 주르르 흐르고 있었다. 검은 물이, 노새는 벌써 한강 다리를 건너고 있었다. 노새는 얼핏 좌우로 한강 물을 한번 훑어보더니 여전히 뛰어가면서도 길게 심호흡을 하였다. 다리를 건너고 얼마를 가자 길이 넓어지고 앞이 툭 트였다. 고속도로였다. 노새는 돈도 안 내고 톨게이트를 빠져나가더니 그때부터는 다소 속도를 늦추었다. 그러나 절대로 뛰는 일을 멈추지는 않았다.

여느 날보다 다소 늦게 일어난 나는 간밤의 꿈으로 하여 어쩐지 마음이 헛헛했다★. 꿈 그대로라면 우리는 다시는 그 노새를 찾지 못할 것이 아닌가. 꿈대로라면 우리 노새는 고속도로를 따라 멀리멀리 달아나서 우리가 도저히 찾을 수 없는 곳, 상상도 할 수 없는 곳에 가서 있는 것이

★ 북새 : 많은 사람이 야단스럽게 부산을 떨며 법석이는 일.
★ 헛헛했다 : 채워지지 않아 허전한 느낌이 있었다.

아닐까. 우리를 버리고 간 노새, 그는 매일매일 그 무거운, 그 시커먼 연탄을 끄는 일이 지겹고 지겨워서 다시는 돌아오지 못할 자기의 보금자리를 찾아 영 떠나가 버렸는가. 아버지와 내가 집을 나선 것은 사람들이 아직 출근하기도 전인 이른 새벽이었다. 큰길로 나오자 두 사람은 막상 어느 쪽부터 뒤져야 할지 막연하기만 했다. 둘 중 아무도 말을 꺼내지는 않았으나 부자는 잠깐 주춤하다가 동네와는 딴 방향으로 걷기 시작했다. 새벽이라 그런지 사람은 그리 많지 않은데 날씨가 몹시도 찼다. 길은 단단히 얼어붙고 바람은 매웠다. 귀가 따갑게 아려 오는 듯하자 아랫도리로 냉기가 찰싹찰싹 달라붙었다.

"아버지, 시장으로 가 봐요."

나는 언뜻 간밤의 꿈이 생각났다.

"시장은 왜?"

"혹시 알아요, 노새가 뛰어가다가 시장기가 들어 시장 쪽으로 갔는지."

나는 말해 놓고도 좀 우스웠지만 아버지도 별 싱거운 녀석 다 보겠다는 듯이 시큰둥한 태도였다. 아버지는 키가 컸다. 그래서 그런지 급히 서둘지도 않고 보통 걸음으로 걷는데도 나는 종종걸음을 쳐야 따라갈 수 있었다. 나는 할 수 없이 한 손을 내밀어 아버지의 손을 잡았다. 아버지의 손은 크고 투박하고 나무토막처럼 단단했다. 끌려가듯 따라가면서도 나는 좀 우스웠다. 이날까지는 이런 일을 생각할 수도 없었다. 아버지와 손을 잡고 길을 걷는다는 것은 꿈에도 상상할 수 없는 일이었다. 그렇게 지내 왔는데, 오늘 나는 아주 자연스럽게 아버지와 손을 맞잡고 길을 걷고 있다. 좀 우쭐한 생각이 들었다. 하지만 아무도 그런 우리를 부러운 눈초리로 쳐다보지는 않았다.

아버지와 나는 한도 끝도 없이 걸었다. 어느새 거리는 점심때쯤 되었고, 눈발이 비치기 시작했다. 어느 곳을 가나 거리는 사람으로 붐벼 있었고, 그 많은 사람들은 우리 부자더러 어디를 그리 바삐 가느냐고, 노새를 찾아다니느냐고 묻지 않았고, 아버지와 나는 아무에게도 노새를 보지 못했느냐고 묻지 않았다. 다리는 쇠사슬을 단 것처럼 무겁고, 배가 고프고 쓰렸다. 나는 그런 우리가 옛날 얘기에 나오는 길 잃은 나그네 같다고 생각했다. 길은 멀고 해는 저물었는데, 쉬어 갈 곳이라고는 없는 그런 처지 같았다. 아무리 가도 인가는 나타나지 않고, 멀리서 깜박깜박 비치는 불빛도 없었다. 보이느니 거친 산과 들뿐 사람이나 노새는 보이지 않았다.

아버지와 내가 동물원에 들어간 것은 거의 해가 질 무렵이었다. 어떻게 해서 동물원에 들어오게 되었는지 나는 잘 기억해 낼 수가 없다. 둘 중의 아무도 동물원에 들어가자고 말한 사람은 없었는데 어째서 발길이 이곳으로 돌려졌는지 모른다. 정처 없이 걷다가 마침 닿은 곳이 동물원이어서 그냥 대수롭지 않게 들어왔는지도 모르겠다. 하여튼 나는 희한한 곳엘 다 왔다 싶었다. 내 경우 동물원에 와 본 것은 지금까지 딱 한 번밖에 없었으니까. 그것도 어린이날 무료 공개한다는 바람에 동네 조무래기들과 함께 와 본 것뿐이었다. 그때는 사람들에 치여 제대로 구경도 못했는데 지금 나는 구경꾼도 별로 없는 동물원을 더구나 아버지와 함께 오게 되었으니 참 가다가는 별일도 있는 것이구나 하였다. 남들 눈에는 한가하게 동물원 구경을 온 다정한 부자로 비칠 것이 아닌가. 동물원 안은 조용하고 을씨년스러웠다. 동물들은 제집에 처박혀 있거나 가느다란 석양이 미치는 곳에 웅크리고 있거나 하였다. 막상 들어온 아버지는 그런 동물들을 별로 눈여겨보지 않았다. 동물들의 우리를 보다가 하늘을 보다가 할 뿐, 눈에 초점이 없었다. 칠면조도 사자도 호랑이도 원숭이도 사슴도 그런 눈으로 건성건성 보고 지나갈 뿐이었다. 그러던 아버지가 잠시 발을 멈춘 곳은 얼룩말이 있는 우리 앞이었다. 얼룩말은 두 마리였다. 아버지는 그러나 그 앞에서도 멍하니 서 있기만 하지 이렇다 할 감정의 표시를 하지 않았다. 나는 그런 아버지를 한번 쳐다보고, 얼룩말을 한번 쳐다보고 하였다. 그러다가 아버지의 얼굴이 어쩌면 그렇게 말이나 노새와 닮았는지 모르겠다고 생각하였다. 그렇게 생각하고 보니 꼭 그랬다. 길게 째진, 감정이 없는 눈이며 노상 벌름벌름한 코, 하마 같은 입, 그리고 덜렁하니 큰 귀가 그랬다. 아버지가 너무 오래 말이나 노새를 다뤄 와서 그런 건지, 애당초 말이나 노새 같은 사람이어서 그런 짐승과 평생을 같이해 온 것인지는 알 수 없으나, 막상 얼룩말 앞에 세워 놓은 아버지는 영락없는 말의 형상이었다.

동물원을 나왔을 때 이미 거리는 밤이었다. 이번엔 집 쪽으로 걸었다. 그럴 수밖에 우리는 더 갈 데가 없었던 것이다. 우리 동네가 저만치 보였을 때 아버지는 바로 눈앞에 있는 대폿집에서 발을 멈추었다. 힐끗 나를 돌아보고 나서 다짜고짜 나를 술집으로 끌고 들어갔다. 이런 일도 전에는 없던 일이었다. 술집 안에는 사람들이 가득 차서 와와 떠들어 대고 있었다. 돼지고기를 굽는 냄새, 찌개 냄새, 김치 냄새가 집 안에 가득했다. 사람들은 우리를 의아스런 눈초리로 쳐다보았으나 이내 시선을 거두고 자기들의 얘기 속으로 다시 들어갔다. 나는 들어가자마자 그 냄새를 힘껏 들이마셨다. 쓰러질 것 같았다. 아버지는 소주 한 병과 안주를 시키더니 안주는 내 쪽으로 밀어 주고 술만 거푸 마셔 댔다. 아버지는 술이 약한 편이어서 저러다가 어쩌나 하고 걱정이 되었다.

"아버지, 고만 드세요. 몸에 해로워요."

"으응."

대답하면서도 아버지는 술잔을 놓지 않았다. 얼마나 지났을까, 안주를 계속 주워 먹었으므로 어느 정도 시장기를 면한 나는 비로소 아버지를 쳐다보았다.

"이제부터 내가 노새다. 이제부터 내가 노새가 되어야지 별수 있니? 그놈이 도망쳤으니까 이제 내가 노새가 되는 거지."

기분 좋게 취한 듯한 아버지는 놀라는 나를 보고 히잉 한 번 웃었다. 나는 어쩐지 그런 아버지가 무섭지만은 않았다. 그러면 형들이나 나는 노새 새끼고, 어머니는 암노새고, 할머니는 어미 노새가 되는 것일까? 나도 아버지를 따라 히히힝 웃었다. 어른들은 이래서 술집에 오는 모양이었다. 나는 안주만 집어 먹었는데도 술 취한 사람마냥 턱없이 즐거웠다. 노새 가족-노새 가족은 우리 말고는 이 세상에 또 없을 것이다.

그러나 그러한 생각은 아버지와 내가 집에 당도했을 때 무참히 깨어지고 말았다. 우리를 본 어머니가 허둥지둥 달려 나와 매달렸다.

"이걸 어째우. 글쎄 경찰서에서 당신을 오래요. 그놈의 노새가 사람을 다치고 가게 물건들을 박살을 냈대요. 이걸 어쩌지."

"노새는 찾았대?"

"찾고나 그러면 괜찮게요? 노새는 간데온데없고 사람들만 다치고 하니까, 누구네 노새가 그랬는지 수소문 끝에 우리 집으로 순경이 찾아왔지 뭐유."

오늘 낮에 지서에서 나온 사람이 우리 노새가 튀는 바람에 여기저기서 많은 피해를 입었으니 도로 무슨 법이라나 하는 법으로 아버지를 잡아넣어야겠다고 이르고 갔다는 것이었다. 아버지는 술이 확 깨는 듯 그 자리에 선 채 한동안 눈만 뒤룩뒤룩 굴리고 서 있더니 힝 하고 코를 풀었다. 그러고는 아무 말 없이 스적스적★ 문밖으로 걸어 나갔다. 나는 "아버지." 하고 따랐으나 아버지는 돌아보지도 않고 어두운 골목길을 나가고 있었다.

나는 그 순간 또 한 마리의 노새가 집을 나가는 것 같은 착각을 일으켰다. 그러고는 무엇인가가 뒤통수를 때리는 것을 느꼈다. 아, 우리 같은 노새는 어차피 이렇게 비행기가 붕붕거리고, 헬리콥터가 앵앵거리고, 자동차가 빵빵거리고, 자전거가 쌩쌩거리는 대처★에서는 발붙이기 어려운 것인가 하는 생각이 들었다. 언젠가 남편이 택시 운전사인 칠수 어머니가 하던 말, "최소한도 자동차는 굴려야지 지금이 어느 땐데 노새를 부려." 했다는 말이 생각났다. 그러나 그것은 잠깐 동안이고 나는 금방 아버지를 좇았다. 또 한 마리의 노새를 찾아 캄캄한 골목길을 마구 뛰었다.

최일남 1932~ **전북 전주에서 태어나 1953년 《문예》에 〈쑥 이야기〉를 발표하면서 작품 활동을 시작했습니다. 주요 작품으로는 〈파양〉〈장장하일〉〈진달래〉〈감나무골 낙수〉〈노기 띤 얼굴〉〈동행〉 등이 있습니다. 주로 가난한 사람들의 생활과 인간성을 그린 작품을 썼습니다.**

★ 스적스적 : 힘들이지 않고 자꾸 느릿느릿 움직이거나 슬슬 걸어가는 모양.
★ 대처 : 사람이 많이 살고 상공업이 발달한 번잡한 지역.

작품 설명

내용 파악하기

▶ **이 소설의 시대적 · 공간적 배경을 써 봅시다.**

1970년대, 서울 변두리

▶ **'나'의 아버지가 하는 일은 무엇인가요?**

노새 마차를 끌고 연탄 배달을 함.

▶ **이 소설에서 현대 도시 문명에서 살기 어렵다는 '나'의 고백이 담긴 표현을 찾아봅시다.**

우리 같은 노새는 어차피 이렇게 비행기가 붕붕거리고, 헬리콥터가 앵앵거리고, 자동차가 빵빵거리고, 자전거가 쌩쌩거리는 대처에서는 발붙이기 어려운 것인가 하는 생각이 들었다.

▶ **아버지가 "이제부터 내가 노새가 되어야지 별수 있니?"라고 한 말에 담긴 뜻은 무엇일까요?**

내가 노새처럼 힘을 더해 가족을 부양해야겠다.

핵심 정리

갈래 : 단편소설

배경 : 서울 변두리, 1970년대

시점 : 1인칭 관찰자 시점

제재 : 노새

주제 : 급격한 시대 변화에 적응하지 못한 채 어렵게 살아가는 서민들의 삶

특징 : ① 가족을 부양하기 위해 힘들게 살아가는 아버지의 처지가 노새와 동일시되어 나타남.
② 새것과 옛것이 공존하는 당시의 시대상이 나타남.

작품 이해

말이나 노새가 끄는 마차, 연탄 배달, 바퀴가 세 개인 삼륜차, 그리고 화물차와 버스 등이 등장하는 모습은 옛날과 현대가 공존했던 1970년대 서울의 모습입니다. 이 소설의 배경이 되는 동네 역시 판잣집으로 된 구동네와 문화주택으로 이루어진 새동네가 공존하는 곳입니다. 여기서 '나'의 아버지는 옛날 문화의 상징인 노새 마차를 끌고 연탄 배달을 하며 근근이 살아갑니다. 소설 속 노새는 가족의 생계를 위해 힘겹게 살아가는 아버지의 모습이기도 합니다. 이 소설은 급격히 변하는 시대에 빠르게 대응하지 못한 채 힘겹게 살아가는 도시 변두리 서민들의 삶을 그려 냈습니다.

생각해 보기

▸ **아버지와 '노새'의 공통점은 무엇인가요?**

▸ **이 소설의 배경이 되는 때의 사회 · 문화적 상황은 어떤가요?**

생각해 보기 도움말

생각해 보기 도움말

첫째 마당 | 사랑의 기쁨과 슬픔

봄봄

▶ **'나'는 어떤 점에서 어리숙한가요?**

기간을 명시하지 않은 계약서 작성, 구장이나 장인의 구슬림에 쉽게 넘어감, 점순이의 충동질에 넘어감, 점순이가 아버지 편을 드는 이유를 모름.

▶ **마지막에 점순이가 자기 아버지 편을 든 이유는 무엇인가요?**

자기 아버지가 당하는 것을 보다가 참기 어려워서.

동백꽃

▶ **'나'가 점순이의 마음을 알았지만 적극적으로 나서지 않은 이유는 무엇일까요?**

마름과 소작인이라는 신분상의 차이 때문에

▶ **소설 속 등장인물과 요즘 청소년들을 비교해 볼 때 이성에게 관심을 표현하는 방법은 어떻게 다를까요?**

소설 속 등장인물-간접적, 우회적 / 요즘 청소년-직접적

고무신

▶ **남이가 엿장수를 좋아하면서도 말 못 하고 아버지를 따라간 이유는 무엇일까요?**

아버지가 정해 준 남자와 결혼해야 한다는 당시의 관습 때문에

▶ **소설 속 시대와 요즘의 남녀 간 애정 표현은 어떻게 다를까요?**

소설 속 시대 : 은근함, 우회적, 간접적 / 요즘 : 직설적, 적극적

사랑손님과 어머니

▶ **두 사람의 사랑이 이루어지지 않은 이유는 무엇일까요?**

과부의 재가를 인정하지 않으려는 사회적 분위기, 딸을 사랑하는 마음

▶ **어머니와 아저씨 사이에서 옥희는 어떤 역할을 하였나요?**

서로에 대한 관심을 전달하는 사랑의 메신저

둘째 마당 | 아픈 만큼 성장하고

하늘은 맑건만

▶ **문기가 맑은 하늘을 똑바로 보지 못한 이유를 설명해 보세요.**

양심의 가책 때문에

영수증

▶ **노마가 영수증을 찢고 울면서 어두운 길을 걸어가는 것으로 소설을 끝낸 이유를 당시 시대적 배경과 관련 지어 생각해 봅시다.**

어떻게 해 볼 수 없는 일제강점기의 암울한 현실을 보여 줌.

소를 줍다

▶ **이 소설의 갈등 양상은 무엇일까요?**

주운 소가 우리 것이라는 '나'와 주인에게 돌려주어야 한다는 아버지

▶ **잃어버렸던 소를 되찾은 주인은 '나'의 집에 보상을 해야 할까요? 이에 대한 '나'와**

아버지의 생각을 정리해 봅시다.

나 : 우리가 소를 길러 주고 먹여 주었으므로 그에 따른 대가가 있어야 함.

아버지 : 원래 우리 것이 아니었음. 남의 집 소를 길러 주었지만 한편으론 일소로 부렸으니, 대가를 지불하지 않을 수 있음.

셋째 마당 | 역사 앞에서

치숙

▸ **만약 여러분이 아저씨라면 '나'를 어떻게 설득할 것인가요?**

아저씨는 대화가 통하지 않는 '나'를 '몹쓸 놈'이라 말하며 포기해 버립니다. 저는 그렇게 하지 않고 '나'에게 사회주의 사상을 기초부터 가르쳤을 것입니다. 사회주의는 단순히 '부자의 것을 빼앗아 나누는 사회'가 아니라는 것에 초점을 맞춰 설득할 것입니다. 이전에 살았던 조선시대의 신분제가 불합리하다는 것을 알려 주고, 불공평한 것들을 바꿔 나가려는 사상이 사회주의라고 이야기할 것입니다.

▸ **시대 상황에 비춰 '나'를 비판해 볼까요?**

'나'는 시대의 흐름을 정확히 읽고, 재물을 모으는 방법을 잘 알고 있다는 생각이 듭니다. 그래도 타인에게 피해를 주거나 남의 것을 빼앗아 가면서 재물을 모으는 것이 아니라 다행입니다. 그러나 시대적 상황이 부조리한데, 그런 사회문제에는 눈을 감고, 오직 자신의 이익만 추구하는 것은 옳지 않다고 생각합니다. 일제 치하라는 부조리한 현실을 먼저 해결하고 그다음으로 개인적 이익을 추구하는 것이 옳은 행동이라고 생각합니다.

이상한 선생님

▸ **강 선생님이 교장이 되었다가 물러나게 된 이유는 무엇인가요?**

친일파는 해방을 맞은 후 미국 세력에 붙으면서 다시 권력을 잡았고, 그들과 입장이 달랐던 강 선생님은 '빨갱이'로 몰려 물러나게 됐습니다.

▸ **왜 뼘박 선생님은 '이상한' 선생님일까요?**

일제강점기에는 열심히 친일하고 해방 후에는 미국을 열심히 찬양하는 친미파가 되는 등 선생님으로서 이해할 수 없는 행동을 하고 있습니다.

학

▸ **덕재와 성삼이가 서로 어색한 관계에 놓인 이유는 무엇일까요?**

북한군이 마을을 점령했을 때 덕재가 북한군에 협조했던 일 때문에

이데올로기의 대립으로 인해, 남북의 사상이 달라서

▸ **성삼이가 치안대원임에도 불구하고 덕재를 놓아준 이유는 무엇일까요?**

친구와의 우정, 어린 시절의 추억이 생각나서

꺼삐딴 리

▸ **역사적 격변기에도 이인국이 늘 잘살았던 이유는 무엇인가요?**

개인의 출세나 이익을 위해서는 수단과 방법을 가리지 않고 살아감.

정의, 양심을 저버린 처세의 달인

▸ **이인국과 같은 시대를 살았던 사람들 중에 그와 다른 삶을 살았던 사람들을 이야기해 봅시다.**

독립운동가, 6·25전쟁 중 전사한 사람들, 가족이나 재산을 빼앗기거나 잃어 가난하게 살아가는 사람들, 억울하게 죽은 사람들 등

수난이대

▸ **소설 속의 부자는 이들에게 닥친 불행에 어떻게 대응하나요?**

서로 부족한 부분을 채워 주며 도우며 살아가려 노력함.

▸ **이 소설처럼 역사적인 수난이 개인이나 가족에게 상처를 입힌 예로는 무엇이 있을까요?**

5·18 민주화운동을 소재로 다룬 영화 〈26년〉을 보고 유가족들이 입은 상처를 알아봅시다.

운수 좋은 날

▸ **이 작품의 제목인 '운수 좋은 날'이 지닌 아이러니에 대해 말해 봅시다.**

표면적 의미 : 가장 많은 돈을 벌어서 운이 좋은 날

이면적 의미 : 아내가 죽어서 슬픈 날

표면적 의미와 이면적 의미가 서로 대조되고 있다. 작은 행운에 뒤이어 비극적 결말이 있는 것이 현실이며, 우리 앞에 아이러니한 인생이 펼쳐질 것임을 알려 준다.

▸ **작품의 전반에 걸쳐 내리는 '겨울비'는 어떤 의미를 지니는지 생각해 봅시다.**

비가 내리면 맑은 날과 달리 불쾌지수도 올라가고 울적하다. 작품 전반에 걸쳐 김첨지가 있는 곳을 끊임없이 적시는 겨울비는 아내의 죽음이라는 비극과 현재 김 첨지가 처한 가난하고 힘든 상황을 상징한다.

돌다리

▸ **아버지와 창섭이가 땅을 바라보는 인식이 어떻게 다른지 이야기해 봅시다.**

아버지는 땅을 천지만물의 근본이라고 생각해 땅 자체의 가치를 중요하게 여기는 반면, 아들은 땅을 팔았을 때 얻을 수 있는 이익을 중요하게 생각한다.

▸ **'돌다리'와 '땅'을 바라보는 아버지의 모습에는 어떤 뜻이 담겨 있나요?**

땅을 단순히 돈으로만 여기는 가치관을 비판하며 옛 정신을 지키려 합니다.

표구된 휴지

▸ **'나'와 친구가 '휴지'를 소중하게 생각한 이유는 무엇인가요?**

아들을 생각하는 아버지의 마음이 서툴지만 꾸밈없이 진솔하게 담겨 있어서

메밀꽃 필 무렵

▸ **조 선달의 삶이 어떠했는지 생각해 봅시다.**

한곳에 정착하지 못한 채 떠돌이 생활을 하는 자신의 직업을 운명이라 생각하며 사

는 고단한 삶이었을 것이다.

▶ **요즘에도 허 생원과 같은 직업이 있다면 어떤 사람들의 직업일까요?**

트럭으로 아파트 요일장에 다니는 상인들, 공사 현장을 찾아 떠돌며 생활하는 공사장 인부들, 여행사 가이드로 세계 여러 곳을 다니는 사람 등이 있습니다.

노새 두 마리

▶ **아버지와 '노새'의 공통점은 무엇인가요?**

고생, 가족 부양

▶ **이 소설의 배경이 되는 때의 사회 문화적 상황은 어떤가요?**

도시화·현대화가 급격히 진행되고, 농촌에서 올라온 사람들이 도시 변두리에서 힘겹게 살아감. 현대와 옛날의 문화가 공존함.

중학생이 되기 전에
미리 읽는 한국단편소설 19

초 판 1쇄 발행 2014년 12월 30일
개정판 1쇄 발행 2016년 10월 10일

지은이 오영수 · 최일남 · 하근찬 · 황순원 외
엮은이 김병철 · 김성동
펴낸이 한승수
펴낸곳 문예춘추사

편 집 조예원
마케팅 안치환

등록번호 제300-1994-16
등록일자 1994년 1월 24일

주 소 서울특별시 마포구 연남동 565-15 지남빌딩 309호
전 화 02-338-0084
팩 스 02-338-0087
E-mail moonchusa@naver.com

ISBN 978-89-7604-319-1 43810

* 책값은 뒤표지에 있습니다.
* 잘못된 책은 구입처에서 교환해드립니다.